当代陕西文学评论文丛

笔耕拓土

生命审美

肖云儒 著

陕西师范大学出版总社　西安

图书代号　WX24N2323

图书在版编目（CIP）数据

生命审美 / 肖云儒著. -- 西安 : 陕西师范大学出版总社有限公司, 2025. 6. -- （当代陕西文学评论文丛 / 贾平凹, 齐雅丽主编）. -- ISBN 978-7-5695-4829-7

Ⅰ. I206.7-53

中国国家版本馆CIP数据核字第2024B919C1号

生 命 审 美

SHENGMING SHENMEI

肖云儒　著

出版统筹	刘东风　刘　定
策划编辑	马凤霞
责任编辑	王淑燕
责任校对	彭　燕
封面设计	周伟伟
出版发行	陕西师范大学出版总社
	（西安市长安南路199号　邮编 710062）
网　　址	http://www.snupg.com
印　　刷	中煤地西安地图制印有限公司
开　　本	720 mm×1020 mm　1/16
印　　张	20.5
插　　页	2
字　　数	290千
版　　次	2025年6月第1版
印　　次	2025年6月第1次印刷
书　　号	ISBN 978-7-5695-4829-7
定　　价	69.00元

读者购书、书店添货或发现印装质量问题，请与本公司营销部联系、调换。

电话：（029）85307864　85303629　　传真：（029）85303879

文脉陕西，评论华章（序）

贾平凹

从延安文艺的烽火岁月，到新时代的文学繁荣，陕西文学以其独特的风格和深邃的内涵，赢得了国内外的广泛赞誉。在中国当代文学史上，陕西不仅拥有一支强大的文学创作队伍，同时也拥有一批占领各个历史阶段文学批评潮头的评论骨干。他们以敏锐的洞察力剖析文学现象，参与文学现场，解读作品内涵，为陕西文学的发展注入了源源不断的活力。在新时代文化浪潮中，文学评论作为党领导文学事业的重要途径和方式，作为文学繁荣发展的重要推动力和引导力，正凸显着越来越重要的作用。

为了贯彻落实习近平总书记关于文艺工作和文艺批评的重要论述，以及中宣部等五部门联合印发的《关于加强新时代文艺评论工作的指导意见》，进一步加强和改进陕西文学批评工作，打磨好批评这把利剑，把好文艺的方向盘，同时也为深入总结和发扬陕派文学批评的历史经验，全面呈现陕西当代评论家队伍及其丰硕成果，推动陕西文学批评再创佳绩，助力陕西乃至全国文学发展，陕西省作家协会精心策划并编辑出版了"当代陕西文学评论文丛"。

在选编过程中，丛书编委会始终遵循着精编细选的原则，力求每篇文章都能代表作者个人的最高水平，同时也能反映出陕西文学评论的独特风格和时代特征。所选文章以研究和评论承续延安文艺传统的陕西作家、作品为主，也不乏对中国文坛或域外文学研究的独到见解。丛书汇聚了三代文学批评家中三十位代表批评家的学术成果。他们或生于陕西，或长期在陕工作。他们以笔为剑，以墨为锋，用睿智深刻的见解，共同书写了陕西文学批评的辉煌华章。他们的评论文章，或激情洋溢，或理性严谨，或高屋建瓴，或细腻入微，共同构筑了这部丛书的独特魅力与丰富内涵。

丛书将陕西老中青三代评论家分为"笔耕拓土""接续中坚""后起新锐"三个系列。三代评论家有学术师承，亦有历史代际。每个系列都蕴含着不同的时代气息和文学精神："笔耕拓土"系列收录了陕西文学评论界先驱和奠基者的成果，他们如同手握犁铧的开垦者，为陕西文学评论的沃土播下了希望的种子；"接续中坚"系列展现了新一代批评家中坚力量的风采，他们的评论既有深厚的理论功底，又有敏锐的时代洞察力，为陕西文学评论的繁荣发展注入了新的活力；"后起新锐"系列则汇集了新一代批评家的文章，他们敢于创新，勇于探索，为陕西文学评论的未来开辟了广阔的空间。

"当代陕西文学评论文丛"的出版，不仅是对陕西文学批评历史的一次全面总结和回顾，更是对未来陕西文学发展的有力推动和期待。相信这部丛书的问世，将激发更多文学评论家的创作热情，使陕西文学创作与批评携手并进，比翼齐飞，为推动陕西文学批评事业的繁荣发展，为陕西乃至全国文学的发展贡献新的智慧和力量。

2024年11月8日

目　录

第一辑

第一辑

西部潮与当代潮

一

不论怎样评价，大家都承认，在20世纪80年代中后期的中国文坛和艺苑上，存在着一股"西部热"。

这是风行一时的"西北风"录音带《西部摇滚》的歌词——

你和我踏入中国的西部，

茫茫的西部，

到处可看见硬汉子的脚步，

坚实的脚步。

古老的太阳照着那年年翻新的黄土，

岁月的烽烟没有动摇古老的风俗。

历史走过了一个文明又一个文明，

西部留下了一代人又一代人辛苦。

啊……

硬汉子脚步带我找到悲怆的号子，

热烈的鼓；

硬汉子脚步带我找到天山的风采，

长城的风骨。

啊，西部！

你和我踏入中国的西部，

茫茫的西部，

到处可看见硬汉子的汗珠，

豆大的汗珠。

残酷的风沙天天吹打着古铜色的胸脯，

星移斗转没有改变女人的质朴。

历史走过了一个历程又一个历程，

西部铸造了一代人又一代人成熟。

啊……

硬汉子眼睛引我看到脱缰的马驹，

飞扬的筋骨；

硬汉子眼睛引我看到沸腾的大路，

高歌的船夫。

啊，西部！

　　1987—1988年，这种西部风格的歌曲，像《我家住在黄土高坡》《船夫》《我热恋的故乡》《女儿歌》《你会爱上它》，伴之以西部风格的舞蹈和服装，几乎响遍全国。这就是文艺界冠之以"西北风"的音乐的"西部潮"。这同时，美术和摄影也刮起了类似的"西北风热"。在第七届全国美展中，陕西一位青年画家用现代观念处理的延安时期题材的作品《玫瑰色回忆》荣获金奖。用现代装饰感改造的西部草原生活的油画作品《吉祥蒙古》荣获金奖。超乎悲喜激情之上的现代冷漠感，悄无声息地弥漫在这一届美展的不少画面上。而这种冷漠感在选择可见的构图、色彩、线条时，在选择形象和意象时，是那么青睐西部、偏爱西部！在这之后的全国第十六届摄影展览，又是一位陕西青年摄影家以三代农民对知识的渴望为题材，抓拍了一位农家孩子趴在磨盘上做作业的场面，命名为《希望》，获得金奖。这帧照片是静态的，却流贯着生命衍生的热忱，憧憬未来的热忱。另一幅陕西青年摄影家抓拍的黄土地上激越的安塞腰鼓（前景为一位仰卧着抢拍的摄影记者），获得银奖。这帧照片充满了动感，却又流贯着大地的沉稳与厚实。

西部戏剧在《桑树坪纪事》轰动之后，更坚实地迈着步子——剧作家的目光更多地关注着西部的社会主义建设生活。有的则致力于开掘西部城市风情和文化，想搞一种带有西部味的市井戏剧，如为进京演出的陕西人民艺术剧院创作的《古城墙》和《安家小院》。这对西部文艺的偏斜是一种十分必要的校正。

西部电影不必说了。尽管对它毁誉参半，而且毁之烈、誉之殊者那么空前，那么轰动，作为中国电影史上的一个重要现象，它是存在下来了，而且将会在漫长的岁月中接受研究、经受检验。在获得众多的国际、国内大奖之后，它一度显得沉默。西部电影界在反思之后也开始调整自身。我们看到了《陕北大嫂》。它以一个新的视点与革命战争中人性人情的美丑启发你：原来革命战争也可以这么写。它又以一个新的视角开拓了西部片的新领域，写了西部人民与革命那种撕不开、扯不断的血缘关系；写了除过土地，还有革命，给西部人民的心灵灌溉了那么灿烂的真、善、美；写了西部人除过在强劲中，也在柔情中显示自己的崇高和力量。它又启发你：原来西部片也可以这么写。

西部文学更不必说了。这个话题，仅就情况方面，我谈到过的，有这么一些要点：中国西部文学在近现代的发展有三个阶段；从题材上可以分五大类，从题旨上可以分三大类。中国西部已经形成了实力雄厚的作家群，其中的佼佼者，完全可以作为中国当代文学的代表者，跻身世界文学之林。中国西部文学，不仅有相当多的作品，而且小说、散文、诗歌、报告文学品种齐全，还有一支研究、评论队伍，一批研究、评论成果，还有一批有经验、有水平的资深编辑和组织者——这是中国文学一个完整的方面军、集团军；中国西部文学在新时期文学探索和创新的各个主要方面，都留下了自己深深的足迹。比起西部经济在全国的序号来，西部文化在全国格局中的位置是更显赫、更重要一些的。这几年的进一步研究，使我更明确了一点，需要在这里补写几句，那就是，我感到新时期中国文学的总格局，是五圈一线的格局。五圈，大致是黄河北的京津作家群、东北作家群，黄河南的吴越（包括沪、宁、杭）作家群、湖广作家群，以及黄河西部延长线上的西部作家群。一线，指黄河一线，溯河而上，"鲁军""豫军""晋军""陕军"各不相让。陕西文学，实际上是中国文学圈与线的交结点。这大概就是"文学大省""文学重镇"的意思吧。

当我们挂一漏万地在这里谈西部文艺最近的情况时，不应该忘记新时期文学发轫时的一些耐人寻味的史实——现代文艺思潮与技巧的尝试，竟然有不少是从"第三世界"的西部开始的。

我们还是先看音乐。对新时期音乐创作的现代潮而言，交响乐《懵懂》，又名《X第一号》，瞿小松作曲，是开先河的作品。无论是《懵懂》还是《X第一号》，这名字都起得多么好。当时很多人的确因为欣赏不了、听不明白而"懵懂"。也有人的确感到这是第一个没有主题、难于理解的"X"作品。瞿小松一反常规，在这个曲子中，极力避免听众引起确定性的联想，全曲无清晰的旋律与明确的题旨，但濡溶着、流动着深远的乐感氛围和文化精神，是那种有内在意蕴的无标题音乐。——而这首交响乐的素材是来自西部黔贵山区，后来也被用作反映贵州山区生活的影片《良家妇女》的音乐。瞿小松并不是西部人，而是京华人士，是现代艺术和新潮文化因子的携带者和实践者。他和他的伙伴谭盾、苏钢等人被称为第五代音乐家，不仅在音乐上，而且在绘画、摄影和理论上都有自己的声音。他的夫人刘索拉虽然是学音乐的，却以一部小说《我别无选择》而蜚声文坛，作品被称为中国新时期第一部现代主义的中篇，她因此成为第五代作家中的一员。刘索拉是陕北人，她的父辈是延安时期的老革命。

新时期美术的现代探索似乎也是从西部开始的。我们都还记得和北京的"星星画展"时间不分先后、内容不分轩轾的，有四川青年画家罗中立的现代纪实性油画《父亲》，有陈丹青的《西藏组画》。他们之后，有西部画家许多意象的、印象的和变形的作品出现。西部高原、阳光、雪山、草原、戈壁、夕照在色彩上的强烈反差性组接，只有西部才有的恢宏、厚重的历史感觉，很少人工痕迹的由造化设定的天籁似的线条——绵延的曲线和折钢裂铁似的直线，都和现代人、现代艺术的内在追求、内在气质一拍即合。

《野山》作为我国第一部成功地体现了现代艺术的纪实精神，尝试了各类现代纪实手段的作品获得七项"金鸡奖"。《黄土地》以成功的音画语言体现对象征感、人生感、历史文化感的追求，使得我们的电影界对自然、对人、对生活事件乍然获得了一个全新的角度，开了眼界，开了思路。当文学已经开始探索工业题材作品如何由表现行业化的生活到辐射社会化的生活、由写人的职业生活和政治生活扩展到写人的文化心理和感情感觉时，电影还只是亦步亦趋地将这些探索的成果"挪"到银幕上。是《黑炮》，是西部的电影家黄建新根据西部作家张贤亮的小说作品拍摄的这部电影，最早发现了电影可以运用自己独有的语言——音画、色彩、蒙太奇组接，通过大胆的假定来表现生活的困窘和荒诞。

色彩和道具所造成的环境的假定性和荒诞性，原来可以如此巧妙地呈示或暗示出人物的内心活动来。这是现代表现派艺术意识较早的在中国银幕上的映现。

此外，我以前还谈到，纪实小说作为一种完整的样式，大型的长篇成果，恐怕王蒙的系列中篇《在伊犁》和艾青的长篇《绿洲笔记》这两部反映西部生活的纪实作品是开先河者。贾平凹自己曾说过，论文化寻根的作品，文学舆论往往从韩少功那篇宣言式的文章算起，其实在此之前，他在《商州初录》《商州又录》《商州再录》等大量作品中已经有了这方面明确的追求。正如有的论者所说，这些作品对商州的地理概貌、风土人情、历史基因、社会现状，从时空上拉开距离，做了俯瞰式的展现。有时甚至将商州山区具体的生活故事和民间传说，直接组接到商州方志的大的文化历史背景中，用结构主义的办法暗示出所有的人和事都不过是在一个历史的、文化的大舞台上演出的。他学习原本意义的中国文人古典小说传统，掌握了以平实的神秘感抓取读者的向往之心，与对人物大、小两个空间的组接和统摄。他也学海明威的简洁和福克纳的繁散，从日本的川端康成则得到更多的启示。这启示最主要的就是如何在本民族文化基因和文化心理的基底上来表现现代人的思想、情绪和心理。贾平凹是公认的第一批文化寻根小说作家。有几年，南美作家马尔克斯的名著《百年孤独》，因其以大胆假定的亦真亦幻的所谓魔幻现实主义的手法成功地反映了现代人眼中这块闭塞落后又古朴淳清的地方而大为风行。最早引进这种现代魔幻艺术意识的你道是谁人？竟又是当时还在西部、写西部的西藏作家，他叫马原。

总体来看，文艺的西部潮不论其表现形态多么丰富，内里总埋伏着两个坐标，西部的与现代的坐标。几乎所有的西部文艺作品，西部的与现代的两个坐标都在意蕴中、人物关系和人物心态中，在美学追求和艺术形式中，交叠着、渗化着。西部生活和西部文化对现代意识、现代艺术是如此敏感，而现代艺术家对西部又是如此亲昵。

这是怎么了？发生了什么事情？在西部和现代之间有什么苟且？有什么暧昧？有什么默契？有什么缘分？什么东西使它们总是如影随形地相伴？夫唱妇随般地感应？从什么时候起，我们突然发现，那些西部味很强的作家艺术家竟然大都是现代味很强的作家艺术家？又是因为什么，那些西部意识很强的作品，恰恰同时是现代意识很强的作品？

当西部生活在政治上、经济上急速地走向新时代，成为当代中国、当代世界生活有机的一部分，西部文艺也开始急切地寻找自己和新时代沟通的渠道，寻找在自己的土壤上建设现代艺术的稳固支点——这就是历史意识和现代意识的结合，民族、地域意识和世界意识的结合。

在无际的地平线上，西部和现代紧紧地拥抱了。萧索而落寞的西部，变得那么热烈、灿烂。

那么，西部潮与现代潮深层的感应大致表现在哪些方面呢？

表现在：西部文化内在构成的多维向心交汇和世界新大陆文化多维离心交汇的感应，西部历史文化的动态多维组合和当代世界文化的综合发展趋势的感应；

西部人多族杂居状态和现代人跨社区生活状态的感应，西部人因杂居带来的心态杂音和现代人文化心理的杂色的感应；西部人在村社和部族自然经济基础上的流动生存状态，以及反映着这一生存状态的动态生存观，和现代人在现代宏观商品经济基础上的流动生存状态，以及反映着这一生存状态的动态生存观的感应；

西部随处可见的前文化自然景观、人文景观、心灵景观，和现代某种超越文化、排拒文化的社会情绪、社会心理、社会思潮的感应；

西部人原始生存和艰难发展的悲剧感、忧患感和现代人超高速发展的焦虑感、忧患感的感应；

西部人由于空间疏离造成的孤独、人在自然包围中的孤独，和现代人由于心灵疏离造成的孤独、人在"物化人"包围中的孤独的感应；

西部人文山川的阳刚之气和它的人格化，和现代竞争社会所要求的自强精神和它的人格化的感应。

等等，等等。下面我们就一段一段谈开去。

二

西部文化内在构成的多维向心交汇和世界新大陆文化多维离心交汇相感应；西部历史文化的动态多维组合和当代世界文化的综合发展趋势相感应。

关于这个问题，我在五年前撰写的《中国西部文学论》中已经提出（见该书第三章第一至五节和第十一章第一、二节），后来又在《多维交汇的西部文化和两极震荡的西部精神》的长篇论文中做了更详尽的论述，这里不拟赘言。为了理解问题的方便和论述的逻辑需要，只是做一个提要式的简介：

欧亚大陆从地形上看，像一张葡萄叶。在四个叶端，分别是地中海地区、波斯地区、印度地区和中国东亚地区，由于靠近海洋，文化经济发展较早，在古代形成了世界四大古文化区。而葡萄叶的叶掌，则是以帕米尔山结为核心的大高原、大雪山、大戈壁，缺乏生存条件，不但本地文化经济长期处于落后、封闭状态，而且隔离、阻塞了四大古文化区的必要交流。这种阻隔当然不是好事，但隔离机制又有助于四大文化在独自的发展中形成自己的个性，而最后必然带来它们向中亚（即中国西部）文化低谷地区的汇流，使这里形成多维文化交汇的结构。因为这是由欧亚大陆的边缘向中心地区的文化汇流，我们称之为多维文化的向心交汇。

这种向心交汇，使中国西部形成四圈四线的交汇型的文化地图。四圈，即新疆文化圈、青藏文化圈、蒙宁文化圈、陕甘文化圈。这四圈鲜明地反映着中亚文化、中东文化、南亚文化、北亚文化和中华文化在西部地区不同成分和不同程度的组合交融。四线，即将这四圈文化和世界四大文化联成网络的戈壁丝路（西部丝路）、草原丝路（北方丝路）、高原丝路（唐蕃古道）、南方丝路（茶马古道）。但是，在世界文化格局中，同时还有另一种文化交汇现象。这就是世界四大古文化，在美洲和非洲部分地区和那些地区的本体文化发生交汇、融合。这种交汇不是内向的聚汇，而是外向的辐射型交汇，我们称之为多维文化的离心交汇。离心交汇在漫长的时间里孕育的美、澳、非新大陆文化，在许多方面，特别是深层结构方面，和中亚文化、中国西部文化有相似之处。尽管两者是在不同时空中发展的，发展的程度有很大的差异和差距，但内在的同构却使它们在这里那里产生自觉的呼应和不自觉的感应。

我们着重谈到过中国西部、美国西部和苏联西伯利亚文学艺术中许多呼应和感应现象。如中国西部和苏联中亚、西伯利亚某些地区同文同种、地区经济和文化的毗连，如中、美诗歌的深刻影响，如中、美、苏西部文学中的"硬汉子"形象、"大山人"系列和"大性格"的类似，等等。

美、澳地区属于新开发的大陆，那里已经发挥了多维文化交汇的优势，使自己成为世界发达地区。中国西部如何发掘、认识、发挥多维文化交汇的优势，改变自己的落后面貌，不仅在文化内在结构上和现代文明相感应，而且在精神、物质成果上和现代文明相辉映呢？这个任务摆在了我们面前。这是文化结构上西部和现代的感应。

多维交汇型的西部文化还和现代文明（也包括现代思维）综合发展的总趋势相感应。交汇是自发的综合，综合是自觉的交汇。

人类各民族文化的发展，大致可以归纳为这样三个阶段：古代的隔离发展，近现代的选择发展，当代的综合发展。

由于自然的（如地理与语言的阻隔）、社会的（社会结构、生产水平、国家制度的差异）、心理的（神话、歌谣、传统、图腾的自成体系）原因，各民族、各社区的文化艺术为了维系自身的发展，必须在内部形成一套自我延续的机制。它是文化类型形成并具有独立性、文化区域划分并形成自我循环的先决条件。各种传统，没有这种隔离发展阶段，是不可能形成的。

但是，隔离同时在集聚着、激活着交流的要求。交流则又破坏着隔离。这是内中的辩证法。当近现代的历史进步打破文化发展的隔离机制之后，失去了时空限制的各民族、各社区文化，被推到同一条历史进步的起跑线上比试，人类文明便进入了选择的发展阶段，亦即竞争的发展阶段。这个阶段的特征是：第一，普遍共振性，某一地区、某一民族的某种文化思潮或文明成果，常常超越地区、民族的范围，引起普遍的回响和流布。第二，竞争淘汰性，以对世界历史进程的适应和促进为标准，在竞争中淘汰不适应者，发展适应者。第三，冲突演进性，不是稳定平衡发展，而是在民族意识（社区意识）和世界意识这两个基本因素的冲突中，在矛盾统一的辩证过程中，使文明得到发展。中国五四新文化运动前后近一个世纪中，典型地经历了文化的选择发展过程。漫长的封建社会窒息了文明，到了清代后期，中华民族、中国社会产生了"别求新声于异邦"的要求。那以后贯穿而下的是，19世纪末关于"中体西用"的争论，20世纪初的"夷夏"之辩，五四时期的欧化与国粹之争，20世纪20年代的东西方文化比较的研究与论争，20世纪30年代的以新儒学为代表的东方文化本位论的兴起，20世纪40年代关于民族化与大众化的讨论和实践，20世纪五六十年代"洋为中用"的讨论，一直到20世纪80年代"全盘西化"论的再度兴起和破产、弘扬民族文化在新的高度上引起关注，等等。这都反映了我国文化在近现代发展中艰难的选择。人类文化的选择发展阶段，反映了商品社会的不平衡进程，带有自由竞争和高度垄断的社会达尔文主义的盲目性和残酷性。在这个阶段，文化的发展较少考虑人的心理平衡要求，而较多考虑商业性和实用性；较少连续和平衡，而较多断裂和偏激。

第二次世界大战以来，特别是20世纪70年代以来，综合发展的文化进程方式逐步在世界兴起。它克服了选择发展阶段的片面性，即在竞争和淘汰中常常忽视吸收、融会对方的优长和精华，而重视综合当代在世界文明各个领域提出的问题，积极主动反映这些问题的共同趋势和发展可能，重视各民族、各社区文化中于当今时代仍有生命力的因素。同时，在文明发展中既重物又重人，既重客观又重主观，既重历史又重审美。例如，20世纪70年代以后，西方兴起了对现代主义纠偏的后现代主义。美国学者詹明信解释，现代主义是扩大了的资本主义亦即帝国主义的产物，后现代主义则与帝国主义之后的"多民族资本主义"相联系，它的最一般的特征不是从时间的角度，而是从空间的角度来把握世界。由时间观念到空间观念的转化，就是从一维到多维的转化，就是从否定性的淘汰发展到综合性的认同发展。苏联学者甘图诺娃认为，后现代主义在自己的探索中吸取了、融合了欧洲、北美、亚洲、非洲各地的指导经验和审美经验。又例如，从领导科学的角度，江泽民同志曾提出"现在是20世纪最后十年，已经快要进入21世纪了，应该提倡矩阵式领导"。矩阵是指多种元素按照一定的序列和规则排成多行、多列的矩形。矩阵式领导是指既要注重垂直领导，又要加强平行联系，形成一个立点端正、纵向畅通、横向协调、内部顺展的有机系统的管理方式。这不是别的，就是综合性思维在管理体系中的运用。

而人才学领域也相应地提出了要更新"专才至上""专才取胜"的小科学观念，树立"通才至上""通才取胜"的大科学时代的人才观。通才就是知识领域广博、知识构成多维交汇的人，就是善于发挥综合思维的功能，擅长智慧杂交的人。所有这些都意味着，当人类文明进入综合发展阶段时，类似于中国西部这种多维交汇型文化结构会有多少优势，多少潜能。

在发展中国家，在文明后进地区，例如中国西部，文化进步的综合过程，就是前面谈到的以西部和现代两个坐标来建设、发展文明的过程。它表现为，现代人寻根，"物化人"寻魂，世界意识寻找民族土壤为依托，民族意识寻找世界格局来展开。马尔克斯的《百年孤独》和整个拉美的"爆炸文学"，体现了这一综合过程，中国西部文艺也体现了这一综合过程。人们感到，高度物质文明不仅带来了人的异化，也带来了文化艺术的异化。为了人的全面发展，不能不着手解决物质文明与精神文明的矛盾，不能不把历史主义与伦理主义、功利性与非功利性、对立竞争和互补完善结合起来，进而不能不把世界意识与民族意识结合起来。愈来愈多的人感觉到，世界进入信息时代、科学时代，每一局部地区的政治、经济、文化变动都可能具有全局意义。世界一体化程度大大增加，世界在文化心理上正在变小。这种自觉的世界意识的普及，必然会从新的深度上唤醒民族意识。因为世界文化综合发展，扩大认同的同时，会使各民族产生一种失去个性的空虚。这就为在文化道德方面，在审美感受方面，挖掘和恢复各民族产生于前资本主义社会形态基础上的传统，提出了心理补偿要求，力图不以失去民族本位为代价来认同世界现代化进程。于是各国各地寻根热迭起。中国西部既是世界几大文化交汇之处，又是中华民族根之所在，现代寻根热不能不纷纷选择这块土地来作精神漫游。

同时，西部文化向现代境界的迈进也得力于它文化的交汇性和思维的综合性。正由于没有世界意识的刺激，就没有民族地域文化的自觉，因此寻根作为一种现代行为和现代心理，必然渗透着世界意识的内容。而且寻根的目的不是自我封闭，是明晰每个民族、每个地域世界现代化进程中的历史投影。这是寻根过程和目的的世界性。从结果来看，文化寻根既是现代文化和传统文化的渗透，也是对传统文化做新的审视和开掘，并将它重新带回到现代社会中来。这一点，在当代中国西部作品和传统中国西部作品的不同中，可以鲜明地感受到。当每个民族、每个地域都以自己富有个性的文化艺术参与到世界文化艺术系统中来，便形成由许多独特之美合流的综合的世界文化发展局面。这种局面，是近现代以来两种意识长期进行悲剧性冲突之后所达到的新境界。这将是各民族、各地域文化在更深意义上对世界文化做出的贡献。

从古代开始形成的中国西部文化的多维向心交汇，就这样和美澳发达地区的多维离心交汇文化产生了深层感应，就这样为现代文化的综合发展和现代思维的综合趋势提供了良好的文化底色，就这样在一个新的历史环境、一个新的文化背景、一个新的思维高度上，显示出自己的优势来。这也就是西部文艺最初的尝试和提倡，很快便蔓延成一种热潮，引起国内外关注的原因吧。——中国西部文化的结构，大体符合了人类文化发展的走向。

三

西部人多族杂居状态和现代人跨社区生活状态相感应，西部人因杂居带来的心态杂音和现代人文化心理的杂色相感应。

在过去的专著和论文中，我曾对西部人多族杂居的情况，杂居对西部人心理的影响以及文艺作品对这些特点的反映，做过分析介绍。中国的少数民族绝大部分在中国西部，西部是少数民族的故乡。由五十多个少数民族组成的西部民族博览会和西部民族百花园，在政治思想的认同和社会组织、行政管理的建设上，在经济文化的发展上，在民间各种亚文化、潜文化的导引和研究上，都给我们提出了许多新的课题。在马克思主义的指导下，解决好西部民族地区的政治、经济、文化建设问题，将是西部对建设中国特色社会主义独有的贡献。

西部少数民族的分布和居住，大约有四种情况。第一种是相对集中于一个地区，且人数较多、地域较大，基本形成了纯一的民族社区经济和文化，而且集体定居，形成村落。如新疆维吾尔族和宁夏回族，他们的流动性不大，长期生活在纯一的、稳定的社区中，心灵中的杂色杂音较少。第二种情况，虽然相对集中，但以游牧为主，居无定所，且一族之内分支部落极多，如内蒙古的蒙古族、青藏的藏族、新疆的哈萨克族，他们的流动性较大，但一般不超出本民族的大圈子，容纳的不同生活习俗、生产方式和价值标准要多一些，适应性也更强。第三种情况是处于几个较大民族交界地区的杂居状态，或许多小民族杂居的状态。如在青海海北和甘肃甘南的祁连山腹地这个广大地区，恰好处于中国西部四个文化圈的交接处，是青藏、新疆、蒙宁、陕甘四圈多民族文化交汇的旋涡。自古以来民族杂居，你中有我，我中有你，而且经过通婚、信仰、习俗的长期变异，产生了许多新的小民族，如东乡族、裕固族、保安族和部分撒拉族。他们和汉、藏、蒙、哈萨克各族杂居于此，有差别有统一，有隔离有交流，有冲突有合作，四面交通，八方往来，在心态、情感和文化心理上，呈多维交汇的杂色杂音状态。第四种情况，是已经离开土地和牧场，并且从本民族、本部落的机体上分离出来，进入城镇特定生活社区，从事工商、行政或各类脑力劳动工作。这一类少数民族，他们连本民族完整的小社区也没有了，以个体和家庭进入了五方杂处的城市居民组织。他们不但要面临多民族杂居的现实，还要承受由牧区、农村到城市，由部族、村社文化到城市文化的形形色色的喜怒哀乐和价值杂交、价值转移。拥有杂色的心态，这一部分人的内心世界就更为丰富了。

其实居住杂化和心态杂色，也是一种多维文化交汇。人是文化的带电体，杂居就是不同带电体，不同心理场、文化场的靠近和交叠。杂居虽然主要表现为无意识和潜意识文化的交汇，但又是进一步进行有意识文化，甚至意识形态文化交汇的心理基础。当然，杂色心态首先是长时期多维文化交汇的心理沉积。

无须说，杂居状态和杂化心态使西部人的文化容受能力、智慧杂交能力、视角转换能力都较强。你从杂居地区的民族能很快掌握多种语言，从他们能较快适应新的生活环境，并且建立新的人际关系等几方面，可以确定无疑地感受到这一点。这是西部人的一个优势，只是这种优势还处于自发状态，有待于在一体化的、多维的现代文化结构中得到充分的发挥和科学的提高。

跨社区生活已经愈来愈成为现代社会的一种常见现象。这是现代商品经济所要求的交换决定的。交换市场不受社区限制，商品无国界。这不但使得直接从事商品交换的一部分人，不能不超越原有社区的局限，随着市场的扩大，走向更阔大的社会，走向世界；也使得在商品经济基础上从事其他相关职业，包括庞大的上层建筑中的人员，不能不将自己的眼光和心灵面对着一体化的世界；而且使得并没有流动或很少流动的人，也不能不卷进这个日益复杂的世界，因为流动的世界、流动的人群来到了他们面前，商品和商品经济相关的活动将每一个使用商品的人裹挟进自己激越动荡的湍流，这是连瘫痪在床的老人都不例外的。从某种意义上说，现代人既在自己居住的小社区中生活，被亲缘、地缘、业缘等关系固定着，又是地球村这个大社区的一个居民，被国际大循环的全球一体化经济流通所固定着。复杂的世界将其全部的复杂性在人的心里留下影像，人也就不能不在自己的心里预备一面能够照出这复杂的镜子，变得有能力应对起这复杂的世界了；否则便难以适应现代生活。

这是从社会生活的变化来说。从人自身来说，也愈来愈复杂化。人类总体文明素质提高，人作为主体在愈来愈广阔和深刻的程度上得到确认，得到张扬，当个体的人从群体的人中分离出来，当精神的人从自然的人中——亦即"思想着的人"从"生活着的人"中——分离出来，人的复杂程度不但日益提高，而且能够得到从未有过的充分的展示。

所有这些，既是现代社会对人的要求的提高，也是人自身素质的提高。"社会变得复杂了，人变得复杂了"，这两句街头巷尾常常能够听见的慨叹，其实真切地反映了现代生活的总体走向。它可能会带来这样那样的问题，例如某些人道德水平的下降，也可能会带来这样那样的失衡，例如对价值观念某些具有进步意义的变化看不惯、骂娘，但总体上，人的复杂化、社会的复杂化是人的更大解放、社会的更大进步的标志，符合人类对社会的终极要求和对自身的终极关怀。

自然，西部人因民族杂居带来的心态杂色和现代商品经济给人的文化心理带来的复杂化是两种背景、两个阶段上的复杂，为西部人在走向现代社会的过程中铺垫了必要的文化底色和心理承受能力，有利于西部加快现代化进程。需要特别说明的是，这并不意味着应该忽略或否认自然经济的简单再生产带给西部人的种种弱点。

四

西部人在村社和部族自然经济基础上的流动生存状态，以及反映着这一生存状态的动态生存观，和现代人在现代宏观商品经济基础上的流动生存状态，以及反映着这一生存状态的动态生存观相感应。

《河殇》的作者武断地认为中国历史处于一种"超稳态结构"之中而停滞不前，认为中国社会内部缺乏动的活力，只有静的惰力。且不论其政治上有怎样的目的，仅就纯学术的观点来看，也是不科学的、片面的。其立论的基础仅仅是中国黄河流域的土地文化区，对土地文化区生存状态的分析，也有些偏激和片面。其实，中国西部和中部和东部，生存状态并不完全一样。如果说中国的中原地区主要是农业文化，显得相对静止；中国西部却主要是游牧文化，生存方式以动为主，生存意识中有不可忽视的动的活力。

农业文化区基本的生存状态，是"守土为业"。因为人们要世世代代在这片固定不动的土地上劳作，才能生存繁衍。所以"守土"的能力成为人生存能力最主要的标志。守为高、守为上，反映到意识上，便是静为善、静为美。守土为业就能平安度过一生，甚至发家致富，荫庇子孙。人生一世，只有躲避天灾人祸才会挪动，动和灾祸伴生。动穷动穷，动则穷。动乱动乱，动则乱。女人要远嫁，儿子要入赘，总是有低人一等、拿不到人前的原因。爱倒腾的人，是根基不厚的人或无根的人。万一倒腾发了家，即因动而富，那是不义之财，是暴发户，遭人白眼，受人唾骂。商事是流动的事业，因而无商不奸，因商致富必须以名望作交换，付出道德的代价。"三十亩地一头牛，老婆娃娃热炕头"，才是农业文化区理想的人生境界。土地、房屋是什么呢？是"不动产"，是将人焊接在一个地方不能动弹的人生基座。在这个基座上建立起一整套价值观念和生活习俗。"热土难离，穷家难舍""金窝银窝不如自己的穷窝""在家样样好，出门事事难""父母在，不远游"。走得再远，年三十必须赶回家团圆，"团圆"就是一种封闭的静态的人生聚会。伤别，成为中国古代诗歌的一个永恒题材。离别与伤感同在，伤别诗之多，中国乃世界第一。也有壮行诗，那也是悲壮的，"风萧萧兮易水寒，壮士一去兮不复还"，出行与悲怆仍然是同义词。在农业文化区的人看来，离土、离乡，这个"离"字（也就是"动"字）总包含着某种风险、某种不祥。因而亲人离家，要"饯别""饯行"，亲人离而终归，要"接风""洗尘"，用中国食文化的隆重仪式，祝福游子的平安，庆贺动态人生的结束。在路遥的小说《人生》中，永不安分的高加林最后选择了黄亚萍而背弃了巧珍，巧珍又按照她母亲那一代的标准，选择了马栓，原因很多，许多文章做了精辟的分析。其中有一个原因，论家几乎没有提到，恐怕大多数读者，甚至作者本人也未必意识到了，那就是动态的和静态的生存观的差距。高加林的不安分是什么呢？是现代人动态选择性的生存观。他希望离开束缚着自己父辈的土地，他希望在人生道路上不停地选择、竞争，更快、更高、更强地发展自身。他虽然在这次动态生存的搏斗中失败了，重又回到土地上，但他终究还是要走的，要做土地的浪子远行的。正是为了这种远行、这种游动，他毅然斩断了自己对巧珍的爱。这爱是真切的，但却是动态人生的羁绊。为了动而背弃爱，显示出一个"动"字在高加林心中那种至上至贵的，甚至高于初恋之情的位置。巧珍嫁马栓，行动上是自己的选择，精神上是被迫的选择，她强迫自己按照母亲一代的价值坐标结婚，这就是按静态人生的标准，成立一个固着在土地上，窒息在窑洞里的，可以"拴"住"心猿意马"的静态家庭。她曾经想改变自己的生活方式（她说，以后要像城里人那样，给高加林过礼拜天），在高加林带来的新的生活机遇面前，作一次动态的奋飞。但精神上还稚嫩，还处在"被拯救者"地位的巧珍，是无力自己救自己的。一旦高加林这一精神支柱抽身，她身上长期形成的静态文化心理便淹没了"小荷才露尖尖角"的动态文化萌芽。这一对年轻人的分手，是两重意义上的胜利：强大的静态生存观，终于通过巧珍的出嫁，"拴"住了一颗心猿意马的心；同样有生命力的动态生存观，也终于通过高加林的决断，使他在精神上、感情上完成了离开土地的艰难的起飞。

这是在农业文化区和游牧文化区接壤之地的陕北，发生的一场富有时代意义的人生辩论。由高加林的家乡再往西，正式进入中国西部的腹地，情况便有了很大的不同。中国西部社区的人口构成，除了汉族地区的世袭农民外，主要有六个群体：一是生活在广大地区的游牧民族群体，如维吾尔族、哈萨克族、蒙古族等少数民族。二是在新开垦的处女地和新开发的工矿区中生活的集团性移民群体，如几百万生产建设兵团和石油、地矿工人。三是军队和军事科研基地的流动生活群体，用所谓"铁打的营盘，流水的兵"形容他们是很贴切的。四是历代失意的官僚和落魄的文人和他们的后裔组成的流放者群体，如清代的林则徐、纪晓岚，现代的艾青、王蒙、张贤亮。这是西部的知识阶层。五是由失去土地的农民构成的个体的、盲目流动的移民，俗称"盲流"的那一类人。六是在精神上不堪现代生活的困窘而来西部寻根，寻找失去了的精神传统，寻找真性真情真的自然，寻找文化补偿的心灵行旅者群体，如作家中的张承志、马原、张曼菱等等。

这里，不论是游牧之"游"，还是移民之"移"，流动之"流"，盲流之"流"，行旅之"行"，都确凿无误地包含着一个"动"字。流动的生存状态，动态的生存观，是中国西部除世袭农民而外的这六种人口群体共同的特征。他们的生存方式不再是"守土为业"，而是"移畜就草""移人就业"。在这里，一切价值标准都和"动"字有关。动为贵，动为上，动者为尊。冬天来临之前，哪一位哈萨克族的小伙子能够动得最快，最快地拆掉帐房，最快地将整个牧群撤离夏草场，赶往冬草场，又最快地在新草场上重新拉起自己的帐房，便会受到大家的夸奖，姑娘们的青睐。因为"动"的能力，意味着生存能力、生存智慧。也因此，在草原上和在土地上有着完全不同的习惯，当姑娘待嫁时，不是去打听男方有多少"不动产"，即土地、房舍和存粮，而是在赛马、叼羊中考验男方有多大的"动"的能耐。在农业区，永远不离开土地的小伙子，"不动"的小伙子，是姑娘们可以信赖和依托的男性。在游牧区，永远在马背上运动的小伙子，才是姑娘们可以信赖和依托的男性。西部所有这六种人口群体，在人生的道路上，都经历过或必将经历两次或多次生活的选择，适应或必须适应两次或多次生活的转弯。命运把他们从原有的生活环境和人际关系、社区结构中剥离出来——这种剥离有时是那么惊心动魄，那么苦痛和酷烈——放到一个新的生活环境和人际关系、社区结构中去，强迫他们在新的起跑线上，从零开始竞争。然后，极可能又剥离一次，又选择一次，又竞争一次。流动生存状态和动态生存观就这样锻打了西部人的适应能力、选择能力、竞争能力。就这样焕发出埋藏在他们心中的奥林匹克精神，就这样用人生的雪暴，用精神的沙暴，用感情的风暴，在西部人的心灵上搓磨出厚茧，使他们变得格外地刚强起来。

对上述西部六种人口群体、人生状况和感情状态的描绘，构成了中国西部文学主要的题材类别，如西部民族题材、西部开发题材、西部军旅题材、西部流放和盲流生活题材、西部行旅者寻根题材等等。所有这些题材内容，都无一例外地含纳着一个"动"字。

无"动"则无西部人生；无"动"则无西部文化、西部文艺。

我们再来看看现代社会和现代人的生存状态和生存观念。

好像是巧合，美国未来学研究者阿尔温·托夫勒提出了在现代社会萌生、在未来社会成形的"新的游牧民族"的概念，而且在《未来的震荡》一书的第二部第五章，列专章对这个问题做了详尽的评述。这一章的题目就叫《四海为家：新的游牧民族》。他为我们描绘了这样一群跨世界游动的人群：

> 罗布是华尔街的一位董事，每周五下午四时半，夹上公文包、取下大衣下班。他乘电梯下降二十九层来到地面，再花十分钟穿过熙熙攘攘的街道来到华尔街直升机场。十一分钟后他到达肯尼迪机场，转乘环球航空公司的大型客机向美国西部飞去。他习以为常地在飞机上吃晚餐。一个小时十分钟，他愉快地走出俄亥俄州的哥伦布机场，半小时后坐家用汽车回到家里度周末。三年多来，周周如此，在五百英里的距离上来去自如。每年行程五万英里。

> 罗布的情形并不是十分不寻常的。加利福尼亚的一些牧场主每天早晨从太平洋沿岸的家里出发，飞到一百二十英里以外的英皮里峡谷去经营自己的牧场，傍晚再回来。宾夕法尼亚州一位工程师的孩子，只有十几岁，为了矫正畸齿，定期飞往德国法兰克福去治疗。更有位十一岁的美国孩子，已经能够独立完成环球飞行。芝加哥大学哲学家麦基翁博士在整整一学期中，每周来回两百英里，去纽约的新社会研究学院讲课。旧金山的一位年轻人和檀香山的女友为了周末约会，每周要轮流在太平洋上空飞行两千多英里。有位新英格兰的主妇定期飞到纽约理发。

空间距离随着社会的发展而日益缩短。人生和一个固定地方的联系则日益短暂而脆弱。对现代人，特别是对未来人来说，流动、旅行、迁徙，已经成为第二天性。现在一个美国人一生旅行的里程，大致相当于七十年前一个美国人一生旅行里程的三百倍。最近二十五年中，美国国内旅行平均里程增长速度比人口增长速度快六倍。1967年3月到1968年3月的一年中，有三千六百六十万美国人更换过家庭住址。1961年，占有英格兰和威尔士总人口的11％的人，在他们的家里未住满一年。法国每年有8％至10％的人迁居。在美国商用机器公司的董事们中间流传着一个笑话，说他们公司的缩写"IBM"这三个字母的意思就是"我们一直在迁居"。美国学者威廉·怀特认为："按照定义，几乎可以说，企事业组织的忠实成员就是那些离家在外……四处奔波的人。"西方学术界和舆论界早已提出"企事业团体的吉卜赛人""整个欧洲正经历着一场国际性大迁徙浪潮""现代社会正在进行一次庞大的人口交流"这样一些观点。

阿尔温·托夫勒由此提出他的论点："我们亲身经历了这样一个过程，即对人类生活来说，一块土地已经大大降低了它的重大意义。我们正在培育着一种新的游牧民族，他们移居迁徙的规模大、地域广泛、意义深，这是很少有人怀疑的。"他认为，经济愈发达，文化知识层次愈高，这个现代游牧民族的雏形就越清晰。

需要说明的是，笔者在《中国西部文学论》中提出西部人动态生存状态和动态生存观念的论点时，并没有读到托夫勒的这本著作。我们是各自根据自己面对的研究对象，即中国西部人的流动迁徙和西方人的流动迁徙，走到一条思路上来的。与其说这是研究思路的巧合，不如说这是西部和现代生存实际在不同层次上的感应。

生存观念、生存意识的一个重要表现，就是对家的观念、对家的意识。对土地文化区的人来说，"家"是什么？是房舍，是牢固地扎基于土地上的多面体生存空间。在"家"里，也就是指在"房子"里。对游牧文化区的人来说，"家"是什么？是帐房，是可以随时搬动的、游走的多面体生存空间。是马背，是可以驰骋于大地之上的生存状态。在"家"里，也就是指在马背上。对现代一体化经济结构和社区组织的人来说，"家"

又是什么？是汽车、飞机，是游动于甚至游离于土地之上的多面体生存空间。在"家"里，对这些人来说，主要是在"路"上。因此，现代人的那种"家"的感情，已经不是地缘和亲缘之情，而是业缘（事业）和情缘（感情）。家的观念的不同，在生活的一切方面显示出来。比如说，在婚姻的稳定性这样的问题上，就能显示出来。

这样，我们便切实地感觉到了西部在动态生存观方面和现代的感应。无须说明的是，这两种动态生存观是处于社会经济文化的不同阶段的产物，它们是有很多不一样的。比如，西部的迁徙流动现在主要还是为了维持简单的再生产和低水平的生存条件，现代的迁徙流动则是为了实现宏观经济的大循环，满足人类生存的物质和精神需要。又比如，西部的流动，常常是群体的流动，是原有小社区（如部落）的整体搬迁。这种小社区的整体流动，人并不能从原有的社区生活组织、人际关系和文化圈层中分离出来，它总是维持着原有的生活结构和心理氛围，带有相当的封闭色彩，甚至在某种程度上是一种封闭的挪动。而现代"游牧部族"的流动，则主要以经济竞争、商品流通和个人精神需求为目的，每一次迁徙都是人在某种程度上对原有生存环境的剥离，甚至是对原有文化土壤团粒结构的一次破坏。而在迁徙之后，由于不再介入以地缘、亲缘为基础的生活结构和人际关系，个性和主体的张扬便有了相当大的自由度，有了活力。但这种"不介入"也带来了问题，便是传统道德、责任感和归属感的淡漠乃至丧失。中国西部群体的社区的流动，能够保持对民族的、地域的认同感和忠诚感。在现代西方的流动中，这一切都被冲毁了，只有对公司、对协会、对职业的忠诚，亦即对事业和利益的忠诚，而没有了对地缘、亲缘的归属感，也没有依靠伦理维系的长存的友谊。因此，人生常常使人感到冷酷。这促使现代西方社会伦理观发生质的变化，由亲缘、地缘伦理体系（家国同构的政治伦理体系），向业缘、情缘伦理体系（家国分离的经济伦理体系）转化，由和谐为本的伦理观，向竞争为本的伦理观转化。这又是中国西部动态生存意识向现代转化时不能不预先考虑到的。

尽管两种动态生存不可同日而语，我们仍要着重指出二者在文化心理的深层结构上的相似。这种相似使二者有可能越过几个历史阶段相认同、相呼应。这便是西部动态生存观在现代的积极意义。具体说，有这么几点：第一，动态生存意识有助于西部人解决原有的生活难题，促进他们去寻找新的生活条件和人生前景。第二，动态生存意识相对地有利于维护选择人生的自由和思考人生的自由。第三，动态生存意识一代一代锻炼了西部人的生存能力，并且在漫长的岁月中积沉为一种文化心理遗传基因，有利于西部人适应现代商品生产社会的各种人格要求，如角色意识、应变能力、心理能力以及竞争的机制。有篇报告文学写到，在广州的外汇市场上，新疆人的活跃度位居广州人之后，名列第二，以致新疆不得不在广州的三元里地区派出公安机关长驻。从中我们不是可以看到在动态生存意识化育下的阿凡提式的机巧和智慧吗？

五

西部随处可见的前文化自然景观、人文景观、心灵景观，和现代某种超越文化、排拒文化的社会情绪、社会心理、社会思潮相感应。

需要首先说明一下的是，前文化这个概念，含义很多，我在这里主要是指前社会文化，特别是前现代文化，不可引起混乱。

现代社会，是科学的理性社会。社会的现代化过程，在某种意义上就是社会的科学化过程、理性化过程。总体上看，也就是社会的文化化过程。但是，现代社会愈理性化（科学也是一种理性），人愈理性化，潜藏在人的自然本体中的非理性化欲求就愈受压抑，就愈容易反激出宣泄的需要来。这也许是一些大科学家、大哲学家、大文豪晚年笃信宗教的一个潜在的原因。甚至也许是他们中间的一些人，在人的非理性要求受到过度压抑时，终于失衡，得了精神病，甚至自杀的一个潜在的原因。

现代社会又是走向有序化和一体化的社会。覆盖全球的宏观经济循环为社会一体化建立了基础框架。科学技术超地域、超国界的全球性传播加速了一体化。思想、政治观点汇成流派、汇成体系，又用党派、政权、制度、阵营凝结为全球性的格局，也使一体化得到强固。信息社会的现代交通、通信、传播和全球性的电子计算机网络，不但使时空在整个世界几乎同步，而且空前地统一了思想、舆论、兴趣。瑞典科学家的一项发明，很快就成为全世界的财富。南极洲建立了一座新村，也会很快引起全人类的兴趣。世界愈是一体化，人类愈思念个性化，向往个体性，个体思维在沉重的压抑下解脱出来。生活愈变得有序，变得连你该不该笑、该不该哭，怎么笑、怎么哭，对谁、对什么事情笑还是哭，都要按规则（又不仅是礼仪的规则，还包含着人际关系甚至政治交往的规则）行事，人就愈眷恋无序，眷恋随心所欲的童年的天真和初民的耿直。

而人类又是怎样在自己辛勤创造的文化中被弱化的啊！文弱、文弱，这个词组合得何等科学。人类创造了文化，每一项文化成果都极大地扩展、延伸了人类认识世界、改造世界的能力，也提高了人类消费世界、享用世界的水平。但每一项文化成果又反过来削弱了人体。人类在文化的进程中，愈来愈成为科技的人、理性的人，成为政治动物、经济动物，而自然母亲给予我们的真性真情真力，在一天天削弱、退化。皇冠车使人日行千里却再不能产生"夜行八百"的飞毛腿，万宝空调使人在炎夏凉爽如秋却再也难于承担烈日下的体力劳动，菲利浦电视机使人能够看到整个世界甚至天宇，却使你对目力所及的眼前事物没有了反应。当人类由生到死都被包裹在这层密不透风的文化膜、科学膜之中，只能通过文化膜间接地、半透明地感知世界，而不能用自己的眼、耳、鼻、舌、身、心直接地触摸、尝味这个世界时，那长期受欺凌、受歧视的自然本性怎么能不愤怒、不咆哮、不反抗呢？当现代社会的文明将人类弱化得再也不能产生原本意义上的鲁滨孙和斗牛士时，人类又怎么能不急切地呼唤奥林匹克精神呢？

现代社会开始露头的某种超越文化、排拒文化的情绪、心理和思潮，就其积极意义来说，是人类撕破文化膜到前文化的、大自然的天地中做一种健身呼吸，是人类对正在蔓延的文化病的一种心理治疗。当然，这种情绪、心理，特别是思潮，也有消极意义。如果由超越文化发展到憎恶、反抗文化，而且形成思潮、形成理论，那就更错误。这一点，我们将在后面分别加以分析。

突破文化膜对人的弱化，一般有两个渠道。一是实践感受、实践强化的渠道，这就是近年来兴起的文化寻根型和回归自然型旅游。这两种类型的旅游已经形成热潮，大有超过城市消费型和文物考察型旅游的势头。再一个就是模拟感受、模拟强化的渠道，这就是近年来文艺创作兴起的文化寻根热和"人与自然"热。为什么模拟的渠道选择了文学艺术呢？因为其他的意识形态和各类学科，像哲学、伦理学，都是理性文化、抽象思维文化，只有文学艺术是感性文化和灵性文化，是具象思维和灵象思维文化。也只有文学艺术能够再造描写对象本来的面貌，通过形象性、感情性和个别性、偶然性来感染人。这种特点可以说正和人内心潜在的无序性、非理性要求暗合。

无论是对大自然和前文化状态的实践感受还是模拟感受，都不约而同地将关注转向了中国西部。因为中国西部是前文化生态和心态最丰富的地方，这是它拥有的一笔得天独厚的文化资源。

西部的自然风光中，没有或较少有文化膜的附着物和散落物。西部的雪山、草地、河源、湖泊，就其实际的存在来说，大都是纯自然的，没有社会实践活动的改造，是造化的赐予，是天籁的秘响，有着特殊的真切感和纯净感。当你面对这地老天荒、完全超脱于人世社会的景观时，一种历史的、哲学的、人生的、生命的沉思和感慨便不由生出。这些阅尽人间春秋的高山大河似乎在以沉默为语言，告诉你：人世喧嚣处的生命，是具体的、琐屑的、忙碌而不知何以忙碌的、形而下的。而这里，西部，则有在无边无际的宏阔的时空中循环的大生命、真生命、形而上的生命。这里是沉默的，却可以思接千载、神通万里，因之十分喧闹。为生命所累、为生命所苦的现代人，希望能在应当喧闹的地方求得沉默，例如在闹市的人群中；而在应当沉默的地方，却神往于精神上的喧闹，例如在大自然中。

西部社会风习中的前文化因素，对现代社会心理是一种平衡。物质生产与精神生产是不平衡的，是在矛盾、冲突、差别、离异中求得大一统的。自然经济、村社和部族文化从历史的角度来看是落后的，从伦理的角度来看却很复杂，有落后、保守的一面，也有淳厚朴实、重义轻利的一面。后者在调节、润滑社会的运转上，有着积极意义。特别是在非意识形态领域，在民风民习中包含的那种朴素的、原生态的人伦哲学、群体认同、天人合一、崇尚天然和综合的、整体的把握世界的致思方式，对于现代社会商品交换对人心的侵袭，对于实用主义、个体自足、天人对立和过分实证的、精确的、微观的把握世界的致思方式，是一种平衡和补偿。

西部非文字表述体系的文化较为发达，对文字符号给予现代社会的笼罩和现代人的制约，也是一种平衡、补偿。西部初期的文化财富和其后的许多文化传统，都是采用民间口头纵向传递的形态保存、延续下来，如各民族的创世神话和英雄史诗，便是通过阿肯弹唱等民间口头说唱一代一代流传下来的。它和通过现代印刷术的大面积横向传播有很大不同。它不是通过文字符号的翻译（而且这种翻译是二度的，即记录、整理、创作时的一度翻译和欣赏、接受时的二度翻译）来传播的，因而较少受符号表述时的局限，翻译者表述时的局限，接受者对符号理解、再现时的局限等的制约。这里每一种制约，都是一次失真。它也不是通过现代印刷进行的横向的大面积的同步传播，可以在相当程度上避免同步覆盖所导致的个性消失和整体文化的共性侵蚀，更多地保留原生的生活画面和情趣。此外，西部的非语言表述体系也较为发达，大量的文化财富和生活的、心理的经验，既通过语言（又分文字和传说、弹唱），又通过音像（如歌舞）和自娱性（如民俗）的表述系统，集中起来，传播开去，留存于后世。社区疏离所造成的处理复杂政治关系和人际关系的钝拙，使得语言使用的深度和广度受到限制。西部人更深更广地和自然交流。他们常常通过非语言表述的歌声、舞姿、某种婚丧嫁娶和祭祀的仪式来表达自己的喜怒哀乐，交流感情，协调社区精神。非语言、非文字表述，相对于精确、丰富的现代语言文字文化来说，当然显得粗糙、简陋，却也有某种优越性。这种表述方式的轻符号、重感觉，轻形式、重意会，轻微观内容、重总体情绪，以及它的现场交流和自娱参与特色，应该说都是值得日益发展到精致程度的现代文艺参考的——而且也正好与现代文学艺术许多新探索暗合。这正表明了两者之间的感应。

应该承认，以上粗略涉及的这一切，表明了西部人心中的非文化自我（非现代文化自我）因子较多，人的自然本性、人的传统本性（前现代文化本性）保存较好。这对被过量物质文明压抑着的、相当程度上物化了的现代人来说，是一种人性的召回、一种生命的复生。不是要现代人回到前文化状态中去，而是要现代人在保存、发展已有的文化智能的基础上，同时恢复、发展正在退化的非文化智能，恢复、发展我们和宇宙用多种语言，甚至沉默来对话的能力，这是主体和客体在无边的领域里感应、默契和呢喃的能力。这种能力的重新发现和在新境、新界中的发展，将是人在未来社会全面发展的一个重要表征。

在现代后工业社会开始出现的"反文化"情绪，大多是朴素、自发地表现于民间的日常生活中，有的则被提炼为意识形态，提炼为一种观点，一种主义，并扩大传播为一种思潮。它的情况很复杂，不能一概而论，需要做具体的分析，区别对待。我感到，现代的"反文化"情绪大致有这么几种意思：

第一，反唯文化，认为人应该在发展文明的同时，重视自己的自然生命；在承认人是一种社会的存在（文化的存在）的同时，也重视人是一种类的存在。故而应该寻求一条路子，使人在日益文明化、社会化的现代，能够保持住自然赐给我们的真情真性真态。我觉得这种看法是有一定道理的，只是需要进一步看到，人的自然本性在一个文化的社会中，不可能抽象地存在着，它归根结底总会带上这样那样社会意识文化的色彩。作为一种补偿、一种追求未尝不可，但要实在地获得这种"真"性，又是不可能的。

第二，反符号文化，例如非非主义，认为文字语言符号是存在于主体和客体之间的一种假象，文字和语言使我们反而认不清这个世界了，是对真世界的否定（"不是这样的"）。而"非非"，即"不是不是的"，就是要否定文字语言符号对真世界的否定，非其非，求真是，让人类直接与客体世界相通。这种看法，就发现文字符号在认识过程中的局限性和副作用方面，是敏锐的，有可取之处，但是它走到了另一个极端：反对与文字、语言相联系的整个现存的文化形式、文化成果；认为文字语言成为现代社会的"世之界限"，现代世界成为一座文字语言的海市蜃楼，是彻底的错误，应该完全轰毁；甚而主张对现代社会做"前文化还原"，退回前文字时代，重新探索人类文明发展的"亿亿种可能"。这就掉进了全面否定历史、否定现实，甚至否定未来的虚无主义泥淖，在历史悲观主义的深渊中不能自拔，显然是我们不能同意的。即便这样，他们主张勇于探索，开辟新的文化世界、文化自我，开发人类被现存文化窒息了的"文化外"的认识潜力和创造潜力，还是有启悟力的。

第三，反传统文化，也反主张批判继承传统的现实文化。由此出发，反对一切文化规范和行为准则，包括社会主义的文化行为规范。这种主张，不但理论上错误，而且直接导致现实社会政治、经济、文化生活的混乱，危害性很大，需要认真地分析、批判。

在中国和外国的历史文化演进中，可以说一直存在着一条若明若暗的"反文化"情绪的虚线。中国上古时期曾经出现过一段文化的灿烂发展期，老子和庄子早于我们几千年，超前体察到了文化繁荣给人带来的困窘。他们反对一切人为之事，反对文化规则和精神传统。老子说："五色令人目盲，五音令人耳聋。"他反对当时的伦理观念；主张"绝仁弃义"，反对传统的理性法则，主张"绝圣弃智"；认为人的一切痛苦都是文化造成的，只有"绝学无忧"，抛弃了学问文化，才能避免忧患。庄子走得更远，他把"反文化"的老子推向极端，明确提出"灭文章，散五采"，主张取消一切文化。庄子是在人类思想史上第一个触及人的物化处境的哲学家，最早提出了反物化的哲学命题："物物而不物于物""胜物而不伤""不以物挫志""不以物害己"，总之，"不囿于物"。他似乎对自己的主张抱持悲观主义的态度，认为这一切都无济于事，社会的发展将使人的物化命运无法扭转。得救之途只有"堕肢体，黜聪明，离形去知"。谓之"坐忘"，倒很有点现代非非主义者的洒脱。在西方，尼采陈述过"道德对生命本能的压抑"的观点，别林斯基慨叹过"智慧即痛苦"，海德格尔看到了"存在（指社会文化存在）的冥暗"，弗洛伊德则处处感到"超我对本我的压抑"。所有这些，都反映了中外思想家对文化压抑人类的感知，都是对"反文化"社会情绪的不同表述。他们有的以科学的精确，有的以文学的感慨，有的从积极方面，有的从消极方面，陈述了"反文化"问题。而在不同的历史文化背景之下，他们这些见解所起的作用也是迥然而异，有的积极，有的消极，有的带有破坏性，需要我们在具体的历史条件和文化背景之中加以具体的分析评断。其实，马克思关于人的异化的理论，十分深刻地论述了资本主义工业文明对人本性的压抑。他指出"劳动的异化，人失去他的本质而变成为物"，他评述了英国工人破坏机器的反资本主义文明的行为。马克思主义以历史唯物主义的态度，在特定的时代、阶级、社会文化关系中对这方面的问题做了历史的、具体的分析，而且从中找到推动历史进步的积极力量和积极情绪，这就是推翻资本主义而建立一个新的制度。在马克思主义者看来，物质文明愈加速发展，精神文明的建设愈应该受到重视。从这个意义上说，中国共产党人提出的相辅相成抓好社会主义物质文明和精神文明的建设，为现代社会物对人的压抑、文化对真性的压抑找到了一条积极解决问题的正确道路。

正因为现代"反文化"情绪有如上的复杂性，我们应该对西部和现代在这方面的感应做两点论的分析。既要看到这种感应的正效应（如前所述），也要看到它可能产生的负效应，负责任地指出它，尽可能地预防它、转化它。

比如说，既然这种感应是现代潮从西部潮的某些原始形态的生活与心理中获得某些结构效应、某些平衡和补偿，那就不可否认，结构效应并不会是纯结构的，它不可能将内容完全从结构上剥离干净，必然会挟带着一些内容上的东西。一方面，平衡和补偿的需要，使现代生活从挣脱文化困境出发，主要关注到西部那些原始的、古朴的生活和心理内容，而忽略西部在现代化进程中充满生机和活力的生活内容和心理内容。平衡和补偿的需要，使现代潮在这种感应中处于主动地位，人们并不负有全面地、历史地评价西部，并设法从积极方面改造西部的任务，他们只是以现代潮的"反文化"情绪为主坐标，借西部的前文化来浇自己心中的块垒，因而脱离西部全面的真实，夸大到曲解西部的情况就难以避免——完全借西部生活之形装现代人之魂，把西部生活和西部形象搞得不伦不类、不尴不尬。应该注意以西部生活、西部精神、西部历史进程的全部真实为土壤，避免从先验的想当然出发，随心所欲肢解西部；应该注意将特定的西部现象，放到特定的历史进程中做历史的、辩证的分析理解，避免将西部变成一个抽象的、凝固不变的、遥远而又古朴的神话，来被动地和现代对应；应该特别关注西部文化在内在结构上和现代的沟通，把握西部生活的内在精神，把握这种内在精神积极、进取的一面，反映出西部如何主要以自己的"优根"、优势和现代精神相感应；还应该特别注意反映在现代化进程中，西部精神和文化心理的积极能动作用……这一切，都要求我们的作者和学者根除自身在看待西部时的任何一点优越感、任何一点贵族式的倨傲不恭，否则，必然要在自己的创作和写作中流露出来，而不为西部人民所接受。

六

西部人原始生存和艰难发展的悲剧感、忧患感，和现代人超高速发展的焦虑感、忧患感相感应。

在我们民族的审美心理中，西部总是和悲壮、悲怆、悲悯等意象和情绪联结在一起，和悲剧感联结在一起。近代德国美学家 J. 伏尔盖特在《论悲剧的美学》中，指出构成悲剧的三要素，一是强烈的、异乎寻常的苦难（包括身体和精神两方面），二是人性的伟大，即内在精神气质上的崇高和类崇高，三是比较典型的有代表性的悲剧命运。这三个要素在西部中国的自然景观和历史、现实生活中都有丰富的蕴藏。

从西部的生存环境看，有两种主要的自然意象，构成了西部悲剧气质的原型。

一是落日。太阳是光明、温暖、繁荣、欢愉的象征。红日西沉，接踵而来的就是黑暗、阴冷、凋零、悲凉。黑暗使人孤独无助，夜色使人忧郁顿生。日落西山的悲剧效应已经成为人类共有的文化心理。当妈妈对怀抱中哭闹的孩子说，"再闹，晚上把你放在门外"，连不谙事理的稚童也明白这意味着什么。

一是西风。西风日渐，接踵而来的就是萧索的秋天和冷峻的冬季。春的生机和夏的繁盛成了过眼烟云，百草衰败，百虫蛰伏。无色无姿无声的秋冬，使人的心境和大地那样一片寂寥。消沉的人更其消沉，为万物难逃的劫难而悲哀；超脱的人更其超脱，为枯荣盛衰的梦幻而悲悯；积极的人准备着更严酷的搏斗，心头弥漫着悲壮。文人雅士的笔下，"碧云天，黄叶地""西风紧，北雁南飞""快倚西风作三弄，短狐悲，瘦猿愁，啼破冢"等愁肠百结的诗句便纷至沓来。

自然之夜在日落西山中来临，与人生之夜产生感应，自然之冬在西风渐紧中来临，与人生之冬产生感应。这是天人异质同构在西部产生的生命共感现象，它构成了西部悲剧感的一个重要的源头。

从西部人的精神气质和人生命运看，也有两种人物形象，构成了西部悲剧气质的原型。

一个是"扶伏民"，这是悲哀者的原型。《太平御览》四夷部十八、西戎六"扶伏"条记载，轩辕黄帝的臣子茄丰曾被流放到玉门关以西的地方。也许这是中国历史传说中第一个西部流亡者。据说他是怀着强烈的原罪感躬腰西行的，因此他的后裔便被称为"扶伏民"。也许茄丰血缘上的后裔，现在已经找不到了，但是他精神上、心理上的后裔，在漫漫的历史长廊里躬腰西行的政治流亡者、精神流亡者、生活流亡者，以及他虐型和自虐型的流亡者行列中，我们见得太多了。这个匍匐于西部地平线的"扶伏民"形象，透露出了西部人悲剧型文化心理的一个重要方面。

一个是夸父，这是悲壮者的原型。这个和"扶伏民"精神状态完全不同的传说中的英雄，也是在奔向西部的壮烈历程中完成自己的形象的。夸父雄心勃勃，要和"坐地日行八万里，巡天遥看一千河"的太阳神作一次马拉松式的竞赛，他要追上太阳，拉住它，不让它掉到地平线下面去，让西部、让世界永远光明和温暖，永远没有悲剧。他赤脚朝着西部疾行，终因饥渴而毙命。当这位英雄轰然倒下时，仍然壮心不已，抛出手杖化作一片桃林，给光裸的大地以绿荫，以果实。这是西部精神悲壮的原型，其中渗合着对社会发展、对人类生存强烈的忧患感和责任感。夸父是否有后，已经无从考察，我们却从千千万万开拓西部的先行者身上，看到了他的精神。最早西巡的周穆王，出使西域的张骞、班超、朱士行、法显、玄奘，和西部各民族联姻的解忧公主、弘化公主、文成公主，贬谪西部、屯垦西部的林则徐、左宗棠，以及从西汉开始一直到20世纪社会主义时期遍布西部各省的几百万生产建设兵团和石油、地矿、冶金、科技大军，所有这些历朝历代的西部开发者，这些要让阳光永驻西部的人，都是夸父的子孙。这是一个远比"扶伏民"壮大的英雄家族。他们尽管不都像夸父那样悲壮地结束生命，但他们艰苦拼搏的业绩、无私奉献的精神和追求光明理想的执着意志，无一不像夸父那样豪强悲壮，充满了历史责任感。

可以说，中国西部悲剧精神的积极因素和消极因素，都蕴藏在这两个原型中了。夸父和"扶伏民"，是我们理解西部悲剧感和忧患感的两把钥匙。

西部精神的悲剧美，已经在西部文艺中有了丰富的表现。限于篇幅和各段结构的均衡，我仅就文学方面的情况做简略的评价。

在叙事性文学中，西部的悲剧美大约有几种表现：

人境相悖的悲剧，主要由人与环境的矛盾导致。像长篇小说《桑那高地的太阳》，在对悲剧性的展示中，很突出的一点，就是通过人的境遇的改变（兵团战士由内地来到边疆），人和环境在重新组合中新产生的矛盾，来揭示这一代人内心具有历史信息的悲剧色彩。他们既不肯屈服于环境，又不得不屈服于环境，产生了巨大的心灵痛苦。

史美相悖的悲剧，主要是道德与历史的错位导致。《麦客》中水香与顺昌的爱情悲剧，实际上是传统道德对人性中搏动的历史要求的扼杀。这种扼杀主要是通过这一对婚外恋人自身心理上旧道德对合理感情的扼杀来实现的。"他虐"通过"自虐"得以完成，就更有了深刻性。《人生》中对此表现得更为丰富——高加林的悲剧，是传统社会道德对人物命运的"他虐"完成的；巧珍的悲剧是传统社会道德通过人物"被拯救者心理"的"自虐"来完成的；而在德顺爷身上则体现了一种身处"虐"中而不知其为"虐"的麻木之悲。

灵肉相悖悲剧，主要是人心中形而下欲求和形而上追求的矛盾导致的。在《灵与肉》和《一个唯物论者的启示录》系列中篇中，这是贯穿始终的悲剧基线。食、色之欲和理想精神追求，构成许灵均、章永璘的深刻悲剧。这是一代知识分子的悲剧。

形神相悖的悲剧，主要是理想与现实的矛盾导致的。这是一种理想人格不能实现的悲剧，是张承志作品经常采用的悲剧形态。张承志作品中那个"我"，是理想人格的化身。他在西部大地上做精神漫游，总是找不到和理想人格相吻合的现实土壤。于是，追求的失落和失落的痛苦，成为人物恒定的心理贯穿线。痛苦成为一种幸福，一种虽不可实现却依然保持崇高的幸福。

动静相悖的悲剧，主要是静态生存和动态生存的冲突，或换一个角度说，是保持文化个性和开展文化交汇的冲突导致的。中篇小说《唱着来唱

着去》所反映的北疆阿勒泰中苏边境民族杂居地区动态的民族文化，包括血缘的交汇如何影响着民族文化个性和血缘的纯一。主人公赛义江在动态生存社区对文化开放的认同和民族加于他的保持血缘的纯一所要求的感情限制的冲突，构成深刻的同化与反同化悲剧。

天人相悖的悲剧，主要是人与自然的矛盾导致的。中篇小说《环湖崩溃》就触及这种悲剧。作品中写到，1958年强制牧民定居务农，大量开垦草原，最后大自然反过来报复了人类，使这里农业、牧业都难于发展，天人相悖造成了悲剧。

这里所谈的叙事文学中的几种悲剧形态，在具体作品中当然不是这么清晰，可以明确分类的，它们常常交织地出现在西部文学作品中。

在抒情性文学中，西部的悲剧美大约可以归纳为三种表现：

分合悲剧模式。它主要反映中国主体文化中家国同构、天人合一、伦理中心的和合精神核心，是与中国西部游动生存状态和动态生存观相冲突而产生的，主要表现为离情别绪、离愁别恨的抒发和咏叹。从古到今，中国西部诗歌中大量的伤别诗、乡愁诗、闺怨诗都程度不同地感应着这种分合悲剧。这些诗具体地看虽然写的是思亲友、思征夫、思故乡之悲苦，但从整体上把握，却反映了和合精神和动态人生冲突的悲苦。为家（尽孝），需要静；为国（尽忠），需要离家赴任或别亲从戎，不能动。真是自古忠孝不能两全。按家庭伦理的标准，需要在家侍奉尊长，携妻将雏，这是静；按社会历史的标准，需要别家远行，介入社会，从事社会的政治、经济、文化活动，这是动。历史评价和伦理评价总处于矛盾之中，也是自古难于两全。进一步，从静态的家中出去了的，便有思乡之愁，家里也有思游子、征夫之愁。终于没有从家走出去了的，又有人生无法实现之悲苦，向往比家更高的人生境界而不可得的悲苦。于是吟唱出多少感天动地的诗句："可怜无定河边骨，犹是春闺梦里人""感时花溅泪，恨别鸟惊心""但见沙场死，谁怜塞上孤""羌胡无尽回，征战几时归"……于是创造出多少蕴寓着分合的诗歌意象群：离异意象群——牛郎织女；团圆意象群——月亮、鹊桥；距离意象群——流水落花、高天远云；接连意象群——鱼、雁……

兴亡悲剧模式。如果说命运悲剧主要表现为"分、合"二字，那么历史悲剧则主要表现为"兴、亡"二字。"兴、亡"更替是历史循环的必然，一切兴盛都是以衰亡为前提，为代价的，有亡乃兴，兴亡都含蕴着悲剧。西部文艺主要通过各民族创世史诗和古歌咏叹兴亡，如巨型长诗《福乐智慧》《十二木卡姆》《格萨尔王传》等，都从一个宏阔的时空记叙和感叹了历史的兴亡。汉族著名的写西部征战的抒情散文《吊古战场文》，拉开时空距离，从战后的视点、后人的思考中写战场，表现出深长的历史兴亡的悲怆，将一个已经悄无声息的古战场写得何等惊心动魄。看那描绘中的悲哀："浩浩乎，平沙无垠，复不见人，河水萦带，群山纠纷，黯兮惨悴，风悲日曛，蓬断草枯，凛若霜晨，鸟飞不下，兽铤亡群……"听那想象中的慨叹："尸填巨港之岸，血满长城之窟。无贵无贱，同为枯骨。鼓衰兮力尽，矢竭兮弦绝，白刃交兮宝刀折，两军蹙兮生死决。降矣哉，终身夷狄；战矣哉，骨暴沙砾。鸟无声兮山寂寂，夜正长兮风淅淅，魂魄结兮天沉沉，鬼神聚兮云幂幂。日光寒兮草短，月色苦兮霜白，伤心惨目有如是耶！"亡是一种悲哀，无须多说；兴亡迭替是一种悲哀，亦无须多说；兴，难道也是悲哀吗？是的。胜利和成功了，又会有君弃之悲、世弃之悲，忠奸相搏之悲，争名逐利之悲。这些盛世的悲哀，也在西部抒情文学的弦上弹奏出自己的声音。

枯荣悲剧模式。这主要是自然界的枯荣变换、盛衰更替在人们心理上所引起的同构感应，发展为文、为诗，前面已经谈到了。

当代西部文学，特别是新时期以来的西部文学，表现西部悲剧美更为深刻、内在。这最主要表现在，许多作家能够突出西部文化开放、交汇的特点，从世界文化的互渗、古今文化的反差这样一个大背景上来展示西部人精神上的悲剧色彩。如张贤亮笔下的章永璘，除了带着西部知识分子在极左思潮下的原罪感，还可以看到俄国民粹主义者的悲剧心理。张承志笔下的精神强者，也常常带着一点西方传统文化中人文主义、浪漫主义的情调，感觉得到牛虻、马丁·伊登的影响。王蒙《杂色》中的曹千里和契诃夫笔下的马车夫，在被生活抛弃孤独难耐这一点上不是也有某种精神联系吗？

西部文化也有着对悲剧意识的消解因素，主要是大自然和酒。西部自然既是悲剧感的一个根源，又是悲剧感的一种消解因素。大自然教人强健和旷达，教人宏阔而振作。酒是西部生活的宠物，它不像在内地，主要使人超脱避世，从消极一面来消解人生的悲苦。在西部，酒是强壮入世、扬神励志之物，它促使人积极入世，用精神的振作消解生活的悲苦。

现代社会存在着深刻的悲剧感。现代社会悲剧最深刻的原因，在于物质生产和精神生产的失衡，在于社会发展和心理承受失调。我们可以在这两方面看到它和西部悲剧感的感应。

首先，现代社会剧烈动荡，急速发展，造成人的困窘、焦灼，导致种种文化心理病变。

人生的加速流动造成心理的高频震荡。现代人经常毫无准备便投身于完全陌生的新社区生活和异域文化环境，使心理上出现迷惑和震荡，有时甚至会使得适应能力崩溃。

现代社会政治、文化、经济在激烈竞争中的高速发展和矛盾纠缠，常常诱发各种突发事件（如战争、案件、破产、政变），临危抉择的超常压力，过度刺激的心理病变，使现代人经常陷入亢奋的痛苦。

现代社会超量的感觉轰炸和过重的信息轰炸，构成人类的不胜其苦的心理、感情和思考的噪音。一方面它逼使人类疲于奔命地处理信息、融解感觉，以跟上时代潮流，保持自己每一秒钟都岌岌可危的有一定序号的社会位置；一方面它使人的感觉麻木，使人厌恶和排拒信息的接收和处理。"恶心！"这现代社会年轻人中流行的口头语，正是感觉轰炸、信息超重造成的厌恶、疲惫、反感、愤懑等心理病变的一种宣泄。感觉的过度刺激歪曲了我们体察现实的真实程度，认识上的过度刺激影响了我们思考能力的科学程度。现代人越来越锐敏的感性和越来越深刻的理性都在发生病变。

现代社会一些外部环境的改变，使人类的生存状态正在急剧恶化。噪音、沙化、吸毒、空气污染等各种各样难于控制的生理和社会的恶性病变，日益减少的资源和财富分配不公造成的抢劫、杀戮、地区争端和局部战争，等等，使人类对我们驻足的这个小小的地球村，到底能够在多长的时空里、多大的程度上承载正在以等比级数增长的人类缺乏信心，渐增恐慌。现代人类对世界的终极思考，悲观远胜于乐观。

这些发生在20世纪末的文化病变，或使人产生现代焦灼感，追求疯狂的介入，或使人产生现代冷漠感，追求病态的超脱。现代人便这样由两条相反的路同时陷进了精神泥潭难以自拔。他们似乎在中国西部发现了希望，辽阔的带有崇高感的大地，没有文化污染的空气是一片多好的精神家园，而西部人旷达中的奋进和奋进中的旷达，无异于两剂疗救现代文化病的药方。这是现代和西部一种逆向的感应。

其次，也许更深刻的现代悲剧，还来自现代经济的活跃、激荡将人不断地从原有的生存土壤和精神家园中剥离出来，和人的落叶归根的本能要求所构成的心理怪圈。生活和情绪愈动荡，心灵愈希冀安静。和生存之根、精神之根的时空距离、文化距离愈遥远，寻根归家、落叶返土的心情就愈迫切。流动产生的流失感，离土产生的归家情，会成比例上升。这是现代人的一种流行病，一种时髦而又深刻的悲哀，是现代人与生俱来、与日俱增而且难以克服的心理怪圈。以此故，当离开乡土的美国黑人作家杜波伊斯提出"寻根"这个课题时，很快引起了世界性的回归性流动。当中国知识界也开始感到"寻根"对他们是那么必要，成千上万人的目光便回落到西部。这其实是现代和西部一种同向的感应。

七

西部人由于空间疏离造成的孤独、人在"物化人"包围中的孤独相感应。

美国有一首西部歌曲叫《孤独的牧羊人》，听这首歌，许多人会感受到一种异域情调。但中国西部人、游牧者们听这首歌，旋律是陌生的，情境则是熟悉的，带着他们生存记忆的西部色彩。这个感觉，是伊犁河谷的一位乌孜别克族女歌唱家、电视演员告诉我的。还有一次，几位内地的作家、评论家，一道驱车于青海湖畔，当车载音响放出《孤独的牧羊人》时，他们经历了一次新的美学发现，他们惊呼：这回真懂得了牧羊人的孤独。

中国西部地广人稀，拥有国土面积的四分之三，只居住着国人总数的十五分之一。这是西部社区疏离的一个原因。更主要的原因，是它以自然经济为主体的农、牧业生产方式。西部的可耕地，很少像东北、华北大平原那样大面积地集中成片。一座海子的边沿，一条小河的谷地，零零星星，疏疏落落为人类的生存提供一点绿地，散布着一些小小的村落。社区不能再扩大，也不能太密集，因为土地母亲狭小的胸脯上，承载不了过多的儿女。他们只有疏散，只有稀释，移人就土，移畜就草，才能生存繁衍。西部的草原虽然辽阔，但牧民赖以生存的牧群，需要比耕地大得多的草场才能养活。如果一个牧民之家只一百头牛羊，起码需要一千亩以上的冬、夏草场，才能构成勉可循环的生物圈和食物链。这是由草原载畜量决定的两座帐房起码的空间距离。西部社区的疏离，在自然经济的农牧业阶段，简直是不可避免的事。人被土地包围着，土地被雪山、草地、戈壁分离着，西部便有了孤独的远村。人被牧群包围着，牧群被草原包围着，牧群越离得远，牛羊越吃得饱，西部便有了孤独的帐房。

这样一种生存状态，使社区与社区、人与人绝少交流，甚至无法交流；也迫使社区与社区、人与人在无法交流的状态下建立一整套封闭的、内向的、自给自足的生存循环机制，以致慢慢减少了交流的需要，甚至无须交流了。西部的农民、牧民，只有全面掌握衣、食、住、行的本领，才能生存。这使他们常常成为什么都得干、什么都会干、万事不求人，但总体生活水平不高的那种"能人"。年深日久，世代相传，孤独的生存状态不可避免地转化为孤独的文化心理，孤独的情绪氛围。啊，我那西部"孤独的牧羊人"！

这当然不是西部文化的优势，但也在某些方面转化为了优势。西部社区疏离所造成的人际孤独，极大地发展了他们与自然直接进行实践交往、思维交流、情绪交感的能力。他们不善表达，善沉思；不善言辞，善意会；不善舞文弄墨，善轻歌曼舞。他们拙于社会交往和人际周旋，却和大自然，和他们的牧群、草场、远山、流云，有着自如的对话和细妙的感应。他们在文化传播符号——语言，在现代传播手段——报刊书籍、广播电视、会议文件之外，创造了独处大自然中和外部世界交流的"手语""眼语""心语""情语"。这是孤独给予西部人的天籁。

中国西部的孤独，情况很复杂，其中还有生存精神和审美心理上的原因。例如西部的大景观、强者和硬汉，就是造成孤独感的一个原因。大者为美，是那种孤独崇高之美。不论在自然还是人文景观中，大者、强者之间都常常保持着较大的空间距离。相当的距离是他们生存和具有崇高之美的必要条件，失去距离也就失去了他们的强大，也就失去了他们所以为大美的原因。只有小树、小山才能丛生，密集地挤在一起。大河需要广阔的流域来汇集，大山只有地壳的运动才能隆起。千年老树总是集地之精华，伟岸地、孤独地耸立着。虎是兽中强者，很少成群结队，它们每一只都需要一座山林来养活，它们永远是孤独的山林之王。鹰是禽中强者，也总是孤独地和悬崖峭壁为伍。

人也是如此。君子之交淡如水，精神劳动本来就是孤独的个体劳动。精神上的强者，常常是不同领域里的启蒙者和先行者，不喜欢拥挤在一个空间。所谓"江山代有才人出，各领风骚数百年"，也包含着一个精神的强者常常像大江大河一样，需要广阔的时空流域来化育、汇集的意思。星河灿烂的时代也有，更多的是在历史的淘汰之后，剩下代表性的、孤独的强者，隔着时代的银河相望。别看他们异地异代而处，却可能是真的知音。知音往往并不是日夜厮守在一起的人。

精神强者一般都是深刻的思考者。高强度的思考需要高强度的孤独。在思考进入极致时，思考者常常在心灵上绝尘弃世，实行自我放逐，这使他们很不合群。孤独的弱点加上过人的成就，极易遭到群体的排拒和嫉妒。嫉妒和排拒使他们愈益孤立。更有甚者，精神的强者常常有超前于现状、超前于常人的见解。超前是一种对现状和后续的批判，于是他们常常在精神上遭到社会的放逐。异人被诬为异类，这是经常发生的历史的误会。车尔尼雪夫斯基、列宁、鲁迅、毛泽东及其战友，都有过精神孤立、精神放逐的遭遇。他们可能身在闹市，却感受到无人对话、无人交流的孤独。他们甘于寂寞地处在那个万头攒动的主体文化结构之外，执着地探求着。鲁迅的感叹"现在成了游勇，布不成阵""两间余一卒，荷戟独彷徨"，就透露出探求者的孤独。有时这种放逐远远超出了精神的范围，他们便不约而同来到了偏远的西部，来到了政治、军事、经济、文化的"边区"或"圈外"，另行经营一个新的天地。车尔尼雪夫斯基、列宁来到了西伯利亚。一个在那里写下了长篇小说《怎么办？》，画出了自己心中的理想社会彩图；一个在那里写下了论著《什么是"人民之友"以及他们如何攻击社会民主主义者？》，为新制度扫清道路，铺下理论基石。毛泽东和他的战友由南到北，用脚走出一个有力的弧度，纵贯半个中国，直指西部，来到了陕甘宁边区，来到了保安、延安这些西部边城。在这里他们既用理论，也用政治的、军事的、经济的、文化的行动，实践着一个新社会的雏形。鲁迅虽远在上海，但他的心早已经和这些在西部边地的人走到了一起，他多次在文章和电稿中表达了自己的向往和钦佩。

先行者在后面的大队跟上来之前，启蒙者在整个社会启蒙之前，都有一段漫长的孤独，成为精神的流放者、心灵的游历者。这是又一种西部的孤独。我们看到，这种孤独实际上已经将西部和现代连接起来了。

如果从更广阔的思路上来思考现代孤独的成因，除了上面提到的，还有这样一些话题——现代人整体文化素质的提高和内心生活的丰富，促发了孤独。孤独常常是智慧的苗圃，是思考的沃土，是驰骋感情的旷野。现代人也就常常将孤独看成自己的领土，自己的财富。现代人的对话与交流，要求有丰富的信息内容、思考内容、情绪内容。因而一切语言以沉默为渊源，一切交流以沉默的劳动——收纳信息知识、沉思事物的内部联系、蕴集感受和情绪——为土壤。现代人认为，世界上最有资格说话的人、最想说话的人，不是喋喋不休者，不是津津乐道者，而是最为沉默者，亦即最好的思考者。是戴着眼镜的孤独的老猿，而不是穿梭往来的活跃的小猴，生活得更尊严，更有分量。现代人要说话，就要说那些别人和自己在沉默以前说不出来的话，即有信息、有见地的话。这样的话，只有孤独才可能赐给，感情也是这样。按现代知识分子的观点，无可言说无须言说、无可交流无须交流的爱，才是可以独享的爱、至高的爱。——内心世界的丰富，就这样导致了孤独的偏颇。

与此若即若离联系着的，是现代社会群体主体和个体主体的大幅度张扬，孤独和交流同时成为主体张扬的天空。群体认同需要交汇，个体自足则倾倒于孤独。以个体主体为基座的价值观、人生观的流行，造成一批孤独者———批社会的"独行侠"。请看顾城的诗《远和近》："你／一会看我，一会看云／我觉得／我看你时很远／你看云时很近。"这种类似叔本华论述过的人的隔离感和对人际关系的悲观观念，造成了一批"迷乱和战栗的孤独的个体"（基尔凯戈尔语）。

还有前面谈到过的，在现代生活的急剧流动中，个体不断地从原有的环境、原有的群体中被抛甩出来，感受到孤独。从外部看，个体与环境、个体与社会群体难于组成的永恒的固定的关系，难于熔冶一体。从内心看，这种人和群体的不断游离，也迫使人不能不为自己创造一个相对稳定的内部环境，以实现良性的精神循环。这就容易导致内向型、内存型的孤独。而现代文化动荡造成一部分人对生活采取消极的不介入主义，他们以超悲剧、超喜剧、超义愤、超真诚的油滑对待生活。这种现代冷漠、这种现代幽默的别名，正是现代孤独。

现代孤独也是一种逆反。人愈拥挤在城市，社区空间愈密集，愈要开辟和保留自己心灵中的小天地，没有绿地，哪怕在阳台上搞盆栽，也要将它密封起来。社会愈是一体化，人愈希望独处。生活愈是规范化，个性愈要求独立。

身体的面对面，常常诱发心灵的背靠背。无法逃离的频繁的人与人的交往，常常导致对这种"逃离"的罗曼蒂克的神往，和对孤独的乌托邦之国的单恋。

现代孤独更是一种自救，尽管这种自救也许是无望的尝试——深知有被既在世界的喧嚣淹没的危险，深知有被既在文化机制操作的危险，仍然决心与世绝缘。这种绝缘的心灵气功，导致人格、诗格、文格的孤独。人们在生活中，在作品中，开始自言自语，本我、自我、超我相互对话，在自己一个人或极小的一群人的心境、身境与语境中，度过孤独的生涯……我们还要说，尽管这种自救非但是无望的挣扎，还可能是更深的溺水，但的确有人在尝试。

在过去和现代的浪漫主义作品中，孤独一直是被欣赏的。德国的少年维特离开迷人的姑娘而远走，在一个完全生疏的地方生活。中国西部的藏族姑娘在失恋之后，也离开钟情的人去一个遥远的草场，在陌生的孤独中重新生活（《走出荒原》）。在荒漠中行走的西方圣徒和在雪路上磕长头的西部朝圣者，都在经受孤独的洗礼。浪漫主义主要不表现生活实在是怎样的，而表现生活应该是怎样的。这类作品常常将人物从现实社会关系中，从熙熙攘攘的人群里孤独出来，然后将他们放在一个仅仅有他或她或他们几个的主观设计的空旷背景下，去演绎一个象征性的故事。这是适合表现孤独的构思。张承志、马原、董立勃笔下那许多时间空间不具体的生活故事，实际上可以读成作者将人物提取出来，在一个象征的、孤立的环境里做人生的试验，做这种人生试验的公开的报告。

孤独不但深刻地影响到这些作品的构思、结构、人物关系，而且影响到这些作品人物的神情和格调，影响到这些作品的艺术风格。无论是第五代导演的一些电影，还是第五代作家的一些小说、诗歌，还是第五代画家的一些油画，人物常常处在静观默察之中：无表情或表情起伏不大，无动作或动作幅度不大；对话减少，节奏降速，情节淡化；边地生活（空间距离），原始情调（时间距离），孤独心境（心理距离），从三个维度上将画面拉远，造成某些西部作品的神秘色彩。

我们对此暂且不做评价，但从中看到了西部孤独与现代孤独的某些感应。

八

西部人文山川的阳刚之气和它的人格化，与现代竞争社会所要求的自强精神和它的人格相感应。

应该说，中国传统文化就其主体结构和总的精神来看，不是扬厉刚强、扬厉进击的文化，而是以柔克刚、以天达人、以阴取阳、以儒和道补法的文化。这在中国的统治阶级文化、意识形态文化中，在宋明以后的历史中，表现得更为明显，更为集中。中国的封建社会，常常是以温情脉脉的家的伦理，与中庸平和的政治权谋来实现专制严酷的国的统治的。中华民族的阳刚气质和自强精神所以能够生生不已地传承发展下来，相当程度上是透过统治阶级文化的缝隙、游弋于意识文化主体的边沿得到实现的。是经由亚文化、副文化的领域，经由文化混交林和次生林带，经由民间文化和多民族文化的留存、传播、交流、再生得到完成的。不用说，我们又想到了西部文化，西部那混交的、次生的、多民族的文化。

有的西方学者从气质上、心理上将人分为统治型、超脱型、依赖型三类。我想不从气质心理学的意义上，而从社会文化学的意义上借用这种分类来阐述一些相关的问题。依赖型的人，缺乏独立自主的精神和阳刚雄强的气质，是不言而喻了。应该特地提到的是，产生于封建社会的自然经济结构，正是这种依赖型人格在中国一代一代生长的土壤。小生产者的自给自足，使他们过多地考虑一家一户的生存，心胸狭隘而目光短浅。低下的生产、生活水平，使他们最大的希望就是为温饱、为生存维持住简单再生产。他们也有牢骚、不满，也造反、起义，甚至像李自成那样夺取政权建立国家，但由于没有自己的政治理想，他们只能依赖他们所反对过的阶级——封建地主阶级的政治体制、政治结构和行政方式来"解放"自己。自然，这不可能给历史增添什么新东西，只是改个年号，轮着做皇帝，完成一次又一次历史的重复，即鲁迅说的，由"做奴隶而不可得的时代"争取到"做稳了奴隶的时代"。社会政治理想上的依赖性，决定了他们在历史的发展中只能扮演"被拯救者"的角色。于是"被拯救者心理"成为中国社会习以为常的心理。"被拯救者心理"，就是依赖别人来拯救自己，或依照别人的，甚至敌人的模式来拯救自己。他们从来不相信自己能够拯救自己，能够创造拯救自己、拯救社会的方案。这种人格，不但使中国的小生产者演出了一幕幕"镜花水月"的历史悲剧，而且给中华民族精神注进了多少阴柔委顿的因子！

超脱型的人格和哲学，在中国源远流长，几千年来一直纵贯于民族精神之中。"隐士"文化可以称为中国的亚文化。"隐士"文艺则在中国艺术精神中占有更重要的地位。避世、出世成为中国知识分子一种重要的人生方式。"见素抱朴，少私寡欲""塞其兑，闭其门"则是中国知识分子追求的一种人生境界。不仅道家，儒家也有这种淡泊之心，孔子就说过"用之则行，舍之则藏"这种恬淡超脱的话。老子提倡"不争，故无尤"，自己弃官而去，出函谷关，隐逸山林，不知所终。庄子主张用返回自然来解决人与社会的冲突，在人与自然的和谐中达到内心的和谐。他认为卷入社会的格杀和名利的角逐是最大的悲哀，主张保持心灵高度的逍遥自由，使自己成为永恒宇宙的一部分。陶渊明不愿"以心为形役"，不齿为五斗米折腰，辞官归田，躬耕南山，采菊东篱，在隐退中获得充实；范蠡、张良功成即身退；介子推被烧死也不出山争功领赏；姜太公以直钩钓鱼，表示自己不计实利，听其自然，愿者上钩；等等。他们或是为了躲避兵燹灾荒，或是为了躲避政治窘迫，或是心性高洁，或是具有人生智慧，或是待价而沽，以"隐"钓誉，情况虽然很不相同，但有两点大致是共同的，一是以阴柔为人格境界，一是以曲线来介入社会。老子说得透：不与人相争的人，天下没有人能和他相争。

即便是统治型的人格，在中国以儒为主的文化结构中，也主要不表现为单面的强权政治，而表现为冲和中庸的谋略政治。"谋"是和"阴"联系在一起的。宋太祖在创基立业时，重武轻文，发动陈桥兵变，雄强不可一世，但将江山握于股掌之中后，却以柔克刚，以杯酒释大将兵权，真是君子动口不动手，谈笑间"灰飞烟灭"。朱元璋以强者的手段，打出来个天下，后来却搞开了"高筑墙、广积粮、缓称王"的谋略。刘备觊觎汉室江山久矣哉，却偏躲到后园子里种菜，以示淡泊，曹操煮酒论英雄，将此一语点破，吓得他筷子掉地，又巧借"闻雷"来掩饰。这一个一个，都是真正的中国式的英雄。庸者为王，弱者胜强，大智若愚，难得糊涂，化百炼钢为绕指柔再以绕指柔熔百炼钢，"不为天下先"，等等，反映出中国政治文化的极高智慧和水平。但毋庸讳言，这对民族精神雄强、阳刚的一面不能不是极大的压抑和消解。就连酒这种可以燃烧起人的热情和勇气的男子汉的"专利品"，进入中国主体文化大背景中之后，也带上了相反的效应，有时竟成为寄托消极出世、退让人生之情的阴性的液体。一代枭雄曹操，竟然不是红脸汉子而是白脸老生，唱起了这样的酒歌："对酒当歌，人生几何""何以解忧，唯有杜康"。

西方学者对人气质的这三种分类，两千多年前的孔子曾用四个字做了相近的概括："中行""狂""狷"。"狂"者，志大言大，进取外露，近于统治型的人；"狷"者，性情褊急却又拘谨，"有所谨畏不为"，近于超脱型的人；"中行"者，介于两者之间，"依中庸而行"。孔子说"不得中行而与之，必也狂狷乎"，近于依赖型的人。这一类型的人，被中国以儒家为正统的文化所肯定。

在中国文化的根基儒、道、法三者中，道出世，超脱阴柔。儒入世，却以权谋取胜，仍近阴柔。儒道互补作为中国传统文化的基本结构，实际是一种以柔克刚、以阴补阳的结构。中国也有法家，近于"狂"，近于雷厉风行的统治型，但是在秦汉唐以前就独立成派的，其时是多型文化板块上的百家争鸣的时代。到了汉唐以后，中国传统文化趋于成熟，法家乃被消融、同化于儒道互补的结构之内，只依稀可见其蛛丝马迹而不足以成三足鼎立的一家了。看来，大中国传统文化精神中，特别是近五百年来，阳是受制于阴的。

但是不要忽略，中国自古以来就有西部文化的源流和板块。西部文化在中国从来都属于民间文化，它不可能成为社会的统治文化。西部文化在中国又从来都属于异质文化，所谓"夷狄之邦"的文化，它不可能成为国家的本体文化。因此，它有可能在中原儒道互补的文化圈外，较多地将自己原有的阳刚雄强气质留存下来，成为中国文化中极有活力的一支。它和内地文化气质上的差异，从《资治通鉴·唐纪》记录的一位突厥人的话可见一斑。他说："释老之流，教人仁弱，非用武争胜之术，不可崇也。"他劝他的可汗不学内地仁弱的文化，而要保持"用武争胜"的锐气。这股西部的阳刚之气，在古代曾经对中国文化的发展与改造起过重要的作用。隋唐两代的东西文化交流和南北民族迁徙，曾经怎样激活了民族本体文化内在的生机，使民族文化出现了空前的繁荣发展；历代中原与西北少数民族连绵不断的征战，又怎样促进了中原和西部经济文化的交流，而且强健着我们民族肌体内的雄性精神，这是大家都知道的。我国宋代以前"尚武"，民族整体形象具有相当的男子汉气质，不能说与此无关。宋以后"尚文"，虽然宋明两代在科学文化方面达到极致，但烂熟了的文明却在相当程度上弱化了民族精神，所谓宋代"雌了男儿"，所谓连石狮子也在狰狞的形象中平添了一点中和之气与微笑之容，恐怕也是事实。这与西部文化在近五百年与内地相对的隔离难道没有联系吗？

20世纪的中国进入了现代社会。鸦片战争以来，一百多年挨打的历史、几代受凌辱的创伤，不但使中国人清醒地看到了自己国家在经济上的落后、在政治上的腐败，更使中国人深深感受到了我们民族在精神上的雌弱。在各种矛盾交错中急速动荡的现代社会，在知识信息爆炸中剧烈竞争的现代科技与经济，都要求有与之相同步的强者精神和以这种精神铸造的现代人格。没有这种精神和人格，中国在世界民族之林中何以自处！从某种意义上说，一百多年来无数仁人志士所探求的改造中华、振兴中华的伟业，同时也就是重铸民魂、重振雄风的伟业。毛泽东最为赞赏的鲁迅精神，就是敢哭敢笑，没有丝毫奴颜和媚骨的硬汉子精神、民族自尊自强精神。毛泽东倡导和培育的延安精神，也就是自己动手、自己动脑、自己挺直脊梁来拯救自己，拯救民族的自力更生、自强不息精神。共产党所代表的劳动人民，特别是工人阶级，在社会各阶层是最雄强、最刚硬的。因为只有他们一直躬身于社会最基本的实践，一步一步执着地推动着历史巨轮的滚动。从这个意义上我们可以说新民主主义革命和社会主义革命，包括新时期的改革开放，都是为了焕发，而且已经极大地焕发了我们民族精神中的阳刚之气、雄强之气，彻底去掉那种甘于落后、甘受欺凌的姿态。

这时候，人们重新发现了西部，发现了站立在崇山峻岭、长河落日之间的那位大写的西部男子汉，听见了他那雄强的、高亢的男性之歌——

我是鹰——云中有志！

我是马——背上有鞍！

我有骨——骨中有钙！

我有汗——汗中有盐！

——杨牧《我是青年》

这位西部诗人向世界宣告，西部是骨中之钙，是汗中之盐，是云中之志，古老的西部是铁骨铮铮的青年汉子！

人们用现代的科学技术和现代的科学思维在中国西部发现了地下、地上同时存在的两个富矿。地下的物质矿藏：石油、煤炭、有色金属……地上的精神矿藏：交汇体、动态感、强者气质……科学家、工程师和艺术家、研究者同时朝这里进发，当欧亚大陆桥就要在阿拉山口接轨的时候，中国西部文学讨论会也正在伊犁边城举行。

原来，西部文化是在剧烈的动态竞争中诞生发展的，以动制静、以阳主阴是本质、本色；原来，西部文化又是多维交汇的，这使它的内在结构中含纳着某种开放体系，能够容受、引进世界各国、周边各地文化中动态的阳刚的因子；原来……文艺学术，作为时代的晴雨表，作为社会最敏感的神经，得风气之先，开始出现了讴歌强者精神、塑造硬汉形象的小小的然而引人注目的热潮，并且很快就有了相当的成果。

我在《中国西部文学论》第七章第一节和第九章第二节，以近两万字的篇幅对此做了初步的描述。那大意是，在早期的西部作品中，就已经出现了叙事文学的硬汉子形象系列和抒情文学中的阳刚意象系列，还涉及了内地人的西部化和女性的刚化等极有价值的社会心理现象。张贤亮、路遥、唐栋、李斌奎、张锐、文乐然的一些小说中，硬汉子形象作为主角在驰骋，并且通过人物形象和生活形象、自然形象的交相辉映，洋溢出强烈的对力的呼唤。西部作家勇于在历史长河中流击水的豪迈气质，升华为雄性审美精神流贯全篇。杨牧、周涛、章德益、昌耀、李老乡、张子选等人的诗歌作品，则从各自不同的气质出发，经过立意—具象—意蕴这样一个诗化过程，创造出了雄性精神的意象系列：博格达的峰峦、慕士塔格的积雪、伊犁的骏马及其雄魂、天山的鹰和它的雄风、长长的冬日、茫茫的荒原、无边的寂寞、伟大的沉默、苍穹、雪线、流沙、断崖……这些富有力感的意象，是创作和欣赏中力度的契机和脊梁，有着深广的审美启动力。

无独有偶，北京大学中文系教师曹文轩在他开设的"中国80年代文学现象研究"这门很受欢迎的选修课中，也专门用第十一章整整一章论述了"硬汉子形象塑造"问题——这部讲稿与笔者的《中国西部文学论》同一年同一个月出版。曹文轩在"阳刚之美是中国80年代文学的主要美学倾向"这一论点的基础上，以西部文学为重点，谈到了硬汉子形象的几种类型（外在与内在相统一；躯体与精神不对称；男性化的女强人），硬汉子形象活动的几个领域（艰难竭蹶的日常生活；风云变幻的政治舞台；险象丛生的大自然），硬汉子形象的性格特征和精神标志（冷漠外表下储藏着深沉的情感；不可摧毁的意志和超出常规的韧性；他们永远是打不败的），塑造硬汉子形象的艺术手段（逼势；树立大容量的对立物），等等，许多见解与笔者不谋而合，勾勒出了西部文学阳刚美的轮廓，但思路更为开阔，材料也较充实，可供我们进一步深究这个问题。

九

西部不是一种读法，现代也不是一种读法。

当我们从西部潮与现代潮的感应的视角来读西部、读现代时，自然更多着眼于它们的联系、它们的优长之处。我们不应该忘记西部是不平衡的，西部的经济是落后的。西部的文化，虽然有它的优势，但由于西部处在漫长的原始形态的自然经济基础上，结构优势并没有迅速地、完全地转化为成果的优势，因而也是较为落后的。

就拿西部的文化结构来说，也要看到，理论上我们可以将一种文化结构从特定时代的文化内容中抽象出来，与另一时代的文化结构作类比，但在生活实际中，这是不可能的。文化结构总是挟带着它所处具体历史时代的经济、政治、思想、文化和实际生活的丰富内容。结构和内容密不可分，落后的内容当然会影响结构优势的发挥和感应。我们对西部与现代文化结构上的感应也就绝对不能理解为两者内容上的沟通。这只是一种精神、气质上的感应、应和。

当代西部文学艺术，作为西部潮与现代潮感应的一个表征，一个结晶，情况也很复杂。既然现代潮并不都值得肯定，对这种与现代潮的感应自然也不能全盘肯定。感应并不是模仿、照搬、亦步亦趋地跟踪，对西部文学中那些脱离生活和历史实际的"伪现代派"现象，我们应持清醒态度。在艺术上，有些感应也未必是成功的。

所有这些，我们都要做具体的科学的分析。对西部潮、西部文艺的负面，我们不应该无视或忽视，也不应该草木皆兵。我个人始终是将这些负效应，作为一种精神现象、文艺现象在发展过程中的不足来看待的，既严肃地指出，也不全盘否定。

　　而我们在这篇长文中，也只是从总体趋势上来谈两者的感应。我已经在《西部的沉思》和《中国西部文学论》中指出了西部潮应该注意的问题，将来有机会还要做更深入细致的剖析。但所有这一切，都不会降低我对西部、对西部文艺由衷的热情。

　　我是一个被西部重新铸造了灵魂的东部人。我在西部第二次诞生。我爱西部如爱我的母亲。我总感到，冥冥之中的夸父是有道理的：西部不应该永远是太阳落下去的地方、光明消失的地方；总有一天，它会光明永驻；也总有一天，这里会升起新的太阳，那便是精神的重振和经济的腾飞。我愿意为此而劳作。我吁请更多的人为此而劳作。

　　像文章开始时那样，我向诸君再献上一首西部的歌——

　　　　也许你还不了解它，

　　　　它的绿洲，它的黄沙，

　　　　它的牛羊，它的庄稼，

　　　　它的胡杨林，

　　　　它的胡杨林如诗如画。

　　　　哦，我说你会爱上它，

　　　　马奶子葡萄，哈密的瓜，

　　　　秋到果园飘芳香，

　　　　春来窗窗前，

　　　　春来窗窗前看杏花。

　　　　哦，走上一走，梦中常思恋它，

　　　　我看上一看，醒时常想念它。

　　　　啊，思恋，

　　　　如醉如痴如醉如痴，

　　　　你会爱上它。

　　　　也许你还不熟悉它，

它的油海，它的钻塔，

它的花毯，它的彩旗，

它的林荫道，

它的林荫道攀越山崖。

哦，我说你会爱上它，

天山的雪莲，伊犁的马，

客到草原有奶茶，

牧人弹起了，

牧人弹起了冬不拉。

哦，走上一走，梦中常思恋它，

我看上一看，醒时常想念它。

啊，思恋，

如醉如痴如醉如痴，

你会爱上它！

请别忘了，这首歌的名字叫《你会爱上它》。永远别忘了，"你会爱上它"！

1991年春构思，秋草成

选自《民族文化结构论》，陕西人民教育出版社，1992年

两极震荡中的多维互渗

——论新时期文学的总动势

　　人们在描述新时期文学丰富多彩的景象时，常常说，这是文学多样态并存的时代，文学多维度互渗的时代，有的甚至用"乱花迷眼"来形容。其实多样多维的并存并不是杂乱陈列，而是规律性呈示；不是静态显现，而是动态生成。多维的现象中，又总有主流、主体，有矛盾的主要方面。总的来说，是生活和艺术之间以及艺术内部各种矛盾对立面两极震荡的结果。这种两极震荡表现为矛盾双方在对立、斗争、竞赛、选择、互渗、同一、转化中不断运动的一个过程。新时期文学现代化的进程，常常表现为一系列的二律背反、波浪起伏、荣衰互换，表现为一系列悖论。而新时期文学的成果，常常在截然相反的两极对撞中迸发电光火花，最后得到实现。从力在运动中消长转化的角度看，这很有点类似于钟摆的运动，当钟摆在运动中达到最大角度时，同向内力固然在逐渐的消耗中趋于零，反向内力却在这消耗中积累到高峰，使得钟摆能朝反方向做新的运动。这使得新时期文学的发展，在历时态上表现为波形曲线，当一种艺术现象超前或过度发展，艺术生态失调时，总会有另一种艺术现象起来平衡生态；在共时态上则表现为许多个处在两极的文学现象，构成一个个对子，并存着，互渗着。

　　新时期文学在发展进程中，各种艺术现象起码构成了以下几个对子：

从艺术思潮上看，现实主义和现代主义对立和互渗；

从题材风格上看，行业题材的淡化引起的创作社会化趋势和地域文学兴起引起的创作社区化趋势并存；

从审美趋势上看，纪实美潮和抽象美潮齐头并进；

从文学使命上看，功利的社会效应和非功利的审美价值在分离中同受重视；

从价值标准看，历史判断和伦理判断矛盾统一。

还有——

理想的英雄意识和真性的平民意识在竞争中选择；

理性的日神精神和野性的酒神精神，即文化的追寻和"反文化"的追寻同步发展；

悲剧忧患意识和喜剧欢乐意识在对撞中升华；

文学的成熟精致和文学的简陋粗俗分道扬镳；

…………

限于篇幅，本文不能对上述所有的对子做详尽分析，有些问题也写有文章专论，因此只想涉猎四五个方面，以论证新时期文学通过两极震荡、多维互渗而不断前进的这样一个总动势。

一

新时期文学在十多年的发展中，对文学功利的社会效应和非功利的审美效应的追求开始发生分离，在分离中自成群体，并且受到重视。在创作活动中，作者总扮演着双重角色，他既是社会的人，又是审美观照者。他有理由以"社会人"的态度进行艺术思考，也有理由以审美观照者的眼光把握自我与他我，主体与客体，更多的情况下，是将两个坐标交叉融合起来把握和反映社会现实。当然，具体到每个作家又各有侧重。但这毕竟是两种观察世界、感受生活的方式，这两种方式所获得的感性、知性和理性的经验不尽相同，有时甚至完全不同，两者间既有互补互渗的一面，也存在着深刻的、内在的矛盾。文学的社会观照态度，常常产生积极反映和介入现实的作品，这是时代所需要的。但这种观照角度往往在不同程度上影响作品审美价值的实现，这也是事实。像俄国诗人涅克拉索夫写下的痛苦的诗句："斗争妨碍我成为诗人，歌曲妨碍我成为战士。"（《给齐娜》）于是，在为社会和为艺术的不同向的选择和不同度的掌握中，功利的社会效应和非功利的审美价值既结合又分离，并逐步形成不同追求的文学群体。蒋子龙、张洁、刘心武、张贤亮、谌容、古华、梁晓声、路遥、陈忠实、邹志安、金河、张一弓等等，只要举出这些名字，他们的共同性就浮现在我们的印象中。他们都是"为社会"的文学家，侧重以社会的坐标来反映和把握生活。他们都有较强的社会责任感，以文学为参与社会改造的手段，注重功利的社会效应。他们习惯于把注意力放在国家前途和民族命运上，放在一个个重大的社会问题上。在表现和评价社会问题时，他们大都尊重群体认同的价值标准，侧重从社会大多数人的价值标准，其中包括我们民族历史形成的传统标准，去弘扬真善美，鞭笞假恶丑，而不一味强调与群体相矛盾的个体自足。这构成了他们作品中明显的倾向性。在观照社会问题时，他们又并不像20世纪五六十年代的作家那样，单纯取政治社会学的坐标，而是力求从政治、历史、哲学、文化多坐标、多角度来开掘社会问题的丰富内蕴。这就由文以载道进入了文以铸心的新境界。

"为社会"的文学，其哲学基础是反映论。"为社会"的作家群，大多有思想家气质和社会实践者气质。另一类作家是莫言、刘索拉、残雪、马原、王朔、刘西鸿、陈村、徐星等等，他们各自虽有不同的风格特色，却都可以划入"为艺术"的作家群中。他们从中国古代灵性派文学和道家哲学中汲取营养，特别是从西方现代主义思潮那里取得哲学和艺术营养，探索着从新的艺术途径来表现当代中国人丰富复杂的内心世界。象征、寓意、意识流、结构效应、魔幻现实主义、黑色幽默等等在他们的作品中极为常见。而这一切，主要又都是为了尝试着更真、更好、更有效地表现出现代人层次繁多的、潜在的甚至变态的内宇宙。他们一般不太注意捕捉社会问题，注重的是捕捉主体的心绪、情绪和意绪，透过心态的呈示来折射社会状况，因而他们常以主体论为哲学基础。与此相联系，他们在作品中重视非功利审美价值，对功利的社会价值不以为然；重视思想艺术上的个体自足，对群体认同不以为然。这个作家群大多主张个性主义、灵性主义，富有艺术家气质。两种功能分离，两类作家作品同时存在，各有自己的成绩和影响，各有自己的读者群。而对文学效应追求的两极愈益分离，两极间的竞争和选择就愈益强烈。这本身就是一种促进，迫使两极的追求者强健自己、精进自己、完善自己，以取得生存的权利和发展的优势。在竞争、选择中，他们自然而然地根据艺术生产的需要，在文学观念和艺术技巧上互相汲取对方的营养，取长补短。"为社会"作家群中的现实主义当代化趋势和"为艺术"作家群中的现代主义东方化趋势同时出现，就是在两极震荡中趋同互渗的明证。而对社会欣赏群、对艺术接受市场来说，这两类作家、两种文学恰恰在审美活动的丰富性中，在艺术地认识人和社会中，在欣赏心理的调节中，构成反差性互补。它们满足了日益复杂多样的社会欣赏需求和个人审美需求。这是两极震荡对文学发展的积极促进。

在两极互渗的基础上，出现了第三类作家群体。他们不走把文学的一种功能强调到极端的路子，力图尽可能地综合文艺的两种功能，写出自成一家的作品来。汪曾祺、贾平凹、阿城、张承志、王蒙、林斤澜、邓刚、王安忆属于这一类。其中，有的，如汪曾祺、林斤澜、阿城，一贯坚持以我为主融合各家的路子：或以中国古典美学的主情为文心，融化乡土风情文化，对下层社会面貌和人生苦趣做清淡真切的描绘，体现出一种平和的风度（汪曾祺）；或以带有现代幽默色彩的眼光，对社会现实做奇巧怪异的艺术凝聚，在反讽中传达出深深的忧患感（林斤澜）；或以道家哲学为触媒，文化追寻为溶剂，将现代和传统、西方与东方融为一体，在淡然冷寂的深处透出几许人生的热度，达到"寂热"的境界（阿城）。有的，如贾平凹、邓刚、王安忆，则在两极的选择中不断变异，在不断变异中趋于成熟：或从现实地反映自己经历和所接触的社会人生起步，随后逐步与社会功利拉开距离，进入对普遍人性、人情和潜意识的开掘、探讨，如王安忆——由《本次列车的终点》到《荒山之恋》《小城之恋》，就是这样一个过程；或相反，从描写自我对生活独特的感受转到对社会改革、现实变迁的宏观整体把握，贾平凹由《满月儿》和早期散文创作转到《商州》系列和《浮躁》，就属于这个过程。还有的作家，如王蒙，两极优势的发挥和两极的中和与变迁，却是同时进行的。他以好几套笔墨几乎同时在写"为社会""为艺术"或两极交融的作品。《在伊犁》系列和《春之声》《海之歌》系列，《蝴蝶》《杂色》和《相见时难》，《来劲》和《活动变人形》，这样处在两极的作品同时发表，表明王蒙在创作中能娴熟地运用好几套观照坐标。

我们不要求每一位作家都在各种文学效应的两极寻找中和、综合。相反，按自己的气质、阅历和艺术追求写，倒可以在两极震荡和反向竞争中加速文艺的繁荣发展。但宏观地从一个时代的文学发展来看，恐怕还是应该在两极震荡中找到最佳轨道，以功利的社会效应为主，兼顾别样。这样，社会主义文艺的现实主义主流才能得到保障。

二

作家的历史判断和伦理判断的矛盾统一，构成新时期文学社会内容和社会评价的一个重要现象，在两者中不同的侧重点所构成的两极震荡，是促进文学对新时期生活深层掘进的重要力源。社会发展可以按以生产力水平为标志的历史尺度和以道德水平为标志的伦理尺度来衡量。从长时期看，从总的趋势看，二者是一致的，但在历史发展的具体阶段上，特别是在历史转折时期，历史判断和伦理判断常常会发生位置转换和均衡失调，表现为这样那样的矛盾、错位。道德起源于历史，又以历史为归宿，但在具体发展过程中，它们的地位并不是始终均衡的，而是此消彼长的。"仓廪实而知礼节，衣食足则知荣辱。"（《管子·牧民》）这个古训朴素地揭示了人类道德对物质基础的依赖关系。当道德的发展尚不具备历史基础即相应的生产力发展基础时，生产力的发展就成为首要任务，历史的尺度就应跃居至上地位。尽管这往往需要付出道德代价，但因获得了历史进步的动力，这种代价也就显得必要和合理了。马克思说："恶是历史发展的动力借以表现出来的形式。这里有双重的意思，一方面，每一种新的进步都必然表现为对某一神圣事物的亵渎，表现为对陈旧的、日渐衰亡的，但为习惯所崇奉的秩序的叛逆。另一方面，自从阶级对立产生以来，正是人的恶劣的情欲——贪欲和权势欲成了历史发展的杠杆。"[1]历史的发展积累了一定的物质基础之后，就需要道德来加以补偿，这时道德尺度就应置于至上地位。可见，历史和道德是互为中介的，历史通过道德来获得完善，道德由历史来提供内在基础。表现在时间的延展线上，便是两者地位在运动中的转化。

以党的十一届三中全会为起点，我国进入了一个重要的历史转折时期。这个历史转折时期在政治上以科学的马克思主义思想政治路线替代了假马克思主义即极左路线，并逐步肃清其流毒，廓清其迷雾。在经济上，活跃的现代商品经济在越来越阔大的范围内改变着自然经济结构。在伦理文化上，以科学的马克思主义体系和现代商品经济观念为基础的新道德体系，正以强大的力量冲决着以传统自然经济为基础并被极左思潮恶性膨胀了的道德理想主义。一个以商品经济为基础的社会，其总体系的和谐与稳定，虽然需要发挥道德的凝聚作用，但主要不再是诉诸道德手段，而是通过物质利益关系（如以市场为主的交换）和法律契约关系来维持了。这样，在我们这个以伦理为中心的古国，伦理的地位出现了弱化趋势，伦理和历史的地位开始发生转换。以此，在当前的历史转折时期，我们便不可避免地要承担各种各样的矛盾。比如道德尺度的转换和道德地位的弱化，

---

① 中共中央马克思恩格斯列宁斯大林著作编译局编：《马克思恩格斯选集》第4卷，人民出版社，1972年，第233页。

使我们不再把一切社会关系统统归结为道德关系，而是根据它们的多维特点，按不同尺度去评价和调节，把是否有利于生产力的发展，是否有利于历史的进步作为考虑一切问题（也包括道德问题）的根本标准，这就需要我们这个千百年来以伦理为中心的民族不仅改变道德伦理观，而且要有意识地去调节原先的集体无意识，民族心理于是承受着前所未有的倾斜和压力。又比如，在商品经济大潮中，道德和历史发生位置转换之后，在传统道德尺度弱化而新道德尺度崛起之时，每个人的社会经济地位也面临着升沉荣辱的变化，面临着在经济与精神两个领域的重新排队，这必然会引起新的人际纠葛和内心波澜。在商品经济中失去竞争力，而对新的历史走向又不很理解的这样一部分人群中，有人会不自觉地倾向于过去的道德尺度，造成社会上道德滞后的现象。也有的人会借着道德理想主义地位的弱化，将水和孩子一道泼掉，把商品社会的价值尺度歪曲为一切向钱看，从而滋生、传播各种非道德的丑恶现象，造成社会道德虚假的、畸形的超前。更多的，表现为现实生活中人的双重人格苦恼。因为自然经济基础的道德理想主义已经积淀为人们的日常观念和习惯，在这种历史和文化的惰性影响下，许多人常常出现双重人格的苦恼。一方面是传统道德理想主义的无意识文化和意识文化所塑造的自我，这种自我对大多数人来说，微观地看有着具体的真诚，宏观地看却有着历史的虚假，对少数人来说，则连自我意识也是虚假的。另一方面是商品经济这一现实力量在实践中所塑造的自我，这个自我面对着商品时代的实践，面对着经济利益，是真实的自我。两重人格的苦恼是转折时期一种典型的社会情绪。以上历史尺度与伦理尺度移位、转换所构成的种种心态和世态，是转折时期社会冲突和人的内心冲突的主要内容。文学能否开掘这方面的内容，表现的准确度和深刻度如何，常常是作品成败优劣的一个关键，也是创作主体思想和艺术状态的一种重要的呈示。

十年文学中有大量作品涉及了这个问题，许多引起争论的作家、作品和文学问题，也无不与此有关。《人生》中高加林和德顺爷形象的争论，

《鲁班的子孙》中老少两代木匠形象的争论，以及如何评价《美的结构》中主人公婚外爱情的争论，实际上都是在谈历史判断和伦理判断矛盾统一这个问题。比如，有人认为《人生》以赞赏的态度设置了德顺爷对高加林的道德训诫，其实是败笔，客观上冲淡了、掩盖了小说所蕴含的新一代农民向往商品经济、离开土地的进步历史要求，而使故事掉进痴心女子负心汉的道德老套路，并认为这反映了作者的原乡意识和土地文化局限。但也有人，包括路遥本人对此不以为然，他们觉得形象的离土要求与人物的道德操守不是一个问题，拉扯不到一起来。又比如有人认为《鲁班的子孙》将有现代商品观念的小木匠设计得道德上有缺陷（即所谓"半是天使半是魔鬼"），而将固守人伦中心主义却缺乏竞争意识的老木匠设计成道德楷模，这种半是赞颂半是挽歌的态度，流露出作者内心对道德理想主义的深深眷恋。王润滋本人不同意这个看法，亲自撰文答辩，认为老木匠的道德感是中华民族精神传统中的精粹，他愿意永远为之弘扬，而对改革中出现的道德畸变则应该批判。

我们不想在这里对论争双方的观点说长道短，只想指出，无论在这个二极对立中站在哪一边，都具有相当的深度。包括这样那样的片面性，也都是深刻而犀利的偏激。不只作品在这个问题上的不同倾向，就连论争双方的交锋，不也是一个两极震荡的过程吗？正是在这个过程中，文学对历史转折时期生活和心理的把握进入了更为深刻的层次。

三

对纪实性、新闻性和抽象化、虚拟化两极的追求，在20世纪80年代初期文学界对传统的写法感到不满足之后，同时成为热点。纪实美和抽象美，不但作为一种审美追求，而且作为体裁、题材、结构和表现技巧以至语言追求，各自集聚了一大批热心的探索者，产生了一大批有影响的作品。纪实美和抽象美，应该说本来就存在于传统的现实主义和浪漫主义写法之中，现在作为一种独立的审美追求从原有和谐的整体中提出来，明显地拉开了距离，构成了在审美热点上对立的两极。它们反向而行，竞相发展，但在文化观念、审美意识的深处，却又相互勾连。正是这种"干戈"其外、"和亲"其内的奇特关系，不仅促进了它们本身的长足发展，也为整个文学创作提供了重要的内动力。

纪实美的追求，就近几年的创作看，主要表现在三个方面。

一是报告文学热浪的兴起。综合起来，这股热又可以概括为八点：热心参与组织和出版的单位前所未有，特别是广大企事业和党政群单位积极而有力度的参与，成为新鲜事物；作品数量和探索的热潮前所未有；作者队伍之众前所未有，除了原来专门写报告文学的作家，许多写小说散文和诗的作者、新闻记者也参加进来；题材范围之广之深前所未有，整个社会生活构成的主要方面以及人民大众所普遍关注的许多重要问题几乎都被囊括；发表位置之显著前所未有，不少期刊以此为头条，作为吸引市场的"主菜"，还出了许多专刊、专号、专辑、丛书；社会反响之强烈前所未有，许多作品被争相宣传、多家转载，甚至被违法盗版，不少作品家喻户晓，所提问题进入舆论，成为社会的热门话题；结构框架之大前所未有，许多作品采用"全景式""集束型"的结构方式，动辄三五万乃至十几万字，标题中"大""潮""热""录"频频出现；艺术创新之多前所未有，从立意、结构到表现手法、语言，都开一代之新风，进入了一个新层次。（也应该指出，有些报告文学，特别是一些反映党的历史和党的领导人生活的报告文学，由于缺乏历史的真实性和正确的评价，产生了不好的社会效果。）

二是纪实小说探索的滥觞。这种以纪实功能为主导，混合新闻、调查、历史文学、报告文学、小说多种样式边缘交叉体文学样式，是新时期文学的独创之美，它以真实的历史为背景、真实的事件为蓝本，发挥文学多方位开掘、描绘之优长，将事、情、理三者合一，产生着别的体裁所未有的逼真的生活实感，让读者获得一种切近感和认同感。纪实小说使我们对文学的真实性和社会参与功能有了更新、更深的理解，为文学反映社会生活、推动社会发展找到了新的艺术样式和途径。自从《五·一九长镜头》等纪实小说摆脱了单纯的体育、政治、道德题材模式，横跨政治、经济、文化、道德伦理、社会心理诸领域，描绘了错杂纷纭的社会原生态，从而成为社会问题纪实作品的发轫之作后，至今已很难找到未被作家们涉猎的社会问题。纪实小说的笔触深入社会细胞，道德伦理包裹在家庭、婚姻、爱情外面的帷幕被揭开了；纪实小说的笔触波及工、农、兵、政、商、科、教、文、卫、体各行各业，他们的酸甜苦辣得以倾吐，党政军要员、知识分子、大中学生、个体户、倒爷、大亨、妓女、乞丐、保姆、罪犯、精神病患者的人生悲欢得以宣泄；纪实小说的笔又敲响了多少社会问题警钟，住房、环保、人口、资源、人物、消费者利益、高层建筑等等，现代社会各方面的公害和社会积弊得到揭示……这些作品把过去封闭着的或者在改革大潮中次第出现的新的世界、新的冲突一个又一个展开，尽管有的作品思想道德评价有这样那样的失误，读者还是能从中获得认知欲望的自足，获得激扬情感、寻求理解、平衡心理机制的愉悦和快感。

三是小说散文创作（也包括电影、戏剧创作）的纪实化追求。现代文学作者和读者对虚伪的不可容忍，对真实的过度苛求，使虚构作品也尽量追求纪实效果，以各种艺术手段制造真实幻觉，掩饰假定空间，有时甚至达到了以假乱真的程度。像马原的作品中，作者自己煞有介事地作为一个缀连人物或转接故事的剧中人和主持人出现，使读者在他的叙述圈套中产生纪实幻觉。随着对艺术典型化理论的宽泛理解和深层商榷，随着对个性、偶然性、独特性在呈示事物本质和推动事物发展中的作用的重新认识，愈来愈多的作家认识到，生活并不是在任何情况下都需要经过虚构和加工才能够写进小说，事实的链条也不总是需要以想象来镶嵌、缀补达到完整连贯才是好的情节结构。有时原生态的生活、不经艺术打磨的"毛边"生活，由于是真人、真性、真情、真理，由于它的独特的不可重复性，反而具有罕见的艺术感染力和思想启动力。在这种特定艺术环境中，

职业的文学技巧常常成为一种奢侈和束缚。小说纪实性的要求就这样自然而然地提出来了。"千百万群众在创造生活的劳动中，看似偶然爆发的事件，却代表了一种历史的必然，社会的必然，往往比作家费尽心机加工提炼出来的情节更可信、更集中、更概括，许多生活中的平常人或不平常的平常人，往往比作家呕心沥血塑造出来的人物更真实、更感人、更典型！"也许正是基于这样的美学信念，王蒙在《淡灰色的眼珠——在伊犁》里 "着意追求一种非小说的纪实感"。蒋子龙放下他的长篇，以质朴的纪实再现了"大赵庄"四年变革、四年受压的历史。[1]张辛欣在着意追求了一段纪实美之后，甚至觉得自己好像没有必要再写那种"把一个干枣核硬泡成海参"式的小说了。[2]

将纪实美追求的三种表现缀连起来看，大体上呈现为一个双向逆反交叉运动的轨迹：新闻、历史文学、报告文学——小说；小说——新闻、历史文学、报告文学。

但是，追求纪实美的热潮的同时，近年来文学创作对抽象美、意象美的追求也成为一股热潮。不少作家汲取了现代主义的一些艺术思维和艺术手法，在用现实主义手法创造典型环境中的典型性格这个路子之外，还尝试着创造各种心理形象、感情形象、哲理思辨形象和象征形象。这类形象当然也写的是生活，却不是实写或写实，而是意写或写意，不是再现，而是表现，不是生活的直观反映，而是生活内在情、意、理的感应。如果说纪实美实际上是在作品中创造一种生活幻觉之美，意象美则相反，它在作品中破坏生活幻觉，去创造一种艺术假定之美。

从总体上走向象征，是新时期小说创作一个鲜明的趋势。这种新象征主义思潮和新纪实主义思潮一样，是当前值得认真研究的文学现象，这里暂不评论。从王蒙的《布礼》《夜的眼》《风筝飘带》《蝴蝶》《春之声》《海的梦》《杂色》等中短篇小说起步，到张抗抗的《北极光》，张

---

① 蒋子龙：《燕赵悲歌》，载《人民文学》1984年第7期。
② 桑晔、张辛欣：《关于〈北京人〉》，载《上海文学》1985年第6期。

洁的《爱，是不能忘记的》，孔捷生的《南方的岸》《大林莽》，邓刚的《迷人的海》，张承志的《北方的河》，莫言的《透明的红萝卜》，刘索拉的《你别无选择》，残雪的《苍老的浮云》《黄泥街》等等，大致画出了新象征主义思潮在当代小说创作中的发展轨迹。这个发展轨迹当然不能说一直都是非常健康的。

当前创作中象征的主要表现形式，有的是"物象"。《花园街五号》，一座俄罗斯风格的建筑物，却掌管着临江市几代人的命运，它是权力的象征；《透明的红萝卜》，是一种欢乐与痛苦、希望与失望相交替的象征。而一道遗留下来的"墙基"，一棵古老的"银杏树"，一匹毛呈"杂色"的老马……它们无不被人格化了、精神化了。它们是形象的纪实，又是观念的象征，是形象与观念的复合，是意和义远大于形的物。有的是"景象"。张承志笔下五条"北方的河"，和"大坂""黑骏马""老桥"，充注着灵性，召唤启示着人生的奋击和追求，它是力量源泉的象征。而叶蔚林笔下的"一条没有航标的河流"，则象征着老百姓心间纯朴、洁净、渴望舒展而略带野性的情怀。有的是"事象"，用作品中人物做的事（情节、细节）去象征一个意蕴。《迷人的海》中的老、小海碰子的搏斗、竞争、关切和传承，这些行动本身具有一种结构的辐射力，让我们想到社会生活中几代人之间现存的关系。有的是"人象"。这些作品中有些人物，尽管有性格特征，但他们的价值主要不是性格力量，而是象征力量。像《蝴蝶》中的老干部，《杂色》中的曹千里，以及《大坂》中多次出现的那个"精光赤裸"的小男孩。有的作品侧重于整体形象的象征，有的则关注于细节性象征，有的又弥散在环境氛围的象征中。还有些作品则将这几方面综合起来，使全篇处处闪射着象征的光彩，具有综合象征的效应。但不论什么情况，象征是依靠抽象的类比来传达象征意义的，它的魅力主要在于穿透表象的非纪实的意象效果，在于"离形得似"，即抽象之后的意神传输，在于陌生化、含蓄、模糊和哲理，在于结构效应。这样，新象征热所追求的意象美、抽象美、假定美，便和纪实美、具象美、真切美构成反差。

这个二元对立也在两极震荡中相反相成，在拉开距离中相向沟通。一方面，我们看到，纪实性作品越来越由人物、事件的微观纪实趋向于对社会的宏观把握，对人性人情、心态世界甚至变态世界（如精神病人梦幻的纪实再现）的辐射力、穿透力愈来愈强。这一点和意象美、象征美作品趋近。而象征美、意象美作品在后现代主义思潮的影响下，开始在抽象中求真切，求世俗化的平易，除了将生活形象变形、幻化处理来取得象征效果外，也力图通过对日常生活的随意的淡化的描写，来寄寓象征之深义。这又和纪实美有所趋近。

同时，象征美、意象美追求中的淡化趋势，即淡化情节、淡化主题、淡化性格，不主张矫情和故作艺术的雕琢，从深层来透视，恰恰是新纪实主义的要求。恰恰是纪实主义认为，艺术应该像常态的生活一样冲淡、自然，而不应该用浓缩和强化主题、情节、结构、性格的办法，将常态的生活浓妆艳抹成异态的生活，以此来打动人。艺术家的本领恰恰是在貌不惊人的常态生活后面，发现史的和人的真正意蕴。

四

理想的英雄意识和真性的平民意识，作为又一个二元对立现象存在于新时期文学的发展中。当代文学中的理想主义和英雄意识，在十年"文革"中被歪曲成"假大空""高大全"的伪理想主义、伪现实主义之后，遭到了社会的唾弃，也因此一度影响了读者对文学中理想主义和英雄意识的看法。作为对"高大全"的惩罚，文学一度冷淡了粗犷和阳刚，而沉溺于文弱化的、精致化的"奶油小生"格调中。但一个民族终究不能没有理想主义和英雄意识作为它的精神脊梁。近几年，作为对阴盛阳衰的一个反拨，理想英雄意识在创作中又以新的势头发展起来。这主要表现在四类阳刚人物形象的涌现上。

一是社会实践型，如乔光朴、武耕新、梁三喜、李向南、龙种、陈抱帖等等。他们是各条战线的中坚力量，既是社会实践的先行者和务实者，又是社会改革的思考者和决策者。二是事业开拓型，如科技知识界的苦斗者和拓路者，刚从土地文化闯进商品经济大潮的个体户、企业家，去海外开辟新天地的新大陆人。他们将自己投进人生的惊涛骇浪之中，几度春秋，几度沉浮。他们也许最后并不都是胜利者，却获得了精神品格上的强悍。　三是理想人格型。张承志常常通过自然意象的熔铸将现象升华，把个体特征和类的特征结合起来，将笔下的男主人公塑造成一个"大写的人"。为了突出笔下这个"大写的人"的涵盖面，他甚至经常用"我"和"他"这类代词而不给人物起姓名，以此来强调形象的符号性。《绿叶》中的抒情主人公"他"，一直处在对新的精神高度的不断追寻中。当知青纷纷离乡返城，并把插队当成一场噩梦时，"他"却带着对小奥云娜（那是绿草地的意象）梦幻般的可爱的留恋回到城里；而当一部分返城知青由于在城市找不到自己的生活位置，重又怀恋起那个被自己浪漫的幻觉所粉饰了的农村之梦时，张承志笔下的"他"却在回草原"寻梦"时旧梦破灭，让被浪漫光环笼罩的奥云娜回归为一个平凡而坚实生活在草原上的女性，也促使"他"自己脚踏实地在人生的土地上前行。张贤亮笔下的章永璘也是这种不断追索新境界的形象。他的品格也许还不能说是完美的，但不息的追索精神不就是一种理想人格吗？如果说这类形象多是作者理性思考和激情参与的产物，他们的理想人格是阳光，那么张贤亮笔下的劳动妇女形象也多具有理想人格，她们的理想人格是草地。李秀芝、马缨花是作者梦中的洛神，在某种意义上是引导知识分子前行的圣火，是启发他们矫正自己精神坐标的罗盘。四是野性硬汉型。这类形象多在原始寻根和西部文学中出现，有时也在少数民族文学作品中出现。他们在艰难的甚至荒蛮的社会背景和自然环境中生活，身上的每一股筋肉和每一根神经都经过了大自然的锻打，在冷漠的外表下储蓄着深沉的情感，在孤独的岁月中热切地与大自然交流对话。他们魁伟的体形、强健的臂力和坚忍的意志常常三位一体地浇铸在草原、雪山、戈壁的底座上。作者通过这类形象赞颂了生命的伟大、人的伟大、民族种属的伟大。毋庸说，有的作品也存在着将人物从社会历史环境中抽象出来的弊病。

以上四类强者形象的涌现，表明20世纪80年代的中国文学，虽然阴柔之美有了长足的发展，阳刚之美依然是主要的美学倾向。

但是我们又看到另外一种几乎是截然相反的趋势，这便是文学的世俗化倾向。在世俗化的热浪中，平民的真性意识在许多作品和许多作家的艺术思想中有着全方位渗透。新时期文学在经历了伤痕、反思、寻根这三个阶段之后，对历史的回视与沉淀愈益深刻入微，但同时反映现实的作品却相形见绌，踟蹰于表现社会问题的解决、表现城乡改革的实绩与表现改革者的思想性格上。这类作品有时能产生轰动效应，却往往少了一点人性与审美的浸润效果。这时，一批青年作家以表现城市平民日常生活为主的作品出现了，1986年年底有《橡皮人》《风景》《烦恼人生》，以及接着出现的《白涡》《我走近你》《寻根儿》《逐鹿中街》《纸床》《都市人》等一大批作品，并且在电影界掀起了一股改编热。它们大都把改革推到背景上去，将注意力集中在写凡夫俗子、世相琐事之上，作家不再说教，也不再无病呻吟或煽情，开始用一种超然物外的平淡的心态和语调去再现那些在生活旋涡中沉浮的芸芸众生。《雨花》杂志最早开辟了《新世说》的栏目，李国文的《没意思的故事》、张辛欣的《北京人》、李庆西的《人间笔记》、叶兆言的《夜泊秦淮》、吴滨的《城市独白》都写成了系列。关鸿的《都市人》、王祥夫的《沙棠院旧事》、姜滇的《濂溪笔记》，更发展出一种以短篇为连缀来写中篇的笔记体小说。这就和写城市改革的《乔厂长上任记》《祸起萧墙》《沉重的翅膀》等作品拉开了距离。

这同时，农村小说也开始改变过去那种展览愚昧落后的兴趣，着力于表现农村世俗生活的波动和变化，剖析国民性格的积弊和铸造新的民族素质。所以，从题材看，写小镇、小人、小事的作品增多，清明恬静的心态和画面增多，像《腊月》《流动的人格》《急告温州，今晨抵达》等一批农村题材作品，与《人生》《老井》等强调城市与农村对立的作品已经风景迥异。文化寻根的作品也从学者化、哲理化中跳出来，像《三寸金莲》《阴阳八卦》《瀚海》等，都更注意编排世俗故事，表现世俗人情。

所有这些，都意味着平民化的真性意识对文学的渗透。世俗小说对现实生活显然带着一种更入世的态度。它既不像反思小说和寻根小说那样充满政治、历史和文化的抽象思考，也不像改革小说那样富于理想色彩，对现实充满忧患，又充满激情。它是一种带有实用主义色彩和非理性主义色彩的文学，它不把希望寄托于未来，寄托于精神境界，而更重视现世的需求，物质的需求。作者和读者在感情上都减少了大起大落，他们感受到的只是一种平静、温柔和淡淡的苦涩。作者和读者都从那些过于抽象、过于宏观、过于富有追求意识的思考中解脱出来，以更贴近、更入世的目光去观察现实生活。在世俗小说中，小市民取代农民、知识青年和改革家，成为最常见的主人公。商品经济的活跃，使市民阶层在社会生活中有了更重要的地位。这些社会角色谈不上多么有光彩，但他们的日常生活却因为依傍着生存这个头等大事而显出人情人性的本色，令人怦然心动。新时期小说中常见的那种挣脱禁锢和停滞的生命冲动，如今被更为冷静和沉重的生存意识所取代，生活苦乐参半，艰辛和苦涩升华为精神，使人生的苦趣和烦恼成为市民阶层的一种典型情绪，成为当代生活中一种十分生动的精神现象。历史文化开始走向世俗人生。这也反映了在商品经济影响下的实用主义社会思潮。

与此相联系的是，世俗小说从艺术上有一种传统现实主义的回归倾向，人物个性、故事情节重新受到重视，内心生活的描写有了大幅度压缩。不少作品还大量借用了中国古典小说的语言要素和各类结构的表现技巧。

英雄意识和平民意识的演化都是当今社会出现的文化现象，对立的两极便在现实生活中衔接勾连起来。这种对立与互渗，当然会反映到创作中来。比如，英雄意识在经过否定之否定复现之后，一个与前不同的重要特点，就是走下神坛，具有了普通人的性格、情趣。一方面，他们在思想言行上的先进和在日常生活中的平凡得到了较好的统一，而他们的理想也有所重铸，洗涤了原来一些空泛的东西，更切近中国老百姓的实际。这使我们感觉到，英雄意识的非神化趋向，本来就是一种平民化趋向。另一方面，当我们的作品将老百姓具体的世俗生活作为人类生存的基本状态，作为人性人情的主要载体，将老百姓日常生活中的坚忍、机智、执着、豁达和烦恼，作为一种存在本领和生命品质来表现时，这本身又使世俗带上了英雄的色彩，使平凡获得了伟大的骨脊。它叫我们感受到人类的伟大、普通人的伟大、自身的伟大，而克服了以前一味以自然主义笔墨写儿女情、家务事时的猥琐宵小之感，这又是英雄意识对平民意识的渗透。这种两极在震荡中的互渗使双方克服了各自的片面性和弱点，以一种前所未有的当代的面貌表现出来，走向成熟和深化。

五

理性的日神精神和野性的酒神精神同时得到张扬，文化的追寻和"反文化"的追寻同步进展，是新时期文学又一个重要的两极震荡现象。文化，在这里是指既在的意识形态，即理性，指现代技术文化及其物质成果，指传统的风俗文化，以及所有这些因素构建起来的民族文化心理。"反文化"，是指对既在的意识文化、无意识文化和物质技术文化的精神反思与行为反拨。在"反文化"的出产地美国，具体是指当地年轻的一代对父辈信守的技术统治论以及认为技术过程可以满足人类几乎所有需要的那种信念的背叛，并具体体现在现实和虚拟的生活方式和价值观的革命上。反传统、反规范，从愤世、疑世到玩世、乐世，以及"审父意识"，都是它的表现。有这样的说法：资产阶级在餐桌旁发现自己的敌人原来就是自己溺爱的子女。在这种全球性思潮的大背景下，我国新时期文学的寻根热是从十年"文革"的反思开始的。但随着反思的深刻，作家们全球意识、文化意识增强，开始超越政治和现实的局限，从更大的历史时空去思考人类和人生的问题，开始在与其他民族文化的横向比较中来认识自己民族文化的历史演变，以衡定它在整个人类文化中的恰当位置。作为一个类族的群体，人们开始反思、盘诘自己："我是谁？""我从哪里来？我到哪里去？"创作的文化寻根热，就是这种非个人的、大时空思考的美学结晶。

文化寻根热从汪曾祺、邓友梅的乡镇风俗小说和市井风情小说起步，很快发展为对文化的自觉追寻。它又可以分为两大类。一类是对传统文化（也包括对传统审美）的追寻。比如邓友梅、冯骥才、陈建功对京津文化的追寻，阿城对超凡脱俗的道家哲学的追寻，韩少功对浪漫的楚狂精神的追寻，贾平凹在秦头楚尾之地对秦汉文化的汲取，陆文夫、李杭育对吴越文化的追寻，等等。禅、道、巫、鬼作为一种文化现象，屡屡在作品中出现，并且浸润为一些作者观世的立足点和创作思路、创作语态。

另一类是对原始生命的追寻，亦即对一种前文化生态、心态和体态的追寻。这几年部分文学创作中流露出一种原始主义倾向，写原始、荒蛮的生活成了一些作家的嗜好。这种倾向，或者表现为对古老的渔猎、游牧、村社生活发生浓厚的兴趣——他们从令人目眩的现代社会出走，溯时间之河而上，寻找昨天的部落和村落；他们离开闹市，走进大山原野去寻找一片至今还未经文明熏染的土地。或者表现为大自然崇拜，在作品中发掘和重建人与自然新的关系，将改造与征服的对立变为互相营养、陶冶的和谐，表现出前所未有的对自然的爱慕。这样，人类不但在对大自然的征服中显示出自己的强韧力量和博大精神，也在这爱慕中显示出自己美好的情怀。或者在现代生活的描绘中，在新潮与传统、文明与原始之间表现出极为复杂矛盾的感情——对现代文明的厌倦可能导致在传统与原始的生活中找寄托，比如对"最后现象"（即将逝去的人物和现象）从眼前消失表现出深深的依恋。

在原始寻根的作品中，普遍表现出一种崭新的人格理想，表现出一种同生活的进步相协调的审美意向。原始寻根作品中的许多人物在同严酷的大自然、同社会强暴的搏斗中，铸造了一种无畏的不屈的气概。他们的人生是奔放的、豪强的、活跃的。对这种人生的肯定，就是对生命原力的颂扬，对我们民族古老而烂熟的文明的一种审视。在中国传统文化中，无论是儒家用禁欲、纲常和礼教为人们构造的心狱，还是道家以超脱、淡泊、无为为人们展示的虚幻的幸福境界，都在一定程度上摧残与限制了人的力量，使人变得软弱、卑微、病态，人生变得苍白、暗淡、阴郁。今天，在振兴民族精神的时代，呼唤一种原始生命的强力来挣脱这种文弱化的文化束缚，当然给人以崇高的美感。当然这只是在寻找两种文化追求的同构关系。我们不能忽视确有为了猎奇，纯客观地展示原始的、落后的、蛮荒的、怪异的文化形态的不良倾向，但也要承认，不少人是为了找出其中深藏的强者精神，找出振兴当下生活和精神的内在的同构点和对应点，以给民族精神输氧、补钙。显然，从深层次看，这已经和"反文化"倾向衔接、沟通了（"反文化"在这里的含义，实际上是指反传统文化中的消极因素）。

"反文化"思潮是文化现代化的产物。当代物质文明和精神文明愈发展，社会和人愈趋向理性化。理性化提高了人类认识和改造客观世界的能力，使人的社会本性得到充分自觉的发展，同时却压抑了人类的自然本性，或多或少窒息了人的感情和真性。这样，人的非理性化欲求，便愈益需要找到宣泄的渠道。文艺以自己的形象性、感情性的特征，理所当然要更多地承担平衡这一精神倾斜的任务。当代社会文明愈发展，特别是现代商品经济、政治思维对社会综合交流的需要和现代通信手段给这种综合交流提供的可能，使当代人愈来愈生活在一体化、有序化之中。也是作为对这种倾斜的平衡，现代人在艺术欣赏中对个性和无序的要求就愈益强烈。人类创造的现代文明，使人的视野有了无限的宽广度和深刻度，但这种视野又同时愈来愈由直接转向间接。人类以前更多通过自己的感同身受来认识世界，现在则主要依靠文化传播的媒介来感知社会，人类正在隔着文化的毛玻璃看世界。人类愈益被自己所创造的现代文明膜所包裹、所窒息，

071

就愈益希望在精神上突破这层文明膜，去前文明的更浑然天成的生活氛围中做舒畅的深呼吸。当代生活这种"反文化"价值取向的勃起，是新时期文艺"反文化"追寻重要的社会原因。

思想艺术中的"反文化"追寻其实也是古已有之，并且在历史上形成了一条断断续续的虚线。在春秋时期中国进入文化的灿烂发展期，中国的老庄超前体察到了与文化发展伴生的文化困惑，提出了他的"反文化"主张。他反对一切人为之事，包括文艺，并且说"五色令人目盲，五音令人耳聋"。他反对当时的伦理观念（"绝仁弃义"），反对传统的理性法则（"绝圣弃智"），认为人的一切痛苦都是文化造成的，只有抛弃了学问文化，才能免于忧患（"绝学无忧"）。庄子走得更远，他将老子的"反文化"主张推向极端，明确提出"灭文章，散五采"，主张取消文化。他们是人类思想史上较早触及人被物化环境异化的哲学家，提出了反物化的哲学命题："物物而不物于物"。但他们认为这一切无济于事，人的物化命运无法扭转。得救之途只有"堕肢体，黜聪明，离形去知，谓之'坐忘'"。这真是彻底的洒脱了。这种文化悖论，在外国思想家、文艺家的言论中也时有所见。马克思论述过"劳动的异化，人失去他的本质而变成为物"，尼采说过"道德对生命本能的压抑"，海德格尔感慨过"存在的冥暗"，别林斯基喟叹过"智慧即痛苦"，弗洛伊德提出过"超我对本我的压抑"，萨特对现代西方社会也有过"他人就是地狱"的名句。所有这些，虽然理论立足点属于不同体系，却都从不同侧面触及了"反文化"思潮这一问题。

新时期文学从80年代初，以诗歌为前导，"反文化"思潮之风起于青萍之末，到80年代中后期，被文化舆论称为"反文化"小说的作品也逐步增多。这类小说大都写的是年轻一代，他们大都有共同的心理背景，比如反传统，对既在的生活方式"不满"，有强烈的"审父意识"，等等。但在共同的心理背景下，他们却又有着明显的差异。有人将他们分为五类。在《无主题变奏》（徐星）、《少男少女，一共七个》（陈村）、《鬐毛》（陈建功）、《我们青春的纪念册》（梁迈）里，我们看到的是一些愤世者。他们或是因不同意父辈的价值观念而愤懑，或者对父辈的世故虚伪感到愤慨，或者崇尚个体道德而愤恨外在戒律。他们常常偏激、片面、走极端，由审视走向敌视，结果造成了一些判断和认识上的失误。这种偏激袒露出他们的真诚和认真，也表现出他们的不成熟。

在《你不可改变我》《黑森林》（刘西鸿），《半分钟的人生》（翔宇）中，我们看到的是一些乐世者。他们一味追求人生的快乐，怎样活得舒服便怎样活，对社会的责任，对百姓的义务，对自身的终极关切，都遭到鄙视。爱之忠贞、谊之诚笃，在他们看来不可理解，罗密欧与朱丽叶是患了青春期痴呆症的傻瓜。而"如果做男人意味着重负，我宁愿不做男人"——小说《还能说什么》的女主人公吴小迎的这句话，更可以视为这群乐世者的人生宣言："我不需要任何人向我负责，我对别人也不想承担任何责任！"他们不去分辨什么是人生真正的快乐，这快乐又由谁、从哪里创造出来，实际是目光短浅的，是对真人生的回避。"今日有酒今日醉"的结果是理想的沉落，这是一种自我麻醉，谈不上真正的快乐。待到酒醒之后，生活会给他们提出许多更为严峻的问题，这就造就了一批疑世者。愤世已经没有热情，乐世却又不甘堕落，徘徊在二者之间，留下的是满脑子疑窦，像《你不可改变我》中的老姑娘刘，《还能说什么》中的大龄青年"我"。当上述三种人在各自的追求都不可得之后，便极容易堕为玩世者和厌世者。在《白梦》《白雾》和《继续操练》里，我们看到的是真正的玩世不恭，是有意识的下流。他们善恶是非的观念已经泯灭，"无所谓对，无所谓不对"，为了追求一己私利，"朝廷无人便只好把人格脸皮自尊都称了去卖"。他们的言行作为已经和先前憎恶的生活方式合而为一。原先对父辈的嘲弄变成了无可奈何的自嘲。也许在这自嘲中你能感到玩世者内心的痛苦，但在这痛苦中你又能看到他们心灵中还留存着一角净土。在玩世的不恭和玩世的痛苦交相作用中，厌世者诞生了。在《无为在歧路》、《殉道者》（徐星）、《苍老的浮云》（残雪）、《奔丧》

（洪峰）等一系列作品里，我们看到了他们的形象。《无为在歧路》里的"我"希望"用最快的速度算出哪一天是世界末日"。《殉道者》里的男主人公认为"沮丧"才是"永恒"的，他对一切都失去了希望，只是在做爱时才粗暴而又疯狂，做爱成了逃避人生痛苦的方式。在《苍老的浮云》里，则对日常生活的空虚阴暗以及人们的怯懦猥琐极尽渲染。在《奔丧》中，洪峰写儿子对父亲之死冷漠至极。在《讲几个关于生命创造者的故事》里，他又写父亲对亲生儿子嫌厌至极。厌世到了这个程度，真是触目惊心了。这类作品充盈着对人生丑恶的描写，甚至连西方现代派文学的主体精神——人道主义理想（哪怕是以否定的形式出现）也看不到。这就由"反文化"走向对人的价值彻底否定的虚无主义，走向艺术的反人道化了，而"艺术的非人道化——这是艺术的自我毁灭"①。以上从人物形象塑造的角度，谈了从愤世到厌世这一心理历程，是侧重从"反文化"社会思潮在作品内容上的表现来谈的。"反文化"思潮在艺术思想中还有其他各方面的表现。其极端者，如先锋诗派中的非非主义。他们反语言，反对和语音相联系的整个现存的文化形式、文化定值心理、文化定值情态，认为现今世界——世之界限，是语言划开的，这就把世界变成一座语言的海市蜃楼，变成语言文化膜包裹的伪现实了。他们认为这是个错误。世界不只是可形可容（因而有价有值），可动可静（因而有生有机），可数可比（因而有维度，有层有次有序），可称可谓（因而有姓有名）的，还是无法用语言来表述却又确实有形式有内容存在着的。造化之于人，隐含着无限神奇的、全方位的亿亿种可能，而用语言符号表述这个世界，只是一种可能。人类不能一旦误陷于这一种可能之中便永世不能自拔，不去积极寻求其他可能性。他们诱导人类退出现有的语言文化世界、现有的语言文化自我，将现代社会做前文化还原，然后大力发展人类被文化窒息了的文化外的开发、认知和创造潜力，探索建立非语言的新的文化世界和文化自

---

① 列·斯托洛维奇：《审美价值的本质》，凌继尧译，中国社会科学出版社，1984年，第279页。

我。应该说他们的思考敏锐地指出了语言文化的局限性，有不少有启示力和开拓力的地方，但对现有全部语言文化采取虚无主义态度，以致否定语言在人类文化建设中的积极作用，否定语言文化已经取得的现实成果，是笔者所不能苟同的。加之由于他们也只能以语言形态来反语言，没有或无法明晰地展示非语言世界的其他符号系统、传输系统，能不能维系和如何维系现有的人类文化世界，整个论述充满否定，在建树上则显得十分空泛。

创作在文化和"反文化"两极的追寻如何互补互渗？从上面的分析中可以归纳出这么几点：第一，文化的繁盛同时带来了文化的困境，因而创作的文化追寻到了某个临界点，就同时引发了"反文化"的追寻。其实"反文化"的渴求，也就是文化的渴求，是负形态的文化渴求。而"反文化"追求到了又一个临界点，又可能引发"负负效应"，引发新的文化追求。

第二，"反文化"追寻实际上是对文化追寻中偏颇、局限、不足的一种补充、校正和整合，是对因文化追寻所造成的各种倾斜的平衡，各种失调的整合。

第三，因之，文化追寻和"反文化"追寻发展到当代，已经开始由勾连互补到交叉重叠互渗。文化追寻中对传统的禅、道、巫、鬼文化，以及其他原生态民间亚文化、潜文化的追寻，对大自然原始生命的追寻，实际上也是"反文化"追寻的内容。

六

每一个事物都包含着对立因素。"对立是存在物的始基"（毕达哥拉斯语），自然是"从对立的东西产生和谐，而不是从相同的东西产生和谐"（赫拉克利特语）。"一阴一阳之谓道"，中国古代哲学中的阴阳说，也说的是任何事物内部都含有矛盾的两极。两极的各种因素，在震荡（运动）过程中"相感""相摩""相荡""相斥"，又相和谐。"雷风相薄"，却又"雷风不相悖"。这是世界得以存在和运转的动力，也是新时期文学发展的内力。"互渗"这个概念出于列维－布留尔的《原始思维》，指原始人思维中一种物我不分、主客体相混的混沌状态。本文借用这一概念，来表述新时期文学发展的总动势，即在多种二元对立的发展中相互渗透、相互融合，使文学创作不断获得发展的活力这样一种状况。这当然印证了矛盾的对立面又斗争又统一的辩证唯物主义思想。

两极震荡和多维互渗，即便表现在上述某一个问题的二元对立中，也不是机械的叠加和线性的延长，因而我们没有在论述中采用单维的二值判断（即非好即坏的黑白逻辑）。一种文学现象由于处在两极震荡即对立面的交相运动中，又由于在两极的轴心上有着多维的渗透，便呈现着一种很难分析和梳理的多因素的互相扭抱、互相包含、互相作用的复杂状况。各维度、各因素之间互抗、互补、互渗，交混为一个复杂的运动体，以致很难像剥竹笋一样，做层次明晰的归纳。

而新时期文学发展的实际情况是，除了每一个二元对立内部构成多维互渗复杂运动之外，我们在文中举出的这些对子之间，又互抗、互补、互渗，交混为一个层次更多、更错综复杂的运动系统。这个系统呈示出新时期文学在发展中全部的复杂性、曲折性和多样性。当各个对子之间异步交叉、历时叠加，文学创作常常呈现正—反—合的波形发展曲线。当各个对子之间同步交叉、共时叠加时，文学创作在各种因素的制约下，出现多维相持相触的相对稳定局面。在这种情况下，文学的发展看不出主潮明晰的动向，而是维持着一种繁花似锦、乱花迷眼的恒定局面。相对恒定正孕育着新的大幅度运动。要描述这种复杂相持的恒定，当然更为困难。

丰富复杂是成熟的标志。新时期文学正是在这种两极震荡、多维互渗的总动势中逐步走向成熟。

1989年12月10日于西安岚楼

原载《小说评论》1990年第2期，收入《不散居文存》，西北大学出版社，2019年

文学镜像中被拷问的中国人文精神

一

中国人文精神一直在经受拷问，近年尤甚。它在自己的发展进程中，大致经受过三次大的拷问。由古典人文精神到传统新儒学的转型，使中国人文精神经受住了历史的第一次拷问；第二次拷问则是在五四新文化运动中，对这次拷问的回应，是现代新儒学的出现。20世纪80年代，特别是90年代以来，现代市场经济对中国人文精神又开始了第三次历史拷问。整个文化知识界，整个社会目前都未能对这次拷问做出令人满意的答复。让我们透过文学的折射，来看看中国人文精神在新的拷问中如何辗转反侧，如何寻寻觅觅。

二

王朔作品以及流贯于王朔作品中王朔的人生态度告诉我们，在中国当代社会一部分人群中，人文精神已经被轰毁到何等程度。

王朔以痞味精神、痞味画面、痞味话语酣畅淋漓地写出了痞子生活、痞子人物、痞子心态。他毫不文饰，撕破来写。在文化、文学、文字的圣坛上，他首先撕破自己，而后撕破文人和他们的人文精神。这种撕破，几达全裸。

在他笔下，痞子、痞味、痞气成为对固有人文精神刻意的反讽、反叛和反抗。他将权力文化和精英文化一向视为神圣的东西掀翻在地。他将逸出人文精神圈外的边缘人作为主角，通过主流文化的边缘化散失，达到边缘人的中心化凝聚。他笔下的人物失却了固有的精神家园，又没有找到新的精神家园，因此他们轻易地解除了认同和建构任何一种人文精神的义务和责任，获得了调侃、批评任何一种人文精神的优越心态和话语权利。他们也有自己的精神，这便是在流浪中对任何一处精神村落摇头说"不"。

宽阔一点看，在深层情绪上，王朔人物以审美形态传达出平民百姓对非平民化经典人文精神的一种厌倦和轻视。当人文精神的探寻和传播无视平民生活和世俗欲求时，他们也就对此报之以无视。人文精神本来是从生活实际中升华出来的，但常常凝固为真实人生头顶上迷蒙的云霓，以致反过来隔离人生真态、窒息心灵真情。这时，大众便要求有一种和自己贴得更近的精神话语。王朔的嘲讽，正是从另一个向度上透露出平民百姓重构人文精神的渴求。

不幸的是，在大多数情况下，王朔将自己对固有人文精神的批判，寄寓在一伙玩世者、厌世者、弃世者身上，批判又常常过分和偏激，这使得他在多少传达了大众文化欲求的同时，不易被大众理解和接受。他极端得叫人萌生戒心，虚无得叫人难于认同。这时，伏在民众心中强大的人文精神传统，又会被反激，站出来排拒他。大众一方面可能认同他对固有文化精神的某些批判，一方面又不认同这群在文化土壤上肆意践踏的"鬼子兵"。极端和虚无是要付出代价的。极端和虚无的后坐力可能将射手本人击倒。这是王朔的尴尬。

但王朔别无选择。在他看来，面对一种很爱面子的文化，不撕破面子是毫无用处的。他只能以撕破自身来撕破固有文化。他和他的形象倒下了，固有文化精神也倒下了——王朔期冀以这种两败俱伤，同归于尽的方式取得成功。他极可能已经失败了，但也极可能在这失败中取得某种胜利。也许王朔并不自察，在他红色幽默的深处，流的是惨烈的血，有固有文化的血，也有王朔自己的血。他的轻松何其沉重。

由于拒绝进入人文精神体系，固执地以侃爷、顽主为自己的文化基座，王朔一开始打的就是外线进攻战。他用不着在内线做艰难的自我解剖，一味痛快淋漓地将批判、嘲弄宣泄到固有文化头上——本来不曾拥有，也就无所失落，更谈不上矛盾和分裂。但只要我们把镜头拉开来，便可以看到这嬉皮笑脸背后的混乱和悲哀。作品一旦传播到社会上，就不能不影响别人，自娱的个人责任也就转化为娱他的社会责任。如果说王朔敏锐地感到了固有社会文化和艺术文化的缺陷而去拷问它，不失为一种责任感，但他却只能极不负责任地将一伙玩世、厌世的纨绔子弟作为人文精神的载体向社会推销，这不是混乱和悲哀吗？

王朔的创作还要继续发展下去，但已经存在过的那个王朔将会永远存在下去。

三

和王朔不同的是，贾平凹是文人队伍中的一员。中国文化对他的人格、他的创作有着明显的影响。他的作品是有文化品位的作品，他是个有文化感的作家。在中国文化中，道与释对他的影响是显在的、流露在文字中的，儒对他的影响倒是潜在的、隐伏在内心深处的。因而内儒外道，以道入儒这种中国文人常有的文化方式也便时时从贾平凹的身上表现出来。他在超逸世外时，常常有儒家入世的冲动；当处在纷繁世事之中时，又免不了有清静无为的想法。这两者都是真诚的。到了《废都》，他要描绘包括儒道释在内的人文精神在这群文化人心中的全面崩溃，要描绘四大文化名人堕落成四大文化闲人（西安话"闲人"和北京话"顽主"意思近似）的历程，要描绘废都文人心灵的一片废墟，便不能不遭受灵魂撕裂的痛苦。这种痛苦是双重的，既来自对原有人文精神的轰毁，又来自对时下社会风行的一些价值标准的难以认同。贾平凹似乎只有自暴自弃、自虐自残一条路了。

其实，描写社会行为、社会文化、社会精神、社会情绪的边缘化过程，也一直是贾平凹创作的一条内在贯穿线。和王朔不同的是，他关注的不是城市市民阶层的边缘化。《废都》前，他的目光和笔力集中在山乡山民，即文化边缘地区的文化边缘人群身上，《废都》则集中写了文化界文人的边缘化。《废都》之前的许多作品的人物，大多是历史典籍不予记载或很少记载的山民百姓，是失去土地、离开了村社（这是中国传统文化的根基）的农民、山野兵匪或山林游侠。这些"化外"之民一直处在社会潮流、历史事件的圈外，只是自在地用自己的远山野情敷衍着自己的人生故事。因此，此类作品喜欢写逸出主体外，特别是主体政治文化之外的人生过程、人生意识，以及与此相关的性格命运、心态情态、民俗风习，和感应着这种人生意识的自然景观。

这是一种文化边地和文化的圈外现象在创作中的表现，其中早就显示出贾平凹不重文化人的社会责任而重人性的舒张和人生的闲适的倾向，早就包含着对以儒学为中心的传统人文精神的反抗成分。也就是说，贾平凹对典籍主流文化和碑载人文精神一直是持保持和疏远态度的。他怀抱一种圈外人文观或边地人文观，这为他在《废都》中正面描绘处于文化中心的文人的精神堕落，做了铺垫。

《废都》将生活场景挪进了古都这样的中国文化中心城市，目光集中到文化中心区、文化圈内人文精神的崩塌陷落，其实仍可看到"圈外"文化浓重的影响。也许是囿于作家的社会视野和生活积累，小说的几位主人公并不是古都文化嫡亲的传人。他们大都来自小县城，带着山乡边地千丝万缕的社会关系和精神纽带。他们所交往的一些女性和男性，不是昨天的农民，就是今天的市民，三教九流之中竟没有一个正宗的古都文人。他们始终游弋在古城主流文化圈外（此乃"闲人"之闲也），经由非正统的途径"浪"得了一点名声。在他们心中，或隐或显，仍然带有王朔式的入其门而不能登其堂的淡淡的失落，当然也带有遽尔成名的自赏自恋，因此执拗地和主流文化圈保持着距离，形成一个自我运转的小圈子，用自在的生存方式"批判"着主流文化。在这里，"都"既是政治社区中心，也是主流文化中心；"废都"既指古都政治上的败落，也指古都文化的衰竭和畸变。这样，在远比他们有生命力的新的经济文化大潮来到时，比较浅的文化根基导致这些人遽尔成名后的倏忽堕落，也就有着必然性了。小农意识和小市民意识带着"文化""文人"的幌子，到一个新时代来冲浪，人文精神上毫无自恃力和抗疫力的弱点也就暴露无遗了。于是在作品中，迷醉和痛苦总是相伴而行。这里暴露了作家圈外人文观的致命弱点，也是在一些地方和王朔暗通的深层原因。小说结尾，庄之蝶意淫景雪荫以示报复，周敏将景丈夫的小腿一脚踹断，已经是地道的王朔方式了。

《废都》让我们看到了中国人文精神在两个层次上的崩塌。一是庄之蝶等作为文化人人格的崩塌，书中四大文化名人在精神上已经完全失语。他们对新的社会实践、社会情绪、社会心理，不做任何人文层次的思考，失去了形而上的感应能力、开掘能力和再现能力，面对鲜活的生活和人性进程，熟视无睹，哑口无言。他们间或搞一点应酬之作，基本不从事有意义的精神劳动，自身的意义世界日渐萎缩。后来庄之蝶干脆宣布丧失写作能力，正式退出文坛。退出文坛，不是因为外在的政治、经济压力，而是因为心灵的死亡，哀莫大于心死。作为文化人，这种精神喑哑症，表明他们已经完成了边缘化过程。

二是庄之蝶等人作为普通人人格精神的崩塌。四大文化名人，以名气来交换声色犬马，通过开条子、走后门、拉帮派等社会上流行的手段，易名为权，易名为利，干老百姓不屑为的坑蒙拐骗、醉生梦死的勾当。书中收废品老人的警世民谣所针砭的丑恶现象，其实就包括他们这一群人的行为。他们不但失去了文化人的意义世界，也失去了普通人的意义世界，人格精神远在普通人之下。人文精神崩塌到这种程度，可谓触目惊心。

《废都》着意反映文化人人文精神的崩塌，力图反映价值标准由"以利为先"到"以道为先"的转型时期，知识分子圣坛被轰毁，文化人崇高地位和神圣感觉被轰毁的实际，当然不无意义。但当这种复归不是使圣成为人，而是使圣成为食色之物，就走向了另一个极端，那些撕破来写性的文字，对文化圈和社会精神确实产生的不良后果（如有的评者所说，"书中四鬼狰狞，引燃了读者心中的百鬼蠢动"），必然为社会文化、精英文化所不能见容，以致引发了各类不满的声音。

瞄准人文精神的射手，又一次被后坐力击倒。

四

在新写实小说和新历史小说中，中国人文精神不是在大惊大诧中轰然倒塌，而是在毛毛细雨中悄然消融的。

这两类小说专注于现实和历史的平民心态和世俗生活，以平民化甚至平庸化的社会坐标、艺术坐标，消解历史和现实生活中的主流精神和理想价值，使艺术的人文精神和作家的人文操守在瓦解中实现着某种转型。

新写实小说大致可以用这么一句话来表述，那就是写"小人物"在物欲压抑下的精神烦恼。

写"小人物"不是新写实小说开的先河。新写实小说写"小人物"不同于以前的地方在于：（一）大量而集中；（二）将"小人物"从边缘挪到中心地位；（三）写了"小人物"心态在社会生活中的普泛化，特别写了这种心态在文人界的传染性扩散；（四）反映出艺术家自身对"小人物"心态评价方位的转变，由以前常见的审视角度转为某种认同，甚至某种欣赏，也有尚不情愿认同的无奈。这是新写实小说写"小人物"的主要特点。

新写实小说揭示了"小人物"心态普泛化的主要原因，是物欲的膨胀挤压。经济社会人和物的关系，灵和肉的关系，道和器的关系，比之传统社会有某种程度的颠倒。人在日益强大的物质力量面前，感到从未有过的渺小。精神在恶性膨胀的利益要求面前失重，文化和与文化相应的各种社会机制在生机蓬勃的经济运作前显得苍白，有的甚至被挤压成碎片。这使更多的人，包括许多职业精神劳动者，体认了"小人物""小角色"身份，更多地理解了"小人物""小角色"的处境和心态。一种新的物质存在的意识，一种平庸世俗的文化价值观和相应的文化运作，在社会和文化领域风行。

"小人物"心态普泛化主要的情绪性结果，是烦恼。这种烦恼，有如三月雷雨天的潮湿，无处不在而又纠缠不清，弥漫在新写实小说各类人物的心头。烦恼，作为一种社会典型情绪，其实是文化良知在渴望堕落和不甘堕落中的挣扎。烦恼不完全是麻木，也不完全是抗争，烦恼是精神被物欲淹没时的半推半就、半喜半忧。烦恼是人的意义世界被日常生活淹没后，对昔日的回眸和终于走向麻木的愧疚。这都是烦恼所具有的真实美的内涵。但有时候，烦恼也可能是一种心理策略，既飞吻往昔的精神之梦，又献媚今后的物质之网，将急剧转变的折线，柔化为两个优美的弧度，好对得起过去，又不失去将来。

新写实的探索，是历史选择的结果。尽管它是以烦恼，以无奈的方式呈现，但它毕竟传达了社会特别是平民，对新的社会价值和人文价值的呼唤。新写实小说没有执意揭示，而是淡淡地呈示了传统价值观和人文观与现实生活的种种不适应。它反映了物质的第一性不仅作为人类生存条件，而且上升为物质生存意识、生存方式，对人的思想观念、性格心理的决定性影响。不少新写实小说既写物质生存需要无法满足之后人性的扭曲和畸变，又写物质生存需要如何聚集为一种精神要求，即要求建立一种更多地考虑普通人衣食住行、生活情趣等实际利益和世俗价值的新人文精神，建立一种反映了物质生存意识的，更有人性色彩和平民色彩的新人文精神。这一点，应该说是新写实作品对当代社会基本走向的历史性反映，也是新写实作家朴素艺术责任感的体现。

就目前的新写实作品看，这方面还只停留在朦胧的企求、渴望上，新人文精神的建构还远没有拉开帷幕。从企求到建构是一个漫长的时期，在这个阶段中，随时存在着被世俗淹没而走向麻木，和从世俗的淹没中走向新的清醒这样两种可能。我们希望于新写实小说的是，在创作实践中更多地显示出第二种可能而避免第一种可能。

新历史小说在一定程度上是新写实精神向历史生活的扩散。它们常常跳出历史小说局限于碑载史料和碑载文化的老路子，注重对历史生活中世俗社会、平凡人物和平民精神的反映，或将碑载历史世俗化、平民化，消解历史的象征感和暗喻感，使历史由一种神圣回到人生百味中来——艺术上由神话原型回归生活故事，由哲理和史诗回归到生活场景和常人心态平实的描绘，反浪漫，反矫情。新历史小说总体是对寻根文学浪漫神话的否定，也是对传统历史文学执意提炼历史精神以对应时代的一种否定之否定。

新历史小说给文学把握、表述历史生活开辟了一个新视野，提供了一个新坐标，使过去难于走上史书和文坛，或者只在通俗小说中流传的历代平民生活，在高雅文学中获得了自己的话语权，形成了自己的话语体系，使文学表现历史生活在内容和形式上取得了新的自由。尤其不可忽视的是，新的思想、艺术坐标有可能使文学关注到历史生活中一向存在却一向被经典文化忽视的中国人文精神世俗、平实的一面，从而发掘出固有人文精神在内容和表现形式上的新生面，使我们对中国人文精神的丰富性有新的认识，也为中国人文精神的现代转型提供可贵的形象素材。

这同时，我们也看到，新历史小说对传统历史小说的人文精神和寻根小说的现代精神都绕开走，它既生动细腻又随心所欲地写历史，过大的自由度和作者思想感情过度的渗入，使其有将历史变成空壳的危险。如果偏离历史唯物主义的基本坐标，使历史小说产生非历史倾向，必然带来许多需要讨论的问题。

五

张炜的创作可以说经历了耐人寻味的二度转移。从这个二度转移中，能窥见一个作家人文精神的坚执和新变。

张炜在创作伊始就表现出一种乡土情结，他以我们熟悉的笔法描绘曾经生活其中的乡村生活，素朴洁净的心境晕染和自然诚笃的抒情意味，不似国画小品，倒像英国水彩画般明丽，召唤着读者对乡村生活的憧憬。到了《古船》，他的创作出现了第一次转移。当时社会的文化解放和精神再造，遭到了保守、僵化因素的严重抵制和压抑，作为具有人文责任的作家，张炜在《古船》里以严肃的文化批判来呼唤启蒙和解放：明丽的水彩画变成了厚重的油画；对乡土风情的描绘转而为对农业文明内在结构的解剖和批判；生活和感情的视角转而为社会的、历史的、文化的视角。

这一时期，不少作家都在新的社会思潮和文化精神启动下，将自己的创作转入社会文化批判的层次，而《古船》却是其中难得的力作。之所以难得，是因为它远不止解剖和批判了处在小农经济形态中的农业文明弊病，而且描写了小农经济的现实形态、现实关系成为历史之后，血缘文化和小生产心理作为一种社会文化心理的积淀，如何长久地腐蚀和诱变其后新的社会经济形态，使新的社会经济形态出现历史倒退而徒具空壳。这是更深一层的。我们可以感受到作者鲁迅式的忧患精神，它具有深埋的激情和理性的深刻，又熔铸在人物形象的塑造和人物关系的动态结构之中。

到了《九月寓言》，张炜的创作有了第二次转移。张炜在《九月寓言》中以充满感情的笔调描绘自足的乡村生活，描绘劳动和劳动者的淳朴、崇高以及和乡村文化共在的一切美好，描绘乡村文明对传统价值的坚守和这种文明在工业文明围困下如何没落，濒临绝境。

下述三点应该引起我们的重视。其一，《九月寓言》的文化境界，已经由文化的竞争、论争进入了文化的综合、兼容。其二，《九月寓言》的文化坐标，已经由对经济荣衰、社会善恶、道德文化美丑的具体判断提升到人类生存、生命需求的整体判断。其三，《九月寓言》的话语体系，已经在书写现实社会生活中引入了神话代码，即"寓言"。这是尤其值得我们注意的。寓言或准寓言代码的引入，使全书对农村生活的描绘，相对摆脱了具体时间链条的锁扣，散化为一种空间的覆盖和浸漫。张炜在作品中布设了一个自己所向往的乡村文明范型，并将读者引入这个寓言的规定情景和特定逻辑体系，完成了对农业文明的重新梳理和更深的认识，也完成了对工业文明的张炜式的隐秘的抗拒。

在城市工业文明走向烂熟的时代，世界上一些颇负盛名的作家都不约而同地流露出怀旧倾向。艾略特、叶芝、乔伊斯、托马斯·曼的作品在这种怀旧中都流露出不同程度的神话主义，而福克纳、马尔克斯一类作家则背向发达工业社会，专心致志地去写他们想象中的小小故乡和古旧家族。在中国当代文坛上，一些古老的、尘封已久的日子正在活灵活现而又迷迷蒙蒙地上演，构成了一幕幕带有寓言色彩的现代剧。可以说这是文学家们对现代工业文明拷问传统人文精神的一个艺术回答。在这个回答中，不但结出了思想认识上的成果，而且结出了艺术形式成果。

与此同时，一批前几年热衷于传播先锋理论的青年评论家，有不少也转而研究国学，和海外现代新儒学遥相呼应。这又是理论家们在人文精神受到拷问时的一个理性回答。两者之间有很多类似之处。比如都以后工业文明为自己的精神坐标，都带有某些寓言（作品）色彩和玄虚（理论）倾向，能够在精神上感情上满足社会需要，却未必能解决现实社会精神建构中的实际问题。由于作品的社会功能只在前者，张炜应该说已经在相当程度上完成了自己的任务。而关于后者的要求，理论则显出了灰色。

六

面对人文精神的轰毁和消融，与张炜的飘然拒绝相比，余秋雨则力图在浩瀚的民族文明史中开掘、汰选出健康的人文精神，并加以形象地表现，他做着切切实实的梳理建构工作。

近几年来，他的写作和研究集中于一个对象：中国文人或具有文化感内涵的历史人物、历史现象。致力于一个命题：再现基于健全人格的文化良知，再现中国人文精神在人类文明史上不可磨灭的作用。他当然写到了愚昧和野蛮对文明的围剿，写到了文明的孤掌难鸣和千困万窘，主题却是一往情深地歌吟文明，歌吟"碎成了碎片而依然光亮的文明，让人神往又让人心酸的文明"。

他以文化学者的渊博和透辟，散文作家的描绘和抒情，将这项工作搞得有声有色，创造了通俗文艺大潮中学者散文能够向平民社会广泛扬播的罕有的先例。应该说，余秋雨的散文一定程度上推动了整个社会对中国人文精神存亡的关注和思考。

余秋雨对中国人文精神中的有为主义做了集中的发掘，使传统人文精神常常以奋争向上的新面目出现在读者面前，并和现代精神暗通。他在《十万进士》中避开陈见旧识，集中写了科举制如何克服世袭制的弊端，在选拔社会有为之士中的积极作用和历史功绩。科举制度在中国整整实行了一千三百年，从隋唐到明清，一直紧紧伴随着中华文明史。它选拔了十万名以上的进士，百万名以上的举人，在整体上构成中国历代官员的基本队伍，其中包括一大批极为出色的、有着高度文化素养的政治家、行政管理家，也有一些出色的学问家、科学家、文学家。他在《一个王朝的背影》中写了一个有为的皇帝康熙，写他如何励精图治，在王朝的休憩地也不忘习武狩猎，以保持胡服骑射的先民所给予的奋争向上精神。又通过承德避暑山庄这个清王朝夏宫的兴衰，写出了整个王朝由有为到无为到败落的"背影"。紧接着，他在《流放者的土地》中，写了一批有为的流放者（其中有的就是被康熙治罪流放的），写他们如何在时乖命蹇的逆境中，以戴罪之身为社稷百姓建功立业。越出常轨，去写迫害者和被迫害者两方面的有为，这是个难题，他不去展开对具体历史活动功过的评价，而是提炼出一种双方共通的人格精神来加以揄扬。他在《抱愧山西》中发掘了几个被湮没的国内最早最富的山西票号——当代银行的"乡下祖父"，以及与其相应的古典金融意识和在经济开发中的有为精神。过去，我们只知道山西有煤矿，有大寨，那是艰苦奋斗精神的徽号，而不知山西有如此惊人的经济、金融致富的智慧。作者因此以"抱愧"来表示自己对山西的误解和小视——其实也可读作"抱愧中国文化"——我们不能不对被误读、被疏漏的中国文化精神的丰富和有为而有所歉疚。他在《上海人》中，又发掘了中国人文精神诚笃、厚道、坚执之外的精明、开通、好学、随和种种质地，发掘了中国文化重道之外的重器，也发掘了上海小市民意识深层所具有的大市民基因，从而使中国人文精神和现代市场经济的要求在文化精神上接轨融通。

现代新儒学在阐释发扬中国人文精神时有一个视域限制，即偏重伦理而轻视、疏漏经济、政治、科学方面的有为精神、操作智慧、优秀成果，有时甚至形成中国人文精神继承发扬中的盲点。在一定程度上，余秋雨的文化散文避免了这种局限，拓展了我们对中国人文精神的认识，他厉声疾呼的是重视传统文化中有为主义在新时代人格建设中的作用，他殚精竭虑的是调整学界、文界乃至整个社会对中国人文精神的偏颇印象。这是开风气之先的。

余秋雨的文化散文，在反映中国文化时，没有停留在有为主义这一人文精神层次上，总是力图发掘出人生态度及生命活力来。他总是透过历史事件去写历史主体即人，写人的向上的精神状态和情绪状态，人的活跃的生命状态。这时，社会的历史的评价固然还存在，却已经退居次要地位，人生和生命的评价成为第一因素。他的目光总是离不开逆境和苦难，逆境和苦难是拷问文化良知和生命活力最好的公堂。我们可以说，余秋雨是以经受住严酷拷问的人文精神、人格群像来回答今天社会对人文精神的拷问的。

说到注重文化良知和张扬人文精神，还不能不提到梁晓声的创作。比起张炜来，他在作品中对这个问题的回答更切实可感，和余秋雨操的虽不是同一种文学体裁，却异曲同工。他早年的老三届命运和知青生活，那个时代赋予他在理想中燃烧的生命激情，以及后来更新了的知识结构和精神质地、多年形成的社会参与意识和理性思考深度，使他的作品既能褒扬中国传统人文精神的有为主义、积极心态和美好的情操，又能表现出和新的经济社会发展相应的气魄、情愫和价值标准，并以熔铸在形象中的哲理诗情打动着、激励着、启发着读者。和余秋雨一样，他的作品弥漫着一种苍凉和崇高，不同的是，他更多了一些诗人式的炽热，余秋雨则更多了一些学者的沉静。和余秋雨一样，他也总是从具体的历史社会生活中去捕捉、提炼人格力量和生命激情（例如写"文革"中知青下乡那一段生活），高位悬浮以超越特定时代的政治评断，将社会思考转换为生命感悟，使之成为泛化了时空的精神养分。不同的是，他的传递更多依仗艺术感受，而余秋雨的传递则更多依仗理性思考。

人文精神受到严峻拷问时的文学，是多向、多变的文学，每个作家都将在拷问中选择，在选择中书写时代也书写自己。

1994年9月于西安谷斋

原载《延河》1995年第1期，原题为《被拷问的中国人文精神》，《新华文摘》1995年第5期全文转载，收入《对视文化西部——肖云儒文化研究集》，陕西人民出版社，2000年

时代的聚光镜

——中篇小说的社会主义新人塑造

　　春色明丽之时，有机会在中篇小说的画廊中做了一次匆匆的游览：世相人情，湖光山色，自是美不胜收；时有新人形象扑面走来，或在春光中回眸相顾，更叫人惊喜相加。

新人形象原来并不少

　　平素涉猎甚少，却不知为什么有个依稀的印象：这几年，中篇写"伤残者"恐怕过多，写抗争者、创业者为数甚少。这个印象不无根据，却显偏颇。我们的中篇小说，尤其是其中的优秀者，其实都注意到了对社会主义新人的描绘，注意到了对生活中真善美的提炼。我的浏览，虽然浅尝辄止，却已经目不暇接了。

　　出现了相当一批塑造社会主义新人的力作。有的歌颂了乘新时期信风扬帆奋进的创业者，如《人到中年》《家务清官》《开拓者》《公仆》《彩色的夜》。有的为社会主义各个历史阶段的无产阶级、劳动人民的新人物画了像，如《布礼》《永远是春天》《白雪》《大墙下的红玉兰》《甜甜的刺莓》《洁白的山茶花》《惊心动魄的一幕》《犯人李铜钟的故事》《天云山传奇》《泥泞》《土壤》《飞雪》《在没有航标的河流上》

《二生石》。

出现了相当一批在思想艺术上都很不弱的新人形象。他们是用扎实辛勤的劳动创建我们时代的实干家——陆文婷、迟新芳、毕兰大婶、秋文、孙惟慈、辛启明；是以罕见的勇毅和魄力在新时期厉行改革和创新的开拓者——车篷宽、黎白、梁羽；是在任何危难和困苦中不动摇对革命的信仰，不放松为美好理想奋斗的追求者——冯晴岚、罗群、钟亦成、葛翎、石凤妮；他们中间甚至出现了在特殊历史环境中，为维护共产党人的信仰而献身的殉道者——李铜钟、马延雄；还有在思考中觉悟、在实践中成长的一代新青年的形象——周瑜贞、竹妹、三牛、凤兆丽、孟甜女和李华。其中的佼佼者陆文婷、冯晴岚、李铜钟，已经达到一定程度的典型化，完全可以跻身当代文学史的画廊。

还出现了几位在中篇创作中致力于描绘社会主义新人的作家。谌容、张笑天、从维熙、蒋子龙同志中篇的全部或大部，都是为新人造影的。

怎样理解社会主义新人的含义，理论界还有争论。现在作家用实践的成果发言了：还是让新人的观念更宽阔些吧！为什么要给新人形象定阶层、定阶段、定道路、定性格，甚至定外貌呢？多彩的时代应该有多姿的新人。他们可以是叱咤风云的英雄，闪电般击发读者心中的雷与火；也可以是静静坐在你对面的陆文婷，像一滴水珠那样普通，当阳光透过它而聚成光束时，同样能在你心中点燃火焰。放弃狭隘的观念，新人就站到了面前。

我忍不住重新阅读和思考了一些优秀的中篇。我感到这些新人形象为创作提供了一些新东西。我试着从创作思想上谈谈体会。

敢用最新的光源

如何抓住不断发展变化的现实，在崭新的时代生活，崭新的社会矛盾，崭新的思想峰峦上塑造社会主义新人？

小说艺术通过人物形象的塑造来反映现实生活，其感受、理解、构思、表现的过程比较复杂，和生活自然有一段距离。实用主义地要求作家配合政治任务，表现中心工作，是绝不能再这样做了。但是，指责作家及时反映当前生活，认为"快"和"好"是矛盾的，快的一定速朽，一定不深不美；创作离现实生活、离当前政治越远就越好，却也未见得正确。作品的好坏并不取决于它和现实生活的距离远近，而取决于对现实生活反映得是否深刻和是否艺术。这正是我们大家都喜欢说的：关键不在写什么，而在怎样写。

任何作家，莫不是首先为自己时代的生活和读者写作的。一部作品，如果能够通过对当前生活的描写，在现实中引起强烈反响，起到促进作用，甚至是产生所谓"爆炸性效果"，这便从一个方面完成了自己的使命，表现出作者的水平和贡献。中短篇作品，尤其如此。对此滥施非议，不能认为是公正的。相反，因为创作这类作品艺术上难度大，现实中阻力多，倒应该大为保护、鼓励、提倡，在实践和理论中探索怎样将快与好、近与深结合得更完美。

正是在这一点上，《人到中年》《家务清官》《开拓者》等中篇的作者，表现出可贵的胆、识、艺。这几部作品的主人公都是新时期的脊梁。作者没有让他们重复过去先进人物的行为思想，而是赋予他们的言行和精神状态以新时期的特点。作者敢于用新时期的生活素材来渲染主人公的活动环境；敢于将主人公投放到当前各类社会矛盾的交叉点上来塑造；敢于将思想解放的各项成果、我们时代精神中最强烈的闪光集中到主人公的精神世界中来。这些，在社会主义新人的塑造中都难能可贵。

陆文婷（《人到中年》）双肩瘦削，却偏要挺身担起工作和家务两副重担，默默地为祖国作超负荷运转。有志于业务深造，条件却是那般窘迫；对丈夫、孩子充满柔情，又不得不吝啬自己的表达。忙碌、能干，混乱、执着，困顿、安贫乐道，在让读者身临其境的艺术描写中，翻着书页，我们便同她一道经受那共同的愉快和感慨。

纠缠于车篷宽（《开拓者》）和梁羽（《家务清官》）身上的各种矛盾冲突，也是读者在生活中正面临的还没有完全解决的矛盾冲突：调整改革和循矩守旧，思想解放和"凡是"僵化，原则和感情，权力和利害，干部的正常更迭以及显露于其中的不正常的社会、家庭纠葛，两代人客观上的距离和主观上了解的愿望，等等。读者由不得和人物一道思索、寻找，一道经受现实矛盾引起的、前所未有的心灵震颤和情感升华（如在《开拓者》中感受到决策者在搞好四化中举足轻重的地位），并在和形象的共鸣中提高自己。

在新的生活场景和社会矛盾中，作者笔力集中地去实现主人公身上体现的时代精神。陆文婷、迟新芳（《家务清官》）的特点是实干，不尚空谈，不喜埋怨，扎扎实实为克服当前困难、创建新的生活贡献自己的心血；顾星辰（《公仆》）、辛启明（《土壤》）的特点是"唯实"，坚持实践第一的标准，从"唯书""唯上"的框框里跳出来，或勇敢地承认自己犯过的"左"倾错误，或纠正哗众取宠的生产计划；车篷宽敢闯，坚决贯彻党的十一届三中全会提出的方针，高屋建瓴决策，大刀阔斧改革；梁羽则勇退，从新时期工作的大局出发，破除权力终身和世袭的封建遗毒，主动后撤扶贤，让更有水平和精力的同志挑担子。这些人物的思想品格各有特色，却又都集中了思想解放的成果，贯流着新时期的献身精神。他们不在枪林弹雨中出生入死，却随时准备用自己的身家性命去殉事业。

当今天的读者对身边发生的种种生活现象，有的还感到迷茫不解，有的还正在理解思索，有的也只有碎光片羽的心得时，作家却已经通过作品做出了形象的、有的还较为深刻的解释；并且通过正面形象的塑造，艺术地提倡对待现实生活的正确态度和美好情操，使读者加深对现实的理解，引导他们在生活中采取积极的行动，这便是贡献。这类作品使读者获得的特有的新鲜感、真实感和亲切感，以及由此唤起的对现实生活多方面的联想、思考和激励，都是别类作品未必比得上的。虽不能说这便是作品艺术水平的标志，却要承认它正是产生较高艺术感受的重要途径。如果这是一种爆炸性的效果，就上述思想和艺术结合得比较好的作品来说（这点后面要谈到），它不是别的，正是艺术欣赏过程中审美力量的一种爆发，是作品思想性和艺术性在读者心中综合作用的结果。

也不妨用逆光

如何在社会主义的历史曲折所造成的悲剧环境中塑造好社会主义新人形象？如果说上面谈的是要用社会主义时代的最新光源正面照射新人，这里谈的就是，也可以运用社会主义历史的逆光来塑造新人。

社会主义新人的革命意志和高尚情操，往往是在严峻的现实、困难的环境中磨砺出来的，这已经为生活和艺术的实践反复证明。"文化大革命"以前创造的社会主义新人中，有的从战争年代走过来，经历了旧社会的悲剧，遭受过地主、资本家或反革命的迫害；还有的在社会主义建设时期毙命于大自然的肆虐。1956、1957年，虽有少量作品触及了时代的悲剧问题，却也没有着力创造出悲剧英雄形象来。因此，新中国成立以来的社会主义新人形象，主要是在社会主义的发展和前进中站立起来的。近年来，在时代悲剧环境中成长的新人陆续出现。历史背景主要是"文革"，也波及反右扩大化、浮夸风这样一些特殊的历史阶段。在中篇小说中，出现了像李铜钟（《犯人李铜钟的故事》）、马延雄（《惊心动魄的一幕》）和冯晴岚（《天云山传奇》）这样比较成功的艺术形象。此类社会主义新人的思想性格，主要不是在社会主义的发展与前进，而是在社会主义的坎坷与曲折中表现出来的。真理在谬误的镣铐中闪光，正义在不义的牢笼中高唱。这种前所未有的特点，使他们成为社会主义新人一个新的类别。

1958年的浮夸风和"共产风"把李家寨群众的口粮刮了个干净。在人命关天的紧急时刻，党支部书记李铜钟挺身而出，一方面对公社见死不救的情况强自隐忍，一方面相机行事，歃血借公粮拯救群众，然后自首投案，去做阶下之囚。坚强的党性和同样坚强的人民性，正确的原则和同样正确的感情，在特殊的情况下出现了对立，却又在李铜钟特殊的英雄行为中得到了统一。他是一块站立在英雄和犯人分界线上的碑石。他以自己成为犯人，来证明自己不愧为英雄，来证明真正的共产党员是何等伟大坚强。小说情节环环相扣，节奏步步加快，作者的艺术螺丝刀毫不留情地在读者心中越旋越紧。巨大的艺术震撼力使你拍座而起。有人将这个形象喻为窃火被缚的普罗米修斯，他确是马克思称赞的那种"最高尚的圣者和殉道者"。

冯晴岚和李铜钟迥然相异又何其相似，李铜钟用瞬间的壮烈牺牲来殉自己的信念，冯晴岚则以中国女性的坚韧，在整整二十年对真善美的追求中完成了这个殉道过程。她衣着萧索如冬，内心却有春的绚丽。冯晴岚抛弃常人理解的坦途，冒雪拉车蜇进了常人不理解的"牛棚"，也是一次特殊情况下的特殊行动。其中表现出来的坚定信念和勇毅，粉碎自己以维护真善美的决心，都不在李铜钟借粮一举之下。刚强者的壮烈，柔韧者的执着，同样都在当时不算明朗的天幕上迸发出灼目的电花。他们在天火中涅槃。

这两位思想艺术上都很成功的人物，为我们在新时期塑造纷繁多姿的社会主义新人建立了筚路蓝缕的功绩，启示我们，要在悲剧舞台上运用逆光写好社会主义新人。首先，必须对悲剧环境中的新人形象做准确的思想道德评价。"悲剧是人的伟大的痛苦或伟大人物的灭亡。"（车尔尼雪夫斯基语）人物思想品德、行为动机的革命性和正义性，即"伟大"，必须经得起历史的检验，具有时代的高度。只有真正伟大的人，他们遭受的磨难和生命的毁灭，才能引起读者崇高的感情，才能因悲而愤，而壮，而激发力量。有的作品为了赶浪潮，在写"平反""改正"一类题材时，满足于在政治结论上翻烧饼，或停留在人物个人品德的表现上，作家思索的钻头并没有伸向人物灵魂的深处。人物革命的、正义的素质揭示得不充分，对新人的歌颂也就缺乏力量，悲剧内在的积极意义当然会受到削弱，有时甚至会出现臧否不当、褒贬失度的情况。李铜钟、冯晴岚虽然是一二十年前的闪光人物，在生活和艺术中却一直被历史颠倒着，直到党的十一届三中全会之后，颠倒的才被正过来，焕发出光彩。故而他们那历史的行动，标志着的却是当前思想解放的高海拔。这是他们在现实生活中产生强烈反响，当之无愧成为社会主义新人的重要原因。

其次，要写出悲剧色彩的社会主义新人产生的特殊社会条件。作为过渡时期，社会主义虽然还带着旧社会的胎记，有着这样那样的缺陷和弊病，但从全局看，从总的发展趋势看，是光明的，前进的。社会主义新人理所当然是社会主义的中坚力量，他们在自己的社会中，一般不会，也不应该有悲剧命运。一些革命者在现实生活中所以遭到迫害和冤屈，究其根本原因，并不在社会主义本身，而在于一些非社会主义的力量或思想，通过社会主义制度的某些缺陷和弊病起了作用。其实，只有社会主义的发展和胜利，才能帮助他们将命运中不愉快的几页翻过去。上面说到的优秀中篇，用真切的生活画面显示出这一点。在《犯人李铜钟的故事》中是由于联系党和群众的"电话线"被刮断了，那些和社会主义精神不相容的小资产阶级狂热性、欺上压下、好大喜功的剥削阶级不正之风恶性膨胀起来，才使得群众断了粮。在《天云山传奇》中，也是背离社会主义精神的极左迷雾遮蔽了新社会明净的天空，而使冯晴岚、罗群不得不在人生旅途上逆风而行。这些异己的力量和思潮，不但损害了人民，也伤害了党。他们虽然和被扭曲的具体生活环境对立，但和社会主义时代总的发展方向根本一致。在作品中，这些人物实际上是在一种特殊的历史条件下，用特殊的方式，代表社会主义、无产阶级，来和鱼目混珠的封建主义、资产阶级、小资产阶级做斗争的。因此，作品揭露、批判得越尖锐、深刻，就越令人感受到真正的社会主义精神的高扬和假社会主义的丑恶。这些作品所以能于控诉中渗透着义愤，于暴露中显出伟力，于歧路的彷徨中看到逢生的转机，秘密正在这里。有的作品则处理得不够好，或是把造成社会主义悲剧的特殊历史环境写成了普遍的社会条件；或是将正面人物和局部的、暂时的阴暗环境的对立，写成了和整个社会主义时代的对立，自然容易使人感到压抑、颓丧。

再次，还要写出新人所代表的正义的、革命的力量在悲剧冲突中的胜利，或预示这种胜利。李铜钟是在被戴上手铐的一刻大获全胜的——这不光指他借到了粮食，使群众可以暂时免于死亡，更是指在错误思潮压过来时，这位装着一条木腿的农村党员，以难以置信的精神力量，维护了党的实事求是原则，暂时接通了党和群众之间被浮夸风刮断的电话线。他是幸福的。在审讯室里，"像是完成了一件神圣的使命，李铜钟甜甜地入睡了"。冯晴岚的胜利，自然也并不是在听见罗群将要平反后才来临的。早在冒雪拉车结婚时，她便是一个真正的胜利者——"我们迎着寒冷的风雪，在古城堡的路上前进着。许多人都用惊异的眼光望着我，我挺起胸，骄傲地往前走着，不时回过头来和他交换一个会心的微笑，我感到真正的幸福是属于我们的！"在罗群嶙峋峻岩的人生路上，冯晴岚像依依垂柳，为之平添诗意。悲惨的处境和乐观的情绪，个人命运上的挫折和时代精神的胜利，就这样奇妙地统一在他们身上。对于那些将悲剧误作悲惨、以破碎的心灵去含纳破碎的生活的作品，实在值得借鉴。

此外，这些优秀作品在悲剧中塑造新人时，还注意到将历史生活的曲折演化为人物命运的坎坷，用坎坷的命运去铸造人物的高贵品格，并着力写好它，也值得重视。

对这些悲剧中的新人形象，是有人摇头的。摇头者中，有的是讳言英雄。在那神经被通上电的年月，他们满眼的真实只是血污和黑暗。生活中真的猛士和强者难于被脆弱的心灵容纳，总觉得"太理想化""太虚假"。遂竟以展览黑暗为能事，甚而有不自觉地为蠹虫护法，如《调动》者。其实，"叫苦鸣不平，并无力量"，蕴有力量的民族，它的文学是要"由哀音而变成怒吼"的（鲁迅语），而革命作家"即使在最困难的条件下，也要挖掘矿石，提炼生铁，铸造马克思主义世界观以及与这一世界观相适应的上层建筑的纯钢"（列宁语）。有的则讳言黑暗，很不愿意文艺翻动那几页敏感的历史，觉得写这种题材必然消沉凄绝，不利于向前看，搞四化。这两种看法分属两极，却有耐人寻味的一致：都不自觉地把现实生活中的光明和黑暗看作不能并存的事物，也就都不自觉地把逝去的动乱年代看成只有黑暗，这自然是绝对、片面，不符合当时生活真实的。影响所及，也容易夸大当前生活中的消极面，生出一些失望或是过激的想法来。一些优秀中篇，能够顶住来自两极的"风"，踩着泥泞耕耘希望，忍住饥渴聚集力量，哀中有愤，怨而不馁，用成功的艺术形象回答了社会主义在发展中的坎坷如何锻炼了一代新人的问题，将一股豪气注入了伤痕文学，也就分外可贵。

在我们中间，又属于未来

如何进一步肃清英雄史观对创作的影响，把社会主义新人形象塑造得既鲜明又丰富？

社会主义新人应该"反映人们在各种社会关系中的本质，表现时代前进的要求和历史发展的趋势"（邓小平语），却又首先必须是一个活生生的有鲜明性格和丰富感情的艺术形象。由于英雄史观作祟，有的新人形象身上至今还或多或少残存着"高大全""假大空"的阴影。优秀的中篇小说在这方面取得了程度不等的成就。

比如我们看到，有的作品能够在现实的各种社会关系中，多角度、多境界地去表现新人。蒋子龙笔下的车篷宽，虽然还可以写得更好，但在多角度描写方面有了进展。他不像以前某些党的干部形象那样，所言所行所思所想，除了政治就是生产、工作。他精神世界的核心诚然是在新时期开拓创业之路，但这个核心是在一个普通人的各个生活侧面上得到广阔的展示的。作者从领导机关、基层工厂、家庭、舞会等众多的生活场面中取景；从他的工作与学习，愉悦与烦恼，苦思与深算，卧室的陈设，遒劲的笔体和端庄的舞姿等众多的角度摄像；从他和上级领导、司机、老战友、青年工人、老伴和孩子的多重关系中来显影。人物在较前远为开阔的舞台上活动，便向读者展示出了这类形象以前不多见的生活和思想侧面。人物与时代环境更为贴近了。

王蒙写钟亦成（《布礼》），则由人物的生活境界突进到心理境界、感情境界。而在将笔墨的焦点对准他的心理感情画面时，又不像以前同类人物那样，所谓"心理活动"，常常只是对情节进展中具体问题的思考；所谓"感情"，也仅仅是对政治活动和具体工作的情绪反映。作者在纵深的历史幅度上挥洒笔墨，表现钟亦成在坚守赤诚的革命信仰和不幸的政治遭遇之间苦斗的精神历程，以及在这个历程中，一个具体的、活生生的人所应有的丰富思维和感情。深情的眷恋，激情的呼号，心灵的渴念，精神的剧痛，各种各样思维感情的辐射和心理感受的交织，概括了人物二三十年的命运，又映现出历史曲线的轨迹。和以前同类形象相比，钟亦成像全息摄影，为我们显示出新境界中罕见的影像。人物与历史年轮胶着得更紧了。

在多角度、多境界中对新人展开描写，对克服那种把正面人物从生活环境中硬拔出来，或按照既定理念的需要，把人物身后硬换上一些假景片的"英雄形象拍摄法"；对克服那种喜欢将复杂、丰富的人提纯为"单晶硅""蒸馏水"的洁癖，都是很有裨益的。

有的善于在日常生活中捕捉诗意，在率真的真实中将平凡与非凡统于一身。《人到中年》的作者有着玉雕工人的手艺，似乎只需在日常生活的素材上稍加琢磨，便出现了艺术奇迹：平凡变成了非凡。谌容不喜欢用浓墨重彩的渲染和曲折剧烈的冲突来塑造陆文婷。她只是用人所习见的、极普通的生活细节，和恬淡清丽、明白如话的文笔，便把生活中的诗意凝聚到女主角身上。全篇情节平淡无奇，却充满真实、成功的细节描写。这些生活细节大体可分两大类。一类集中在环境对人物的态度上，主要表现出她工作的繁重，家境的窘迫，和所受到的冷遇、隔膜；一类集中在人物对待环境的态度上，主要表现出她的"安贫乐道"。作者用这两类细节的交叉对比，显示出人物和环境之间远非对等的关系，提炼出我们时代中年人实际肩负的重任和他们智力、精力、体力的矛盾，捕捉住陆文婷在平凡的生活中闪射出来的非凡的光彩。这是逼人的平凡，汹涌澎湃的平凡，能够引爆的平凡。于是，在陆文婷于日常生活中将生命一点一滴如数献给人民的旋律中，升腾起诗情和哲理的主题——"中年颂"。平凡与高大融于一体。

高尔基主张现实主义要"对于人和人的生活环境做真实的、不加粉饰的描写"，契诃夫认为现实主义应该是"按生活的本来面目描写生活。它的任务是无条件的、直率的真实"。在创作中，有的作者习惯于用理念的手术刀，对生活组织作恣意的肢解、切除。在这类作品里可以看到肌肉、骨骼、血管、韧带等各类生活标本，缺少的却是跃动的生命。《人到中年》运用直率的真实和不加粉饰的描写来表现社会主义新人，为之提供了一剂切中肯綮的艺术良方。

还有的，则力图处理好理想和现实的关系，注意在历史的可能范围内，在现实生活的制约中，去表现新人的理想光辉。近年来，出于对"四人帮"强加于艺术舞台上的"样板英雄"的冷淡，文艺界对这点谈得较少了。其实，现实主义创作原则何尝与理想不相容？在西欧批判现实主义作家暴露社会黑暗的作品中，也并不乏体现他们理想的英雄。革命现实主义作家笔下的社会主义新人，自然更应该熔铸进无产阶级的理想。这是应该奉为圭臬的。问题只是如何在人物身上将理想和现实更好地融为一体。

车篷宽、梁羽都有某种理想成分，但他们所处的典型环境，是按照生活本来的样子描写的，他们的言行、思想都受到历史和现实的制约。这方面，冯晴岚写得更丰满。冯晴岚显然带有理想色彩，却又严格地按照当时历史环境提供的可能与她自己思想性格的必然来行动、思考。她不可能像以后的张志新那样，挺身而出，直言真理。她也没有力量拨转逆动的潮流，拯救罗群于水火。在罗群挨批受屈时，她只能用沉默来抵制；在冒雨求助于宋薇而吃闭门羹后，只能用一个少女最宝贵的财富——她的坚贞和柔情去扶持他、温暖他，以致自己也跳进水火之中，为所爱的人分担苦难。直到粉碎"四人帮"之后，她也不可能越级上访或面斥吴遥，只能给宋薇写信，陈情却不哀告。她的理想色彩，完全是环境和人物"这一个"的产物。

另外，作者也没有将这些具有理想色彩的新人，写成各方面全优的"完人"或是个性消弭于原则的"人干"。他们都有独特的个性，有比较丰富的感情，有环境和道路给自己带来的所长和所短，有的还有一定的弱点和缺点。他们的理想色彩，是在艺术形象最主要的思想意义和性格特征上，得到充分的强调而突现出来的（比如陆文婷的实干，车篷宽的胆识，李铜钟的"殉道"，冯晴岚的坚韧等主要特征，都做了充分的展现和突出的强调），而不是在一切方面都理想化。这样，新人形象在普通人意义上所具有的现实的可信性，就构成他在某一方面高于普通人的浓郁理想色彩的坚实基础，并反过来加强了这种理想色彩的现实可信性。

优秀中篇小说在这方面的探索，促使我们在两方面增强了信心：文艺既要坚持塑造具有理想光芒的社会主义新人，以点燃人民心中的激情，烛照历史发展的趋势，又要坚决摒弃神化英雄的旧路，在现实和理想的完美结合中开辟新途。

从汇流看前景

由迅速崛起而初入繁荣的中篇小说，在社会主义新人的塑造上才开始迈步。它们为创作提供了一些东西，也留下了一些问题。即使在优秀的作品和成功的形象中，也存在需要讨论的地方。这是事物发展的正常现象，我们希望能看到认真、深入的研究，促其进一步提高。本文不拟涉及了。

不过，在一些中篇设计新人形象时，相继出现了一种有趣的类似现象，却应该在这里提及——这便是社会主义各个时期、各个阶层、各种类型的新人形象，正在一些作品中汇流的趋向。

我们在《天云山传奇》里看到，20世纪70年代社会的活跃力量周瑜贞，竟然和50年代社会的脊梁骨罗群并肩迈步山头，遥望着新时期的建设大军开进天云山区。《家务清官》中，老一辈的革命者梁羽，中一辈的事业家迟新芳，晚一辈的学问家梁晋，三颗赤诚的心在新时期的理想之光中叠印了。而《淡淡的晨雾》则通过罗阡的家庭在50年代末和70年代末的两度分裂，反映了这种汇流趋势。甚至从《回声》中的路大为和《追求》中的于树桐这两个不谙世事而被林彪、"四人帮"利用的青年身上，我们也分明看到了他们在新时期的转机。他们已经在受伤后的昏迷中醒来，擦干净心上的血痕，朝着新路迈开了步子。他们终将汇进社会主义新人的行列。

不能把这种相似的人物关系，简单地看成艺术上的雷同。它是作家们从不同角度对新时期生活发展趋向的一种发现和把握；是当前生活中，我们国家各方面的社会精英在新时期的宏伟目标下，团结到一起，组合成浩浩荡荡的创业大军这一生动图景的真实写照。这种汇流趋势在艺术上的表现固然还有待于深化，却预示着社会主义新人群像大量涌进文苑的前景。

"现在，就像1300年一样，新的历史时代正在到来，意大利会不会给我们一个新的但丁，把这无产阶级新时代的诞生描绘出来呢？"当欧洲无产阶级登上政治舞台时，恩格斯曾经这样热情地期待。今天，20世纪80年代的生活，又发出了新的召唤，我们明确无误地听见了文学艺术家们正在做出热情、坚定的回答。

原载《文艺报》1981年第8期，收入《不散居文存》，西北大学出版社，2019年

本文系作者1981年3月在北京举行的第一届全国优秀中篇小说评奖会上的发言

时代风云和命运纠葛

——评一些中篇对人物命运的描写

着力描写普通人的命运，或者将帝王将相、各类英雄当作普通人来描写，是19世纪批判现实主义文学跨出的一大步。1844年1月，当欧仁·苏的著名小说《巴黎的秘密》给舆论界留下一个强烈的印象时，恩格斯在《大陆上的运动》一文中引用德国《总汇报》的话指出："先前在这类著作中充当主人公的是国王和王子，现在却是穷人和受轻视的阶级了，而构成小说内容的，则是这些人的生活和命运、欢乐和痛苦。"并认为描写普通人的命运，这是"近十年来，在小说的性质方面发生了一个彻底的革命"[①]。

当我们阅读着近年来的一些中篇小说作品，也会产生一个强烈的印象，那便是经过极左思潮的长期窒息，特别是林彪、江青文化专制主义的十年封冻，小说创作的革命，今天又在历史不同曲线的同位点，以新的形式和内容重现出来。着力于对普通人命运的描写，构成了当前中篇创作的一个重要而又鲜明的特点，正将新时期的文艺创作引向生活的深处。

---

① 《马克思恩格斯全集》第1卷，人民出版社，1956年，第594页。

一

作家为什么写小说？具体原因虽然各不相同，但是，有几个人物的难以忘怀的命运和性格，或者他自己命运历程中有一段难以忘怀的经历，或者内心积蓄着一些对人生的体味和感受，迫切需要告诉别人，却常常是产生创作冲动的重要原因。读者又为什么津津有味地看小说？具体原因当然也不一样，但大多数人阅读小说，看戏看电影，主要就是为了看人生的画卷，看命运的变幻，感受"溶解"于其中的政治观点、生活哲理、伦理道德和种种精神美、艺术美。对叙事文学来说，人生和命运的画卷，乃是作品在读者中发挥教育、认识、美学作用的一个重要中介。

我们常说，小说的情节是"性格和典型成长的历史"，是众多人物之间关系发展变化的历史。在一定意义上，人物性格形成和发展的历史，不正是指人物命运的轨迹吗？人物关系发展变化的历史，不也可以理解为人物之间命运纠葛的总历程吗？事实上，并不是生活中的任何事件和冲突都可以构成小说的情节，只有那些形成着或影响着人物的生活道路（即命运），同时又给人物性格提供了展现空间的生活事件和冲突，才构成文学情节。我们常说，生活环境是人物性格的土壤，这自然不错。但也要看到，对具体作品而言，在脱离人物主体的生活环境的土壤中，并不能直接开出性格的花朵。"土壤"一定要经过"根"和"茎"，经过人物在具体环境中的经历和生涯，亦即命运的中介，才能催开绚丽的性格之花。在具体作品中，时代生活、个人命运、人物性格之间，实际上是一个辩证的"三部曲"式的关系。

可以明显地看到，不论是否在作品里正面描写人物命运，在小说的创作过程中，人物命运都是无处不在地弥漫于情节和性格、环境和性格之间的，渗透在由生活到艺术、由创作到欣赏的整个过程中的。如果像前些年那样，不敢大胆地写普通人的真实命运，不敢写人生的悲欢离合、喜怒哀乐，把描写人物命运当作"资产阶级人性论"和"人情味"的东西加以否定，创作便容易出现就情节写情节，就性格写性格，或者由时代环境直接派生出性格之类的现象；作品也就常常会出现政治品质加个性标签的人物，或者陷入以背景代替人物，以见事不见人的政治斗争和生产过程作为"情节"、掩盖人物性格的描写；或者虽有性格，却只停留在肤浅的"鲜明""生动"上，没有较大的社会容量和历史深度。实践已经证明了，这不是典型化的正道。

因此，通过这几年一些中篇作品对人物命运的描写，探讨社会基本力量、人物命运、人物性格三者间的辩证关系，对促进文艺创作在这方面更自觉、更深刻的实践，不会是无益的。就个人涉猎到的一些作品看，在处理命运和时代的关系上，有多种方式，这里剖析三种，以供借鉴。

在不少作品中，人物命运和时代生活是同步发展的——时代的发展决定了人物独特的遭遇，而人物独特的命运又从各自的角度鲜明地反映出时代发展的足迹，两者呈现出一种胶着状态。《天云山传奇》《淡淡的晨雾》《泥泞》，都是这方面的佳作。

《淡淡的晨雾》集中描写了罗阡一家六七口人在一二十年间的命运。他们的命运是怎么形成的？是这个家庭在1957年到1978年二十年间的两次破裂造成的。家庭的两次破裂又是怎样造成的？——是这个时期内时代的两次大的转折使然。在1957年反右斗争的扩大化中，罗阡的前夫周子轩被错划成右派，她承受不了政治上的压力，带着两个孩子离开了他，和商业局副局长郭自林组织了新的家庭。时代造成了罗阡家庭的第一次破裂和组合，使母子三人的命运发生了转机。表面看，他们免去了当右派家属的困窘，享有了干部家属的优惠；实际上，恰恰是命运的这种转机，使他们各自踏上了精神的岔道，朝不同方向变异：

罗阡由于离婚再嫁，扼杀内心的爱情去就范一个陌生的家庭，而陷入精神分裂，变成一个迟钝、病态的"软体动物"。老大郭立怪有幸秉承了父亲的正直，却不幸渗进了母亲的软弱。正直使他在精神上渴望追随父亲，拒不接受后父给予他的优待；软弱却使他没有勇气和韧性去实现这个追求，战胜"右派"父亲投在他人生道路上的阴暗；因为爱情与升学问题上的挫折，他颓丧灰心、自暴自弃，被人讥为"无脊椎动物"。老二郭立枢离开父亲时太小，身上很少有生父所代表的正确社会思潮的精神因子，于是极左思潮和投机心理便长驱直入，占领了他的心田。家庭的重组带给他的是另一种命运——利用后父提供的政治优待，在云翻雨覆的社会斗争中钻营投机，飞黄腾达。极端"革命"的言行和极端自私的心理结合在他身上，使他成为那个时代极有代表性的"两栖类"动物。

时代进入一个新时期，党的十一届三中全会的春风拂去了蒙在周子轩身上的历史尘埃，也点燃了他心中扑而不灭的革命火焰。他又回到了离别二十年的城市和乡亲们中间；僵化的郭自林则已悄然故去。时代的砝码使人与人之间以及每个人的内心力量对比发生了变化，也使每个家庭的精神结构发生了变化。遭劫的紫丁香虽然重又在罗阡的院子里开放，淡淡的晨雾却在朝阳下迟迟不肯散去。新时期的社会矛盾，凝聚为罗阡家庭内部的矛盾，演变为不同的命运、性格之间的冲突。这个家庭的第二次分裂不可避免了：罗阡、郭立柽，以及并非亲生的郭立楠、梅玫，都以不同方式站到周子轩身边，只有郭立枢从投机心理出发，睁眼不认亲父亲，决心要为"左"殉葬。可以想见，他们的命运从此又将暨入各自的新轨道。

这里，几个人物命运的变化取决于时代的变迁，又鲜明地反映了时代的变迁，时代和命运是同步发展的，但这种同步发展并不是简单、机械的模拟和缩影，而是呈现出一种胶着状态。就《晨雾》看，要达到这种胶着状态，有两点值得借鉴：

第一，在表现时代如何决定命运时，要用"典型环境"作为时代背景影响个人命运的中介，并将两者粘连、糅合为一体。《晨雾》的作者没有直接用命运去图解时代，而是设置了家庭的两次破裂这样一个情节框架，在这个框架中一虚一实铺展了两个家庭具体的生活环境，用这种生活环境来传达时代的发展对个人命运的影响力量。时代背景、社会力量通过家庭

106

的两次破裂组合，演变为这部作品的典型环境和影响人物命运的力量，将普遍性的社会环境、社会力量，演变为"这一个"环境，再作用于人物命运。家庭环境，在这部作品中起到了一种将时代与人物粘连、糅合起来的作用。这对用人物习见的日常生活来描写普通人的命运无疑是有好处的，共鸣的幅度也是大的。

第二，在表现命运如何反映时代时，要以各类人物的不同思想和独特的性格为荧光屏来显示，既表现出时代和命运之间互相影响和制约的关系，又表现出命运和性格之间互相影响和制约的关系。在《晨雾》中我们可以看到，同样的时代力量作用在不同思想性格的人身上，造成了不同的命运。1957年反右扩大化，通过周子轩作用到两个儿子身上后，由于他们的思想性格不相同，对这同一社会力量的反映也就不同，在以后基本相似的新的生活环境下，便有着很不相同的生活遭遇和精神历程：哥哥选择了追随生父的曲径，弟弟则选择了追随后父的坦途。党的十一届三中全会之后，思想解放的浪潮同样作用于兄弟俩（由于在大学搞青年工作，又有妻子梅玫的影响，其实郭立枢还较早感受到这股浪潮），可是，也由于他们思想性格的不同，对思想解放的理解、反映、汲取程度不同，在人生道路的第二次转折点上，又一次做了不同选择：哥哥选择了"晨"，弟弟选择了"雾"。应该说，兄弟俩不同的命运都为相同的时代发展所决定，并且都从不同的角度反映出时代发展的变化。这说明，人物的思想、性格在人物特定的命运中形成之后，常常反过来影响着人物的命运，左右着他对生活道路的选择。

二

在处理命运和时代的关系上，还有一种方式，便是作者有时并不集中笔力去写命运史，写人物在生活道路上的种种实际遭遇，而着力去描绘这些生活遭遇在人物精神上打下的烙印，从而折射出时代对命运的主宰和制约。或者说，它是通过对种种典型的精神状态的描写来折射时代和命运的变迁的。《在没有航标的河流上》《蝴蝶》《啊！》，在这方面有可喜的探索。

《在没有航标的河流上》是近年来在描写人物命运方面的优秀作品。它的成功之处就是，虽然也通过盘老五对自己两次不幸爱情的回忆来展现那个时代对人物命运的影响，却没有陷入具体生活遭遇的描绘，主要是通过对盘老五复杂性格和精神状态的精确把握，清晰地折射出时代给予老放排工命运的多方面影响，达到反映时代的目的。石牯、吴爱花、徐区长、魏老头，在这条航道上相遇了。这种相遇带有某种偶然性。但是，他们性格、职业、年龄、追求各不相同，却有着惊人相似的悲惨遭遇，这就显示出某种必然性，即那个动乱年代对每个人命运的必然性影响。作者将人物的实际生活遭遇大部分留在小说的画面之外，而集中描绘命运留在人物外部和内部的果实和烙印，描绘命运带给他们性格上的特征，情绪的变幻，感情的起伏，以及理想（也是传统，由徐区长代表着）、爱情如何使他们感奋、团结起来，和命运做斗争的情景。这就深了一步，也表现出社会主义时代，人民终究是自己命运的主人这样的时代特点。

再来看看《啊！》。十年内乱给中国知识分子带来了怎样的命运？小说是用吴仲义、赵昌、张鼎臣、秦泉几个人物的形象来回答的。但在回答这个问题时，作者也没有追本溯源去写人物命运的通史，只是细致地去描绘这些人在一桩偶然事件中的活动。这种描绘又不局限于具体的言行，而是着力展现他们各不相同的病态的精神状态，从而深刻地表明了知识分子在"文革"中的苦难命运，并不是那一两件具体的事件造成的，而是多年来对知识分子的错误看法，以及那时整个社会动乱的结果。这种病态心理在那个病态的时期里，不论有罪无罪，有错无错，甚至通身干净，都可能动辄得咎。这样，《啊！》便以知识分子在极左政策下的命运遭遇，折射出那个特定时期的荒谬；以正常人的病态心理，折射出健康社会的病态阶段。

左拉在《论小说》中认为："人只是一个简单的结果，想观看真实而完整的人类戏剧，就得向所有一切存在的东西来索取。""近代文学中的人物不再是一种抽象心理的体现，而像一株植物一样，是空气和土壤的产物。"因此，他给描写下的定义是："描写是限定人、完成人的某一环境的情况。"避开左拉对人的自然主义和"非政治主义"所造成的偏颇，这些话对我们是有启发的。人是社会关系的总和，我们只要用辩证唯物主义的观点和方法，对人物的命运、性格和精神状态做精细入微的观察、感受、描写，完全可以折射出诞生和培育了人的时代。要使这种折射准确、清晰而强烈，从《啊！》来看，有三点值得借鉴。

一是要尽可能使人物命运和性格含纳更多的社会关系和历史内容。在《啊！》中，不论是主要人物还是次要人物，都是作为社会斗争某一个侧面的结果而存在着，并被描写着。吴仲义的性格，不像左拉笔下的某些人物那样，是遗传因子或自然形成的，而是时代的重锤砸出来的烙印。他也有过以天下为己任、热情洋溢的时代，但在反右斗争中受到了致命的挫伤：其后二十余年，亲人和他自己的坎坷命运终于在这位幸存者身上结晶成惊弓之鸟的性格。社会浇铸成的性格，经过漫长岁月的磨砺浸入骨髓，这位政治上的幸存者终于未能免去精神上的变态。在"文化革命""掉信"这场虚惊中，他的惊弓之鸟的性格发展为精神上的病态，反映了十年"文革""左"倾思潮的"逐步升级"，反映了知识分子苦难命运的"逐步升级"。赵昌多疑、圆滑、自私的性格，也是社会结出的果实。"运动开始时我还挺冲动，干呀，斗呀"，可是幕前幕后的整人看得多了，心理就生了茧子，同时也就受到污染；以整人来自卫，由误伤朋友到落井下石。他的性格是当时社会人与人之间病态关系的反映。贾大真性格的社会内容也是丰富的，每当要整人，他便像抽了大烟那样亢奋，正是"非正常的生活造就了这么一批人，这批人又反转过来把生活搞得更加反常"。由于上述人物性格浓缩着历史和时代的内容，当作者致力于描写这些性格的发展变化和互相撞击时，亦即致力于描写人物命运时，由人的交往所组成的整个社会，就清晰地呈现在读者眼前。

二是要注意精选那些打着时代和人物命运双重印痕的生活细节，加以描写。平素比较注意穿着的张鼎臣，每次运动一来，或者气氛一变，便立即换上"运动服"——一件破旧得发白的蓝布褂。这个细节，既带着此人命运的鲜明印痕：因为开过一爿小书店，得过一份微薄的股息，被当作资本家游斗，所以一来运动先换衣服，免得别人将衣着和他的资本家身份联系起来；也带着那个时代的鲜明的印记：极左思潮、形而上学总是把"富"和"美"跟"资"字连在一起。秦泉呢？每当来了运动，便主动、认真地写欢迎批判自己的大字报，这个细节，既表现了他1957年被错划为右派以后，历次挨整挨斗的命运，又折射出那个时代的极左政策。经过精选的细节，由于打上了个人命运和时代的双重印痕，便能很好地发挥艺术的折射作用。

三是要善于结构一个能够强烈地说明时代和命运关系的故事情节。在《啊！》中，便是"掉信"这场虚惊。本来，在正常的社会生活环境中，一封兄弟私信，即便真丢了，对一个人的生活道路来说，也不过是件偶然的、无足轻重的小事。但是在十年内乱特定的社会背景下，情况就不一样了—— 一个如此微不足道的、偶然到有些荒诞的事件，就足以使吴仲义产生毁灭感，而且最后真的失去一切；就足以使赵昌感到自危而"被迫"卖友以自卫；就足以使贾大真从中看到高升、立功的金子般的闪光，迅速进入鹰犬的战斗岗位，这就有力地说明了那是一个无事生非的时代，在那个特定的时代里，人的价值等于零，尊严更谈不上。不论遇到什么，或者根本不遇到什么事情，吴仲义们、赵昌们、贾大真们在人生道路上的转折和变化都是必然的。作者看到了这个情节所包含的荒诞的社会内容，便毫不犹豫地选择了它作为全篇的骨架，表现了作者思想、艺术上的造诣。

三

在处理时代和命运的关系时，还有一种方式，作者既不用曲折的情节着力去描写人物命运戏剧性的变化，或在X光镜下对人物内心世界做精细的解剖，也不浓墨重彩去涂抹时代风云的变幻，作者只是一味如数家珍地铺展一幅幅有景有情、情深味浓的生活画面，造成一种艺术氛围和生活天地；时代的发展，命运的变幻，都"溶解"到作品的生活溶液中。当读者全身心地浸润在这醇酒般的生活溶液中，便自自然然和人物命运同沉浮，和时代脉搏共感应了。

这是一种"还原法"——将作者从生活中提炼出来的关于时代和人物命运的哲理，在作品中又还原为生活本身的方法，是通过"溶解"生活达到提炼生活，通过对时代政治风云的"稀释"，达到对人物命运和作品思想的浓缩的方法。一些被称为乡土文学的中篇小说是经常采用这种方法的。孙犁的《铁木前传》和刘绍棠的《蒲柳人家》堪称代表之作。别林斯基说的创作要"从生活的散文中，抽出生活的诗，用对生活的忠实描写来震撼灵魂"，实际包含着深入生活和反映生活这样一个还原过程——从生活的散文中抽出生活的诗，又将生活的诗忠实地还原为生活的散文。自然，这艺术的生活散文和原始的生活散文在实质上已经有了质的区别；但在形态上，却应该越相似才越好。孙犁说"用谈笑从容的态度来描摹时代风云变幻"，"谈笑从容"，不是散文之法么？"风云变幻"，不是生活里包含的诗意么？他是主张用散文之笔来写生活之诗的。师承孙犁的刘绍棠，更明确地宣称，"我是一个土著"，倡议发展"乡土文学"，主张艺术创作中的"还原说"。林斤澜同志在评论《蒲柳人家》时，将这种观点解释为："'还原说'说的是文艺来源于生活，经过提炼等等还要还原到生活那样；'那样'什么呀？真实吧。"①也是主张在作品中用稀释的生活溶液（散文）来表现作家提炼出来的浓缩的生活哲理（诗），实现从生活到艺术过程中的辩证的二度还原。

孙犁、刘绍棠是怎样将时代风云和命运纠葛"溶解"于生活溶液之中

---

① 林斤澜：《写在读〈蒲柳人家〉之后》，载《文艺报》1980年第10期。

的呢？

　　其一，将时代和命运"溶解"在风俗画的展开之中。乍读《铁木前传》，孙犁何尝正面写了什么政治事件呢？又何尝着意去表现了什么时代的基本精神和生活前进的方向呢？他好像只是用自己那支轻柔洁净的笔，朴素而又传神地去记录生活中遇到的那些真切实在的人物，命运没有大起大落的变化，感情也没有大爱大憎的跌宕，事件多属平凡而又平常，结构也好似不那么完整和精巧。这类作品给人的感觉，淡的是艺术，浓的是生活，有着那种归真返璞的美。但你稍加咀嚼回味，便会遽尔发现，血肉丰满的生活画面中，隐藏着社会基本矛盾和重大政治斗争的骨架。血液的流向，看似造化赐予，浑然天成，实则无一不受着这个骨架的支配。

　　拿《蒲柳人家》来说，在一幅幅纵横交错的风俗画中，掩映着抗日的千里伏脉，构成了全篇内在的脊梁。小说中，将所有人物的命运扭结在一起的，以及影响、改变他们之间关系的决定力量，是抗日民族解放运动。作者通过周檎、周文彬这两个衔接城乡、党群的人物，衔接小说的小舞台和时代的大舞台的人物，通过周檎带满子为成立京东抗日救国会通州分会而走访蒲柳各家的情节线索，把个人命运和时代风云融为一体。而作为溶液的，便是刘绍棠笔下一幅幅蒲柳风俗画。在何满子七月七偷听望日莲、周檎月夜定情的风俗画中，一方面是如月光般皎洁明净的爱情，一方面是汉奸董太师要买望日莲去做小的阴影。他们的命运将会怎样发展，自然不是月下穿针的古风可以决定的，如周檎所说，只有参加抗日救国运动，才能把望日莲从汉奸手中救出来，也才能使他们的爱情在共同斗争中更为成熟。其后，果然是蒲柳人利用解决望日莲的婚事的时机，打响了组织起来之后抗日锄奸的第一个回合，成为今后更大规模抗日活动的一次演习。在这幅风俗画中，命运和时代"溶解"得何其好！周檎的望日莲的结婚又是一幅风俗画。洞房花烛夜，恰逢金榜题名时，周檎被燕京大学录取的通知到了。新娘望日莲亦喜亦悲，这是以她的柔情蜜意无法挽留的离别。这时，一个更大的社会力量出现了——由于何梅协定的签订，亡国之恨烧灼着周檎。他接过燕大通知书，"看也不看一眼，就塞进裤兜里，说：'华北之大，已经安放不下一只书桌了；我是不是上学，还不一定。'"抗日的力量就这样改变了周檎在人生道路上的去向，又一次给他俩的命运带来了转折。

就连七岁的小满子的一次偶然遭遇——被爷爷拴在葡萄架下这幅风俗画中，也有着内在的时代光彩。他的被拴只是因为不好好念书吗？自然不是。是因为爷爷心情不好，去口外被日伪蒙疆军扣住，没收了马，吊打了一顿，目睹身受了当亡国奴的滋味，"一进家门就丧门神似的，眉毛子挽成个鸡蛋大的疙瘩"。原来"拴贼扣儿"这幅风俗画后面，含蕴着的仍然是一场大的民族斗争。

孙犁在《文学短论》中的一段话，道出了用风俗画去"溶解"命运和时代的秘密："单单是日常生活的了解，那就只能限于风景画，只有在一次政治事件里了解他们，那才能形成风俗画，才能从政治上再现生活。"[①]也就是说，要在时代的、政治的投影下，描写好普通老百姓的命运在日常生活中（乡土风情中）的变化发展。这样写，恐怕不是什么远离政治的问题，而是要求吃透日常生活和普通人命运中的政治，要求选择好表现生活中的政治的艺术角度的问题。

其二，将时代和命运"溶解"在人情和人性美的抒发之中。《铁木前传》和《蒲柳人家》，不仅展开了一幅幅乡土风情画，而且通篇流动着、弥漫着浓郁的感情，这里有作者对生活的爱，有人物对生活的爱，有人物心灵之间的感情交流。《蒲柳人家》中那一幅幅风俗画中，白沙绿荫中的幽会，软硬兼施促成的婚事，逃学凫水，鱼叉铁拳，都是充满人情味的。画面中流动着的我们传统的忠贞、义气、高洁、豪侠、含蓄、机智等民族性格、民族感情，是何等美好，它诱发起读者心中美好的感情，激励他们去爱我们的人民，我们的生活，我们的家乡和祖国。人与人之间这种美好

---

① 孙犁:《文学短论》（续编），上海文化工作社，1953年，第44页。

的关系和感情一旦被邪恶的东西所破坏，奋起捍卫劳动人民人性和人情美的斗争，也就必然要把大家进一步团结到一起。这种美好和邪恶的斗争，从来不是什么抽象的感情和品德的冲突，总是直接间接地表现为特定时代的社会斗争。望日莲的婚事和地下抗日活动这两个斗争不是就交织在二而一的生活故事中吗！铁、木两家老一代的友谊和少一代的爱情的变化，也是和农业合作化运动中的贫富差距（包括心理差距），二而一地结合在作品的生活故事中的。这样，劳动人民维护人情、人性美的斗争，也就和争取个人美好命运的斗争，争取整个国家和民族美好命运的斗争，成为三位一体的东西，"溶解"在人情、人性美的描绘之中了。同时，为实际命运的奋斗和社会斗争，也就给传统的人性、人情美，渗进了时代的新因素。乡亲们为望日莲命运而斗争时，早已超出了燕赵慷慨之士的古道热肠，而初具了在民族斗争中革命战士的宽阔胸怀。黎老东和傅老刚这一对多年挚友最后在十字路口的分手，九儿和四儿这两个儿时的恋人终于惆怅而又平静地离散，又何止是为了维护个人对友谊和爱情的不同理解呢？他们是在时代安排的两条道路上，选择了各自不同的命运，不同的生活道路啊！

四

近年来的中篇小说，描写人物在近二十年或十多年中命运历程中的"马鞍形"轨迹的，不少。这些人，大体都由于极左思潮的影响或迫害，遭到坎坷，踅入了人生的曲径，而在党的十一届三中全会精神的照耀下，落实了政策，得到了解放，重又步入人生的坦途。在我国当代生活中，一个政治运动，一项政策方针，固然常常左右着千万人的命运，使得我们回忆起来，感到大家都有相类似的经历，但实际上在同一条河道里流动的水并没有一滴是相同的。我们每个人的遭遇，都带着自己的出身、环境、个性、气质，甚至许多偶然因素的投影，而形成了个人命运的独特色彩。如果不去努力发掘由社会发展轨迹所决定的大体相似的个人命运的独特轨迹，并用独特的生活场面、情节、细节、语言来着意表现它，就很容易使人物的命运成为时代发展轨迹的机械缩写，以致显得雷同化、概念化。一些反映当代生活的作品或多或少在这方面表现出不足。这里有两点值得注意：

第一，人物命运虽然归根到底取决于社会基本矛盾的发展变化，却又不能仅仅归结为社会基本矛盾一种力量的直接作用。即便是那些处于社会斗争旋涡中的人物，他的命运虽然更多地、更直接地受制于社会基本矛盾，也并不是在单光源的照射下发展的。至于社会基本矛盾的力量，最后作用到处于日常生活中的普通人身上，则总是要经过许多中间层次的传递、扩散。在这个多层次的传递、扩散过程中，盘结在具体人物环境中的，或隐或显，或必然或偶然的斑斓驳杂的生活力量，会不同程度地增强、减弱，甚至抵消一部分社会基本矛盾的力量。这些生活力量，虽然归根到底仍然取决于、受制于社会基本矛盾的力量，但在作品具体的小环境中，却常常是作为其异己的力量（动力、助力或阻力）出现。因而，社会基本矛盾对人物命运的影响，实际上便表现为基本力量和各种非基本的、偶然的生活力量的合力的影响，即多光源、混合光源的照射。用马克思主义经典作家的话来说，作为社会关系总和的人，是站在无数个社会的力的平行四边形的对角线（即合力）的交叉点上，他的命运不是在裸露的、直线的、概念的社会力量的作用下形成的，而是在综合的、具体复杂的生活力量的不同形态的组合之中形成的。在多大程度上如实地写出了这种组合的复杂性，人物命运便在多大程度上有了独特性和可信性。

第二，经济、政治和精神生活的关系，是既相适应又不平衡的辩证关系，作家如果不能从自己所描写的生活题材中，现实地具体地看到物质生产和精神生产、政治运动和个人命运的发展既相适应，又具有某种不平衡性，而是把个人命运的变化简单地写成或是某种政治环境、具体政策，或是物质生活变化直接的、立竿见影的结果，就容易变成图解。

有些平反冤假错案的作品，常常是政策一落实，错案一平反，人物的遭遇（如职务、处境、个人精神状态，以及和周围环境的关系）立即恢复到十多二十年前的状况，命运的轨迹成为一个封闭圆圈，看不到多年来时代的发展、环境的变化、客观上仍然存在的各种阻力、主观精神上必然有的各种创伤等所加于人物命运的影响；有些反映新时期经济政策的作品，又常常由以前的"穷必革""富必修"走向另一个极端："富必革""穷无志"。好像人只要经济上一富，就立即可以叱咤风云地主宰自己的命运。看不到在我们社会里，经济状况的变化虽然是改变命运的主要原因之一，却远不是全部的、唯一的原因，而由经济状况的变化到人物命运的转变也不是一蹴而就的，需要通过在特定典型环境中的经济、政治、思想、道德，以及个人气质、品格、个人与环境之间多面的、复杂的矛盾运动，才能实现。这样简单化的描写，因为不符合现实生活的复杂性，真实感也就较差了。

不少优秀中篇在这两个问题上则处理得较好。拿《蝴蝶》来说吧，张思远作为一位领导干部，他的命运的变化，十分明显地和党和国家政治生活的变迁纠结在一起。在他生活中先后出现的三个女性，纯真正直的海云被解放初期的革命春潮卷进他的生活，又终于不得不在极左思潮造成的感情隔阂和反右扩大化的鸿沟中，离开他的生活；随后美兰像滑腻的鱼，缠住了他的权力和地位，当"文革"的狂飙袭来，她也便像夏日的浮云被刮走；接着是张思远下放，饱经沧桑的秋文和山区老百姓一道闯进了他的生活，在他复职之后，又洞察一切地离去，只留给他秋天深远的期待和眺望。张思远的人生之路，和解放、反右、"文革"、三中全会等重大政治事件联系得这样紧密，但这种联系又不是直接的。海云和他的离异，不仅是因为自己被划为右派，早在这之前，她就逐渐发现了渗进生活中的极左思潮，如何造成了夫妻之间的思想感情上的差距。作者没有把他们的离异看成某一次政治活动的猝然打击造成的，所以小说描写了双方在离婚中不同常理的独特表现：市委书记张思远不愿意离（他没有觉察出夫妻间更深的裂痕），右派的海云却为这种离开感到轻松，并且毫不避嫌地和自己选

116

择的情人结合了。这样处理，比之把他俩命运的变化，简单地归结为一场政治风暴，无疑是独特而深刻的。同样，在粉碎"四人帮"之后，秋文拒绝了张思远的表示，也是独特而深远的。以秋文的成熟，不会简单、轻易地为生活河流表面色彩的变幻所左右。政治风云的变幻，只有通过山村具体的生活环境以及她自己的思想、气质、性格，才能影响她对人生道路的选择。

《蝴蝶》更深沉之处，在于作者不仅展现了人物可见的生活遭遇（这是一般文章都能做到的），而且着力展现了人物在实际生活遭遇中的内心精神历程（这是人所难见的内在的命运历程）。在内外两条线的交叉描写中，既表现出个人命运和时代变化又矛盾又统一的关系，又表现出人物命运中具体生活遭遇和思想历程这内外两条线的发展，在大致同一中的不平衡性。一方面，我们看到，张思远的具体生活遭遇和精神变异是一致的，生活遭到了坎坷，思想上也经历着坎坷——在革职下放中，他内心有着相应的变异："这是我吗？""这个弯着的腰，是张思远书记——就是我的腰吗？这个灌满了稀糨糊的棉衣是穿在我身上吗？这个像疟疾病人的呻吟一样发声的喉咙，就是那个清亮的、威风凛凛的书记的发声器官吗？他一次又一次向自己提出这样的问题，百思不得其解。"另一方面，我们也看到张思远的具体生活遭遇和精神变异又是不平衡的，有时甚至出现反向的运动。当他的生活遭遇进一步恶化，党籍被挂起来下放劳改之后，精神上不但没有垮，相反，经历了一个归真返璞的完善、升华过程。在农村爬山使他发现了自己的腿，帮农民扬场使他发现了自己的双臂，挑水时发现了肩，以普通劳动者的身份和劳动人民相处，使他重新发现了自己原先被异化了的一切，寻找到了一个真正的人的智慧、觉悟、人生，甚至那早已消失了的男性魅力。后来，他改变了境遇，上调，进京，但顺利的生活道路反映到精神历程上，却不仅是昂奋和愉悦，也有沉重和感伤。这也正是他请假离京返村，要求和秋文共同生活的原因。秋文自然更表现出命运历程中这种具体遭遇和精神历程的不平衡性。这株异地移植的树，既善于适应水土，又保留着和新环境中植物群落全然不同的本色，随和后面是清高，饶舌后面是沉思，嬉笑乐天后面是对十字架的背负。她的思想精神，正是在移植到恶劣的环境中来之后，变得更有生命力。

可以说，《蝴蝶》能在近年来常见的生活题材中，发掘出人物独特的生活遭遇和更深一层的精神画面，是和作者能够坚持从生活出发，精确地把握时代生活和个人命运之间的复杂关系有很大关系的。

1981年6—7月于北京苏州胡同

原载《文学评论》1982年第1期，收入《八十年代文艺论》，陕西人民出版社，1991年

文艺创作反映当代生活中的封建主义潜流问题

反映当代生活的作品要进一步深化，有一个十分重要的问题需要引起足够的重视，这就是注意挖掘和表现封建主义思想意识对社会主义生活的侵害问题。对此，"文化大革命"前十七年的文学创作是重视不够的。林彪、"四人帮"在中国社会主义的政治舞台上，做了一次"大表演"，使我们的人民，包括社会科学工作者和文艺家，透过社会斗争的聚光镜，对中国当代生活中的封建主义潜流有了触目惊心的认识。粉碎"四人帮"几年来的作品中，开始从不同侧面接触这个问题，有的取得了可喜的成绩。

这就为我们从理论上深入讨论这个问题，提供了一个良好的开端。

一

封建主义源远流长，在我国当代政治生活和社会生活中仍有很大影响。我们亲眼所见、亲耳所闻的无数生活事实表明，封建主义及其变种，对我们时代的经济基础、政治制度、社会关系、思想意识、习惯势力、风俗礼仪，都有程度不等的侵蚀，是当代生活中各种歪风邪气的一个重要"风源"。深入思考和认识这个问题，无疑对我们作家更深一步理解、感受许多社会斗争和生活现象、性格感情因素和精神状态提供了一把钥匙，有利于促进文艺创作更深一步地用形象来揭示当代生活本质的各个侧面。

封建主义的经济制度造成了现代迷信的重要的社会土壤。几千年中国封建社会所形成的小农与家庭手工业紧密结合的自然经济，以及反映这种经济的、在这种经济消失之后很长时间仍不会消失的带有封建性的小生产意识——比如马克思所指出的因为缺乏交往而互相隔离；小块土地生产不需要分工和应用科学造成的不需要才能，不需要多种多样的发展以及丰富的社会关系等闭塞、僵化、保守的心理，以及封建家长制的传统习惯，就是这种社会土壤。正是这种潜藏在每个人心中的小生产意识，使得"他们不能代表自己，一定要别人来代表他们。他们的代表一定同时是他们的主宰，是高高站在他们上面的权威，是不受限制的政府权力，这种权力保护他们不受其他阶级侵犯，并从上面赐给他们雨水和阳光。所以，归根到底，小农的政治影响表现为行政权力支配社会"[1]。社会主义革命的胜利，使情况有了根本的改变。但是应该承认，我国农业生产基本上还使用手工劳动，产品大部分自行消费，在以畜力和手工工具为主的生产力水平上，是不可能巩固地建立起社会主义生产关系和根本改造小生产所形成的那一整套旧的心理与习惯的。从这个角度看，描写现代迷信的作品，如果光停留在写前几年政治压力下产生的那些狂热的闹剧上，就很不够了，应该进一步深挖产生这种政治狂热的历史的社会的原因，即中国社会生活中的封建主义潜流。写出一方面由于林彪、"四人帮"反革命两面手法的欺骗，另一方面也由于相当多的人内心残留着的封建意识作祟，在这样双重力量的作用下，我们对现代迷信的本质由认识不清到宽容忍耐，或随波逐流，或斗争不力，这就更为真实和深刻。

封建主义和社会主义从两个相反的方向来反对资本主义，在"反资"这一点上，常常能给人造成某种相似的假象。"要给基督教禁欲主义涂上一层社会主义的色彩，是再容易不过了。基督教不是也激烈反对私有制，

---

[1] 中共中央马克思恩格斯列宁斯大林著作编译局编：《马克思恩格斯选集》第1卷，人民出版社，1972年，第693页。

反对婚姻，反对国家吗？"①特别是在形而上学猖獗的前几年，头脑简单的同志常常认为，社会主义时期只有"资""无"两家的斗争，只要不是"资"便必然是"无"；只要主张"灭资"，便自然要"兴无"了。林彪、"四人帮"一伙充分利用了这种形而上学来为他们的反革命目的服务。他们常常在反对、批判资本主义和资产阶级思想的名义下，推行封建主义的货色。比如在意识形态领域，社会主义用公有观念和集体主义批判资本主义的私有观念和个人主义，用人的全面的自由的发展批判抹杀人的个性的"资本的个性"，取代资产阶级的人道主义。封建主义也激烈地反对资产阶级的意识形态，但它是用"使人不成其为人"（马克思语）的专制原则和泯灭个人价值、个人尊严的偶像崇拜，对抗资产阶级的以人为中心的人本主义和个人主义；用尊卑分明的纲常伦理观念，对抗资产阶级的自由平等观念；用专制的兽性对抗资产阶级的个性解放。多年来，林彪、"四人帮"正是站在封建主义的立场上批判了关于"人"的一切，以致把人们正常的家庭生活、亲友之情也当作资产阶级思想批判。甚至他们用来"灭资"的一些具体做法，都沿用的是封建老谱。那几年流行的所谓"鬼剃头"（"阴阳头"），本源于封建社会的"髡刑"；"画鬼脸""抹黑脸"，是变相的"墨刑"；"挂牌游街"即古之所谓"辱于朝市""示之众而弃之"……我们的作品在描写这些社会现象时，如果能够透过一些狂热言行和精神状态的描写，剥掉其反对资本主义、资产阶级的外衣，显露出外衣下面的封建纹章来；在描写受极左思潮影响的人物时，不仅归咎于他们的上当受骗、简单幼稚，或者少数人的心怀私利，而且也揭示出几千年封建思想意识对这些人的熏陶侵蚀，使他们或失去鉴别力、斗争性，或习惯成自然，作品自会有深浅高下之分的。

封建主义和官僚主义更是孪生兄弟。列宁在《论粮食税》中曾经有过这样明确的提法："和中世纪制度、和小生产、和小生产者散漫性联系着

---

① 中共中央马克思恩格斯列宁斯大林著作编译局编：《马克思恩格斯选集》第1卷，人民出版社，1972年，第275页。

的官僚主义"[1]。毛泽东同志指出，中国是一个以农民为主体的小资产阶级成分极其广大的国家，我们党是处在这个广大阶级的包围之中，我们有很大数量的党员出身于这个阶级，因而，封建思想常常会通过落后的农民意识折射到我们党内来。这种分析是极其深刻的。比如说，新中国是中国共产党领导人民群众在几十年血与火的斗争中建立起来的，但是，有极少数参加过这一斗争的同志却常常以人民的恩人自居。在这些人权力所及的范围内，家长作风、脱离群众、特殊化等等，便会如影随形地出现，并且被视若当然。而由于这种"打江山坐江山"的思想不仅在一部分干部，而且在相当多的群众心里存在着，他们也就对这种论功行赏的社会现象能够宽容、忍耐甚至"理解"。于是，这种违背无产阶级革命性质的现象便有了生存的条件。如果我们的作品在反映这一类题材时，不只是局限于揭露和罗列一些官僚主义、特殊化的生活现象，甚或耸人听闻地渲染、夸示这些现象，而是从封建主义对革命队伍的渗透这个角度去提炼和深化主题，挖掘并描写出人物言行的心理依据和历史反光，使读者通过形象感受到，这是一种类似封建社会中部分旧式农民起义的悲剧在工人阶级革命队伍中的暂时的重现，从而认识到，无产阶级政权在防止资本主义复辟的同时，更有一个防止封建主义复辟的严重任务，无疑可以起到更大的警策作用。

此外，像在封建自然经济基础之上形成的小生产的管理方法；封建帮会式的宗派情绪；封建等级观念及其变种——唯成分论和血统论；用封建伦理道德的语言来表述今天政治的、社会的和家庭的生活现象（如"三忠于""四无限"），以致造成了各种社会的畸形和裂痕，演出了各种历史的悲喜剧；甚至在批判资本主义和资产阶级民主的幌子下，连篇累牍地大肆歌颂"旧的顽固的封建主义的思想武器"[2]中的法家学说；别有用心地把封建社会农民落后的一面说成是革命的，如此种种封建残余现象，不

---

① 中共中央马克思恩格斯列宁斯大林著作编译局编：《列宁选集》第4卷，人民出版社，1972年，第525页。

② 《毛泽东选集》第4卷，人民出版社，1960年，第1517页。

是比比皆是吗？这些都说明，由于林彪、"四人帮"在"文革"中企图用强权使一切封建的思想和伦理道德在革命的外衣下席卷整个社会，以达到复辟的目的，这些年来，在我国已经在相当程度上使封建主义的思想、意识、心理有所泛滥。

二

从这个角度来回顾新中国成立三十年来的当代文学史，就不能不感到很大程度的遗憾。在政治和理论经常名正言顺地干预甚至取代文艺的情况下，我们看到，对当代生活中封建主义的认识，政治生活中的曲折、反复，和在思想理论上的模糊、颠倒，是多么严重地伤害了文艺创作。

1956年以前，我们党要完成民主革命遗留下来的任务，要在新解放区进行土地改革，对企业进行民主改革，并且同时在全国范围内，特别是农村，开展大规模的扫盲识字运动和婚姻法的宣传，这些政治、经济和文化方面的群众运动，对改变人民群众的封建习惯心理，改变落后蒙昧的中世纪状态，以及改变一些封建伦理道德、风俗习惯，都起到了一定的作用。现实生活中的这些新现象，或多或少地在我们的文艺创作中得到了反映。从这一时期出现的，或者以后创作的反映这一时期生活的作品中，我们看到了一幅一幅生动的画面。比如，革命战士由感恩报仇到自觉革命的思想转变；在土地改革运动中通过"谁养活谁"教育而终于砸烂封建枷锁，起来和地主做斗争的心灵历程；对单家独户个体劳动的历史局限的揭示，以及对逐步采用集体经营方法来组织变工队、互助组、合作社的生产的描绘；对封建家长制以及其他封建思想、道德和习俗的抨击；对自由恋爱、婚姻自主和妇女在政治、经济方面的翻身解放，她们投入社会生活之后在精神上的升华等等新事物的歌颂；以及对我们的同志在进城以后面临种种新事物时，用老区带来的革命传统去改造非无产阶级思想，也在改造客观世界的同时，改造主观世界，扔掉自己身上一些僵化保守的东西；等等，使人感觉到一股扑面而来的清新之气。当然，这一时期对现代生活中封建主义潜流的揭示应该说还不够深刻，局限于就事论事，缺乏历史感，但总的看，却是健康的、正确的。如果按照这个现实主义的路子走下去，当代生活中的封建主义潜流问题也许会成为我们文艺创作的一个重要关注点，得到越来越深刻的挖掘，并在帮助整个社会防止封建主义泛滥方面起到积极的作用。

但是，事情并没有朝我们所希望的方向去发展。当创作在描写现代生活中的封建主义潜流方面还处于不很自觉的境地时，我们的评论没有很好地扶植、引导，使创作对这个问题的认识提高一步，而是以主要的、绝大部分精力搞文艺思想批判（这种批判固然是必要的，但也终究只是文艺评论的一个任务而不是全部任务）。在这些批判中，已经流露出对封建主义残余的认识的模糊了。比如，在对肖也牧同志某些作品的批判中，就表现出一种把劳动人民艰苦朴素的本质和封建的保守僵化混在一起笼统地加以肯定，而把适应新情况、学习新知识所带来的生活方式、思想方式的某些变化和资产阶级思想混在一起笼统地加以否定的倾向。1956年社会主义改造胜利完成以后，特别是1957年以后，那种认为中国现在只存在无产阶级、资产阶级之间的斗争的观点，像一层浓厚的迷雾阻隔在作家的眼睛和现实生活之间，使他们对现实生活中本来确实存在而且在某种程度上还在蔓延的封建主义，无法看见或视而不见了。除了少数作家的少数作品从侧面涉及这个问题，大家都热衷于去写"资无矛盾"的题材。记得杜鹏程在1956年初版的中篇小说《在和平的日子里》，就通过革命意志衰退的梁建的形象，明确地提出了革命成功之后，无产阶级将会面临历史上农民革命所遇到的问题，并用阎兴和梁建两个对比的形象，从侧面显示出无产阶级革命和封建社会农民起义的本质区别。（工程局张孔曾对梁建意味深长地说过："我觉着，那些农民革命的英雄，一刀一枪打天下当中遇到的危险，还比不上他们取得相当胜利后遇到的危险大。我们和他们处的时代不同，但有一点是相同的：胜利对许多革命者都是更严峻的考验！不信，你就去看，书上用血和泪写下了他们悲惨的下场！"）本来这在反映社会主义建设的文学画廊中有着与众不同的思想意义，但在当时不但没有得到充分的肯定，反而和其他一些有深度的作品一样，遭到訾议。

毫无疑义，"资无矛盾"的确是整个社会主义历史阶段的主要矛盾，描写这方面的题材，反映这个主要矛盾，塑造这场斗争中的各类人物，应该是社会主义文艺的重要任务之一。但是，如果脱离中国历史和现状的实际，把这个命题绝对化，似乎过渡时期丰富复杂的一切生活现象都可以用"资无矛盾"的公式去套，很多生活现象就解释不通了。人类社会，像一切存在于实际而不是存在于理论中的事物那样，是无比复杂的。作家笔下的人物，作为社会关系的总和，在今天的中国，不能只是赤裸裸地、单一地反映"资无矛盾"这种关系。他们身上，可能既反映这种主要的社会矛盾，也反映其他的社会矛盾，如封建主义与社会主义的矛盾，小资产阶级与无产阶级的矛盾；反映这些矛盾互相交织的复杂关系。而在所有这些社会矛盾中，矛盾双方又不仅只采取"斗争"这一唯一的运动形式，还可能有互相制约、影响、渗透，甚至在一定条件下相互转化等多种运动形式。而文学艺术要表现出上述多种社会矛盾的斗争、制约、影响、渗透、转化在"这一个"人的精神世界中的独特反映，就更为丰富复杂了。作品中人物的精神世界，只有在不同位置、不同色彩的多种光源的照耀下得到展现，才是真实的、活生生的。如果听任流行的政治理论观点随意切断现实生活中丰富的光源，前些年那些政治理论上的简单化，必然要在艺术形象上投下阴影。

事实上，在中国现代史上，一方面是无产阶级和资产阶级、封建主义的不停歇的斗争，另一方面，资产阶级、封建主义又无时不在精神上、政治思想上进行反击。在这种反击中，封建势力显得更为顽固。在实际生活中，我国的无产阶级和资产阶级都受到封建主义的严重挤压，在这两个阶级的许多人物身上，或多或少都能看到封建主义的折光和反光。这种挤压和反光，在社会意识形态、伦理道德和人的感情操守方面，表现得尤为明显。我们描写中国近代和现代生活，不写出阶级关系的这种复杂性来，一味按"资无矛盾"的框框去套，虽然方便，却会失真，在作品的思想道德评价上，也很容易出现混乱：或是对封建势力、封建思想的残余视而不见、执意回避；或是从"非资即无"的公式出发，把生活中实际属于封建范畴的人物、思想、事件，当作社会主义、无产阶级的东西肯定下来。比如，在"文化大革命"前的现实生活中就存在严重的"官商"和以行政命令干预市场规律的现象，由于它不讲经济核算，确乎不是资本主义，而且和资本主义的自由竞争相抗衡，一些作者就被这种带有封建色彩的社会生活现象所迷惑，不敢大胆深刻地在作品中加以鞭笞。或者，又把资本主义复辟的危险无限夸大，使反对资本主义的斗争带有盲目性，有时把一些不属于资本主义的东西当作资本主义乱反一通，打错了板子。我们一些作品中常常将勤劳、朴实、淳厚的劳动人民本色和安于现状、不讲效能、不思进取的小生产思想混淆，歌颂了不该歌颂的东西。有的作品又往往不自觉地将多思好学、创造进取、聪慧活跃这一类性格视为异端，好像那都是典型的小资产阶级情调。

到了"文革"时期，那就不只是混乱了。在林彪、"四人帮"的阴谋策动下，出现了封建主义和社会主义空前的大颠倒。在这一时期的许多作品中，特别是在帮派文艺中，普遍的禁欲主义和粗陋的平均主义成为社会主义、共产主义的代名词；在经济上，"官商"的国家意志和不计成本的个人意志，成了能算政治账、觉悟高的表现；自给自足、闭关保守是天经地义，封建的忠君传统是最激昂的阶级感情；封建专制手段成为革命彻底性的标志。封建主义披上社会主义的彩衣，作为生活舞台和艺术舞台上的第一号人物，表演了整整十年，流毒至今。

回顾三十年来的创作历史，不能不为当代文学反映封建主义潜流和危害方面的缺失感到遗憾。

三

近三年来，通过对林彪、"四人帮"带着浓厚封建色彩的"速成社会化石"的研究，通过对"文化大革命"这一"社会科学粒子加速器"所提供的许多高度浓缩的社会现象的剖析，我们党和人民对封建主义在中国复辟的危险有了切身的感受和透辟的认识。理论上开始冲破禁区，对这个问题开始了研究探讨。文学艺术也从另一条战线触及了这个陈旧而又崭新的社会问题。反映社会生活中封建流毒和遗害的作品不断增多，在某些领域不断有所探索，为中国当代文学开辟了新的视角、新的领域。这方面的成绩主要表现在：

第一，从不同侧面表现了封建意识对我们干部和群众的侵蚀。短篇小说《班主任》最早揭示了"四人帮"给人们造成的内伤，从谢惠敏被弄得僵化不堪的脑子里，我们可以明显感觉出中世纪的禁欲主义和带着愚昧色彩的盲从等封建主义的阴影。

在《枫》和《重逢》中，我们看到了与封建的愚忠愚孝相差无几的现代迷信，是怎样戕害了青年一代。《西线轶事》中提到的慢性毒药，正是中国人逆来顺受的封建传统的旧意识。毛妹感觉到，中华民族是一个有着优秀历史遗产的民族，但这些美德既是带着古老历史的光照雨露，它和两千多年封建主义思想的影响也就不会绝缘，"在我看来，两者不过是相隔着一道细细的田埂，这边是温顺，迈一步过去，就是屈辱"。

在《报春花》《伤痕》中，我们看到森严的门阀等级观念和血统论、唯成分论是怎样浸透了一些干部和群众的心灵，使"人分几等""出身不好就是贱民"这些封建时代的纲常伦理观念，成为一代人的文化心理和感情认同。（可悲之处就在于，连白洁自己也一度成为这种精神状态的俘虏。）

在《爱，是不能忘记的》《这里有黄金》《被爱情遗忘的角落》等作品中，又可以看到，种种封建道德观念给我们的人民加上了多么沉重的精神镣铐，使得这些在道德领域里比较有勇气的人，无不步履踉跄！

第二，初步揭示了封建的官僚主义的思想作风对社会主义政治生活的影响。《未来在召唤》中的于冠群，《报春花》中的吴一萍这类形象，揭示了我们干部队伍中的苟全偷安、养尊处优、门阀等级、因循守旧、遇事推诿、以人代法、缺乏效率等各种官僚主义的表现，折射出几千年的封建官僚政治给我们造成的后遗症。封建统治者为了保持官僚机构的稳定，要求下属的往往是忠而非廉，是昏而非才。这种观点至今还严重地影响着我们一些同志对人的看法和对干部的选用。有人还常常把忠与昏当作一种历史的产物，一种"朴素的阶级感情""本色"而原谅。上述作品则深刻地揭示出这些人在感情深处的自私。（于冠群的女儿说："我爸爸除了爱我和妈妈，谁也不爱。"这是一种带着浓厚封建色彩的个人主义感情。）

在《大墙下的红玉兰》《神圣的使命》《权与法》等许多作品中，我们看到了林彪、"四人帮"怎样给行政长官任意掠夺人民生命财产的封建专制的"人治"，披上社会主义外衣，粗暴地践踏民主和法制；以及在"有权便有一切"的状态下产生的人身依附和封建行帮关系。更多的作品中反映的十年"文革"中"思想犯"和种种"祸从口出"的现象，不也正是封建专制统治手段中最具特色的标志吗？

无产阶级革命，打碎了地主、官僚资产阶级的国家机器，但是，封建官场那一套腐朽作风，仍然可能对无产阶级专政的国家机构进行侵袭，特别是在那些缺少民主与法制的角落里，无可避免会悄悄滋长起重忠不重廉、可昏不可才的毒菌。于是《丹心谱》里的庄济生、《于无声处》中的何是非、《乔厂长上任记》中的冀申一类人物便应运而生。这些人在生活中虽是少数，但正是他们构成了林彪、"四人帮"的社会基础。

第三，开始涉及带有封建性的小生产的经营管理思想对社会主义经济生活的渗透。《乔厂长上任记》从摈弃封建家长制和用行政手段管理企业的角度提出了问题，用光彩夺目的乔光朴这个社会主义事业家的形象，回答了如何采用真正的社会主义的方法经营好现代化企业这一极富现实意义的问题。《领导的人》则用赵忠厚这个社会主义农民事业家的形象，从改变农村小生产方式的角度涉及了同一问题。

应该说，近年来的文艺作品从各个侧面，将封建主义思想对我们干部和群众、对我们制度和精神的侵蚀，粗略地勾画出了一个轮廓。更为令人高兴的是，许多作品根据生活的真实，程度不同地塑造了一批与当代封建意识做斗争的先进形象，如乔光朴、李健、梁言明、李丽、葛翎、王公伯、张俊石等等。这些艺术形象给我们文坛带来了新的气息，给无产阶级先进人物画廊增添了新的色彩。他们除了具有社会主义时代无产阶级先进人物那些常见的高贵品质之外，还具有对当代生活中封建主义残余敏锐的识别能力和斗争勇气、斗争艺术。他们身上很少带有同时代人身上常见的那些封建的、小生产者思想的反光，如谨小慎微的"稳重"，缺乏创造热情的"成熟"，靠中庸、平衡得来的"威信"，"无才便是德"的偏见，等等。他们一个个带着现代产业工人身上那种生龙活虎的旺盛的生命力，感情丰富，精力充沛，个性鲜明，政治上有理想，事业上有追求，业务上有专长。他们既是无产阶级革命家，又是在各自领域中的无产阶级事业家，是集胆、识、才于一体的人物群像。乔光朴以大刀阔斧的革命气魄和"彻底解决"的严细管理，摧毁冀申搞的那一套封建"官工"制；梁言明用实践第一的旗帜，势如破竹地插进以愚忠为荣的老战友于冠群脑子里；李健甘冒风险，下了"将这把老骨头扔到新长征路上"的决心，踏破血统论、唯成分论的樊篱，撤下自己女儿李红，树起白洁这面旗帜；葛翎和王公伯不惜以鲜血、生命同粗暴践踏民主法制的林彪、"四人帮"做殊死斗争，以身护法；张俊石在刚刚打倒"四人帮"的时候，就开始严峻地思考这些丑类给人民群众带来的蒙昧、迷信等封建主义内伤；等等。这都使我们何等舒心、感奋！这些崭新的人物，好像给读者心灵上开启了新的窗扉，有如徐徐的春风沁人心脾。这些生动的形象，有着当代生活巨大的现实容量和叫人意识到的历史深度，那是过去一些作品望尘莫及的。他们使人看到了中国社会将要甩掉这个封建包袱的光明未来。

四

但这远远只是开端。在反映当代生活的封建主义潜流方面，还有许多不足，需要我们通过创作实践去进一步提高。

在中国革命历程中，一方面是工人阶级对农民、对其他小资产阶级的领导和教育，另一方面则是农民和其他小资产阶级意识，以及通过他们传播、折射的封建意识对工人阶级及其政党的影响和侵蚀；一方面是农民群众在物质和精神上支援、营养了革命，另一方面，农民意识与封建意识又影响着、涣散着革命。对前者，我们的文艺是多少有所反映的；对后者，则反映得很不够。至于封建意识和小生产者思想，在工作着重点转移到社会主义现代化建设上来之后有什么特点，有哪些表现形式，它们是以怎样的方式从政治、经济、文化，特别是精神上和感情上阻碍着四化建设，这些问题，对文学创作来说，更是大有可为的新课题，有待于我们花大力气去钻探。

在创作此类题材的作品时，要特别注意思想道德评价上的准确性，防止用一种倾向掩盖另一种倾向。比如有几个引起广泛注意的作品，在揭露社会弊病时是勇敢的，有些地方也较为深刻、机智，通过艺术形象敏锐地反映了我们社会的一个侧面，这就是封建特权思想对当代生活的影响以及党和人民对这种影响所做的不懈斗争。从这方面看，应该说这些作品做了可贵的探索。责难年轻的作者在这方面的努力，笔者不敢苟同。问题在于，上述作品在揭露、批判官僚主义、特殊化的时候，常常将其夸大为绝症，似乎难有治愈的希望；或者在某种程度上同情甚至美化无政府主义思想和绝对平均主义观念。

还有一种情况是，有的作品在反对封建礼教和禁欲主义的束缚时，走向了另一个极端：赤裸裸地展览惨不忍睹的事件和各种堕落、颓废、野蛮、行骗、色情的秽行，或是宣扬享乐第一、爱情至上等不健康的情调，仿佛越是这样就越"大胆"，越"解放"，越是"现实主义"。这实际上是用资产阶级的道德观念和享乐主义来反对封建礼教和禁欲主义。在社会主义胜利前进的今天，资产阶级思想和封建思想一样，早已成为一堆精神垃圾。把这些垃圾当时髦来取代封建残余，无异于"以黑易黑"。在意识形态领域里不能搞"以毒攻毒"，只有用马列主义，用社会主义原则才能克服官僚主义、特权思想、禁欲主义等等封建残余思想，只有用共产主义的道德情操才能批判林彪、"四人帮"遗留下来的污秽和邪恶。

在创作此类题材时，要注意把笔力集中到写人的精神状态、性格心理上去，坚持用形象、用画面来显示思想，而不能图解思想，或用思想代替形象。这方面，鲁迅表现辛亥革命之后封建主义复辟的许多作品，值得我们学习。他很少正面去表现辛亥革命期间或之后的政治斗争和其他重大题材，而是从普通农民的命运、农村的生活在革命前后毫无变化，群众的精神仍然笼罩在浓重的封建势力阴影之下这样一个角度来表现主题，笔锋直指封建势力的根基，因而显得深刻。对辛亥革命没有触动封建势力的根基，鲁迅在自己作品中从未直说一字，全都是通过形象具体的生活场景，尤其是通过人物的性格和命运显示出来的，比如不准阿Q戴"革命党"的银桃子，愚昧的华老栓用革命者夏瑜的血蘸馒头给儿子治病，等等。而封建势力的复辟也是从夏瑜的被杀、赵太爷的再度神气、九斤老太发现辫子终究不可剪等等人物思想和命运的变化中来显示的。就当前的创作来看，谈到要揭示封建残余，许多人常常理解为单刀直入，正面写林彪、"四人帮"等。这当然也可以。问题在于写这类题材时，有的作品常常局限在政治斗争的敷衍中而忽视了人物精神状态的挖掘和性格、命运的描绘，结果很容易写成问题小说、谴责小说甚至历史演义式的东西。

希望作家在反映社会主义时期封建意识的残余方面，倾注更多注意力；期待我们的文艺在这方面有新的突破。

1980年2月于西安西楼

原载《上海文学》1980年第8期，收入《八十年代文艺论》，陕西人民出版社，1991年

史诗的追求和史诗的消解

——从陕西小说创作历史观的变迁说起

追求史诗可以说是陕西长篇小说创作的一个重要特色。四十年来，陕西小说家的史诗追求，由单一到多维，呈现出纷繁的色彩，到了晚近的一些作品中，更显露出消解史诗的苗头，从中可以感觉到陕西作家历史观的变化。

在史诗追求中，陕西作家历史观的多样发展，虽然并不清晰地体现为几个阶段，也不清晰地体现为几个方面，它一直是一个交叉杂陈的生动过程，但如果从作品的主要追求上去大体分个类别，却也不是羚羊挂角无迹可求。就个人几十年间的阅读感觉，我想这样来表述这个交叉杂陈的进程。

主要立足于社会文化、政治文化意识，描绘社会政治的历史生活，构成一种审美形态的社会史

这类作品主要以社会、政治生活中的重大历史事件构成生活故事的主线，主要以现实的社会和政治的坐标衡定历史生活和历史人物，主要从社会和政治的层面去展开历史生活，描绘历史人物，结构人物关系，并以此为基础展现社会心理和人物感情。柳青、杜鹏程的长篇作品是此类中的典型例证。

柳青在谈到《创业史》的创作时，曾明确地认可了毛泽东在《〈中国

农村的社会主义高潮〉按语》中对合作化初期农村阶级状况的分析对小说人物关系设置的指导性作用，即"社会主义革命时期，特别是合作化运动初期，阶级斗争的历史内容主要的是社会主义思想和农民的资本主义自发思想两条道路的斗争，地主和富农等反动阶级站在富裕中农背后"[①]。同时，他在"出版说明"中又明确地指出，《创业史》着重表现的是"中国农村社会主义革命中社会的、思想的、心理的变化过程"，在这种变化过程中，留下了鲜明的政治烙印。这是那个时代人物心理感情的真实，也和作者的历史观和审美视角，与作品特定题材的要求相吻合。正因为作者重视了这场革命中"社会的、思想的、心理的变化过程"的展示，作品由真实达到了深刻。

杜鹏程的《保卫延安》和《在和平的日子里》，都以革命战争和革命建设中重大的历史事件为依托，在人物命运的交织和性格冲突中，展开着作品所描写时代的主要矛盾。两部作品都用时代精神衡定评价人物和事件，因而政治是非和道德善恶常常是合一的，加之，又以历史感和哲理感很强的笔调描绘社会心理和人物感情，更体现出一种崇高之美。

我以为路遥作品体现出来的历史观，也大体可以归入此类。只是由于社会生活的发展变化和时代总体认识水平的提高，使他更侧重于从社会文化、社会心理历史的大背景上去把握生活，因而视野更开阔，视角更多样。《惊心动魄的一幕》中强烈的政治意识的投射和政治生活、政治心理的展示，是生活真实的要求，作品题材的要求，从创作主体意识发展历程来说，则是一个过渡的起点。到了《人生》和《平凡的世界》，疾风暴雨的阶级斗争、路线斗争转入相对稳定的社会改革和历史转型时代，作者便转向主要以社会意识观照历史生活的视角，政治生活、政治心理由全面涵盖社会生活、社会心理的突出地位，回落到社会生活、社会心理的有机整体中来。

---

① 柳青：《提出几个问题来讨论》，载《延河》1963年第8期。

立足于历史文化意识，主要描绘经过
文化心理沉淀的历史生活，构成一种审美形态的文化史

这类作品当然同时也是社会生活史，但它们观照社会生活的主要视角是文化心理，即弥散于生活中的无意识文化，而不是意识文化。这些作品也宏观地展开社会生活和政治军事斗争，也写家族史、村社史，也写生产活动和经济生活，也写人情人性，但是在相当程度上超越了贴近现实的立足点，与之大幅度拉开距离，在历史全景中做远望和遥感。这类作品将文化作为社会生活各类实践活动的最后归宿和溶液（即汤因比所说的"文化汤"），总是待现实生活转化为一种文化积累和心理沉淀之后，再行表述。因而这类作品在反映历史生活时，视角既多又以"文化汤"融会贯通，显得更生活化平民化，更便于寄寓象外之旨、象外之味、象外之气，从而获得了一种史诗气魄。

陈忠实的《白鹿原》在这方面有成功的探索。在《白鹿原》中，作品所表现的中国近代社会的政治运动，社会的、家族的、村庄的生活和道德精神面貌，无不浸淫在中国历史千百年酿成的"文化汤"中。具体的社会生活和精神面貌是在不断变迁之中的，时过境迁，读者也就难于与之相通和共鸣，唯有这"文化汤"具有相当的恒定性，异时异地的读者们常常生活在相同或相近的"文化汤"中。这样，"文化汤"便成为一种沟通作品和读者的良导体。一时一地现实社会具体而细微的生活，通过"文化汤"的传导，辐射更久远更广阔的欣赏接受时空。因而，《白鹿原》突破了此前许多长篇反映现代中国社会以革命历史为主，描绘人物主要着眼于政治斗争生活和与此相关的内心生活这样一个局限，同时以文化感涵蕴社会政治、道德、人性，展开了宏大而细致的全景史描写。作品从复合的多维的坐标出发，写了现代农村生活中精神领袖、政治领袖、家族领袖、世俗领袖的适度分离和分离中的交缠，表现了中国现代国家政治、村社政治、家

族政治和传统精神文化生活的若即若离。在这块白鹿原上，不参政的闲云野鹤式的精神文化领袖（如白嘉轩和朱先生）和掌握了村社行政权力却不能真正左右村社生活的世俗领袖、民间政治领袖（如鹿子霖），和国家政治生活的主角国共两党的活动分子（如田福贤和鹿兆鹏）分立而并存，冲突而渗透。而国家政治局势和村社政治生活，虽大体同步，又常常错位。作品着力表现的是源远流长、无处不在而又根深蒂固的村社儒教文化对现代社会各方面的渗透和在现代社会进程中举足轻重的作用，是它对现代政治、经济生活致命的影响和无法抗拒的改造，及其用真善美来对倾斜的现代生活的制衡。

立足于人性文化意识，主要描绘
历史主体人的发展进程，构成一种审美形态的人性史、心灵史

其实更确切地说，《白鹿原》所追求的历史感，即作者书前引用巴尔扎克的话所表白的"民族秘史"，是民族文化史与人性史、心灵史的交融。从这个角度看，全书人物谱系的两个相斥的极点——白嘉轩和田小娥，正是传统道德文化的卫道者和传统道德文化的轰毁者的代表，或者换种说法，是扼杀人性者和张扬人性者的代表。白嘉轩通过"灵"，即传统道德精神和行为规范，凝聚社会力量，加固精神堤坝，最后成了圣人；田小娥则通过"肉"，唤醒人们心中人性和生命解放的欲求，最后成了魔鬼，死了也要被镇在塔下。文化史和人性史的斗争既神圣又残酷。

高建群的《最后一个匈奴》，也是一部社会政治史、文化史和人性史多维交汇的长篇。作家没有摒弃环绕革命历史碑载性重大事件来展开政治斗争和社会生活画卷这一革命题材常见的写法，却更致力于对这一段历史做文化人类学的开掘。故而他的视线由导引历史活动的领袖人物身上，更多地转移到参与历史活动的老百姓身上，由关注社会的"分子"更多地关注社会的"分母"——我们看到，小说致力于从大量平凡百姓的生存状态

中探寻一场革命的缘由。由主要关注照耀着历史事件的政党形态意识，转而更多地关注社区人生的集体无意识，即种种保存于民间的获得性的社会文化遗传，丰富地展示了陕北社区的生存意识，呈示出沉滞的地表下那雄强抗争的精魄。他甚至还同时关注到先天的非获得性遗传，从陕北的民族沿革和血统基因中追求一种骚动的生命原力。"楔子"一章，可以视为这一思考的艺术宣言；上半部力图从人类文化学和地域文化学的角度解释第一代的陕北革命斗争生活；下半部又力图将第二代在极左思潮和路线斗争中遭受迫害表述为人性的压抑、挫伤在人民滋养下的康复过程。作品展现了遗落在黄土地上最后一代匈奴——陕北人命运的坎坷和精神的复杂及其所造成的悲壮和悲切。

程海的《热爱命运》可以说主要是表现人性发展历程的一个段落，是着眼于人性史的。人性文化意识是这部长篇主要的立足点。小说通过主人公和几个女性的关系，写了他人性和感情生活中的三个分裂的层次，即欲爱、情爱和婚爱，以及这种分裂造成的心灵痛苦。小说有意将故事的时代背景和人物活动的社会环境虚化，也淡化了与人性历程关系不大的人物的其他活动。与此相应，还在艺术上追求主观色彩相当浓郁的心理经验、感觉描绘，这就从各方面突出了人性史的追求。

注重表现社会史和文化史的作品，虽然展示的是独特的个体人的命运，却总是力图通过个体人的命运去触发对群体人命运的普遍性关注，或者力图通过独特的人物关系去辐射社会层、文化层群体人的活动。写人性史的作品则由更多地关心群体人的命运开始转为更多地关心个体人的命运，虽然它也终究要展示人性发展史的某一个段落，并引起普遍性的思考，这种辐射却埋藏得远比前类作品为深，加之又常常被个性化的生活材料、感情色彩和艺术追求所掩盖，便使读者感觉到原来理解的那种史诗意识实际上已经很淡漠，出现了不同程度的消解史诗的情况。

立足于非史文化意识，主要描绘正史圈外的
原生态野史，构成一种审美形态的"非史之史"

　　贾平凹的一些中长篇和杨争光的一些中短篇比较明显地带有这种倾向。贾平凹在谈到自己的创作时表示，"文学哪里有什么史诗"，明确提出过"不追求史诗"的反追求。他认为古往今来的典籍历史（正史）都或多或少经过史家的筛选、过滤、提升、伪饰，而这种由生活到典籍史的文字化、逻辑化过程又或多或少反映着史家的局限与偏见，折射着统治者与当时时代的局限与偏见，因此正史难有真史。真实的、鲜活的历史倒是存在于民间，存在于平民老百姓的生活中。他的许多小说作品从视点、视角到取材、炼材，都体现出这种非史观念，体现出对史诗追求较为自觉的消解。在《鸡窝洼人家》《腊月·正月》和长篇《浮躁》之后，贾平凹的许多中篇可以用他自己一个中篇小说的题目来概括，这便是《远山野情》。远山——地域空间远离中心社区，野情——精神空间远离主流文化。这些作品中的人物，大多是历史典籍不予记载或很少记载的山民百姓，是失去土地、离开了村社（这是中国传统文化的根基）的农民、山野兵匪或山林游侠。这些"化外"之民一直处在社会潮流、历史事件的圈外，只是自在地用自己的远山野情敷衍着自己的人生故事。因此，此类作品喜欢写逸出主体文化，特别是主体政治文化之外的人生过程、人生意识，以及与此相关的性格命运、心态情态、民俗风习和感应着这种人生意识的自然景观。

　　强盛的主体文化常常是一个民族主要的精神支柱，但主体文化中的糟粕，也常常构成对人的真情真性浓重的文化荫盖，窒息着人们心灵中的天籁。而生活于混交文化与次生文化中的心灵，由于相对地处在主体文化的"边地""圈外""化外"，反倒能够更自然、更自由地发展，更多地将真情真性留存下来。贾平凹的这类作品多写女子，因为在男权社会，女子介入社会主体文化的深广度远不如男子，相对更真更美；多写夜月和静

水，月和水不但和女子的阴柔对位，而且和象征着世界主体的太阳形成反差，应和着一种"圈外"的生命形式和生命价值。他的这类作品还爱写游侠和兵匪，这是商洛山地处在几省交界地区，旧时代区域割据的政治、军事、文化力量比较薄弱，鞭长莫及于"圈外"而造成的一种社会现象（这也是边地文化的一个特色）。无论是兵是匪是侠，其实都是离开了土地的农民及底层知识分子。生产者一旦和生产资料剥离开来，便被原有的政治、经济、文化的社区结构甩出来，成为不同形态的游荡者。游动使他们不断地从一个社区到另一个社区，从一种文化环境到另一种文化环境，底层劳动者的游动又使他们只可能在"边地"和"圈外"逡巡，而难进入社会的核心和主体文化的旋涡。于是，这些多种文化因子的携带者，便在极不自觉的状态下，在命运不断的拨弄中，传播着、缀连着、融合着形形色色的"圈外"文化，有时甚至形成遍布乡里的亚文化网络。

这样的生活感情内容，和作家自在无为的思想倾向、节制虚静的艺术描写以及冷月秀水的审美气质结合到一起，构成了贾平凹作品与陕西小说主流色彩始终保持着距离和差异的独特性。这些作品当然也含蕴着社会的、文化的、人性的历史内容，却已经不再是我们通常所说的"意识到的历史内容"，而是一种感悟到的历史内容。史诗追求被"非史"追求替代。

到了《废都》，虽然人物生活的空间已经进入中心城市、文化古都，但小说的主角"四大文化闲人"和配角"四大社会闲人"以及几位女性，却大都生长于非主流文化地域，进入中心城市后，也"人在曹营心在汉"，精神世界实际仍然徘徊游弋于古都的主流文化圈外（此谓之"闲人"之闲）。他们执拗地也超脱地与主流文化圈保持着距离，甚至在用自在的生存方式和生命方式"批判"着主流文化（正史）。庄之蝶在性态生命中的"自虐"正是以自己的生命所进行的一种反证式批判。在这里，"都"即社区中心，文化主流。"废"作为状语，"废都"可读为"废之都"，表示着主流文化正在衰落和变态；"废"作为动词，"废都"又可读为"废其都"，表示着主人公正以一种魏晋方式对古都文化做批判。"废都"，此之谓也。

在简单回溯了陕西小说创作历史观的一些阶段性变化和史诗追求的几种交叉类型之后，不妨再从几个方面进一步来看陕西小说创作在历史意识上的多维格局，来看它的变化与差异。

历史舞台主角的选择

文学作品选择什么社会力量作为历史舞台的主角，主要取决于作品所反映的时代生活。在大多数作品，特别是在正面反映历史生活的长篇小说中，常见的情况是，历史生活的主角便是长篇小说的主人公。但作者的历史观所构成的特定的社会关注视角和关注兴趣、审美关注视角和关注兴趣，也常常左右着、影响着历史主角的选择。从各种不同的选择中，我们便可以反观作家的历史意识。

同样反映20世纪三四十年代生活的小说，《保卫延安》和《最后一个匈奴》都选择了革命者作为历史舞台的主角。但他们是在不同的舞台上展现风姿的：前者主要在国共两党战略决战的枪林弹雨之中，后者却主要在共产党内部路线斗争的风云变幻之中。很明显，这主要是两部作品不同题材选择的结果。《白鹿原》则选择中国传统村社文化的代表白嘉轩作为全书的第一号人物。这固然与作品主要不是写革命队伍的生活而是全景地反映中国现代农业社会生活有关，也明显地反映出作家独特的历史意识。陈忠实事实上通过《白鹿原》对中国现代农村社会舞台的历史主角做了新的确认。白嘉轩丰满的艺术形象提出一个命题：白嘉轩这类世俗儒教领袖、村社道德文明成熟的代表人物，是中国历史的重要角色。他们与他们所代表的文明，以极为强大的力量统摄了中国社会各方面的斗争，和谐着各方面的关系，稳定着浮躁的现代生活，力图维持现存社会缓慢而又匀和的演进。说真格的，就个人有限的阅读范围来说，我是首次看到如此成熟的凝结为艺术形象的中国村社文明生态，首次看到如此成熟的中国传统农民形象系列。只是，无论作者如何陶醉于这些形象，却也无奈地写出了这种文明解体的先兆。小说当然是一曲中国村社文明的赞歌，却也无疑是挽歌。它呈示出的历史趋势，是中国古典农业社会的终结，是中国古典农民的终结。它塑造了最后一个好族长，最后一个好长工，最后一个好先生——这是中国农业文明最后的光环。这光环当然会亮很长很长时间，甚至会延续到今天、今后，但它不是朝霞而是夕阳，恐怕是肯定的。作者严峻的历史主义和现实主义精神，作者独特的历史观，尽在其中了。

同样反映五六十年代生活的小说，《创业史》《在和平的日子里》和《风雪之夜》都选择了生产者——工农业生产第一线先进的干部、农民、工人作为小说的主角，很明显，这也和几部小说题材的侧重点有关。但是，《在和平的日子里》以相当的篇幅较细腻地描绘老工程师张松如和技术员韦珍这两代知识分子，并将他们作为作品的主要人物，和闫兴、梁建、刘青山等一道组合进社会主义建设者的群雕之中，这固然是当时社会生活真实的反映，却也不能不说在相当程度上与作家的历史观有关。在当时普遍轻视或有意轻视知识分子在历史进程中的作用，并且许多作品有意无意将知识分子（特别是张松如这样的老知识分子）写成落后人物甚至反面人物的大背景下，杜鹏程能够冲破偏狭的认识、习惯的看法，将知识分子作为推动历史前进的重要力量，放到作品主角的地位，是有胆识的。它不仅需要甘冒风险的勇气，而且需要有深刻的历史唯物主义见解作为这种艺术勇气的坚实后盾。张松如这个"十七年"文学画廊中不可多得的独特形象，不能不说是作家独特的历史观以及与这种历史相称的艺术表现能力的结晶。

同样反映80年代初中国农村历史转型期的生活，路遥在《人生》和《平凡的世界》中执拗地将自己主要的关注中心和审美激情放在高加林、孙少安、孙少平、田晓霞这样的农村知识青年身上，将他们作为"乡里伟人"，作为农村改革、进步最重要的社会力量来描写。《人生》中的高家村，本来有两个能人，一个是代表权力的高明楼，一个是代表财富的刘立本，但在作者眼里，后来冒出来的无权无钱却代表着新文化和新人格力量的高加林，才是真正的"乡里伟人"，才是新农村未来历史发展的真正主角。这一历史主角的选择，鲜明地反映了作家的历史意识，这就是，文明是中国农村摆脱贫困和愚昧强大的推动力，中国农村的历史主体——农民自身的文明程度、人格力量和精神境界是中国农村发展程度的最终标志，也是农民解放的最终标志。

小说家程海同时是一位诗人，有一颗自由自在的心。在人性人情领域，他似乎来不及等待时代的解放便暗中解放了自己。他最关注的是人性的解放，最痛切的是人性的压抑。这种感情经过诗心的放大，经过以主体感受见长的文笔的再现，是那么震撼人。在纷纭的社会问题中，程海特别选择了南或作为生活故事的主人公，选择了人性的复归、人情的释放作为小说的主旨，实在是必然的了。这反映了他历史观的一个侧重点：人性的解放程度是历史发展的一个重要标尺，人性发展史是历史进程不可或缺的层面。

在贾平凹晚近的小说和杨争光的作品中，我们感受到的信息是，历史其实是无主流、无主角的，历史的足迹，不是或不只是那些大事件、大人物、大思想留下的大脚印，倒主要是小民百姓、芸芸众生不经意留下的小脚印。这些脚印可能没有清晰的目的，没有鲜明的界限，没有深刻的理性，也缺乏应有的力度，自在而自为，杂沓而混乱，沉缓而凝滞，游移而颓丧，很难呈现出各种线性规律——但是生活就是这样，历史就是这样。在他们的一些小说中，历史理性、历史规律和艺术史诗追求，随着历史主角的消解而消解。史在非史中存在，律在无律中发展。对这种非史之史、无律之律的生活做艺术表现，正是作者的追求。

历史动因的揭示

历史的前进，生活的发展，是在多种交织的力量推动下实现的，作为以生活原有的形象状态反映生活的小说艺术，当然或多或少要反映出这种历史动因、生活动因的复杂性来。但是，以什么力量作为历史发展的第一位动力，或者，在这多重动力中，具体的作品关注什么，忽略什么，强化什么，淡化什么，却是因作家而异，因作品不同的题材和视角而异，因作家不同的生活积累和艺术趣味而异，也或隐或显反映了作家不同的历史观。

在陕西近几十年的小说创作中，反映革命战争的《保卫延安》和反映社会主义革命的《创业史》，都明确无误地将阶级斗争（或是夺取政权、改变旧的社会政治制度的革命战争，或是在新政权领导下，改变旧的生产资料所有制的土地改革、农业合作化运动），作为第一位的历史动因来表现。《创业史》在揭示阶级斗争这一历史动因时，以严谨的唯物史观，全面地再现了在新政治制度下生产关系的变革，再现了在经济基础变化的基础上，蛤蟆滩这个小社区上层建筑、意识形态和社会心理深刻而微妙的变化。柳青对社会发展新阶段阶级斗争的本质特点、表现形态有着自觉的把握。但是作家没有将梁生宝一味置放在互助组和各种落后的社会力量面对面的斗争中，反倒常常让他的助手高增福担任这个角色。梁生宝的主要活动是为互助组买稻种、带领群众进山割竹子和学习办社，也就是说，主要是在新制度下组织群众发展集体生产。这就透露出作家实际上是将生产力的发展作为历史发展的第一位动力的。新的生产关系为生产力的发展提供了广阔的天地，生产力的发展反过来巩固发展了新的生产关系，而新的人际关系、新的精神层次、新的心理因素，又得以在新制度下的生产实践活动中逐步形成和建立。自然，小说所描绘的这一切，都还是在以阶级斗争为纲的大前提下展开的，这虽然有一定的局限性，却是当时社会认识和社会实践的真实状况。可贵的是，《创业史》能够在清晰表现这一历史唯物主义社会发展构架的同时，细腻地展示社会生活的丰富性和复杂性，深刻地揭示各类社会心理，在表现历史发展主要动因的同时，表现了社会发展动因的多维性。这又是作家的过人之处，不同凡响之处。

从揭示历史发展经济动因的角度看，杜鹏程的《在和平的日子里》

有着特别的意义。这部作品在更自觉、更明晰的意义上，将影响历史进程的各方面因素，诸如社会制度、经济管理、时代风尚、理想追求、工作作风、道德人格、文化影响等等，自然地融汇在社会主义经济建设的生产实践中，全面准确地揭示了社会生产力发展作为主要历史动力和其他历史动因之间的关系。

在我的印象中，新时期以来，陕西的长篇小说对历史动因的揭示虽然依旧观照着阶级斗争、路线斗争、生产斗争，写经济、政治力量在历史进程中不可忽视的作用，但从总体上看，则更多地转向了精神领域，更多地重视了精神力量对历史的影响：有的更强调人格力量的作用（如《人生》）；有的更强调人性力量的作用（如《热爱命运》《八里情仇》）；有的更重视现代文明、先进知识文化的作用（如《平凡的世界》）；有的更注意优秀传统精神的作用（如《白鹿原》）；也有的以文化知识界的某些人在声色犬马中颓丧溃败，以致出现精神失语（如《废都》），或着意描写黄土地上的劳动者那种近乎化外之民的懵懂愚滞状态，从精神和实践两方面显示着历史动力的消解……

应该说，这些作品程度不同地从正面或反面强调了精神力量在社会发展中的作用，弥补了80年代以前文学对民族整体精神素质的重要性表现不力、认识不足的偏向，对极左思潮影响下文学热衷于表现历史生活中的唯政治意志和唯政治精神也是一种拨反。

需要特别在这里提出的是，第一，这些着重揭示历史的精神动力的作品的创作者，大都出身农村，对土地——母亲、人民——实践有着"恋母情结"，这一点在路遥、陈忠实、邹志安、京夫这个广有影响的小说家群体中表现得最突出。因而，他们在表现历史的精神动力时，内在的感情倾向又是倒向社会实践和社会实践者一面的。其实正是因为对人民和土地的深湛爱恋，才使他们痛切地感受到农村、农民需要新的文化知识和理想的精神境界，才使他们从自己的审美理想出发将笔下的农民主人公描绘成乡里的仁人志士或智者哲人，描绘成精神的高尚者。在他们的作品中，劳动和劳动者，一直处在神圣的地位。这种农家子弟的感情倾向和艺术家审美理想的结合，使这些作品能较好地处理历史的精神动力和实践动力的关系，能较好地处理作为主角的"乡里伟人"和他们赖以生存的大地母亲的关系，和整个劳动者群体的关系。

路遥喜欢写精神的强勇者，但这些人物具有的并不是一种孤立的个体人格力量。他在自己的作品中反复表现过土地、人民对这些强勇者的哺育，用许多鲜活的生活画面、生活意象和哲理性议论，反复叙述着一个真理：不是旧有的村社经济和村社文化造就了"乡里伟人"，而正是新的历史实践、新的经济因素、新的文化结构和人格力量使这些人从乡间走出来，和村社经济、村社文明拉开了距离，才开始了自己新的生涯，中国农村才开始了新的道路。由于有坚实的唯物史观做基石，在上述小说家群体的作品中，我们难以感觉到眼下有些作品中流露出来的由于重视历史的精神动力便藐视劳动者和他们切实的历史实践活动的流弊。

第二，这些侧重揭示历史的精神动力的作品，反映了当代社会对历史精神动力的最新理解，极大地拓展了我们对进步的、美善的精神在历史进程中作用的认识，有的作品在这方面还达到了相当的深度，甚至可以说具有了某种科学发现的性质。《白鹿原》在历史动因的揭示上，在深刻开掘社会运动、政治军事斗争生活的同时，提出了对民族精神和文化传统的维护和扬弃、固守和更替往往是历史演化、社会进步更重要、更强大的杠杆，往往有着更长远的生命力，是确有见地的。

历史哲学的升华

从五六十年代起，陕西几部重要的长篇作品，如《保卫延安》《创业史》，由于重视史诗的追求，就以浓重的哲理色彩和流贯的哲理气氛著称文坛。这和作家的哲学根底分不开。在《创业史》中，生活向史升华，史向哲学升华，这是它具有深刻性极重要的因素。作家的哲学根底沉入作品的最底部，通过结构、情节、主题、人物、语言散射出智光。读者似乎不能具体地捕捉住它，又处处感受到它富有生命力的存在。这种哲理不是对生活某一局部的解释，而是作者对世界的整体把握。它支撑着整个作品，使之获得了巨大的张力和诱人思索的魅力。全书因为有了它而变得沉甸甸。这已远不是一般的哲理性了，它升华为一种历史哲学境界。

这种境界也出现在《白鹿原》《人生》《平凡的世界》等长篇作品中。这些作品不是只描写孤立的存在，而是着力表现关系的存在；不是只描写静止的生活，而是着力表现过程的生活；不是只描写生活表层的瓜葛，而是去揭示生活深处的构架，具有诱人的欣赏张力和思考魅力。作品当然也对生活的某一个局部做自己的哲学解释，但主要是力图对人生与世界做整体的哲学把握。

这个特色在陕西的长中篇中一直贯穿下来，不断有所发展。这个发展，可以说表现为"生活哲学—人生哲学—生命哲学"的升华过程。

对人生哲学和生命哲学的思考，可以归结为对人的关注，对人的解放的关注，特别是对精神个体解放的关注。历史的进步和人的解放同步，而历史的进步最终归结为，特别是在文学艺术中最终表现为人心的解放和人格的重铸，这是我们从路遥历史意识中谛听到的最强音。

1994年10月于西安谷斋

原载《小说评论》1994年第5期，收入《不散居文存》，西北大学出版社，2019年

写好中国农村的历史性转折

历史的转折常常开出文学的奇葩。列夫·托尔斯泰为什么能成为"俄国革命的镜子"？列宁在分析时，有一条便是："托尔斯泰的主要活动，是在俄国历史处于两个转折点——1851年和1905年之间的时期。"从一定意义上说，莎士比亚、巴尔扎克、鲁迅等一代文学巨匠和他们的优秀作品，都是社会转折时期的精神结晶。

转折时期，是两个历史阶段的衔接点，它的生活旋律中，常常有过去和未来的音符在和鸣；转折时期处于急剧运动中的社会矛盾，必然要使整个生活河流加速奔腾，许多潜藏的生活冲突明朗化，社会本质通过日常生活得到多方面的显现；转折时期人与人之间关系和人的自身命运的变化，荣辱毁誉、成败利钝，常常感应着深潜的历史潮流，在人的内心发生深远的影响，人生的况味和历史的经验熔铸一体，在新的生活实践中锻炼出一批新人；波诡云谲的生活、兔起鹘落的矛盾形成蓬勃的思潮和激情，在对过去精神遗产的重新审理和对新的理想的不断追求中，作家常常能够获得先进思想的指导和美好感情的营养……这一切，都为转折时期酝酿、产生优秀的作家和作品提供了良好的条件。生逢历史的转折和时代的变动，对有思想艺术见地的作家来说，是三生有幸的事，他们总是像暴风雨中的海燕，箭似的飞向生活的浪涛。我国农村生活和农民命运，在辛亥革命以来所经历的几个重要的转折时期，都在现当代文学史上树立了坚实的艺术碑石。

146

辛亥革命使中国农民由封建社会晦暗的长廊，进入旧民主主义革命时期短暂的穿堂。以《阿Q正传》为代表的鲁迅描写农村的一些作品，对农民在这个转折时期的生活，做了深刻精当的艺术剖析，表现出对历史和现实非凡的精锐思考。阿Q的精神创伤和悲剧命运，揭示出中国资产阶级革命不可能给农民命运带来真正的转机，显示出农民倾向于革命的必然性和没有无产阶级领导必将走向失败的悲剧结局。

由旧民主主义革命向新民主主义革命的转变时期，有了党的领导，农民的革命要求和反抗斗争由自发变为自觉，由失败走向胜利。由于毛泽东同志根据中国的实际发展了马列主义，在中国开展了党领导下的以农民为主体的革命战争，开辟了建立农村根据地，以农村包围城市最后夺取胜利的正确道路，中国农村从此天翻地覆，农民命运发生了历史性的改变。梁斌在大气磅礴的《红旗谱》中对此做了出色描写。小说通过朱老巩、朱老忠和运涛、江涛两家三代的不屈斗争，概括了这个时期农民命运质的变化，衔接了农民斗争的两个历史阶段。

由新民主主义革命向社会主义革命的转变，原先在理论上说法不尽一致，现在党中央《关于建国以来若干历史问题的决议》明确指出："从一九四九年十月中华人民共和国成立到一九五六年，是一个从新民主主义到社会主义的转变。"在这个转变时期，党领导的农业合作化运动，将在新民主主义革命中获得土地的农民，引上了社会主义大道。千百年来的个体生产者从此成为集体生产组织的一员。生产和分配方式的变化，引起了生活方式以及思想、道德、感情变化的连锁反应。农民命运又一次发生了历史性的转折。《三里湾》《山乡巨变》《创业史》等长篇小说以及大量的中短篇小说集中地描绘了这个转折时期。其中《创业史》通过精心结构的矛盾冲突和人物关系以及对众多形象的成功描写，从整体上深刻地反映了这一时期农村生活的历史动向和农民命运的转变、精神的历程。

粉碎"四人帮"，使我国进入了新的历史发展时期。党的十一届三中全会是我党历史上具有深远意义的伟大转折。在党的十一届三中全会精神指导下，近几年来，我国的政治、经济和精神生活发生了一系列深刻的变化。这些变化以及农业现代化和农业生产管理和分配的改革，对农民群众生活和心理的深刻影响，正在逐步显现出来。农村现实生活的历史性转折，已经在文艺的屏幕上留下了清晰的轨迹，也给我们思考如何写好新时期的农村生活，提供了新的材料和思路。

作品的艺术冲突，要反映出新时期农村
社会矛盾在内容、形式和发展规律上的特征

当前农村的社会矛盾，主要表现为农民群众拥护党改革、调整社会主义生产关系，解放生产力的革命积极性，和各种非社会主义的阻力之间的矛盾（其中主要是带着"左"的文章的假社会主义，也有新形势下出现的资本主义倾向）。《赵镢头的遗嘱》把新时期的这一矛盾形象地表述为，一方面，党的政策做媒人，叫庄稼人跟土地"对上象"，"连上感情"，"登记结婚"，使生产力得到大幅度解放；另一方面，极左思潮和习惯势力却想方设法在庄稼人跟土地之间布下一层迷雾，使生产者和生产资料闹对立。作者运用他所擅长的激化生活矛盾的手法，将这个冲突写得龙跳虎跃、惊心动魄，农民群众和新的农村政策在思想感情上和利益上的一致，被写得感人至深。《乡场上》则揭示了落后的社会势力、思想作风和落后的社会生产力像霉菌和阴湿那样联系在一起。掌管了乡场权力的曹福贵和把持了乡场物质的罗二娘，只有在物资匮乏、精神蒙昧的环境中才能互相交易、结成尘网，而冯幺爸、任老大女人等大多数农民群众则相反，他们靠新农村政策，靠社会生产力的提高，靠大伙的团结和思想的解放，才能改变自己的命运。乡场上的遭遇战，不是个人眼角口风的较量，而是当前代表着农村主要矛盾双方的两股社会力量和社会思潮的较量。

有的作品从另一侧面接触了当前新的社会矛盾。《陈奂生转业》点出了农村经济搞活之后，随着城乡、工农业之间交往的频繁，要不要防止

资产阶级经营作风和其他不正之风（像物资供销走后门、给采购员提成高奖金）的问题。《内当家》则提出了当三十年前的地主以爱国华侨身份回乡，从前的长工头和昔日的东家不再构成阶级斗争，在爱国、恋乡上也有了某些共同语言时，还要不要保持国家主人翁的阶级尊严和民族气节（还是像县办公室主任那样满身奴才气）的问题。这些，都富有转折时期明晦相杂、新旧交替的特点。这些作品在艺术冲突中显示的辩证法和现实生活中存在的辩证法，得到了较好统一。

新时期农村的矛盾冲突，主要表现为人民内部矛盾，是通过社会主义制度本身有秩序的改革和革命得到解决和转化的，因而，随着新时期农村政策产生的实绩，陈奂生、冯幺爸、孙三（更不要说赵镢头、"内当家"和黑娃们了）的思想转变和他们在精神上的胜利，就和中国农民在旧社会那种没有政治和物质基础的"精神胜利法"有了本质的区别。他们精神上的胜利从各个侧面反映出新时期矛盾冲突的特点，并和他们在实践中取得的胜利逐渐融为一体。我们在创作中抓住了这一点，作品艺术冲突发展的逻辑过程，便自然地显示出当前生活矛盾发展的历史规律。

作品的艺术天地，要交融在新时期农村生活纵深的历史背景和广阔的时代画面中

新时期的农村生活，在作为文学作品的背景时，具有两个特点。一是历史纵深感。许多事件、细节和精神状态，常常包含着对历史的反思和内省，对未来的探索和追求，闪现着历史的光彩。二是时代的整体感。由于农村经济和文化的发展，如生产条件的改善，文化知识水平的提高，交通、通信的便利，思想眼界的开阔，特别是党的十一届三中全会以来，联产计酬制的实施，多种经营的发展，集市贸易的繁荣和农民对物质文化生活的新需求，等等，都使得农村和整个社会更紧密地连成一个整体，城乡、工农关系进入了一个新阶段。一些优秀作品能够从纵、横两方面去开

掘生活素材，以历史和时代作自己的共鸣箱，便有弦细声宏、洞小风大的艺术效果。

《内当家》描写的只是过去的敌人、现在的客人刘金贵回村之前一两天的活动，由于作者在纵的方面，将李秋兰和刘金贵身上纠集的三十年的社会矛盾、阶级关系的历史变化，凝聚成人物特有的思想感情和行动、思考方式，作品便抓住了转折时期农村生活"巨大的思想深度和意识到的历史内容"。在横的方面，作品又能将泥土味十足的农村生活拓展到一次特殊的国际交往活动的背景上来开展，其内容的历史感就和题材的新鲜感结合了起来；人物形象和人物关系的构思，在反映了作者对历史与现实在转折时期既衔接又变化的精神的掌握的同时（这实际上构成了人物形象和人物关系的内在特色），又具有反映这种内在特色的性格和环境的特色。我们在这里看到的，已经不是简单的历史背景和时代背景的设置了，而是将作品的艺术画面和时代背景，通过生活的运动熔铸到一起的精彩手笔。

作品社会背景的宽阔，不只是广度问题，又涉及深度。生活面越窄，越不容易深入。不断扩大自己的生活视野，把握各个生活领域之间的内在联系，从整体来看局部，从历史来看现实，就容易潜入生活的深层。这一点，高晓声可说深有体会。他的陈奂生，在实施新的农村政策后，刚刚摘掉"漏斗户主"的帽子，就"提上油绳悠悠上城来"，然后又转业去当队办工厂的采购员，走州过县，和工农商干各种人广泛交往，将自己的村庄和广阔的社会扭结在一起。这种新鲜的构思，何止是艺术上的创新？恐怕主要是作者对新时期农村生活的特点有深刻的认识。是新的生活决定了作品在内容和形式上的新意。作者说得好，"城市和农村，本来千丝万缕联系着的，一旦割裂，你对农村的了解也就深入不下去。生活只有比较着、联系着研究才能步步深入"；"《陈奂生上城》也不仅是把农村生活扩展到城市的产物，而且也是把生活面扩展到城市以后对农民有了进一层认识的产物"。看来，把握农村生活的这一新动向，利用类似作物栽培中的"边行优势"，从城乡、工农的交界处发现边缘题材、边缘人物，是深刻反映农民命运转变的一条新途径。这需要作者把客观世界作为一个整体观察感受的才能。零碎的生活素材、幽微的精神亮光，变成历史和现实总谱中的一个音符；每一个艺术零件，在时代整体中都找到了恰当的位置，便可以帮助读者在欣赏中建立或恢复对历史的完整概念，达到新的深度。

着重表现各种现实关系变化中所包含的
新的生活因素及其在人物精神领域的投影

从一些优秀的短篇来看，大都没有去追求奇特事件和复杂情节，而是从常见的生活中精选、提炼那些含纳着新的生活因素的情节和细节，以此作心灵的窗口，让读者从中看到转折时期农村的历史运动。这乍看平淡无奇，深钻风光无限。赵本夫的处女作《卖驴》，虽然用一个奇特的情节开头——大青驴跟着路遇的异性同族，将睡着了的主人、拉脚搞副业的孙三老汉拉进了火葬场！年轻的作者却没有去渲染这个情节的奇特性，而是先用这件奇事作为孙三在新政策面前产生第一次变化的触媒：由拥护、喜悦、买驴重操旧业，到预兆不祥，决定卖驴以求"安全"。接着又以庙会卖驴时的欢乐氛围的精彩描写，促成他心情的第二次变化：对党的政策由动摇到坚信，驴不卖了！活生生的现实情景到底比误入火葬场的虚妄征兆更有说服力，小说的一切具体描写，紧紧扣住老汉心情一正一反两次转折，捕捉到了转折时期农民喜悦与余悸交错的精神状态，更表现了他们信赖社会主义的纯朴的思想感情。部分农民在当前这种复杂的心理，把新政策的实施虽不一帆风顺却又不可逆转的历史动向，真实、深刻地折射出来。

"内当家"的精神状态更新、更高，闪耀着新时期农村无产阶级的思想光华。三十年，不过是历史转折的一瞬，而同一座"高门大院"里，对立阶级的人物却在生活中对调了位置。李秋兰由奴隶变成了"当家的"，刘金贵则由主人变为游子，变为客人。作者目不旁骛，直取人物异位后的精神变化，着力描写李秋兰心中，朴素的阶级自豪如何升华为自觉的民族尊严，历史压迫形成的民族仇恨又如何被时代变迁产生的民族通感所替代。作者能在纷繁杂呈的生活现象中，敏锐地抓住新因素加以典型化，便深刻地显示出三十年来我国农村阶级关系和阶级心理的变化，显示出我国农民当家作主精神的时代内容和新时期农村新人所达到的实际高度。

有的作品通过对不同典型环境的描绘，准确地揭示了同一类型的农民在新时期心灵折光的不同层次。冯幺爸、陈奂生过去的生活状况和精神创伤有类似之处，为什么在新时期转变的程式与方式不同？作者通过人物的具体环境做了回答。县城远没有乡场那么闭塞落后，造成他们苦恼和气愤的，一个是好心的官僚主义，是城乡、干群的差距；一个是落后势力结成的尘网，是善恶、美丑的对立。如果陈奂生的遗珠之憾还能换得某种精神满足；在冯幺爸被困苦屈辱揉皱的心中，集聚着的却满是激愤。觉醒了的心灵怎能在轻贱自己和加害别人的天平上再放下一个砝码？一个忧喜相伴，一个忧愤交加，一个软亏，一个硬逼，这恐怕是冯幺爸以爆发形式做大幅度转变而"后来居上"的原因。同类农民形象在新时期转变的不同方式和程度，显示的不光是人物不同的性格，也不光是作者在艺术上的精细入微，更显示了新时期现实生活的另一新因素，这便是《决议》指出的："必须正确认识我国社会内部大量存在的不属于阶级斗争范围的各种社会矛盾，采取不同于阶级斗争的方法来正确地加以解决，否则也会危害社会的安定团结。"解决这类矛盾的根本办法，是发展社会生产和加强思想教育。

我们可以看到，出现在这些作品中的人物的思想感情，既是人物面临具体事件时的情绪反应和思维方式，又远远超出了这个范围，表现了重大历史转折和时代风云在具体人物心中激起的富有个性色彩的感情波澜，这就带有了较大的典型性。作者在这方面的追求，将读者对当前农村生活的认识带进了一个新的境界。我们还可以看到，现实生活中的新因素，完全可以通过各类人物和事件表现出来——就连罗二娘的色厉内荏和最后败退，刘金贵将"浑浊的老泪"和家乡水一道喝下去，不也从另一个侧面显示了时代的发展和人民的胜利吗？但是，新的生活因素大量地、主要地还是凝聚在社会主义新人形象身上，却毋庸置疑。《内当家》《赵镢头的遗嘱》和《黑娃照相》等作品在令人深思中不是有着更大的催人奋发的力量吗？比较起来，着力塑造农村社会主义新人的作品，更需要加以提倡。

热情地反映中国农村在新时期的历史性转折，是文艺创作的一个重要课题。不少作家在这方面付出了劳动，做出了成绩，这是应该肯定的。不过，从当前一些农村题材的作品看，我觉得有两点需要注意：

一是新时期农民命运的变化，虽然归根到底取决于社会基本矛盾和正确反映这一矛盾的政策的发展变化，但时代作用于具体人物，从来不是直接的，总要经过许多中间层次的传递，这就免不了被围绕着人物的各种具体的生活力量不同程度地增强、减弱、分散。因而，最后作用到某个人物身上的，总是以这种时代力量为主、由各种具体生活力量组成的合力。这种合力是千变万化、永远不会完全等同的。赵镢头、李秋兰同是新农村的英雄，他们所受到的社会合力何等不同。陈奂生和冯幺爸也正是受到了不尽相同的社会合力，才有不尽相同的行动。多大程度上如实地写出了这种社会合力的异同点和复杂性，人物便在多大程度上有了独特性和可信性。正是这一点，使得描写新农村的作品，在题材、思想、人物各方面，有着无限广阔的天地。如果把时代对人物的作用直接化、简单化，常常容易使作品变成新的时代力量的图解而失去真实感。

二是要考虑到政治、经济生产和精神生活之间，既根本一致，又具有不平衡性。政策变了，生产上需要一个过程；物质生活变了，精神生活的变化也需要一个过程，有时还可能出现回流、阻滞。又有时候，由于党的教育和整个时代、群众的影响，物质生活变化不大，精神生活却有极大的昂扬奋发。辩证的关系带来了复杂的情况，为作品的多样化提供了天地。有的作品在政策的变化和生产、思想、心理、性格的变化之间，直接打上等号；或者仍然受机械唯物论的影响，人物由以前的"穷必革""富必修"，一变而为"富必革""穷必惰"，似乎农民口袋一充实，腰杆马上可以挺起来。看不到在现实生活中，政策的变化对生产、工作的改变，经济状况的变化对人物命运和思想性格的改变，是产生这种作品主要的但不是唯一的原因。这是一个在特定生活环境中辩证的矛盾运动过程。这方面，高晓声和张一弓的几篇作品把握得较好，写出了农村生活变化的艰巨性和复杂性，以及政治、经济、精神生活的辩证关系；写出了农民在转折时期的前瞻与后顾，迈步与踟蹰，兴奋与苦恼；写出了前进中的新问题和在解决新问题中的继续前进。同时，也写出了另一种情况，如《黑娃照相》中描绘的，正确的政策实施之后，虽然只给农民带来微不足道的经济实利，却也可能点燃起他们精神上熊熊的大火。黑娃养长毛兔收入的八块四毛钱，是怎样激发了他们一家对历史的审视和对新生活的展望啊。对现实生活的这种辩证把握，往往构成这些作品思想深度的一个重要标志。

1981年7月于西安西楼

选自《云儒文汇·握住从容》，陕西师范大学出版总社，2020年

"最后"的景观

——关于一种文学现象的思考

一

近年来，文学创作，特别是小说创作有一个现象，我以为很值得关注，这就是不少作家作品表现了社会的、文化的、心灵的"最后"景观，塑造了"最后"类型的性格，描绘了一定历史阶段的"最后"情绪。记得前几年有小说《最后一个渔佬》，电影《最后的贵族》，这两年又有长篇小说《最后一个匈奴》《最后那个父亲》。这还只是以"最后"为题的作品，其实还有更多的作品比较集中地触及了社会、文化、心灵的"最后"现象，有的作家甚至有一段时期集中地探索、再现这种"最后"景观。

记得在1993年《白鹿原》讨论会的发言和后来写的文章中，我就谈到陈忠实"塑造了最后一个好族长，最后一个好长工，最后一个好先生"，我指的是白嘉轩、鹿三、朱先生。作者通过白嘉轩这"最后"的族长（也是村社文化和民俗儒教"最后"的代表和领袖），对中国传统农村社会舞台的历史主角做了新的确认。也就是说，除了基于经济地位和政治色彩的农民和地主之外，世俗儒教的领袖、村社文明成熟的代表人物，也应该是中国传统农业社会乃至中国历史的重要角色。他们和他们所代表的文明，以极为强大的实践力量、精神力量，统摄了中国底层社会各方面的冲突，

155

和谐着传统农业社区各方面的关系，触及了许多层面的时空，维持着传统社会缓慢而又匀和的演进，也在精神上平衡着浮躁的现代社会。但是，小说又用丰富而沉郁的"最后"景观显示出，所有这些，不过是中国农业文明最后的光环。记得我当时借用恩格斯《费尔巴哈和德国古典哲学的终结》说，《白鹿原》展示的是中国古典农业社会的终结，中国古典农民的终结。不过，小说也告诉我们，"最后"的另一种读法也是"最先""最新"。白、鹿两家的后代，在父辈最后的足迹上，以不同方式开始了自己的新路。儿辈的新路，是对父辈"最后"的消解，又是对自身乃至后辈"最先"的建构。这一点，小说没有着力去展现，但那新时代的潮音，我们是明确无误地感觉到了。新的开端已经不只是先兆，而且露出了清晰的轮廓。

《最后一个匈奴》写一种雄强的野性精神在闪射出最后的光彩之后，由于纳入了现代社会斗争和政治文化，如何逐渐走向衰微、委顿。雄强精神崩塌，野性的英雄死去了，留下来的是被特定文化弱化了的生命，在变幻莫测的现代社会斗争中挣扎。作者没有忘记一再表现对真生命的向往、对雄强精神的怀恋，甚至也表现了雄强精神在特定文化的浸泡中，由真性向理性、由自发向自为的转型，但更多的还是无奈和尴尬。其实《废都》也从另一个时空、另一个角度触及了我们今天的话题。贾平凹曾宣称他要在《废都》中表现一种"世纪末"情绪，其实这不是别的，就是社会由传统自然经济和计划经济向现代市场经济过渡的历史转型时期和反映着这种社会历史转型的两种文化世纪之交时，一些文化人在别旧和惧新的剧烈冲突中出现的精神断层和心理分裂。这是社会和文化"更年期"的精神综合征，是"世纪末"的焦灼和苦闷。"末"者，"最后"也。所不同的是，在这部长篇中几乎看不到"最新"和"最先"的踪影，前面谈到的几部长篇中那种悲壮、悲怆在这里变为悲凉、悲哀。这是又一种"最后"了。

蒋金彦的长篇《最后那个父亲》是我读到的集中表现"最后"现象的一本新作。父亲当然不会有"最后"，人类的繁衍总要产生一代一代新的父亲。小说中祖父和父亲两个形象的"最后"性，不在于他们个体生命的终结，而在于他们身上所承载的农业文明和家族文化的没落。作品在表现这种"最后"色彩时，一方面突出描绘了祖父和父亲的创业精神和家族责任感，表现了中国农业劳动者的美善和中国父亲生命的强韧，是赞歌、壮歌。另一方面，也描绘了父辈这种男性的雄强生命力是如何被纳入传统农业文化体系之中，被用于维系一个难以维系的内闭性的家庭社会和家族文化而不断弱化、不断损耗，乃至怀着无限的遗憾死去的。深刻的悖论中蕴含着复杂的悲剧美。

二

"最后"的另一种读法是"最先""最新"。历史的过程、社会生活的发展、个人命运的伸延是连续的，又是分段落的。一环一环衔接着，接续成一个长链。这一环的"最后"连接着下一环的"最先"，两环相衔之处，承上启下，新旧交织，是社会、文化和心灵信息量的密集之处。这也许就是古往今来许多作家都喜欢抓住历史、文化转折点做艺术再现的原因吧。社会发展和文化流变作为一个完整的有生命的进程是不可能分解为单纯的先与后、旧与新的，作品在表现转型时期生活时，总是全力开掘和描绘出新旧交织的复杂过程。但具体到每部作品，在再现新旧交织的基础上，常常又有不同的侧重点。有的侧重于写"最后"，写弃旧过程；有的侧重于写"最先"，写图新过程。

从半个世纪的文学史看，着眼于"最先"和着眼于"最后"，构成了两种文学景观。20世纪40年代到五六十年代的文学，写"最先"的作品，即写革命、建设先行者，写新生事物和新生思想感情的作品构成了创作的主旋律。到了八九十年代，在这类主旋律创作继续发展的同时，写各种"最后"现象的作品日渐增多。尽管具体作品千姿百态，从整体上看，着力写"最先"的作品，大都立足于社会、历史坐标，大都带有相当的理想色彩，持主流意识形态的价值观，大都追求一种崇高美，呈正剧–喜剧的调子。而着力写"最后"的作品，则大都立足于文化、生命坐标，大都带有相当的反思色彩，持文化、生命终极关怀的价值观，艺术上呈正剧–悲剧的调子。

三

当前表现历史、文化、生命转型期"最后"现象的作品，从哲学观、历史观和艺术观上看，大致有两类。一类倾向于历史主义和现实主义，一类倾向于现代主义和后现代主义。我们今天谈到的作家作品，如张炜、陈忠实、张承志等等，大都属于第一类，我们的分析也大都针对他们而发。其实，王朔、莫言、格非这一代更年轻的作家，也十分关注"最后"现象。虽然他们更多的是正面去写现代青年的生活与心态，不少作品中却也交叉地，有时甚至正面地、集中地写了"最后"的父亲和母亲，但体现出来的哲学观、历史观和艺术观和前一类迥然不同。

从创作主体的理性和感性特征看，前一类作家的人生经历和他们笔下的"最后"现象、"最后"人物有较多的交叉叠印，他们对父辈，对正在过去的一代有着更多的理解和沟通。他们在审视父辈时，常常自觉不自觉地把自己摆进去，既和上一代身上的"最后"现象告别，也和自己人生历程和精神情绪中某些"最后"的影子告别。他们对上一代的批判是有知有爱，甚至是深知深爱的批判。他们笔下的"最后"现象便不能不是沉郁凝重的，流贯着赞与叹、爱与恨、哀其不幸与怒其不争等等纠缠不清的感情，有时还带着一种自我剥离和撕裂的痛苦。他们对上一代的审视，不完全是现代主义特指的那种"审父意识"，而是一种辩证的扬弃，一种历史传承中的否定，一种历史主义的批判。在审视、否定的同时有分析、有肯定，并且常常和"最后"之后的发展、建构结合起来，带着中国文化的中和、中年人的敦厚，在艺术上也便常常相应地表现为现实主义精神，表现出一种史诗品格和史传写法。

持现代或后现代思潮观的作家，笔下的"最后"现象则积蓄着更多理性的偏执和感情的决绝。严峻到严厉的剖析，强烈到激烈的嫉愤，充溢于作品讽喻嘲弄、嬉笑怒骂的文字之中，让你处处可以感受到隔代的陌生和旁观的清醒。他们不承担对过去世界的科学评价，也不承担对未来世界的精神建构，只想以痛快淋漓的否定确认自身在历史长链中的地位，也给社会发展以情绪性的激励，带着西方文化的直言不讳和青年人的血气方刚。他们的作品常常呈现出一种现代幽默，在俏皮机智的幽默深处，是那种欲速则不达的失落和无以对话的孤寂，是带着深刻悲剧感的心灵撕裂和历史痛苦。

四

写"最后"现象的作品，大都含蕴着一种悲剧美。其中许多作品都超出了表层悲剧故事的呈示和浅薄的哀怜悲悯，超出了由一般的心理痛苦转化的审美快适，具有相当的审美深度。不少作品能够从历史的、文化的或生命的层次上开掘"最后"景观的悲剧内涵，从历史的、文化的或生命的局限中探究悲剧的内因，感染和启迪读者产生具有理性内容的高级感情。拿今天我们谈到的作品来说，写生命的死亡，写精神的委顿，写价值观的过时，都既能融解在具体情节和性格之中，又能淡化具体故事和个体性格命运的形而下因素，从形而上的必然性的高度来开掘展示悲剧性内容。

特别应该提到的是，这些作品展示了以前创作中较少展示的悲剧形态。恩格斯说，悲剧在于反映历史的必然要求和这个要求实际上不可能实现之间的冲突。鲁迅说，悲剧是将人生有价值的东西毁灭给人看。五六十年代我们写悲剧、解释悲剧大体是这种路子。其实悲剧的类型更多样，思路更广阔。近几年写"最后"景观的作品大都没有沿袭上面的路子，而是另辟蹊径来展示悲剧内涵。

第一，展示生命永恒和人生短暂之间不可解决的悲剧性冲突。群体生命的永恒，使人类和社会的创造发展永无止境，永无"最后"，但个体生命、一代代人生的有限，又造成了这样那样的"戛然而止"、这样那样的"最后"。这使人生、事业和文化精神出现了许多残编断简，许多遗憾。这是一种悲剧，是生命内部的悖论造成的悲剧。

第二，展示生命无限的活力和有局限的社会历史阶段、有局限的文化心理、有局限的人格精神之间的悲剧性冲突。人类生活总的趋势是发展、进步、创造、更新，社会运动形成的每个具体的历史阶段和文化阶段，在它的上升时期，是促励这种发展更新的，但到了它的衰落时期，它的"最后"阶段，却常常阻碍、窒息着社会发展和文化进步，浪费着、销蚀着人类的创造力。这造成了各种各样悲剧性冲突。这种悲剧冲突既表现在不同阶级阶层、不同文化精神的人与人之间，也常常沉淀为每个人生命动力和历史惰力、生命突围和文化包围的矛盾，复杂深刻、变幻莫测而又瑰丽无比。像《白鹿原》《最后那个父亲》所表现的在一段历史、一种文化的最后阶段，父亲身上所有的生命光彩、人格力量和实践智慧，几乎都是为着去维持和复苏一个毫无活力、毫无光彩的"最后"的体制和"最后"的文化，奋争过程的美善雄强和奋争目的的晦暗阴弱，构成无法挽回的悲剧，是此类悲剧的典型例证。

这类悲剧，大致可以归入马克思从社会斗争角度指出过的"当旧制度本身还相信自己的合理性，并与新生的世界进行斗争的时候，它的历史，它的灭亡，都是悲剧性的"这个类型范围。只是我们需要将"制度"一词扩展为文化精神、价值观念和人格力量来理解。

五

"最后"由于和陈旧、衰落联系着，作为生活现象是不美的，但经过艺术创造的审美转化，对"不美"的认知、揭示和征服过程，却结晶为美的感受，引发昂扬向上的生命力感。这是文学作品中"最后"景观美的魅力所在。这是一种夕阳之美。夕阳之美是一种复调的、浓郁的悲剧美。"最后"的英雄是崇高的，"最后"的奋斗是壮丽的，"最后"的失败是凄婉的，"最后"的痛苦是余音袅袅的。"最后"的回眸有一种怀旧之美，"最后"的憧憬有一种涅槃之美，"最后"的反思有一种哲理之美。甚至"最后"的陈旧、老化也有一种岁月积淀的苍凉之美、距离之美；甚至"最后"的畸变，由于它所储存的复杂、精微、隐秘、极端的心灵信息和社会信息，在经过艺术提升之后，也有一种变态之美。

1995年11月于西安谷斋

原载《文学世界》1997年第6期，改写后收入《云儒文汇·握住从容》，陕西师范大学出版总社，2020年

"乡土新族"和"乡裔城族"

——写好新历史阶段的新农村新农民

文艺为"三农"（农民、农村、农业）服务，远不只是为它们创作农村题材作品，文艺应该做的是，通过我们的作品给农民输送更多更好具有包容性与开放性的艺术文化和思想观念信息，以促进农村和农村人更快地融入现代世界。

当然，文艺要进入这个问题，我们又只能从创作本身谈起。

一、文艺塑造中国农民形象、反映中国农村生活的几个阶段

第一，在贫困与愚昧中挣扎并走向觉醒的历史进程中呈现出来的中国农村。譬如长篇小说《白鹿原》的史诗感、文化感，话剧《生死场》又加上了象征感。创作者对当时中国农村的认识与体悟经过了时间的沉淀与认识感受上的间离，因而能够在一个更大的历史、社会和文化时空中看当时的农村和农民，在大俯瞰、大全景的宏阔中，又有着长焦镜头将远景拉近的清晰度和精密度。

第二，在乡土风情和怀乡感情的融合中呈现出来的中国农村。譬如沈从文、汪曾祺，虽然久居城市，却在怀乡情怀的浸淫下，常常以一种童年记忆的眼光，农业文明中的自然美、人性美的眼光，来看取他们心中的农

村。他们的作品常以静谧淡远之美与作者所处的都市人生的繁杂喧嚣相对照，成为一种悬浮在都市弊病上空的彼岸境界。

这和另一类作品如《李双双》《朝阳沟》以百姓眼光看取农村形成了反差，由于特定时代的强制效果，李准、杨春兰的百姓目光中虽然无法不掺杂进当时社会的一些政治思潮色彩，但总的看，后者构成了大众性极强的民间乡土风情戏剧。

第三，在社会政治斗争和历史变迁中呈现出来的中国农村。小说《艳阳天》，戏剧《白毛女》《槐树庄》，在阶级斗争和传统社会主义道路的历史变迁中，呈现农村、农民的生存相，以政治观、社会观和意识到的理念看取农村。透过种种时代曲光，我们依然能够感受到那个时代农村生活、社会情绪和农民精神世界中的许多珍贵信息。

第四，在现代化、市场化、都市化大背景中呈现出来的新时期和新世纪的中国农村。如长篇小说《秦腔》《湖光山色》，电视剧《刘老根》和话剧《黄土谣》《郭双印连他乡党》等，或正面或侧面表现了现代化、市场化、都市化进程中的当代农村，塑造了旧农民向新农民过渡的种种形象。但是致力于真正的新农民形象塑造的作品还不多，探索的空间还很大。

二、从生存状态和人物命运的角度看，目前新型农民形象主要有三类

在本乡本土通过土地致富发展，即立足于农业，进入现代市场、现代科技领域，然后走出自然经济和传统农业文明。农业产品试行以销定产、以需定供，发展订单农业、市场加工农业等。陕西的果农果业，内蒙古的牧民奶品，珠三角、长三角、京津唐郊区的菜农，都已经或正在逐步纳入市场化、都市化、生态化的现代农业体系。

在本乡本土依托农业综合发展，即从农业出发，又远远走出狭隘的农业经济，把乡村办成农工商、牧工商，乃至旅工商、企工商的综合的立体

的现代农业体系。比如在张家港华西村，吴仁宝带领乡亲，立足本土，在发展现代农业的同时，以农业为基础，在本村发展第二、第三产业，使村庄进入现代化、都市化轨道。

离开本乡本土改变身份进城发展。改革开放三十年来，几亿农民进城打工，形成了历史上最为壮观的民工潮。其中相当多的人，由短期打工到长期打工到扎根落户，由第一代新农民转型为第一代新市民。这是一个由农民到市民、由乡村到都市的过渡性人群，是从生存状态到心理状态城乡交叉的群体，有巨大的历史社会信息量，也有丰富的性格、心理、命运的信息量。

总结起来，新历史阶段造就了中国历史上两个旷古未有的新族类："乡土新族"（新农民）和"乡裔城族"（新市民）。

三、时代给我们提出了表现原创性新生活新人物的历史任务

要十分重视原创，再不能满足于用艺术技巧、舞台呈现和各种技术性制作掩盖文艺原创的贫弱了（如小说进入所谓文体时代，写法就是文学的内容。如戏剧、影视脱离内容要求和市场条件的大制作）。

大力提倡原创作品，创作者要特别关注中国农村在走向现代化、市场化、法治化进程中的社会变化，关注新农民的命运变化、情绪心理变化。当戏剧纷纷热衷于改编文学名著时，在反映新农村题材方面，文学与电视剧创作远远走到了戏剧前面，如《湖光山色》《刘老根》《吴仁宝》。

要原创，作者就要建立与农村生活的精神联系。作家艺术家应该和农村原生生活建立深层的关系，真正参与到当下农村历史转型和新农村建设的各项活动中去，走进农村生活和农民内心世界，由熟悉到贴近，由不隔到融入，再到深度打开，真正建立作家艺术家与农村的精神联系。

陕西作家多出自基层，路遥、陈忠实、贾平凹、邹志安、陈彦无不如此，加之多年坚持文艺家挂职制度，对农村生活比较了解。有了原生生活

体验才可能写出具有原创价值的作品,才能不仅在作品中描摹农村的风土人情,而且能刻画出农民在市场经济时代的生存轨迹和精神变迁,并且在宏大的历史背景上展示农村未来的发展态势。

要原创,作品就要提供社会的、心理的、艺术的新经验。创作要有逼人的真实、感人的象征、撼人的美,更要从这逼人、感人、撼人的美中,提供了解当下农村历史、社会、文化、人性可靠的、新颖的认知经验和情感经验,提供聚集在这些题材、这些人物身上的命运冲突、心灵冲突、性格冲突。

要走出过去农村题材作品的陈旧视点、习惯思维,努力发现既在的社会、文化话语之外的新识见、新尝试、新亮点,让人在惊喜和错愕中发现中国农村新的真实。这真实不全是舒服的"痒点",极可能是令人不快的"痛点"。而对时代"痛点"的悲剧性拷问,往往正是历史喜剧性的暗传和引领。现实命运的"痛点"往往正是历史发展的"笑点"。

四、写"三农",要重点写好历史变革时期的"乡土新族"(新农民)和"乡裔城族"(新市民)

这两个族类的出现,尤其是几亿"乡裔城族"的出现,可能是继早期资本主义原始积累,工业侵占土地,农民由土地的奴隶沦为机器的奴隶以来,最为壮观宏大的一次"进城潮",是作家极为难得的历史机遇。前者,即"乡土新族"(新农民)的命运可能更多地表现为历史喜剧;后者,即"乡裔城族"(新市民)的命运则更为复杂,更为坎坷。我想着重谈谈。

他们身上命运的悲剧与历史的喜剧交织,他们为了生存,为了活得更好,自觉,更多的是不自觉地置身于,甚或被裹挟进城市现代化历史进程的大框架中。他们走出了农村,但并不能很快成为城市价值主体,很难在城市化进程中实现自我价值。

一方面,他们在城里干的是清洁工、杂工、小工、小买卖、"女性"

行业，在教育、居住、医疗上都被另眼看待。他们处在都市生活的底层，受到都市人歧视，是既被都市生活利用又被都市生活"边缘化"的"他者"。因而他们中的许多人，特别是第一代，具有马克思说的历史悲剧性，为城市现代化耗尽了生命，却并不被现代化都市接纳。都市现代化的逻辑和他们实现生命价值的逻辑相矛盾，都市现代化实际上可能是以牺牲他们生命价值为代价的。这构成了他们身上的悖论。这是一方面，即现实命运在巨大历史时空穿越中的某种悲剧性。

另一方面，"乡裔城族"的形成，长远地、归根结底地看，又使他们命运的主观追求和现代化大趋势保持了一致的关系。他们进城发展的人生轨迹不能不打上现代化的精神文化烙印，这本身就是一种历史的进步。

他们不仅经历与土地剥离的痛苦，在城乡两种文明的夹击下，精神上也面临痛苦的选择、整合、重建。因为土地融进了世代的血液，这种剥离是生产资料的剥离，也是文化精神的剥离和记忆、感情的剥离，有着多重痛苦。

但是，他们将会在这种整合重建过程中，融接城乡，促进城乡互惠共进，譬如在道德上能以淳厚质朴勤劳济补城市，在经济上、观念上又能以科学意识、商品意识和初步的市场实践经验来济补乡村。他们双向平衡着城乡，也双向营养着城乡，不但在经济上，而且在文明上为城乡建设做贡献，为城乡新人的破茧而出做贡献。这样，他们的命运在悲剧的深处现出了一种历史喜剧的光彩。这二者都会内化为各种个别性的性格、命运、心理。

从"传统农民的终结"到"乡土新族""乡裔城族"的出现，再到"新市民"的诞生，这是未来几年、十几年、几十年中国社会最有意义的现象之一。一段历史的"最后"现象其实就是另一段历史的"最初"现象。最近三年，我都参与了西安青少年宫组织的"小小新市民春节联欢会"，农民工的孩子在父母的陪伴下在城里过春节，吃饺子、演节目、交友。春节回乡回家，这是我们民族挥之不去的文化心理和寻根感情。农民工合家在城里过年，逐步在城里寻找友谊和亲情，营构社会关系，象征着

166

他们把根由乡里移栽到城里，是他们从新农民迈向新市民的关键一步。

我们的创作既要写出这一群体在巨大时空穿越中付出的生命代价和感情、精神代价，吁请社会公平与道德良知，防止在城市化进程中过度牺牲他们的幸福与尊严；又要表现出"乡裔城族"的命运与现阶段大历史大时代走向的相关性。这是历史的进步，人的进步，农村和农民的进步。而且第一代付出的代价，纵向看，会在他们的子女身上得到回报；横向看，又必定会在整个社会的进步中收获馈赠。

我们的创作既要从道德评断的坐标上，对"乡裔城族"的命运施以人道的关怀，特别是精神世界的人本关怀；又不能停留在道德坐标上，而要从历史的坐标上，也是群体命运的坐标上写出，这个都市的"弱族"，其实是历史的"强者"，是历史的先行者。因为他们正在尝试着将新农民和新市民的优秀精神基因做最早的融汇，孕育着城乡结合的新人，和城乡社会发展的新篇章。

这一类的创作要防止只展示苦难，只看到悲剧，要用理想的追求与发展的眼光，去观照和叙述乡村。写乡村历史的曲折和社会的不公，要暗传历史社会在蜕变之前缓慢但清晰的胎动。写农民命运的坎坷多变，要突现人的内心搏斗，和在苦难中对"人生意义"执着的追寻。写各种苦难和冲突，又要浸润人间的温情。写农村的贫瘠落后，还不要忘了展现生活的诗意。

要做到这一切，应该将知识分子那种优越的、俯视的"悲悯情怀"和"底层关怀"，那种站在树梢上却偏要以草根代言人自居的"草根秀"，转化为历史唯物主义的真正的民间立场和民间情怀。相信农民群众能够在新的历史实践中自己解放自己、自己更新自己、自己提升自己，真正表现出农民群众是历史主角的地位。这才能写好历史新阶段的新农民形象和新农村图景。

贾平凹的几部长篇一直在有意识地追踪大时代背景下农民命运和农村社会情绪的发展变化，而且以出入城乡、跨越城乡的大文化视野和笔墨，做了正面的表现。他的过人之处是，力图不使这种表现停留在生活变迁的层面，而着重去开掘大时代变化下，社会情绪和文化心理的轨迹。《浮躁》写改革开放初期改革行为和社会心态的浮躁之气，《高老庄》写农村文人进城后的失落与重返农村追寻的惆怅，《秦腔》写现代都市化、工业化进程中传统农业文明衰败的悲音，《高兴》却又表达了农民终究会在都市站住脚跟，那种艰难中的喜悦……显然，捕捉每一个历史阶段的社会情绪，这是贾平凹更为关注并致力于表现的。由改革开放初期的"浮躁"，到后来的"颓废"，再到"秦腔"苦音慢板式的悲凉，再到"高兴"，实际上是三十年来中国农村改革开放的一部心灵史和情绪史。

周大新的《湖光山色》更写出了农民走向市场经济的历程，以及资本介入农村带来的新机遇和新挑战，也开掘了新的资本和权力的结合如何引发了农村新的社会矛盾和心灵折光的新领域。

选自《不散居文存》，西北大学出版社，2019年

本文系2008年11月27日在长春召开的全国农村题材研讨会上的发言

文学要积极反映市场经济对现代人格的建构

近年来，表现现代市场经济这一新生存环境中人的精神世界的文学作品日渐增多，大都产生了良好的社会影响。仅长篇小说就有《人气》《分享艰难》《大厂》《太阳雪》《银楼》《汽车城》《金辉阴影》《原址》《二十一个半》《绿色的太阳》等几十部，总体水平虽然差强人意，也有不少优秀之作受到广大读者的青睐，构成了当代文学一道新的风景。

在这些作品中，相当多的作家把关注的焦点放在现代市场经济引发的历史理性（经济评价）和人文理性（道德评价）的矛盾上，揭示了市场经济在日益强化对人的物质关怀的同时，淡化、漠视了对人的人文关怀，同时对物欲给予心灵的污染、扭曲，苦恼而又无奈，对市场经济给予现代人格建构的负面影响流露出深深的忧虑。此类作品引起了评论界普遍的兴趣，并围绕经济社会和人文素质在价值取向上的矛盾，伸延出不少有意思的话题。

一种新的经济因素或体制出现后，必然要求精神层面相应的更新，建构相应的人生追求和价值观念，从而和原有的某些人文坐标剥离甚至冲突。同时，在现代市场经济的初始阶段，由于机制不够完善，发育不够成熟，也会引发一些矛盾，比如不按游戏规则运作出现的假冒伪劣、暴利暴富、权钱交易等等社会弊病，引起相应的心理失衡和社会震荡。这些冲突既构成社会转型期最具审美价值和思考深度的景观，也是促动社会转型的一种精神动力。作家对这些问题的关切，其实是对新时代的一种人文责任，对老百姓的一种人文关怀。他们充分发挥了文学的反思和批判功能，在焦虑和忧患中倾注对新生活的挚爱，也显示出作家在历史、人文、审美多维层面上把握、开掘新的社会矛盾、新的命运纠葛和新的心理冲突的能力。其实在这些作品中，不只有对精神滑坡的苦恼和忧虑，更深处，我们听到的是建构新的现代人格的强烈呼唤。无疑，这类作品中的优秀者，是世纪之交文学的重要收获。

但总的看，文学在描绘市场经济时代生活的时候，致力于从正面表现市场经济如何提升民族精神、建构现代人格的作品，很难见到，给人以深刻印象的佳作更是凤毛麟角。评论界就这个问题议论研讨得也很不够，多少有些冷落。

创作方面，以笔者有限的阅读范围，虽然无法提供精确的数据，但下述的间接材料，也多少能说明一些问题：在上海百名评论家评选的20世纪最有影响力的十部文学作品中，没有此类作品；在中国小说学会组织二十多名评论家追踪阅读评议，最近于天津公布的2000年小说排行榜的五部长篇中，也没有此类作品；笔者大致翻阅了近两年的人民大学复印报刊资料《中国现代、当代文学研究》，除了《印象点击》一类的新作短评栏目提到几部，也不见有此类作品专门的、有分量的评论或话题，可以说此类作品基本没有进入文学舆论的视野。比起影视、戏剧等叙事艺术在这个领域卓有成效的耕耘来，这不能不说是当前文学创作的一个缺失。

关于市场经济培育新的人格精神问题，在文学的冷漠中，也时时能听到一些似是而非的看法。比如认为不谈物质关系和它的一个重要表现——性关系，即不谈物欲和性欲，就无法进入90年代文学，这就忽略了新经济体制对人格建构确实存在的积极作用，和它在文学作品中的反映；比如认为市场经济是天然违拗人性、人情和人文关怀的，那是政治家、经济家的事，文学家守住人文理性、人文关怀就行了，看不到人文价值坐标在历史进程中是不断发展更新的，看不到新经济体制一方面在不断生成着新的人文理性，一方面又在将传统人文关怀的内容吸纳、整合到新的人文系统

170

中来。

　　社会主义市场经济从萌生、发育到制度确立的整个进程，对中国这样一个自然经济绵延了几千年的国家，是了不得的大事。它不仅是传统中国走向现代中国、中国走向世界的经济杠杆和制度保证，而且会引发社会政治文化生活在改革中一系列深刻的变化——利益的调整，关系的调整，管理机制和思维方式的调整，等等，都会内化为国民精神、群体心理在冲突中的吐纳、整合、更新，也会在每个家庭的日常生活，每个人的命运、性格、意识、心绪和情感世界，留下抹不掉的印痕。后者对文学有着尤其重要的意义。文学是关注个体生命，关注情感意绪，关注偶然和意外的，不过，这并不意味着作家笔下的个体生命和内心活动可以从人物生存的大环境或者小境遇中孤立或者隔离出来。现代中国人和现代中国一样，都无法躲开市场经济和它在各个领域、各个层面无孔不入的聚光、折光、反光、逆光。所有这一切，甚至它的弊端，都会或多或少包含原有生活领域和精神领域所没有和少有的新信息。有时，越是偶见的性格命运，越是意外的心理感觉，越是个别的生活现象，倒越可能是新生活的某种先兆和症候，有着更为密集的信息量。这样，文学创作关注个体和内心世界、关注特殊性和偶发性的要求，不但不和作家关注市场经济生活和群体心理经验相抵牾，若是从生命个体和人物个性、心理意绪上下功夫掘井，怕是反倒能更快捷更深刻地切入社会肌理和时代脉搏。

　　由于市场经济通行的是物质利益原则、等价交换原则、自由竞争和优胜劣汰原则，总体上给发挥个体潜能、张扬个体生命提供了前所未有的天地，因此它同以集体主义原则为核心的社会主义思想道德体系能否和谐共融，是人们常常争论，而且容易引起误解的一个问题。其实，通观世界文明进步的历史，市场经济不仅把人类社会的生产力从自然经济中解放出来，也大大推动了人类精神文化的变革。像一切先进的体制一样，市场经济从物质和精神两方面提升了人的生活质量，推动着人类的全面进步和人格的全面完善。在几千年中华优秀文化传统和几十年社会主义精神文明陶冶的基础上，市场经济的内在属性和运行机制，已经或正在孕育、催生许多新的思想观念、人文品格和道德价值。它们不断地成为社会主义文明新的生长点，无可阻遏地朝每个人的内心世界渗透，浇铸、锻打着现时代的新人格，为文学提供了崭新的描写对象。

市场经济生活给现代新人格的建构提供的条件和可能性，表现在许多方面，比如——市场经济的公平竞争原则，要求在经济运作和社会实践中反对垄断和不正当竞争，反映到制度和意识层面，则是不承认任何超经济的特权，以民主平等为第一要义。这也便在精神上肯定了每个个体生命的自主性，激励他们自立自强，发展自身，在实践中养成新的现代人文品格，以实现自身的权利。同时，公平竞争中的优胜劣汰，不但促进生产者和经营者树立质量第一、顾客至上、诚实守信、文明服务的职业道德，而且有助于养成全社会尊重人、信赖人的人文素质和文明风尚。尤其是市场赋予每一位顾客自由选择商品的权利，其实是在一次次的选择中演练对自我的确证，个体生命的主体人格和主人意识便在这个过程中得到培植。

市场经济的等价交换原则，也开启着一种思路，那就是要实现自己的利益，必须首先考虑他人（顾客）和社会（市场）的要求。只有你的商品符合社会的需求，受到他人的欢迎，才能出售，才能在市场交换中实现自己的价值。利己与利他，个体与群体，便这样在日常生活的思考方式和行为方式中融为一体。

市场经济是一种开放经济，"商品无祖国"（马克思语），交换无阈限。经济发展的内在要求，天然要冲决地域的阻隔和国家的封闭，促进统一大市场的出现。市场经济的具体实践，以及它所形成的生活氛围和心理磁场，对破除自给自足、内闭内省的小农经济思想，破除血缘、族缘、地缘意识，在全社会育化开放心态和开拓精神，无须说是极为有利的。

市场经济是一种效益经济，"时间就是金钱"，效益来自效率，效率又来自人才素质和科技水平。市场就这样使我们对时间、效率、人才和科学技术的看法由传统进入了现代，也就这样使我们的行为方式、思维方式、感情方式和人生价值追求由传统进入了现代。

市场经济又是一种法治经济。它提倡个体生命的自主、主体潜能的发挥、思想心志的自由，但几乎同时，又将这些自主自由纳入了法治轨道，纳入了各种社会的、群体的游戏规则。个体愈自由，群体法则愈规范，反过来，个体的自由愈有保障，愈能持久。近几年，人们对打假、打非、扫黑和规范股市管理的热切呼唤，不正反映了全社会要求通过法治来保障个人利益、个人权利、个人自由的强烈愿望吗？我们看到，社会的群体规范和个体的心灵自由这对矛盾，这个理论上长期争论不休的悖论，正在实际生活中由对立艰难地走向和谐。一种能够正确而又自如地处理民主与法制、自由与纪律的人文理性，正在实践过程中转化为人格操守和社会风习。法治和德治，于是在生活之河中汇流。

现代市场经济的基础是高度的社会分工和高度的社会组合，生产的社会化，以及流通对阈限的忽略，信息对空间的忽略，使世界步入了一体化进程。个人既为群体所需要又无法离开群体，地域既为社会所需要又无法离开社会。处理自己和市场的关系，很大程度上就是处理自己和人群（顾客）、和社会、和国家的关系。互联网更是将每个个体变成了整个社会和世界的终端，这更为现代人在一种超大格局中重新确认自身、审视自身，调整利与义、欲与灵、个人与历史、个人与世界的关系提供了新的空间和新的高度。"我为大家，大家为我""取之于民，用之于民""爱国、爱乡、爱家、爱人"等传统道德伦理和人文品格，逐步建构起自己现代经济的、现代科学的基座。

当然，塑造市场经济的现代新人格、新形象，在具体的创作实践中，并不那么简单。从当前这一类作品的实际看，有几种情况，不妨提出来供大家思考。当文学探索一个新领域时，这些情况的出现可以说有一定的必然性，它既反映了文学对新时代、新人格的陌生，也反映了市场经济社会本身的不成熟。

第一，塑造现代新人格要避免理念先行。上面谈到的市场经济对人格建构的作用，当然不能作为模式直接套入作品，一定要从鲜活的生活和具体的人物出发，并且一定要将人物的外世界和内世界转化为作家自身的命运烙印和人生体验，转化为作家独有的审美对象。这时候，写时代、写人物和写自我，才能相互渗化，现代新人的形象才会在笔下活起来。如果理念先行，便难免停留在"十七年"文学描写社会主义英雄人物那个平台上，甚至不自觉地采用"高大全"的招数。避免理念先行不是在创作中排斥一切理性的引导和渗透，作家对生活历史的和道德的评价，和他的世界观、价值观以至整个理性思维都是分不开的，只是在作品中，这一切都要融入形象的展现中，自然流露出来。避免理念先行，同时也要防止西方反理性主义思潮对创作的侵袭。

和这个问题相关的是，还要在此类创作中注意过虚、过实两种偏向。那种一味用抽象的哲理议论、玄虚的结构象征来掩饰生活的贫乏和感受的苍白的作品，是不足取的。有的作品脱离国情，照搬西方的一些理念，肢解中国的现代生活和现代人，便更显得不伦不类了。也有的作家从贴近现实的良好愿望出发，热衷于事件化、新闻化的写作，往往会对那些能够引起社会轰动和舆论炒作的题材，做急功近利、与时俱进的追逐反映。这类创作在相当程度上被大众趣味和市场策划牵着鼻子走（这也是一种外在于创作的理念先行），模式化和媚俗就很难避免。对事件过程浅白的、搔首弄姿的实录，常常冲淡对新人形象深层的心灵开掘和艺术展示，视距的消失又使历史意识被遥远地放逐，消弭了与时空的分离，极易成为健忘的叙事。

第二，要强化市场经济现代人格的新质地，着力表现这种新质地的丰富内涵。搏击在市场经济中的新人，除了在新的平台上承袭和扬励了中华民族优秀精神，还具有在根本上不同于以前各个历史时期的优秀者和先进者（我认为，在一定程度上也包括市场经济确立前的社会主义新人形象在内）的新的精神质地。新人格的这种新质地，如前所述，最主要的就是现代市场经济带给他们的主体意识、竞争意识、开放意识、科学意识、效益意识、法治意识以及一体化意识。表现新的现代人格，要集中笔力强化这些精神新质，并将传统优秀精神由社会伦理体系的坐标，调整、更新、整合到社会伦理和经济伦理、科学伦理相交融的意义体系中来。要浓墨重彩描绘新经济如何造就新人格，新人格又如何引领新经济的动态过程，在这种人与环境的互动过程中探寻新的艺术手段和艺术语言。其中要有极为丰富的内涵和色彩斑斓的画面，绝不能像有些作品那样，给现代新人敷上一些表层的青春气息和时尚色调，出入于高级宾馆、红粉群中，用"白领文学"甚至准"消费文学"取代对现代人精神新质的深邃开掘。

第三，要写出市场经济新人格的复杂性。现代市场经济是一个复杂的存在，既有我们上面举出的那些有利于人类精神文明发展的方面，也有自身的缺陷和局限性，对现代人格产生着这样那样的负面影响。市场经济的趋利性极易诱发私欲和物欲的膨胀；商品交换追求最大利润的基本动机，容易诱发拜金主义，这些一旦侵入社会政治生活和精神生活，便会导致腐败。市场时代的新人在极其复杂的环境中成长、搏击，市场和新人自身在初期的不够成熟，以及命运和性格导致的各种弱点，更加剧了这种复杂性。他们一路坎坷，步履艰难，内心充满了苦恼、焦虑、忧患，也会有孤独、畏惧、怨怼，甚至妥协退让犯错误，永远不改的则是对目标的执着。如果在作品中把他们处理成纯一的先进，新人形象就难以真实、鲜活，也难以凝聚市场经济时代各种深层的社会关系和复杂的心理信息，导致肤浅。

市场经济不仅是千百年来中国最有意义的历史事件，也成为现实生活最重要最宏大的存在，现代人最新颖最鲜冽的真实。尽可能发现并表现实践生活进程和精神生活进程中新的因素，发现并表现人格建构和心灵世界中新的因素，着力写出现代人的新人格，给人类精神史、审美史提供新的素材，为社会人格建构提供新的亮点，是历史赋予这一代文学家的任务，也是历史对这一代文学家的青睐。让我们紧紧抓住这个千载难逢的机遇。

2001年4月22日于西安谷斋

原载《粤海风》2001年第4期，收入《雪山书系·握住从容》，陕西人民出版社，2009年

中国当代文学承受的四次冲击

——在河内与越南作家高进黎、范金律对话

2000年岁末,我去印度、越南作文化交流访问。在河内与越南作协书记、小说家高进黎和外联部主任、诗人范金律交谈两国文学状况,互赠书作。这是谈话中的一段。

中国的当代文学在几十年里大体受到过四次冲击,这四次冲击都来自文学之外的力量,却又深深切入文学精神的内里,影响着我们文学发展的轨迹。这四次冲击大致表现出一种历时的线性顺序,有时又会共时地存在着、交织着。

中国的当代文学在这四次冲击中向前发展。它一次次承受冲击,又一次次战胜冲击,坚守着也校正着自己的航向,走向新的海域。

第一次冲击是极左思潮对文学的冲击,"左潮"的冲击。

这是来自政治思潮的冲击。极左思潮蹂躏文学不止"文化大革命"十年,那以前已经阴云密布,以极左为坐标在文学界搞了好几次大批判。(越南朋友:是不是抓胡风,反右派,批"中间人物"论?)是的呀,你们这么熟悉中国的事!

到了"文革",老百姓调侃说,全国只剩下了八个样板戏和全民忠字舞。

中共十一届三中全会和邓小平扭转了这个荒凉局面。[越南朋友:邓老的那个《祝词》,听说和毛老的《讲话》(《在延安文艺座谈会上的讲

话》）一样，震动了文艺界？〕是这样，这两个伟人关于文艺的这两次讲话，都有力挽狂澜的功夫，扭转乾坤的意义。

"文化大革命"以后极左对文学的影响已经不能借助权力推行，但作为一种潜在意识和思想方法，今天也不能说完全消失了。

第二次冲击是西方思潮对文学的冲击，"西潮"的冲击。

这是来自西方的哲学、美学思潮的冲击，也是对"左潮"冲击的一次反弹，一次惩罚。极左思潮使社会封闭、作家封闭，思想和创作的路子越走越窄。改革开放之后（越南朋友：我们叫"革新开放"，向你们学的），睁开眼看世界，除了强烈感受到世界的进步和自己的差距，也为西方那些闻所未闻的、新颖的、独到的、怪诞的，有的又相当深刻的人文思想和理论观点而兴奋。这激活了我们的思考，也缭乱了我们的眼睛。

这时期一大批在"西潮"孕育下的小说诗歌，虽然大多数读者不爱读、读不懂，却成了文坛的时尚和热点。应该说它们促进了文学界的思想解放和艺术更新，是中国文学现代化进程的积极因素，但它们也使文学疏离民族传统，远离读者趣味。在前卫和先锋的旗帜下，文学冷落群众，群众也便报之以冷落。

文学有一度出现了被社会和读者遗弃的危机。（越南朋友：我们也有这样的现象，出现过两次危机，一次是40年代法国现代思潮的影响，一次是六七十年代美国现代艺术的影响。在越南，追随西方思潮常常和殖民地心理交织表现在作品中。）可能正是这种危机感提醒了文学，震撼了文学，使文学反思自身。

老百姓对文学的冷漠，是整个民族的一种态度，一种策励。这种态度帮助文学正确对待"西潮"，吸取其精华而走出它密云压顶的覆盖。在80年代现代主义一度盛行之后，大量出现的、被称为后现代的文学现象，其实是中国文学力图超越"西潮"冲击的一种尝试，一种努力。

第三次冲击是商品大潮对文学的冲击，"商潮"的冲击。

这是来自经济领域的冲击。市场经济引发价值观念和运作方式的变化，把文学推到新的考验面前。

各种娱乐消闲、追星拜金的作品，写黑幕、曝隐私的作品，言情而至色情，通俗而近庸俗的作品，铺天盖地而来。因为这一类书刊大都在夜幕下的地摊上售卖，我们那里叫"地摊文学"。

（越南朋友笑了：河内的地摊上也有很多中国的"地摊文学"。刘晓庆打官司、巩俐的婚姻爱情——张艺谋好像是西安的？一本写中国"文化大革命"内幕的书，我们这座楼里轮流着看。越南的青年人都看过《还珠格格》。）

"地摊文学"对中国文学的冲击挤压很厉害。"地摊"作者群或者叫"写手""码字儿的"，已经是一个庞大而又自信的家族。不少作家也参与其中，更多的作家则程度不同地按市场经济时代新的审美取向调整自己的创作，从写什么到怎样写，一直到怎样出版发行、怎样宣传炒作，都发生了变化。

在这次冲击中，一方面政府大力提倡和扶持高雅艺术和严肃文学，尽可能保持其主体地位，另一方面，也是更主要的，一大批具有人文责任、审美理想和艺术追求的作家，仍然坚定地守望着文学的圣殿，不断拿出有分量的作品。这使处在"商潮"冲击中的文学基本保持了自己的质地。

第四次冲击是科技大潮对文学的冲击，"科潮"的冲击。

这是来自高新科技领域的冲击，它由文学传播手段的现代化、科技化，引发了写作方式、表述方式和文学观念的种种变化。

广播电视在将书面文学转化为现代说话文学方面开了头，但大面积的公众传播常常给创作人以压力，使他们在面向话筒和镜头时不由得露出表演态。

互联网把辐射传播变为定向传播，又传播又封闭，可以随意转换互传对象，又可以和对象隔离。这种"假面舞会"在保持神秘、封存私密的同时，诱发你追索探究的欲望。

网络文学恐怕是最直白、坦诚、率真的文学，最大众化又最私人化的文学，也是最有现代感觉、全球感觉、青春感觉的文学。它同时具有作者和读者双重身份，在对话中随时转换角色。故事不只是在你身边发生，简直就直接发生在你身上，那种亲历性、现场感，那种和读者同时交织在一种命运里的感觉，实在妙极了。

（越南朋友：这里也开始有了网络文学，但上网的人很少，有电脑的家庭太少了，南方多一点，胡志明市很多。中国台湾的"痞子蔡"已经有翻译，我看了，感到结构、节奏、段式、句式、用语、口气，都比书面文学更贴近真实的人生和心理。这会引发文学大变的。）

网络给了文学一片处女地，也提出许多问题。网络文学率真的私语，容易使作者淡漠文学的社会意义和责任意识。人人上网便可随意发表作品，也容易影响创作的精神品位和艺术质量。和互联网文化相关的各种价值转换，会向文学原有的精神坐标发起挑战。这是我国文学正面临的冲击。

在过去的每一次冲击中，中国文学都以辩证唯物主义的态度，排除糟粕、吸纳精华，无论是经验还是教训，都转化为营养和动力，这样，在每次冲击之后，都出现一次发展和进步。我对第四次冲击，也做这样的预测。

（越南朋友：很同意你的预测。越南和中国各方面都很相似，文学也这样。我们步子稍微慢一些，便特别关注你们的情况。今后一定加强联系。这是我们的名片，专门印制了中文，请交换。一定联系啊，用信件、用电话、用Fax、用E-mail……）

2001年1月5日于西安谷斋

选自《云儒文汇·握住从容》，陕西师范大学出版总社，2020年

文艺塑造"中国形象"问题

　　随着中国在世界的影响日益增长，随着国人民族自信心的日益增强，"中国形象"问题日益受到国内外瞩目。文艺创作对表现、塑造、传播"中国形象"负有重大责任，文艺家对表现、塑造、传播"中国形象"也愈来愈具有激情和自觉性。莫言荣获诺贝尔文学奖和近年来我国各文艺门类在世界的广泛传播、交流所引发的巨大反响，更将对这个问题的思考迫切地提到我们面前。

一

　　文艺塑造"中国形象"，首要的好像是题材问题，但又远不止题材问题。像美术界全面策划的中国重大历史题材系列创作这一宏大的工程，是文艺表现"中国形象"一次空前自觉的行动。不少地方也策划、组织了类似的书画活动。但最后决定质量和效果的是创作、是作品，而不是题材和策划。在衡量作品时，首要的尺度是"中国之形"的表现程度，其实更是"中国之象"的表现程度，即体现了中国内在精神的意象、心象、理象乃至灵象、寓象。关仁山的小说《麦河》像贾平凹的《秦腔》一样，写出了乡土文化在中国流失、凋敝的当下景象，却没有沉湎于挽歌的哀怨，而是从新农村土地流转的试验中，将一段历史的终结转换为另一段历史的开端，应该说更准确地写出了当下乡村中国的形象，对中国当下农村的变迁有着更内在的把握。

我们把国内外通过文艺渠道了解今日之中国的欲求、审美把握，凝练为"三贴近"——贴近生活、贴近时代、贴近人民。这样一个倡导性的文化口号，已经日见成效。但是，不少反映了当下生活，却依然显得肤浅、平庸甚至轻浮、粗鄙的作品告诉我们，"三贴近"只是表现"中国形象"的一个正确的方向，一个必经的入口。深入"中国形象"的内里，是一个更为艰深的艺术课题，它需要对丰厚生活资源的长期积累、系统整合，需要对丰厚生活资源睿智的深度开掘、精致的艺术升华。

二

文艺塑造"中国形象"，重点当然是聚焦现代中国人的日常生活、社会走向和文化样态，尤其要聚焦新事物、新人格和新的文明形态。不过，如若我们的目光和笔触不能深入中国几千年的文化进程中去开掘、解读当下生活、当下人格，便会显出一种浮萍般的浅薄来。

中国传统文化是谈"中国形象"绕不过去的话题，它是中国当下生活之源、当代人格之基。它的独特，它的优秀，它与同时代人类文明的隔空呼应和异向同步，甚至于它的弊病，都无不遗落在今天中国人的血脉里。从某种意义上讲，今天的"中国形象"是从昨天脱胎出来的，它储存着世代中国人如何一步步承袭、变革、兴替昨天"中国形象"的文化编年史、心灵编年史、感情编年史。

《大秦帝国》的作者、陕西人孙皓晖在他的学术著作《中国原生文明启示录》中，将中国五千年的文明史划为两大阶段，前三千年是原生文明期，是中华文明活跃的生成、定型的阶段。后两千年是积淀成熟期，中华文明在历史长河中不息地涌动发展。他对春秋战国时期百家争鸣的思想体系进行了分类，即以法、兵、墨三家为轴心的创造型体系，构成中华民族"求变图存"的基础；以儒、道两家为轴心的守成型价值体系，是社会前进的制动器；以道家、荀子、名家为轴心的哲学思想，是中华文明的哲学阵地；以农、育、医、水、工各家为轴心的实业思想体系，是中国社会的生存价值体系。这个分析显示出，中国文化形象自古以来是多色彩、多动态的，它的丰富性匡正了仅以儒、道互补作为中华古典文化基本结构的固有印象。这种多源流的丰沛性，为今天"中国形象"、中国文化精神的多维发展奠定了基础，输送了复合性的养分。

从政治制度层面看，尧、舜、禹时代在世界首创了禅让制，在社会民意认可的基础上选贤。中国早期国家经历了部落大联盟（五帝）、邦联（夏、商、周）、文明涌动（春秋）、文明裂变（战国）等各种形态，最终跨越到秦帝国统一文明的新的国家形态上来。这不也为从根性文化上解读中国当代社会发展和制度变革，提供了历史参照坐标吗？

当然，我们表现文化传统对"中国形象"的根性影响，同时也要审视传统中国人格中的劣根性，这正像我们在表现现代文明时，也不能不从现代性内部有可能滋生反人文、反生态的另一面，来审视中国当下的一些社会问题一样。霍布斯、福柯都认为，现代文明的野蛮性不是外在的，而是"心魔"。中国人格中的某些劣根性，也是已经基因化的"心魔"。与这两类"心魔"的搏杀，是人类恒久的战争。

"中国形象"在漫长历史征途的不息的前行中增加着厚重感，中国精神在年深日久的酿造中有了酒的醇香。

三

"中国形象"的内质是中国精神，是中华民族精神，但在创作中凝聚、表现中国精神时，文艺家的眼界和胸襟又不能局限于民族和地域，要从人类格局和生命坐标上来开掘"中国形象"的内涵。我们固然不赞同笼统抽象地谈什么"普世价值"，作家艺术家心中却也不能没有普世的即人类的、天下的格局和情怀。我们要塑造的"中国形象"，是交流、开放中形成的人类形象的一个板块。体现并不断融汇人类优秀的文明成果、优秀的精神品质，正是中国精神、"中国形象"的一个重要方面。从这个意义上讲，"中国形象"群，也正是"世界形象"群的一个不可或缺的重要组成部分。

中国古典文化的重要特点之一是具有天圆地方观念，它形成了中国人非常特殊的天下观念，以及在天下观念基础上发展出来的那种世界图像。到了全球化时代的今天，这种天下观念如何转型为世界文明、人类文明的胸襟和思维，至关重要。我们的目标既然已经不再是仅仅停留在一个民族国家的构建，而是建设一个对全球事务有重大影响的文明大国，我们的一言一行、所作所为就必须以人类文明为出发点，在全球话语体系中建立自己对人类文明独特的理解，并且发出自己的强音，用文艺打造自己的形象群。

整个人类所追求的理想境界，其实是被同一个太阳照耀着。只是各个民族、各个地域追寻的道路不同，常常在不同的云层下孜孜前行而已。我们常常容易忘记或者忽视，这不同的云层透射的其实都是同一个太阳的光辉。有时，当我们自信到自负，会产生一种错觉：好像唯有自己的文化云层最为美丽，把"愈是民族的，愈是世界的"这句名言推向极端，以"民族的"替代"世界的"，而排斥包容、开放、交融，将自己闭塞起来。这也许可以称为文化上的狭隘民族主义倾向。有时，当我们失去自信而惶惑，又会产生另一种错觉：自己的文化云层全是晦暗，只有逃离到别人的云层下，或者完全比照别人比如西方的要求来重构自己的、东方的云层，才会有出路。这就是被称为文化上的"东方主义"的那种倾向。

这两种倾向都不利于"中国形象"的塑造，都不足取。我们坚信的是，民族文化中的精华必然是世界的，并且正在不断成为世界文明宝库中的瑰宝；同时，世界文化中的精华又应该尽快、尽早转化成为民族的，融汇到我们的民族文化宝库中来。这个有机交融的过程，三十年来正在大幅加速。

四

说到"中国形象",我们随即想到的可能是人文精神、文化价值、社会生活和承载这些东西的人物、故事。其实，"中国故事"不纯然是社会故事，由于中国人特殊的天人合一自然观，它同时是"天人故事"，是今天所谓的"绿色故事""生态故事"，是中国古典自然观与现代生态观结合的故事和人物。

在英语中，生态学ecology的字头eco，它的希腊文原意为"居所""家园"。这与中国人对生态（自然、天）的理解和感受惊人地一致。中国人心中的天，主要指自然之天，也指宗教之天，义理之天，指那些人类不可违拗、只可顺应的力量和规律。自然之天，是人类此岸的生存家园；宗教之天，是人类彼岸的理想家园；义理之天，则是人类理性的精神家园。故而可以说，中国人对"天"，对"生态家园"这类命题的理解，远较别的民族博大精深。

在中国人心目中，天与人一样，是有生命的。我们有些民族在春节或其他节日中，既给人送礼品，也祭天地，给牛、给树送食品。天、人不但同构，而且同性、同情、同步。欧洲的文艺复兴，以"人本"取代"神本"，在人文主义基础上确立了人的崇高地位，为现代工业社会的出现开了路。但西方人文主义的极化和癌变，又导致了人类中心主义，导致了对自然、生态、环境的蔑视性开发和破坏。而在此之前一两千年，中国人就有了朴素的生文文化、天文文化、地文文化观念，并将其与人文文化融为四位一体的天人合一体系。这种中国式的"四文文化"，将天、地、生（动植物），作为人的对应物、价值物、象征物，融成了一个全维的生命系统。

人与自然相互对应、相互具有价值，也相互寄寓象征，这是中国山水诗、画和美文生成、流行并具有审美创造性之所在。"国破山河在，城春

184

草木深，感时花溅泪，恨别鸟惊心"，杜甫将自然的枯荣、社会的兴亡，与诗人内心的生命苍凉，融汇得简直天衣无缝。"江流天地外，山色有无中"，王维在物中写心，在无我中写我，在自然、社会与生命的审美三重奏中，显示出一种淡泊中的浓冽。而陶渊明的一声"归去来兮，田园将芜，胡不归"的仰天长啸，更是声震古今，让我们这些现代人心旌摇动。陶令感喟的何止是古人，也包括后人，何止是土地田园，也包括心灵田园，是不是都快要荒芜了啊。

绿色的"中国形象"要寻找绿色的中国故事，更要展开绿色的中国生存方式和中国心态，还要探索绿色的文艺表述方式。毛泽东曾经在《沁园春·雪》中以秦皇、汉武、唐宗、宋祖、成吉思汗作为中国历史上的英雄典型推出，风气所及，我们的文学艺术热衷于描绘的也多是成功者、进击者的楷模形象。而构成"中国形象"很重要的另一面，比如老庄气质的人物，比如在节制和退却、忍让中求胜的人物，在无为而无不为中自洽的人物，反向正悟、静观玄览式的人物，以至淡泊者甚至失败者的形象，较为少见，写得成功的更是凤毛麟角。

从艺术上看，对自然风景的描绘和展示，或者以环境作为焦点来表现人表现城乡生活，或者将人与境作为一个完整的生命系统来表现，都值得提倡。这既能显示作家艺术家的绿色生存姿态和审美姿态，又能在作品所表现的拥挤的社会生活中，劈出一道道自然风光的空间，在密不透风的现代社会和斑斓的当代艺术中，营造出一种疏可走马的艺术境界、生命境界。若像柳宗元的山水散文，陶渊明和王维的诗，沈从文的小说，以及泰戈尔、叶赛宁、艾特玛托夫的作品那样，当代文艺中的"中国形象"又会增添多少真趣和绿意。

五

说到这里，又一个问题便应运而生，这就是中国作家艺术家的形象问题。作家艺术家既是"中国形象"的艺术创作者，自身也是"中国形象"的承载者。文艺的社会影响力，决定了他们在"中国形象"中的权重远高于一般人。

作家艺术家选择什么样的题材、人物、故事，怎样构思，如何开掘，用什么笔法表达，都无不与创作者的情怀、胸襟、气度、格调，即与他们的自身形象有关。逼仄的、沉滞的、陈旧的人生和艺术情怀，无法创造出体现"中国形象"的成功作品。如果我们的作家艺术家能够注意在自己内心凝聚人类文明的光彩，凝聚中华文化和中华人格的精华，笔下自会涵蕴出一种宽厚、温柔、博大而又不失深刻的气场。鲁迅以启蒙者的身影在旷野中、天地间孑然独行，发出屈原式追问和思考的形象；莫言坚持大生命视角，以独特的艺术感悟驾驭灵光飞溅语言的写作才情，不都是"中国形象"的一种体现吗？

原载《陕西日报》2012年11月19日，收入《肖云儒自选集·守昧》，陕西人民出版社，2015年

本文系根据作者2012年秋在中国文联第六届"当代文艺论坛"上的发言整理

第二辑

全国格局中的陕西文学

　　陕西的文学创作在全国文学格局中占有不可忽视的位置。我们拉开镜头，从全景上对陕西文学做定位性评述，也许会有利于认清陕西文学创作的优长和弱点。要特意说明的是，我的评述只是个人的印象，只是引起大家就这方面展开议论的一个话头，万不可以当作定评或结论。

　　我想从这几方面来谈自己的印象：

　　第一，从全国格局看，陕西文学无疑是一支劲旅。五六十年代，因为陕西有柳青、杜鹏程、王汶石的小说，柯仲平、玉杲的诗，李若冰、魏钢焰的散文，胡采的评论，西安被誉为"中国文学的重镇"。进入新时期之初，贾平凹、莫伸、路遥的小说首获全国第一届中、短篇小说奖，接着，陈忠实、京夫、王戈、邹志安、毛锜、李凤杰又陆续获得全国小说、诗歌、儿童文学奖，再加上李小巴、峭石、赵熙、任士增、李天芳、王宝成、王吉呈、王蓬、蒋金彦、沙石、徐岳的小说，梅绍静、子页、闻频、晓蕾、刘斌等的诗歌，刘成章、李天芳、和谷、李佩芝、师银笙、郭匡燮的散文，王愚、刘建军、畅广元、陈孝英、李健民、李星、费秉勋等的文学评论，商子雍、秦耕的杂文，郑重、张子良的电影文学，陈正庆、毋致、朱学、曾长安等的戏剧文学，都先后在全国产生影响，成百篇作品获得省级及以上的各种奖励。很自然地，"陕西作家群"的称谓在全国不胫而走，和北京、湖南作家群成为新时期最早出现的三个作家群。陕西的声音，在全国文坛上成为不可忽视的声音。

近三年，全国文学格局有了一些新的调整。在上述三个作家群先声夺人的基础上，先是东北、沪宁和西部作家聚集，接着是黄河中下游各省的晋军、鲁军、豫军纷纷崛起。这样，全国的文学格局从粗略的轮廓看，就形成了一线五圈的格局。一线，指黄河沿岸的陕晋豫鲁文学线；五圈，指京津文学圈、东北文学圈、湖广文学圈、沪宁文学圈、西部文学圈。陕西处在黄河文学线西端、西部文学圈的东支部。实事求是地说，如今它失去了80年代初前三名的优势，只是不应该将这种"失去"视为落后，因为文学的发展和时代的发展一样，已经告别了一家独领风骚，而进入了多元共存共荣的年月。陕西作家群作为全国多元文学格局中的一元，既应为全国文苑的似锦的繁花而欣慰，也应为自己能在这多元的竞争和互补中蕴育新的突破而兴奋。

我们若对陕西作家队伍加以分析，便可以明显地看到一种活力。正如评论界指出的，1985年前后，陕西文学在创作体裁、题材、观念及文学队伍结构方面都出现了转移。许多作家已经完成或开始营构长篇小说，目前已完成并出版的不下十部，其中路遥的《平凡的世界》、贾平凹的《浮躁》获得了相当的好评。评论界认为，它们和全国其他优秀长篇一起，构成了新时期长篇小说创作的第一个高峰。一些作家以现实主义为基底，开始尝试从文化心理的、写意象征的以及更多的艺术视角来反映或感应生活。而在中年一代作家之后，一批更为年轻的创作者，如程海、孙见喜、陈泽顺、杨争光、赵伯涛、刘明琪、叶广芩、李康美、朱玉葆、徐子心、周矢、高建群、白洁、竹子、封筱梅、杨小敏、临青、刁永泉、商子秦等等正如雨后春笋，悄悄地伸展了自己的枝叶。他们虽然还不成熟，但在创作观念和知识结构上都有优势和潜力。

第二，从全国格局看，作为文学创作背景的陕西文化，具有独特色彩，它是中国三种文化的交接地带，构成典型的中国文化的全息切片。秦岭、长城横穿陕西，将陕西分割成南、北、中三部分。关中是我国中原文化发祥地之一，经历数千年，至今仍保留着典型的中原文化特色；陕南在自然地图上属长江水系，在人文地图上应划入蜀楚文化之中；陕北在古代系汉族和其他兄弟民族杂居、同化的地区，带着浓重的由土地文化向草原游牧文化过渡的色彩。"仁者乐山，智者乐水"的审美大类在陕西并存；静态守土为业的土地文化生存观和动态的移畜就草的游牧文化生存观，在陕西渗合。这使得根植于这块多色文化土壤上的陕西文学，生长出多种风格的作家作品。从整体上看，既有中原的凝重浑厚（如《初夏》《哦，小公马》），又有江南的俊逸灵秀（如《小月前本》），还有塞北的强悍雄浑（如《惊心动魄的一幕》《遥远的白房子》）。路遥、陈忠实、贾平凹创作生命的旺盛和在全国共有的影响，可以作为陕西文学三种文学风格丛生现象的例证。它们既丛生，又独立，还交汇。丛生既不影响它们的独立，独立也不影响它们的交汇。贾平凹近年来所追求的秦汉风度，表现出江南秀色和中原浑厚的明显交汇，也许就是一个例子。

像陕西这样能囊括中国主要文化源流的文化地域，全国几乎绝无仅有（淮河流域的江苏、安徽、河南，可以说是中原文化与江南文化两种文化并存地区）。这种特色使陕西文学在全国格局中具有了自己的无可重复性和不可替代的地位。只是陕西文学界自身对这种文化交汇的特色从文化上、审美上把握的自觉性和普遍性还不是很够，因此，目前还只能说陕西文学具有全息中国文学的可能，还不能说已经构成全息了中国文学的现实。也许这叫人略感遗憾，却不也诱发了我们探索的兴味吗？

第三，在新时期文学格局中，陕西文学界是现实主义创作的基地之一，是在文学探索中防止倾斜的一个预应力。在当代文坛以现实主义为基点的文学和具有现代主义倾向的文学这两种趋势中，陕西文学的创作与理论都取一种比较中和的态度。陕西深厚的古代历史文化传统和现代革命文艺传统，使得它既有容受各种外来文化的气魄，又有整合、消化、吸收它们的强大机制。有鉴于此，文学界有人戏称陕西作家群在艺术观念和创作方法上是"正统的解放派"，即现实主义基础上的革新。在许多地区作者热衷于追寻古代文化之根的时候，"陕西作家群则在捕捉生活中的新信息、快速追踪农村中的新变化上见出优势"，陕西作家群笔下的"山区却总是和大山外面的世界——那代表着现代文明的城镇相联系，并且在这大变革的时代里向着现代文明靠近……陕西作家群笔下的农村青年……传统的价值观念正在为富有进取性和时代性的新的价值观念所替代"①。在不少青年作家忙于汲取西方文艺思潮的新信息时，贾平凹等作家却不忘埋头到中国哲学、中国美学中去寻找新矿，寻找中西艺术观在历史上游的交汇，这使当代生活精神和当代艺术观念在他笔下能以地道的中国打扮出现。这种持平、中和，构成全国格局中陕西文学的一个特点。但是，总的看显得略拘谨了些，这也是应该指出的。

第四，与第三点相联系，宏观地看，陕西文学作品中表现出来的最主要的社会价值观念是群体认同的，即对作品所反映的生活、所描写的人物的评价，常常是以社会大多数人的共同标准为标准的。这使得陕西的文学作品和产生它的社会环境大致处于一种比较和谐的状态中，起到了比较好的社会效果。但是，这也在一定程度上减弱了作品思想上的启动力，故而产生振聋发聩作用的不多，引起争论和深究的不多。这是和京、沪、湘等地有些作家个体自足的社会、审美价值观表现出明显不同的。

陕西文学作品在宏观上表现出来的最主要的审美价值观是社会学、伦理学的坐标。我省绝大多数作品都属于社会文学，即从社会学和伦理学角度反映生活的文学。它在读者心中所起的作用，是以认识生活为主，兼顾审美享受。以娱乐读者为主要目的的通俗文学和以艺术试验为主要目的的探索文学，相比之下，还都显得薄弱。这也和全国其他地区出现的通俗文学热和艺术探索热形成了反差。

陕西作家从宏观上表现出来的基本创作心理趋势，是量变中的稳态，动中之静。由于现实主义传统的深厚，发掘、发扬和发展传统的工作常常占据了陕西作家的主要创作精力，而留给求异、求变的探索与尝试相对少

---

① 张志忠：《论当代文学流派》，载《中国社会科学》1985年第5期。

了些。相对的稳与静是有利于创作的，也是创作日趋成熟的一种表征。但人为的或过早的界定自己的追求、个人的风格，静中求稳，则容易误伤或埋没了自己心中未被发现和未能发挥出来的多方面潜力和才能。这未尝不是应该注意的。

以上这些都是从轮廓上说、从主要方面说。事实上，陕西文学创作从思维和心态上看，还存在着更活跃的、动态的一面，如内容上的标新立异，艺术追求上的个体自足，创作心理上的多转移、多探索和以动求静。这特别表现在更为年轻的作者身上，需要我们格外地珍视。

选自《云儒文汇·青灯说词》，陕西师范大学出版总社，2020年

本文系1986年冬在陕西省文学创作会上的发言

论"陕军东征"

一

初夏的5月，在西京骊山脚下，榴花掩映着秦陵唐泉。这时候，我们来到北京参加作家出版社召开的长篇小说《最后一个匈奴》座谈会，住在建国门外空军大雅宝饭店。这里每日供应温泉浴，浓浓的硫黄味儿，叫人恍然又回到了骊山的温泉汤边。就在这个座谈会上，京华一位热情的评论家说，去年下半年以来，陕西几位小说家先后在首都各家出版社推出了他们的长篇小说，像陈忠实的《白鹿原》（人民文学出版社），像贾平凹的《废都》（北京出版社），像高建群的《最后一个匈奴》（作家出版社），听说还有几部。大家便你一句我一句补充，有的说还有京夫的《八里情仇》（中国文联出版公司），还有程海的《热爱生命》（工人出版社）。有的说还应将早半年出版的赵熙的长篇《女儿河》（中国青年出版社），也归入这一类去。这位评论家接着说，这些作品都有较重的分量，引起了读者和评论界的广泛关注，真是一次"陕军东征"呀！在场的记者，以他们敏锐的笔，将此说报道了出去。最先是《光明日报》，接着是《文艺报》，随后便点着了爆竹，很快引燃了陕西各级刊物的连锁性反响，出现了整版的评论、特写和创作体会。去年以来，我先后赴京参加了三个此类谈陕西长篇的研讨会，我感到这的确是一个令人振奋的现象，也是一种不容忽视的现象，给人以深刻启示。上述报道，大大鼓舞了"陕军"们，成了陕西作家协会第四次代表大会上的热门话题。

二

我想对这些作品先作点扫描性的评点。

《白鹿原》是一本大书，沉甸甸的书，一部中国现代的社会生活史、道德文化史和心灵史。我在阅读时，很少像这次这样，被激发起宏阔的又是深度的联想，激发起参与创造和参与议论的热情。和作家自己的创作比，陈忠实以全新的艺术面貌出现在《白鹿原》中。和过去写同一地域生活的作品相比，关中生活以全新的美学形态出现在《白鹿原》中。和过去追求同一创作精神、创作方法的长篇小说相比，现实主义以更新了的实践出现在《白鹿原》中。

从历史观点来看，这部书突破了新中国成立以来长篇小说所反映的现代中国社会似乎只有革命的历史，而革命者又似乎只有政治的斗争生活和与此相关的内心生活这样一个明显的局限，从道德、文化、人性多处着眼、多处落笔，在我们面前展开了一个宏大而细致的全景史。在历史动因的揭示上，深刻开掘社会运动、政治军事斗争的同时，提出对民族精神和文化传统的维护和扬弃、固守和更替，往往是历史演化、社会进步更重要、更强大的杠杆，往往有着更久远的生命力。这样我们便看到，作者对中国现代农民运动乃至国共两党的政治运动，既有明朗的倾向，又有不少新的认识和评断，当然这两方面都是熔铸在艺术形象之中的。我们也就看到，作品写了现代农村生活中，精神领袖和政治领袖、世俗领袖的适度分离，写了中国现代政治斗争和村社政治生活的若即若离。在这白鹿原上，不参政的闲云野鹤式的精神领袖（白嘉轩），和在朝却不能左右村社生活的世俗领袖、民间政治领袖，分立并存，而国家政治局势和村社政治生活虽大体同步又常常错位。作者着力要表现的，是源远流长而又根深蒂固的村社儒教文化，在现代社会生活进程中的作用，是它对现代政治、经济生活致命的影响和无法抗拒的改造，并时时用真善美来制衡倾斜的现代生活。

有鉴于此，这部作品对中国农村社会舞台的历史主角做了新的确认。白嘉轩丰满的艺术形象提出一个命题：世俗儒教领袖、村社道德文明成熟的代表人物，是中国历史的重要角色。他们与他们所代表的文明，以极为强大的力量统摄了中国社会各方面的斗争、和谐着各方面的关系，稳定着浮躁的现代社会，力图维持现存社会缓慢而又匀和的演进。说真格的，就个人有限的阅读范围来说，我是首次看到如此成熟的凝结为艺术形象的中国村社文明，首次看到如此成熟的中国传统农民形象系列。只是，无论作者如何陶醉于这些形象，却也无奈地写出了这种文明解体的先兆。小说当然是一曲中国村社文明的赞歌，却也无疑是挽歌。它呈示出的历史趋势，是中国古典农业社会的终结，是中国古典农民的终结。他塑造了最后一个好族长，最后一个好长工，最后一个好先生——这是中国农业文明最后的光环。这光环当然会亮很长很长的时间，甚至会延续到今天、今后，但它不是朝霞而是夕阳，恐怕是肯定的。作者严峻的历史主义和现实主义精神，作者的大气，尽在其中了。

从形象观上看，作品也显示了新追求。比如由展示人的两态两象（形态、心态，形象、心象）到力图展示人的五态五象（形态、心态、性态、灵态和喻态，形象、心象、性象、灵象和喻象）。这里的性态、性象非指性格，乃指性别意识和性生活状态。艺术形象和生活中的人一样，都应该是形、心、性、灵、喻五态合一的载体。五态合一才是完备的生命，写出五态合一的人物形象，把握好五态之间的动态关系，才能全方位地写出活生生的人物，写出人的全部复杂性、生命的全部神秘感。又比如，在《白鹿原》中，人物关系的设置，不再是社会政治、经济关系简单而又必然的缩影或投影，它也描绘了由于独特性格和独特命运，甚或"缘分"所组合的人物关系。人物命运也不再是社会潮流、历史轨迹起伏的直接而又必然的对应性反映，也体现出各种偶然因素的影响和错位、背弃等复杂情况，等等。

这部书也可能引起一些争议，比如，对国共两党意识形态及其政治斗争的某些评析是否看法一致？某种程度的农本主义、原乡意识和道德至上思想是否存在？争议也谈到了我所感到的几点缺憾：对生活演进中的道德、政治、文化因素发掘充分，相形之下，经济因素对生活演进的作用展示不足；对大的历史事件的展示，不如对农村世俗生活的展示细腻、丰满、有特色；此外，人的生命价值与人的历史价值如何浑然天成地统一，还可以琢磨得更珠圆玉润。

三

贾平凹的《废都》，虽最近才出版，却早已饮誉京华。此书的责任编辑田颖珍说"这是一部奇书——它不能用好或不好的简单标准来衡量"，自有道理，她指出了这部小说的复杂性。

这部书当然是作家心灵的写照，但从写法上说，是一部状态小说，而不是体验小说。作者在创作中心态很是自如，你似乎感觉不到他在对人物性格作"塑造"，对全书各板块、各线条作"结构"，对场景作"布设"，对语言作"雕饰"，一切就那样顺流而下写过来，虽都是可见的生活状态，而生活情态毕现其中：对生活的理性指向和感情倾斜消融于日常生活状态的描绘之中；心理活动并不展开，描绘几无渲染，洗尽铅华，是那种简约素朴的白描。

虽是白描，由于观察得细，感受得细，显得很是精微细腻。有些地方，如在饭后、闲聊之中极写微妙的人际关系和内心感情，那真是妙笔生花。作者下笔，有一种超脱的冷静，冷静到冷峻。并不是没有热情，而是热极而冷，是那种"最热"；并不是没有哀伤，而是哀极而静，便有了现在的无声无泪，很有中国的《世说新语》《聊斋》和海明威结合的味道。

作品显示出一种非史心态，流淌着非主流文化的默流。以平民百姓视角写平民百姓生活。写百姓生活、市井心态，躲开正面展示生活主体和文化主流，着意的是于社会主体之边或之外的闲人生活——四大恶少组成的市井闲人群体和四大文化人组成的文化闲人群体；着意的是展示主文化之外的民谣民俗和市井生活场景，如道、巫、方术，玄的清谈和实的性欲。这似乎是贾平凹小说一贯显示出来的看法：文化的民俗野史，生活的远山野情，较之正史，较之主流生活，几千年来更少地受到中国正统文化的浸润与改造，因而也就更多地保存了人的真性真情和生活的真态。作者似乎想在社会理性认同的正史之外，用百姓的生态与真性展示另一条史的线索，求非史之史、无律之律。

　　废都—废宅—废道（畸变的文化）—废人（畸变的生命），构成贯穿作品的意蕴。这里既有过去时的"都"的辉煌，又有现在时"废"的破缺，全然是一种悲剧气氛。在这个意蕴的背景下，形象、心象、性象、灵象、喻象，作者对主要人物作了全景的展示，与《白鹿原》异曲同工。书中的文化闲人，忙碌其身多余其心，身入闹市的喧嚣，心逸尘世的静观，构成错位和反差，于是让人看到了这群文人那种魏晋名士沉迷于酒与女人的无度生活。庄之蝶在现代生活和名利负累压抑下，失去远山（家乡）给予他的野情（真性），逐渐市民化的过程，是全书的主线。懦弱的个性、随意的心态，无法承受名作家的社会角色所要求于他的庄严感、责任感，他只好在女性身上寻找自信。性欲、性态对他既是一种自我肯定，又是一种自嘲自虐，也渲染着某种不被理解的苦闷和孤独。

　　小说中用两个形象，即承包破烂的老人和会思考的牛，作为主人公生活的两个参照系。承包破烂的老人是社会底层百姓的象征，他以世外之身，通过民谣对小说中展开的生活做社会哲学的评判，是庄之蝶社会生命的参照坐标。牛是庄之蝶的另一个自我，正在销蚀的真生命的自我，它孕育了稀世的牛黄之宝，却因此而熬成一张皮，献出了生命。它是庄之蝶和自然，和真朴的生活、真朴的文化相通的最后渠道，也是自然生命对庄之蝶日渐远去的呼唤。它也以世外之身，对小说中展开的生活做自然哲学的评判，构成主人公自然生命的参照坐标。

在中国现代小说中，《废都》为中国式人文心态找到了中国式的表达方式。中国小说在五四之后的二三十年代，主体艺术思维转变为西方现代小说的写法，那是一个进步。到了三四十年代，在一个新的思想（马列主义、毛泽东思想）和新的社会实践（新民主主义革命）的基础上，现代小说在自觉的民族化、群众化中面目一新，这又是一个进步。近年来，在西方小说的各种文体试验不被中国读者普遍接受之后，有的作家汲取其中的长处，开始回忆中国民族小说的源流，用中国的方式反映现代生活和心态。《废都》可以视为这种探索的集大成者。它与五四以来的小说艺术思维大幅度拉开距离，使现代思潮、现代生活直接与中国古典小说美学接轨。它让我们看到了从魏晋志人小说、《世说新语》到唐代市人小说、明代世情小说和明末清初谴责小说的这一传统，较完整较和谐的恢复与发展，使古老的艺术思维和艺术形式、艺术语言获得了现代生命，意义不可低估。

我以为《废都》可能在以下几点上引起争议。一是建立在现代物质文明和精神文明基础上的现代城市意识、城市文化，如何和自然经济基础上的传统市民意识和市井文化相区别？二者既有联系又绝对不是一回事，如何处理好其间的关系？二是作品的妇女观。书中的女性无一不姣好，也无一不缺乏自主自立精神，加之性生活的描写又无一不是从男性的角度来描绘的，女性作为独立的生命主体和精神主体是否得到了真切的展现？三是性生活描写的适度问题。是否过实过滥，是否会产生负面的效果？议论议论是好事，有利于对作品的理解，有利于作者今后的创作，也有利于读者和作者的沟通。

四

《最后一个匈奴》是一部立意深刻，写法别致，自成一格的作品。历史与传奇在小说中暗自沟通、相予全息，作品力图以史诗的视野和文笔叙述这块土地上具有神秘色彩的传奇故事，将细致入微的形象、细节、场景和大历史文化背景熔接。而传奇的神秘感，这种神秘感造成的模糊性，又营造了宏阔的气度，揭示了潜藏于历史深处的生命跃动，让读者能从字里行间感觉到作家的从容不迫。这种从容不迫和这块土地承受的历史苍凉相渗合，汇为一股高悬于动荡年代之上的钟磬之音。

环绕革命历史碑载性重大事件，展开政治斗争和社会生活的画卷，是革命历史题材常见的写法。高建群没有摒弃这个视角，却更致力于对这一段历史生活作文化人类学的开掘，故而他的视线由导引历史活动的领袖人物身上，更多地转移到参与历史活动的老百姓身上，由关注社会的"分子"更多地关注社会的"分母"——我们看到，小说致力于从大量平凡百姓的生存状态中去探寻一场革命的缘由。由主要关注照耀着历史事件的政党形态意识，转而更多地关注社区人的集体无意识，即种种保存于民间的获得性的社会文化遗传——我们看到，小说丰富地展示了陕北社区的生存意识，呈示出沉滞的地表下，那雄强抗争的精魄。他甚至还同时关注到先天的非获得性遗传，从陕北特有的民族沿革和血统基因中去追求一种骚动的生命原力。这几方面的熔铸，便是"陕北人"，一个文化人种艺术生命的诞生。揭开第一页，你读到的"楔子"一章，可以视为这一思考的艺术宣言。它以强大的思想启动力和形象感染力震撼了我。

接下来的上下两卷，作家展现了遗落在黄土地上最后一代匈奴——陕北人命运的坎坷和精神的复杂。这种复杂性，打个比方，无妨说是陕北人心中"匈"与"奴"两面的多重组合。"匈"者，生态环境和历史传统乃至血统带来的雄强逼人、坚韧卓绝；"奴"者，被千百年缺氧缺钙的村社文化所窒息、软化而形成的狭隘和荏弱。你从小说中可以看到这种精神多重组合所造成的悲壮和悲切，而不由得赞叹或哀叹。

此书也存在一些不足，最主要的一点，是作者"最后一个匈奴"的立意，在落实到艺术形象，特别是主要人物身上时，还不够深刻圆到，似乎有点"匈"性不足而"奴"性有余。当然也可以像现在这样来设置主人公的性格命运，那就需要着力去表现他们身上的原始生命力和社会革命性与各种文化限制之间激烈碰撞，而最终被窒息、软化的悲剧性的精神历程。现在这方面稍稍显得粗疏。

五

京夫的《八里情仇》是一部将人性人情放在一个动荡年代去熔冶锻炼的长篇，是一部反映了具有浓郁政治色彩的生活，却又力图以恒久的人性人情来超越和涵盖这段生活的长篇。这部长篇的新异之处在于，它着力反映的是特定时期社会斗争人生的、命运的原因，和这段生活在人情人性宇空中的弥散和回鸣。它的上部在写"文化大革命"时，依托的固然有宏观的政治坐标和宏观的历史坐标，但也许更有创新意味的是，它以人民大众的人情美和人性美作为主要的坐标来作审美判断，这样便能避开反映这一历史阶段的许多难点，将其放到人类和历史的共同坐标上来审视，既写出这一段生活的特异性，又具有审美的普遍性和逻辑性。下部写的是新的历史时期的生活，却并没有像许多作品那样去正面展开人物在这个时期新的实践活动，而仍然着力于表现命运埋下的种子和人性人情的分野如何地散落在两代人的生活和情感世界中，激起种种悲欢哀乐。

《八里情仇》有着编织得很精致的离奇的命运故事，可读性强，人生感和命运感强。作者对人生带有悲剧色彩的感受，很少直接议论出来，大都融进了人物命运的回纹形轨迹（这种轨迹甚至给人以宿命的感觉，像一个逃不掉的怪圈），穿插进几个主要人物在具体情境里对人生、命运的慨叹之中。几乎每位主要人物的命运都是悲剧性的。作者无力违背命运和性格的逻辑，恣意去改变他们的悲剧命运，却从中升腾起一种君临一切的圣洁的爱来。他用这种练达世事之后的深爱，在精神和历史的长河中褒扬、肯定了荷花、林生，平衡了他们的苦难；也在精神和历史的长河中宽宥了左青农。宽宥是更深的谴责，是更高的胜利。以柔炽之爱展示生命的力量，这是京夫创作一贯的长处。因此，当我们于满纸辛酸泪中被这圣洁的爱所震撼，你由不得有一种宗教感。苦难的荷花绽开了圣母的微笑，命运加于她的荆冠幻化为读者心中的光环。

《八里情仇》上部略显枝蔓。"文革"斗争一段，在情节和人物叙述的展开上，似可更为节制。总的来看，作品结构匀称自如，在生活和感情的血肉之中，仿若无骨，感觉不到内里结构的嶙峋支架。作者善于将对话、议论、背景的铺叙、故事的展开，很流畅自然地融进叙述语言之中，而很少有未被融尽的沉淀物，结构和叙事的功力可见一斑。

六

《女儿河》一书让你看到了另一种文笔，另一种风情，另一种人生。一个被遗忘而终未被遗忘的地方，一群被遗忘而不甘被遗忘的山民——在秦岭深处这个宁静的山乡，人声鼎沸的80年代的中国和脚步杂沓的80年代的文学，几乎无暇顾及它。天际的惊雷在这里只能听到隐约的回音，时代的裂变却总是飘来各种各样的散落物。生活依稀出现了新的机遇，刚刚步入人生起跑线的几个女孩子感到了它的诱惑，拼力要抓住它。然而山乡的遥远、落后，女性在人生路上的诸多风险，使她们遭遇到常人遇不到的坎坷和折磨，也就熔铸出常人所没有的改变命运的执着。小说以山区的落后强化了变革的艰巨，又以时代终于不忘记落后的山区，来显示变革的深刻。于是我们看到了80年代中国生活的另一番风景。

四个少女的命运是小说的主线。几个重大的生活事件把她们和社会联结起来。在人物不断的追求和失落中，作者渐次织出一幅幅山村、猎乡、林场、小镇、城市的生活画面，以及生活于其中的一个个身份、性格、情操不同的人物。这些人物与生活画面又总和四个少女有着内在的关联。它的结构，叫我们想起一张撒开而又缓缓收拢的网。秦岭山区的秀丽风光氤氲全书，充满生机、充满艰险的大自然和同样充满生机、充满艰辛的人生浑然一体，构成一种耐人寻味的对应。

四个少女的性格，在天然纯真的底色上，发生着各具特色的变化。在人生沉浮和婚爱变故中，张利由沉实初显成熟，葡萄由张扬而至幻灭，翠芹由懦弱渐趋坚强，彩娥因乖巧而获得实惠，反差相当鲜明。也许有人会挑剔性格的单面，无奈它是青春的真实。作者注意表现了青春的纯一和社会的复杂所构成的引人深思的对应。

不可忽视的是黑熊这个形象的设置。他忠厚、勤劳、执着，活得正气，爱得深挚，又能立足于土地去创业，终于在乡政府的支持下，试种黄连成功，为家乡的致富，也为自己的人生，闯开了一条路子。这个形象虽然并不是作者要着力塑造的，但他代表的那条人生之路不动声色地贯穿全书，几个姑娘在兜了几个圈子之后也都先后回到女儿河畔，和黑熊走到了一起。小说以此给山区年轻人的人生追求，铺垫了一层浑厚的底色。

看来，作者认同的是土地和劳作基础上的变革和宽容前提下的褒贬。在小说的特定环境中，这是大体正确的。需要注意的是，要避免过分倾斜于人格评价、过多从人格角度把握当代农村生活的偏向，而忽视历史的（经济的）观照。千百年来建立在村社自然经济基础上的中国农村，尤其是落后的山区，不经历现代商品经济的根本改造，不在经济结构和人文心理上来一个更深刻的变革，是不行的。仅仅用土地观念和道德观念来扶正祛邪是难于治本的。当然不能要求作者这样去写，因为它已经超出了具体作品的题材范围。但它提示我们，在反映当代农村生活时，作家对历史运动把握得越宏阔越根本，具体素材的处理方法才可能越准确越深刻，道德的、人伦的评价，才可能在经过矛盾的辩证运动之后，最终统一到历史的、经济的评价中来。

七

除了上面评述到的长篇小说，眼光再放远一点，放到路遥的《平凡的世界》和贾平凹的《浮躁》出版之后的这三两年中，陕西作家先后出版了近四十部长篇小说，其中像《情恨》、《水葬》、《文化层》、《黄尘》三部曲、《爱河》、《国魂》等都有一定的影响。其实，岂止是文学，在其他艺术部类，这几年在陕西也出了一批具有全国影响的大型作品，其中像歌剧《张骞》，电视剧《半边楼》，电影《黄河谣》《决战之后》《站直啰，别趴下》等等，都是公认的第一流佳作。一个省，在不长的时间里，如此集中地推出了一批水平如此整齐的优秀艺术品，的确是"陕军"群体力量的一次集中的显示。它表明在全国格局中，陕西创作力量作为一个重要方面军存在的无可争议的事实，表明在全国格局中，这支日益壮大的"陕军"的实力和活力。

不过我理解，所谓"陕军东征"，也许主要并不体现为一种成果的"东征"，而体现为一种过程的"东征"。作为成果，"陕军"创作的实绩是全国创作实绩的一部分，是百花园里的一方天地，作品的生活内容和艺术追求主要和特定的社区生活和独有的艺术气质相联系，很难说能对其他地区、其他作家产生一种"东征"的关系。但作为过程，作为在艺术劳动动态过程中体现了种种动势、动律的东西，它恐怕会以它的启示性，对本地和全国的文艺创作产生深刻而久远的影响。

就此而言，我想有以下几点值得重视：

第一，"陕军东征"展示了现实主义艺术固有的实力，更展示了现实主义在和新生活、新思潮的交融中，多向发展的新的潜力和活力。这几部作品总体上说，明显不能划入前几年流行过的前锋小说，也似乎不能划入这几年很时兴的新写实小说，它们是在现实主义精神的大范围内各展新姿的。

这种新姿，有的是对固有现实主义某方面潜力的发掘，更多的是受到现代生活和现代思潮的营养之后，熔铸新艺术成果的结晶。比如《白鹿原》《废都》以开放的、散发的球状思维代替了原有的线性思维，用广角镜头和散点透视来把握生活，使整个作品显示出一种宏阔的全景感和全息感。比如《废都》不再追求局部的哲理感和具体人物场景的典型性，而且通过对市井生活和文化人心态冷静平和的精雕细刻，总体上去涵会史之理、世之理、生命之理，同时又取得了艺术对生活的"高保真"效果。比如《白鹿原》和《最后一个匈奴》某些地方对传奇色彩和神秘感的追求，以及后者在从容的笔墨中透出的浪漫气质和思辨色彩。比如《女儿河》所具有的清秀的散文笔法和随机的散文结构。比如《热爱生命》那迥异于常人的对客观现实生活的感受能力和传达能力等等。

从这些探索和追求，既可以看出固有现实主义表现生活的潜力，如何在一种新的创作主客体关系中得到淋漓尽致的发挥，让你感觉到现实主义艺术在中国正趋于成熟；又可以看出，在新的生活、艺术、欣赏格局中，现实主义的高层次回归和多向度更新，有着何等宽阔的天地，现实主义和其他创作精神、创作方法的融会将会使艺术创作出现多少千变万化的可能性。

"陕军"的这些艺术实践，应该说对现实主义的发展做出了贡献。

第二，从艺术与现实、作家与生活的关系看，这一批作品，程度不同地从过去近距离对既在生活进程的肯定中跳了出来，开始对既在生活拉开距离作历史反思。作品或多或少具有了思辨色彩，作家也或先或后具有了思考者品格。

作品对社会生活的观照，也大致从过去以政治文化和社会文化为主坐标，拓展为民族历史文化、伦理文化、人性文化以及生命奥秘的多坐标。

社会生活在艺术作品中呈现出从未有过的丰满和真切，它们几乎伸手即可摸到，却又是那么难以捉摸。

这些作品追溯各类历史事件和生活现象的根源，依然以社会的、政治的、文化的成因为主，却又渗进了民族的、社区的、血统的多种因素，使我们对历史生活动因有了更为丰富的感知。同时，这些作品在过去主要展示经验的、实践的人，展示社会的、时代的人的基础上，大幅度地拓展到从文化根性上来展示人，拓展到从真性血脉上来展示人。

第三，和上一代作家比，这些作品在处理历史和伦理的关系上，在处理灵与肉的关系上，更为辩证，也更为深刻。那种对贫困和愚昧伦理主义的、人道的认同较少看见了，我们看到的是对物质贫困的挑战和对精神愚昧的突围。原先着重描写政治革命改变人的命运（这是上一阶段的历史任务，也是当时生活的真实），也转而为着重展示人的精神突围、人的精神解放（这是更高层次的历史演进和人性欲求）。有人说《女儿河》实际上是写了四个山区少女物质和精神的突围过程，确有见地。其他几部作品也都在不同程度上展示了突破环境、突破自身的曲折历程。

第四，从陕西文学的内在结构看，多部作品的集群性展示，标志着一种新均衡的出现。从地域布局看，如果说，陕西反映新中国成立以后和平时期生活的当代小说，"文革"前十七年主要集中在关中地区（像柳青的《创业史》和王汶石的《风雪之夜》，都是陕西文学的代表作，也构成当时陕西小说和全国小说的重要标高），那么，"文革"后的十五年，陕西当代小说的力作则是陕北、陕南题材（像路遥的《人生》《平凡的世界》，贾平凹的《浮躁》《商州》，堪称这一时期的代表作，构成了这一时期全省和全国小说创作的重要标高）。关中是陕西政治、经济、文化的中心地区，但"文革"后反映陕北、陕南社区生活较成熟的作品，却先于关中出现。从艺术质量和社会影响看，形成了南北夹击的形势，造成了新时期陕西小说创作的某种不均衡。这当然不是什么坏事，只是诱发了浓浓的期待和淡淡的遗憾。《白鹿原》等长篇的联袂出现，使关中社区生活在新时期文学画廊中有了自己成熟的代表作。

从题材布局看，陕西当代小说创作一直比较偏重农村题材和军事题材，工业题材虽然有，如杜鹏程的《在和平的日子里》，总体上到底比较薄弱。全景式的城市文化、城市风情的大型作品几乎是缺门。《废都》在这方面有填补空白的意义。

现在我们终于可以说，在三秦大地南北中三个文化圈，在城市、乡村、工矿各个生活领域，陕西都有了成熟的作品和成熟的作家。

第五，"陕军"的实力和后劲，毫无疑问来源于陕西作家多年来锲而不舍地深入生活和多年来锲而不舍地埋头苦干。陕西小说作者，特别是这次"东征"的几员主将，几乎全是从某一条乡村小路、某一间农舍走出来，从生活的最底层走出来，得到了先进的思想文化、审美观念和艺术技巧的营养之后，再返身审视自己和自己的家乡，来从事创作的。其间，他们都几度去基层长期挂职蹲点，或在社会信息的密集点上八方游弋。他们虽然由农裔而城籍，却永远离土不离乡。沉淀了亿万斯年的黄土地的分量，使他们有了分量。

在各种新潮万花筒般转将过来时，他们冷静地理解、汲取，而不去附庸风雅、哗众取宠。在许多人相聚于宾馆，旅游于胜地"玩文学"、"侃文学"、炒知名度时，陕西作家有那么点落落寡合。他们在乡间、矿区、密林或沙漠的深处，紧张地默默劳作。当文坛又有人热衷下海经商，他们则依然固守清贫，登山不懈。他们有的为此倒下，有的万分拮据，也只是固执地不改初衷。

我们在这里称赞的不只是一种高水平高强度艺术劳动应有的、必然会有的从业精神，更是在精神市场的喧闹造成的迷乱中重新强调一个人所周知的老话题，"从生活到艺术"的话题，这是文学创作最重要的内在规律。"陕军"的实际成果又一次验证了这个规律的科学性。这方面，自信的"陕军"应该继续自信下去。

八

有人说，《白鹿原》《废都》等长篇小说的问世，或者再加上《平凡的世界》和《浮躁》，使新时期陕西文学有了和世界对话的基础。此话不无道理。所谓和世界对话，首先是作品可能产生世界性影响，还有就是作品的生活、心理和哲理内容，能给世界文化提供新的东西，并引起世界既在文化与其交流的兴趣，从而得到某种认同。

从这个意义上说，陕西文学在延安时期已经开始和世界对话。那次对话，一方面是马克思主义和俄苏文化在革命根据地的传播，并和那里的社会实践、艺术实践相结合；一方面是国统区进步文艺工作者和广大投奔根据地的青年知识分子从上海、北京、广州等大城市，乃至海外，挟带进大量世界文化因子，对根据地的思想、文化、文艺产生程度不同的影响。与此同时，根据地革命的人民文艺，以其崭新的艺术形式和风格，给旧中国的社会生活吹进一股清新的风。赵树理、丁玲、欧阳山等反映根据地生活的小说，柯仲平、田间等的诗歌，冼星海的《黄河大合唱》和鲁艺的《白毛女》，先后产生了世界影响，让海外华侨和国际社会对中国解放区有了初步的了解，成为东方社会主义运动——中国新民主主义运动最早的一批艺术结晶。从总体上看，这次对话，主要以政治运动和社会改造坐标上人的觉醒为内容。在二战期间和战后的世界，在世界两大意识形态体系凝结为两大阵营的政治实体，在民族独立和民族解放运动蓬勃兴起的国际大环境下，这个内容不能不成为世界性话题。

我们现在面临的陕西文学和世界的对话，从上面的评述可以看出，内容已经有所变化，开始进入以民族文化、社会心理和人性本相为主要内容的层次。民族的、社区的问题，在更宽阔和更深刻的层次上，和人类的、人性的共同问题接轨——这本身就在相当程度上反映了当今世界精神潮流的走向。

也正是从和世界对话的意义上，我们应该看到问题的另一面，这便是"隔离机制"和"积淀机制"在"陕军东征"现象中不容忽视的作用。这次联袂产生的几部长篇，当然都涉及当前最新的生活现实，也融会了各种最新的写法，但总的看，它们都还不是正面去展开中国最新的生活图卷——比如向市场经济转变过程中的社会和人生，也不是以各种前锋的写作方法为主的。它们的成功，更多地得力于用一种已经成熟了的艺术方法去写一种已经成熟了的生活形态。生活现实和艺术方法本身的成熟，深深地沉淀到作品中，构成一种和谐、淳厚的成熟之美，但富有个性成熟，常常不是开放交汇的产物，而是隔离发展的结果。一种生活方式，一种文化方式总是在相对开放的、动态的结构中诞生、更新，而最后在相对封闭、相对静态的结构中形成个性、走向成熟。从这个意义上来说，沉淀和隔离机制与开放、交汇机制都有利于事物发展。上述作品，无论是写已废之都，写亘古之源，写山外之山的小村，还是写北方之北的黄土地，都主要是在向世人展示一种因隔离而形成的，因积淀而厚实的民族社区生活和民族社区文化（固然也展示了对这种文化重围的突破和新文化对这种文化外壳的冲撞，展示了这种冲撞和突破的艰难和漫长），从而得以较为完整地向世界展示现时代愈来愈难看到的极其珍贵的传统文化和"昨日心态"，极其珍贵的社区切片和艺术个案。这是它们重要的成功之处和成功之因。

只是一体化的世界市场终究要催生一体化的世界文化，任何民族的、地域的、意识形态的隔离终究要被人类的相互理解和地球村更通畅的往来所替代。历史生活的这种大势，呼唤着更新的文化，更新的人，呼唤着更新的手法更新的语言在作品中诞生。这样，我们便不能不苛刻一点说，陕西文学的步子在稳健中不是不可以迈得更大。在思想艺术各方面，特别是在作家人文品格的形成上，开放的气度、变革的深度、吸纳的幅度，目前都还显得不足。达到成熟也不能固守成熟。成熟一旦形成，便会成为一种定式，一种传统，背弃它要冒很大风险，甚至会因此而出现徘徊、困惑，经受稚嫩造成的损失，出现创作的下旋弧。但是，这难以避免的下旋弧，终归会演化为登上新境界的后坐力。——自然，这一切，我们都是从总体走向来谈的。

在"陕军东征"被舆论炒热时，"陕军"自身的冷静显出了从未有过的重要，我想我有责任提到这一点。

1993年7月11—20日

原载《人文杂志》1993年第5期，收入《不散居文存》，西北大学出版社，2019年

柳青和新时期文学

研究柳青同志的生活和创作道路以及他的代表作《创业史》，对新时期的文学，特别是农村题材创作，有很多启发。这里先谈三点。

努力培养、提高作家的生活能力

生活对创作的决定性作用，已是人人皆知的了。但是不是一切愿意深入生活的创作者都可以唾手而得呢？不见得。这里有一个方法问题，能力问题。作家的能力或才能，以前从艺术上谈得较多，思想的能力或才能也谈过一些，这是对的。其实，作家的才能，不能只指他的艺术才能或思想才能。生活的才能，生活的能力，也是作家才能的一个重要内容。当我们评判一位作家才能的高低、能力的大小，应该从艺术能力、思想能力和生活能力这三方面去考察，不能偏废。在当前，加强作家的修养，需要从艺术和思想上充实、提高自己，而培养、提高自己的生活能力，恐怕显得更为重要。一个作家，没有或缺乏生活能力，在生活中不能很快和群众打成一片，不能很快进入生活旋涡的中心，不能很快进入人物的内心世界，思想能力和艺术能力就无所依托，或无从发挥。巴金的艺术才能是世所公认的，前不久他却谈到，新中国成立后，虽然他也尽力去朝鲜战场和建设工地生活，设法与工农兵群众接触，但对他们的熟悉了解，总不如对自己原来熟悉的知识分子群来得快，来得深，这恐怕是他新中国成立后没有写出有分量的作品的一个重要原因。也就是说，当在这一部分群众中的生活能力比较差，而要写这方面的题材时，作家的艺术才能、思想才能便或多或少受到了束缚。

柳青同志的艺术能力、思想能力都很强，无须在此赘言。柳青在农村，在农民群众中罕见的生活能力，尤其值得我们重视。

柳青在实践中，实现了马克思所谈的"人不仅通过思维，而且也用一切感觉在对象世界中肯定自己"的艺术工作者对象化的理论，实现了毛泽东同志关于文艺工作者改变思想感情与工农打成一片的思想，实现了作家在生活和创作中的两个"对象化"，即在深入生活时将自己对象化为农民群众，在创作时将自己对象化为农民形象。他在生活和创作中能够正确地处理好作家的"第一自我"和"第二自我"的关系，既能深深地进入角色，又能驾驭角色。他要求作品所描写的生活现象尽可能是自己亲眼所见的，人物的内心感情尽可能是自己亲自经验的。对生活目睹身受，才能放心执笔为文。20世纪40年代，他响应毛泽东《在延安文艺座谈会上的讲话》的号召，去农村当乡文书；五六十年代，他离开北京、西安舒适的生活条件，举家迁往皇甫村，在那里工作、写作；70年代，他在修订《创业史》第一部，完成第二部时，以年迈多病之躯，又住到皇甫村去。他说，他感到离开那片土地，不看、不听、不生活在其中，自己的生活积累就无法复活，小说就写不下去。对农村的深厚感情，在生活中的长期实践，使艺术家的柳青具有了非凡的生活能力。

柳青的生活能力，大体表现在这几方面：

第一，对社会生活、农村生活有一种不同常人的、持久不衰的兴趣和热情。对生活、对群众怀有终生的热情，是一个作家极其宝贵的禀赋。柳青在农村生活，感到习惯、自如，视其为赏心乐事，不是紧要的工作，拉都拉不进城。这和有些搞创作的同志把深入生活视为畏途、苦差，形成了鲜明的对照。在生活中，柳青能长期保持新鲜感和求知欲，这是一个作家艺术青春的表现。他广泛地、深入地、执着地、追根究底地询问、了解、调查、熟悉各类生活现象和形形色色的人物（包括白占魁、李翠娥这类生活原型，他都多次登门访问）。据当年和柳青在一起工作、生活过的农村基层干部谈，柳青和群众拉闲话，总是话题如潮涌，气氛很热切，没有三四个钟头是走不了的。有年春节，柳青准备了点心饮食，请几位干部社员整整谈了一天，高兴地说："真过了个好年！"他什么都想知道，什么都翻箱倒柜，刨根问底，要弄个水落石出，直到晚年，也乐此不疲。他像嗜书癖那样，一辈子贪婪地"啃"生活这本书，直到烂熟于胸。我们有些作者对生活也有热情，但那种热情主要是由新鲜感激发出来的，比较肤浅，同时又不善于在实践中通过发现新情况、了解新人物、思考新问题、感受新群众情绪来不断更新这种热情，常常很快便由新鲜到习以为常，到淡漠，甚至厌倦，遇到一些困难和挫折，还会对生活失去信心，产生种种灰色的想法。相形之下，柳青很有可学之处。

第二，不满足于当生活的观察家，首先要当社会主义的实干家；不满足于客观记录生活的变迁，首先要积极参与生活的创造。在生活中，柳青严格按照党的路线方针和社会主义思想道德做工作、待人接物。他把实际工作与艺术创作结合起来，把搞合作化与写合作化结合起来，把在生活中培养典型和在作品中描写典型结合起来，先干再写，边干边写，在生活中认真做好文章，再艺术地表现出来。50年代初期，柳青同志所分管的那个区、乡的农业合作化运动和农业生产，在整个长安县是数一数二的。他对王家斌（梁生宝的原型）、刘远峰（高增福的原型）、董炳汉（冯有万的原型）等人的真切感情，为他们成长所付出的心血，当事者至今铭感至深。不能说，作家只是为了创作才去干革命工作的（柳青写《耕畜饲养管理三字经》和《对陕北土地经营方针的建议》主要就是从革命者的责任感出发的），作家担任一点党的工作，对深刻地理解社会生活、理解人物形象无疑具有决定意义。这是因为，党是我们时代的核心力量，党的工作就是解决、调整、处理当代社会的各种主要矛盾，党的路线、方针、政策必然牵动着每条战线、每个阶层、每个家庭和每个人的利益和情绪。社会主义作家直接参加到生活进程中去，就能使自己比较迅速地进入社会矛盾的旋涡之中，具体感受到各类人物的思想、感情、心理和情绪状态，并且能把自己在生活中的许多体验凝为先进人物的内心世界。柳青所以敢于铺展梁生宝的精神画面，恐怕与此不无关系。对其他各个思想层次的人物，他也能站在党的立场和时代精神的高度来认识和表现，将社会主义的倾向渗透在现实主义的真实描写之中，而不至于出现客观主义、自然主义，甚至"以破碎的心灵描写破碎的生活"等种种不良现象。作家到生活中去，要不要扎下根来，要不要参加实际工作，可以有不同的看法和做法。柳青在生活中的做法，无疑是值得重视的一种。

第三，坚持存在决定意识的原理，长期和农民群众过大体相同的物质生活，共处同一环境中，进行同一实践，让农民群众的生活存在来改变自己的意识，并和农民群众在同一存在中发生精神共鸣。要塑造人物，先塑造自己。塑造自己不靠个人内心的自省和反思，而靠参加群众的生活实践。作家的精神生活当然要比群众更为丰富，但柳青极注意在政治上、精神上和普通农民群众处于完全平等的地位。他削掉"洋楼"剃光头，穿对襟褂子，戴石头眼镜，像农村人那样做饭、吃饭，和干部社员要笑、争论。家里有事（如劝陕北来的兄弟回乡务农），也像普通社员那样，请乡长、支书帮助解决，尽量使自己生活在农家的"规定情景"中，尽量使自己较多地获得农民的"自我感觉"。他确信，只有自己对象化为农民，才能懂得农民、写好农民，只有身临其境才能心感其情。

第四，在生活中，主要力量不花在猎取那些能印证社会本质、说明作者既定主题思想的故事情节，而是尊重生活原型，认真地了解、思考、吃透生活原型，尽量利用生活中可用的东西，所谓"肉要吃尽，骨头要啃尽"，而不轻率地改造、抛弃自己还没有吃透消化的生活素材，去适应、迁就某种时髦思潮或既定观念，把违反生活真实编造的情节填充到事先搭好的主题框架中去。因此，柳青在生活中用主要的精力去挖掘日常生活中真实人物和事件的内涵，理清那些露在表土外的可见事件与埋在土层中的各类社会基本力量冲突的内在联系。他在生活中是一位杰出的社会解剖学家，在典型化过程中，他的主要精力不用在虚构情节上，而用在显示"根系"，显示情节和环境的关系上。在将生活变为艺术的过程中，他搞的是"带土移栽"，而不是"剪枝嫁接"。这是柳青作品以描写普通人、普通事而达到史诗效果的一个重要原因。

柳青同志这种艺术家的生活能力，在老一辈写农村的作家，如赵树理、周立波、孙犁，和中年一代写农村的作家如高晓声、周克芹、刘绍棠身上，都很突出。前者在两个"对象化"上，功夫很深。后者，由于生活道路的坎坷，十几、二十年间完全是以农民的身份（而且是"等外农民"）生活在农村，自然更是"身人""心人"合一了。我国当代两辈作家的生活和创作道路以及走这条道路所取得的艺术成果，证明了毛泽东同志《在延安文艺座谈会上的讲话》所指出的道路是无比正确的，是符合生活艺术规律的，革命作家应该奉为圭臬。

善于发现和描写事物边界处的题材和人物

在文学史上，我们可以看到一个很有趣的现象：比较有分量的作品，特别是史诗性的作品，常常是从两个历史时代或两个生活领域的交界处下笔的，是社会转折时期的精神结晶。

《创业史》则是反映由新民主主义革命向社会主义革命转变时期的代表作。它通过精心结构的矛盾冲突和人物关系，通过对众多形象的成功描写，从整体上深刻地反映了这一时期农村生活的历史动向和农民命运的转变、心灵变化的轨迹。柳青曾明确地说过，《创业史》不写人民公社、"四清"运动、"文化大革命"，只写社会主义制度是如何诞生的，即只写两个历史阶段的转折点、衔接处，只写能行的人失败了，不行的人胜利了这种在历史变革时期人物的易位，只写由于这个转折所引起的人物思想感情的变化。这个转折时期、变化过程写完了，小说的任务就完成了。

《创业史》丰富复杂的生活，正是事物发展边界处两个时代生活交错、叠印、渗透、斗争的表现。梁三老汉、郭振山、郭世富、姚世杰、王二直杠、白占魁等人物形象，正是这种复杂生活的思想性格结晶。梁生宝、高增福等人，则是促成旧事物向新事物转化的主要动力。

为什么历史的转折处，常常开出文学的奇葩？因为在历史发展的衔接点上，生活的旋律中常常有过去和未来的音符在和鸣；转折时期处于急剧运动中的社会矛盾，必然要使整个生活河流加速奔腾，许多潜藏的生活冲突明朗化，社会本质通过日常生活得到多方面的显现；转折时期人与人之间关系和人的自身命运的变化，荣辱毁誉、成败利钝，常常感应着深潜的历史潮流，在人的内心发生深远的影响；人生的况味和历史的经验熔铸一体，在新的生活实践中锻炼了一批新人；波谲云诡的生活、兔起鹘落的矛盾，形成蓬勃的思潮和激情；在对过去精神遗产的重新审理和对新的理想的不断追求中，作家常常能够获得先进思想的指导和美好感情的营养……这一切，都为转折时期酝酿、产生优秀的作家和作品提供了良好的条件。因而生逢历史的转折和时代的变动，对有思想艺术见地的作家来说，是三生有幸的事。他们总是像暴风雨中的海燕，箭一般地飞向生活的浪涛。这是从纵向上看。

从横向上看，柳青善于抓住同一时期各个生活领域和精神光彩交界处的题材、人物来进行描写。描写这种"边缘题材"和"边缘人物"，常能像作物栽培那样发挥"边行优势"，概括多种社会力量的冲突，多种思想感情的叠印，社会容量无疑是更大一些的。梁三老汉是一个交界处的人物。贫农的经济、政治地位，党的启发教育和合作化的优越性，使他趋向社会主义，感到还是姓"共"的亲。但旧社会的精神阴影又像脖子上的瘤子一样，拖得他步履蹒跚，以致要不时讽刺"梁伟人"几句。郭振山也是叠印着两个时代思想精神的人物。他身份是党员，思想却是非党的，职务是全村的代表主任，走的却是自发的路。王二直杠早已坐在新中国的农舍前晒太阳，留着小辫的脑袋却还停留在封建主义的阴影下。素芳走在解放了的村道上，精神上并没有得到解放。徐改霞、梁秀兰站在另一个意义下的交界处：改霞的形象，将蛤蟆滩和城市、社会主义农业合作化和社会主义工业化缀连起来；秀兰的形象则将下堡乡和朝鲜战场贯通起来，使《创业史》有了宏伟博大的背景和史诗气魄。

这对新时期文学创作很有意义。仍拿农村题材来说。新时期农村，由于经济和文化的发展，农业生产条件的改善，群众文化知识水平的提高，交通、通信的便利，思想眼界的开阔，特别是三中全会以来，联合计酬制的实施，多种经营的发展，集市贸易的繁荣和农民群众对物质文化生活的新需求，等等，都使农村和整个社会更紧密地连成一个整体，工农、城乡关系进入了一个新阶段。陈奂生这个形象的"上城"和"转业"，就反映了高晓声对生活这一变化的认识。他说："《陈奂生上城》也不仅是把生活扩展到城市以后的产物，而且也是把生活扩展到城市以后对农民有了进一层认识的产物。""城市和农村，本来千丝万缕联系着的，一旦割裂，你对农村的了解也就深入不下去。生活只有比较着、联系着研究才能步步深入。"也就是说，写历史的转折时期，写几个生活领域的交叉地带，不只是广度问题，也波及深度。不断扩大自己的生活视野，把握各个历史时期和各个生活领域之间的内在联系，从历史来看现实，从整体来看局部，就容易新，也容易深。

要写好转折时期的生活和几种思想交界处的人物，从《创业史》的创作看，要做到：第一，作品的艺术冲突，要准确地反映出转折时期社会矛盾在内容、形式和发展规律上的特征。《创业史》不像有的反映合作化的作品那样，写工作组进驻、阶级敌人破坏、急风暴雨的冲突，而是写两条道路的"和平"竞赛，写梁生宝买稻种、进山割竹子编扫帚，靠合作化的优越性来取胜，就反映了这个时期社会斗争的新特点。第二，作品的艺术天地，要交融在转折时期农村生活纵深的历史背景和广阔的时代画面中展开。《创业史》是通过"题叙"和"结局"这种新颖的结构和改霞、秀兰一类的边缘形象来完成这一任务的。"题叙"从历史的深处叙述了生活的源头，为斗争提供了背景；"结局"显示了生活的去向，在两部之间起到了承前启后的作用。第三，要着重表现转折时期各种现实关系的变化在实际生活和人的精神世界中激起的新的因素。《创业史》中，曾经惊吓得不人不鬼的郭世富现在敢于公然在活跃借贷会上藐视代表主任而谋划自己新房的蓝图了；土改时斗地主那么积极的郭振山，现在却对姚士杰转移粮食不想追问了；梁三老汉在人群中受到孙水嘴的嘲弄了；白占魁由狂热感到空虚了；姚士杰病好了，吐痰像子弹出膛那样有力……这一切，都多么细致、准确、深刻地反映了正式宣布土改结束，历史步入新时期之后，各阶层人物内心状况的微妙变化。作者将精神世界中的这些因素放大给读者看，历史的年轮是那么清晰地印烙在人物身上。

认真探求新人形象在不同历史时期的特征

在中国现代历史上，谈新人，必须谈他们和党的关系。无产阶级及其政党是中国现代社会发展的中坚力量，如果说社会主义新人的特质是他的思想感情中具有社会主义、共产主义的因素，社会主义、共产主义正是党的指导思想和前赴后继为之奋斗的制度。中国共产党的成立和此后几十年的实践活动，使社会主义、共产主义思想在全国范围内得到普及。因此，新人思想感情中的社会主义、共产主义因素，总是在和我们党有关系的实践活动中产生，受党教育的结果。而一个人一旦有了社会主义、共产主义思想，也就不能不在感情上、行动上倾向党、靠拢党，直至在组织上参加党的队伍。我们谈新人形象的特点和他的成长，也就不能不从他和党的关系方面来做考察。

拿农民形象来说，在新中国成立之前，普通农民成长为新人的道路，常常经历一个由自发到自觉的过程。他们在艰难困苦的生活中产生了改变现状的愿望，产生了反抗的意识和行动。但自发反抗的一再失败（如朱老忠大闹柳林镇），促使他们去寻找先进组织的领导。而党领导的农民运动的节节胜利，又使他们在实践中看到了党的力量，党的伟大和正确。这样，自发反抗的农民百川汇海般地聚集到党的旗帜下，就成为那个时代先进农民最典型的道路。正是在深刻地概括旧社会中国农民经历的由自发到自觉的道路上，朱老忠的形象具有巨大典型意义。

　　新中国成立以后，中国共产党成为执政党，马列主义、毛泽东思想成为我们的指导思想，社会主义思想的花朵已经在实践中结出了丰硕的果实，农民群众已经尝到了共产党使他们翻身解放的甜头，他们用不着像旧社会那样在黑暗中摸索着去找党了，也不一定非要在自己亲身经历的失败教训中去感受党的伟大正确了。他们中的先进者，接受了私有制小农经济在他们命运中写下的饥饿史、耻辱史的教训，常常在一开始，就乐意听党的话，在实践中锻炼自己，在党指出的社会主义道路上迅速成长和成熟起来。这是一条直接在马列主义、毛泽东思想，在社会主义思想教育下成长为新人的道路，已经不同于朱老忠的道路了。这便是梁生宝的道路。柳青充分把握了社会主义时期新人成长的这一特点，他指出："小说选择的是以毛泽东思想为指导思想的一次成功的革命，而不是以任何错误思想指导的一次失败的革命。这样，我在组织主要矛盾冲突和我对主人公性格特征进行细节描写时，就必须有意地排除某些同志所特别欣赏的农民在革命斗争中的盲目性，而把这些东西放在次要人物身上和次要情节里头。""梁生宝只不过是一个由新旧社会不同的切身感受而感到党的无比伟大，服服帖帖想听党的话，努力琢磨党的教导，处处想按党的指示办事的农民出身的年轻党员。在这方面，他有时不是达到天真的程度吗？他的这种社会意识特征和他由于受出身的影响和受艰难生活的影响而形成的毫不任性的个性特征相结合，就是我现在所描写的精神面貌。""简单一句话来说，我要把梁生宝描写为党的忠实儿子。我以为这是当代英雄最基本、最有普遍性的性格特征。"[1]在梁生宝所处的50年代初，党的指导思想和党的具体

---

① 柳青：《提出几个问题来讨论》，载《延河》1963年第8期。

政策，以及基层党组织的行动，都比较一致，受错误思潮的干扰不大。因而，像梁生宝那样听党的话，就能较快地成长起来。这是在当时历史条件下新人形象先进性和党性的表现，反映了那个时代的特点。

柳青同志根据时代的发展变迁，捕捉新人在不同历史时期的思想性格特征，加以突出描绘，给我们很大启发。比如说，到了50年代末、60年代初，党的某些具体政策和某些组织出现了这样那样的偏差，特别在十年内乱中，"左"倾路线给我们国家和人民带来了极大的危害，处在这一特定环境下的新人，其先进性和党性的主要表现形式就不同了。新人的社会主义觉悟和党性原则，常常变为能够站在党的正确立场上，和这些非党的思想和现象做坚决斗争。这些新人的品质，主要不是在社会主义的发展与前进，而是在社会主义的坎坷与曲折中表现出来的。这是社会主义新人的一个新的类别。李铜钟和冯晴岚便是这类新人中的佼佼者。他们所以遭到迫害和冤屈，究其根本原因，并不在社会主义本身，而在一些非社会主义的力量和思想（如李铜钟所遇到的小资产阶级狂热和欺上压下的不正之风；冯晴岚所遇到的极左思潮的迷雾），通过社会主义制度的某些缺陷和弊病起了作用。由于这些作品较好地揭示出这类悲剧色彩的社会主义新人所产生的特殊社会条件，尽管他们可能和党的某个具体组织或领导者处在对立的地位，但在本质上、思想精神上，也是和党完全一致的；他们常常和自处的小环境对立，而和时代的大环境一致；和历史的歧路、逆流对立，而和整个历史潮流的发展一致。因此，这类新人实际上是在一种特殊的历史条件下，用特殊的方式，代表社会主义、无产阶级来和鱼目混珠的封建主义、资产阶级、小资产阶级做斗争的，作品对假、恶、丑揭露得越深刻、尖锐，就越令人感到真正的社会主义精神的高扬和假社会主义的溃败。

今天，社会主义经过三中全会伟大的历史转折，进入了全新的历史阶段，从总体上看，社会主义新人的特征又有了发展变化。蒋子龙笔下描写的"开拓者家族"（乔厂长、车篷宽、都望北、曾淮、凤兆丽、解净，等等），可以说是此类新人形象的代表。他们中的老一代，在"文革"中遭遇坎坷，不但不动摇、不消沉，而且能在坚持党的基本原则的基础上，了解新情况，学习新知识，解决新问题，在实践中丰富发展马列主义、毛泽东思想；他们中的小一代，在"文化大革命"中受到各种各样的污染，经过痛苦的思想裂变，能够在和群众的结合中重建信仰，经历了由盲从到动摇再到自觉这样的否定之否定。由这样老少两代组成的新时期社会主义新人的最大特点，就在于不但能在新的实践中自觉坚持马列主义、毛泽东思想，而且能在新的实践中丰富、发展马列主义、毛泽东思想。乔厂长、车篷宽在经济管理体制方面的大胆改革，解净、凤兆丽对青年做好思想政治工作方面的可喜尝试，给我们留下了多么深刻的印象。既不盲从"凡是"，又不虚无、颓丧，而是在新时期的实践中，执着地探索马列主义、毛泽东思想发展的新途，便成为此类新人最根本的特征。

无产阶级新人既具有无产阶级的基本思想品质，又在各自不同的历史时期、具体的典型环境中表现出各自不同的特点。我们在创作中，抓住这些特点，艺术地表现出这些特点，新人的典型意义才能得到充分显示，才能通过一个人概括一个时代。这便是柳青在梁生宝形象塑造中给予我们的启发。

1981年11月于西安西楼

选自《八十年代文艺论》，陕西人民出版社，1991年

给柳青当了一回编辑

——《耕畜饲养管理三字经》发表始末

1962年夏天，我二十二岁，大学毕业分配到《陕西日报》文艺部工作不到一年，曾给陕西作协（那时叫中国作协西安分会）的专业作家柳青、杜鹏程、王汶石、魏钢焰，以及广州的秦牧、上海的吴强、福建的郭风等知名作家去信约稿，不久杜鹏程、秦牧、郭风各寄来一稿，王汶石用毛笔回信说暂无短稿，有即奉上，而柳青杳无回音。

我不死心，便想"打上门去"。那时通信不便，从西安市打电话到柳青所在的长安县算长途电话，且要乡村邮电所去几里外的柳青家中叫人接听，预约困难。于是我干脆骑上自行车，跑了二十多里路，"找上门去"。上神禾塬，下蛤蟆滩，进皇甫村，一位老乡把我引到柳青住的中宫寺，喊门："老叔，有人找！"进得门去，只见穿对襟褂子、踏千层布鞋、平头、蓄髭、晒得黝黑的一位"半老汉"，正在院子里侍弄菜地。那正是柳青。

我自报家门，说明来意，他让座、倒水，沉吟片刻之后，便径直说："云儒呀，好稿子不是'约'得出来的，不是命题作文写得出来的。心里有话说，才有稿子可写。有了合适的稿子我会寄给你们。"尽管柳青的话说得很慢很缓和，斟酌着用词，怕伤了眼前这位刚工作的年轻人，目光却解剖刀般锐利，正像他的中篇小说《狠透铁》中描写的那位老支书的目光，很有一股子"咬透铁锨"的自信和倔强劲儿。

三四个月之后，1962年的初冬，报社的文书登记稿件，在自由来稿中发现了柳青的《耕畜饲养管理三字经》的原稿和亲笔信。一位享誉全国的小说家会写"饲养三字经"这类东西吗？文书要我们确认这是不是那位写《创业史》的大作家柳青。联系远在村里的作者很不方便，我们比对了原稿和《创业史》扉页上印的作者笔迹，又联系柳青在作协的一些老友辨认，确定这就是"那个柳青"。于是，文艺部副主任叶浓将稿子交给我，要我"认真"处理，"从速"编发。

但编辑过程中出了一点小插曲。刚参加工作的我，年轻气盛，有点不知天高地厚，总觉得"三字经"中有几句韵似可推敲，便斗胆在原稿上用红笔改了。叶浓不认同我的做法，一定要我送作者本人过目同意，才能发稿。于是我和另一位年轻编辑张田又结伴跑了一趟皇甫村。

柳青见了我在他原稿上改动的韵，显然不高兴："你是外地人，说的是带南方口音的普通话，我这个韵是老陕话，本地农村好流传，农民好用。"眼镜片后，目光又像解剖刀那样亮起来，让我又一次感受到关中老农"咬透铁锨"的劲儿。我坐在那里好一阵尴尬，只好默默将稿子认认真真重看了一遍，躲着他的目光、放低声音说，"老柳呀，看来稿子改得确实欠妥。我想大约有三个问题，一个是我的口音问题；二是我没有考虑到你在文中有几处转韵，按一韵到底念，当然念不顺。最重要的一点，你主要是从'用'着眼，要在农村实际中有效有用，而我更多是从'读'着眼，过多拘泥于体裁、文字，太书生气了。"他的眼光慢慢柔和起来。

《耕畜饲养管理三字经》的原稿，是秀气的钢笔字写在发灰的糙纸上的。在与原稿一同寄来的给编辑的信里，柳青写道：

编辑同志：

这篇《耕畜饲养管理三字经》是今年4月间，长安县皇甫公社的王培海等同志和胜利大队的王家斌等同志集体讨论，由我执笔编写出来的。经过全公社的社员、饲养员和干部提意见，几经修改，成为现在这个样子。我们起初仅仅是讨论"耕畜饲养管理公约"，讨论到后来形成了写一本"三字经"的想法。我们这样做的目的是，一方面想使它起一个群众公约的作用，另一方面想使人们易于接受，便于记忆，不知道能不能达到这两个目的。现在寄给你们，希望发表出来，请有兴趣的读者同志指正。我们还想编一篇生产队经营管理的"三字经"或"千字文"，因为我没有这种才能，所以一直没动手，希望有这种才能的同志在群众和干部的集体帮助下早日完成这个工作。现在发表的这个东西是抛砖引玉。

敬礼！

柳青

1962.11.28

当时正值三年困难时期，农村草料紧缺，牲畜瘦弱，柳青想用这种通俗的文体，归纳一下喂养牲口的经验，在农村推广，以复壮牲口，提升农村生产力。

今天，透过历史的长镜头重新来读柳青的信和《耕畜饲养管理三字经》，我对柳青作为作家的社会责任感的理解更深了。

在文章中，柳青用的是完全彻底的驻村干部和农业劳作者的身份、感情、思路和口气。柳青为了在作品中写好农村、农民，自觉地创造了、选择了这条作家驻村当农民的路子，自觉地坚持十四年不改初衷。

柳青关注和操心的是农业生产和农民生活中切切实实的问题，表现出了一位老共产党员的理论水准、思想觉悟和务实求真的勇气。这让我联想到柳青后来在《人民日报》发表《建议改变陕北的土地经营方针》（1979年2月1日）一文，从当时实际出发，提出陕北应该尽早休耕粮食、还林还草、多种苹果。他写道："我自信为了人民，绝无私念，更无其他意图，因为我没有完成写作计划以外的任何目的。这个建议的立场、观点和方法，如有错误，愿接受批评。"这就是一位党员作家的担当和勇气！他让我们对文化的社会责任有了更深的理解。作家不但是社会和心灵的书记员，也应该是社会和心灵的建设者。

整个《耕畜饲养管理三字经》的产生过程，体现了柳青虚怀以待群众、真情体恤民瘼的情怀，他不是象牙塔里的作家，而是一位深知农村、农民、农业的文化人，是一位切实工作、注重实效的人。他一再强调，"饲养管理三字经"是经过群众讨论修改，又在实践中传播、检验，最后才形成的，而且表明以后若再搞此类东西，也要从群众中来，到群众中去，一定要对农村生活有实效实绩。这和他作为文艺家在文学和美学上的自信、坚定稍有不同，我们看到的是在群众和实践面前，他的真诚和虚怀若谷。

柳青的来稿于1962年12月22日在《陕西日报》"秦岭"头条发表，很快引发了社会各界的关注。评论家艾克恩读了文章很受触动，他说："可见作家为农民服务的方式和途径并不是狭窄的，而是广阔的，不是单一的，而是多种多样的。"他指出，通过柳青的这种写作，"作家可以加强和群众的联系。作家深入生活，尽可以因人而异，方式多样，但和群众打成一片，结成知心朋友，要求却是共同的。那么，如何打成一片，如何结成知心的朋友？最好的办法就是'共事'"。

1963年2月号《延河》杂志转载了《耕畜饲养管理三字经》，同时配发了中国作协西安分会主席、老一辈评论家胡采的读后感。胡采写道："作家柳青同志在农村，没有浮在生活之外和生活之上，而是深深置身于生活之中，置身于人民群众之中，他以自己的切身行动和人民一道，和革命干部一道，扛生活的担子，扛革命工作的担子。"

1963年8月，中国青年出版社出版了这个"三字经"的单行本，首印三万八千册。殊为难得的是，单行本请到了著名书法大师邓散木先生用毛笔书写文字内容，著名木刻家杨永青先生为之配图。

…………

时间已经过去了近一个甲子，《耕畜饲养管理三字经》的编辑、发表和社会影响，至今历历在目，余音不断。有时候，一段普通的经历，一不小心便这样成了历史，恒久地温馨着也启动着后人。

原载《人民日报》2021年6月2日，原题为《柳青与他的〈三字经〉》

杜鹏程：铸剑为美

1985年夏，陕西作家艺术家代表团参观西北最大的农科城杨陵镇，杜鹏程在西北农学院广场上向几千名大学生演讲，"三十六年前杨陵镇解放，我作为西北野战军军代表来这里接管你们学校，又从这里西进新疆……"博得了全场掌声。应该补充一句的是，他也是在这里结识了农学院附中女学生张文彬，两人一道入疆，成为终生的伴侣。

20世纪60年代，当张文彬由西北大学毕业分到陕西日报社工作，笔者有幸和她共事两年，杜鹏程从此为我的师长和友人。多年的交往，上十次的专访，和为写《杜鹏程评传》所作的十几万字的笔记和几十万字的资料，使我心中的老杜和他笔下的人物一样活起来。

1921年农历三月，杜鹏程出生在陕西韩城苏村，离司马迁墓只有十里。三岁失去父亲，寡母在饥饿的岁月中顽强地将他养育成人，并成为家中三代唯一的识字者。念了一年私塾，为生计去当学徒。他问老板，学徒当完做什么？老板答：满师可以当店员，分股金，干下去也许能当上老板。他厌恶这条路，却悄悄地爱上了书。十三岁，去一家乡村学校半工半读，饭钱之外的微薄工资，可以使母亲免于饥饿。在这里，大量的进步书籍像磁石吸引着他，中共地下党员的教师在他心里放了一把对旧世界愤怒的火。十七岁时，经这位老师的介绍，他揣着寡母仅有的四块钱，在大山和森林里走了七天，去了延安。在延安的十年中，搞过三年多农村实际工作，加深了他对农民的感情和群众语言的掌握。上过延安大学，参加了大

226

生产运动和整风运动，系统地读了一些马列主义和进步作家的书，爱过哲学和史学。在工厂当基层干部，为干部战士写了许多小传，萌发了对文艺的爱好。1945年参加中国共产党，几乎同时，在报刊上发表通讯散文。整个解放战争，他作为随军记者转战陕北，写了不少有影响的战地报道。后来到王震将军领导的二纵队独立旅，不久就扎根在这个旅的十团二营六连——这个连的事迹后来构成了《保卫延安》的主要情节。这时期他写下了二百多万字的生活日记。

在繁忙的战斗生活中，他抓紧做创作的准备。打下一座城镇，见到书就背上走，然后在行军中看一页，撕一页，以减轻背包重量。后来，又认真研究了许多军事著作和西北战场的战斗总结等文件，逐步掌握了战争的全局及其发展过程。这几年，他写了三四十万字的散文、报告、剧本。彭德怀曾批转广播过他写的壶梯山战斗的报道，还有《劳动人民的子弟》等好几个剧本在部队巡回演出。

难以想象的是，这些作品和笔记，有许多都是用一根二寸长的化学铅笔写的。笔者70年代在报社当编辑时，曾经编发过作家的一篇散文，其中谈到，从延安撤退时，他带了一截化学铅笔，还有一个用树枝削的笔杆，一个空墨水瓶和一包紫颜料。行军中，用化学铅笔写笔记。宿营了，便用紫颜色弄一点墨水，将钢笔尖捆在笔杆上，蘸上墨水写稿，写日记。有次被旅政治委员杨秀山看见了，便给供给部批了一个条子："务必给老杜发一支好笔。"后勤上的同志还真行，硬是在战火中给他搞来一支崭新的金星钢笔。团政委见了这么一支好笔，高兴地用它在作家的本子上写了一句祝词："一支笔应当抵得上一支劲旅。"

杜鹏程最早出版的剧本《宿营》，是1948年3月一次大战役之后，趴在老乡锅台上连续二十多个小时写出来的。二军文工团团长田炜坐在农家的磨盘上一口气读完，一跃而起，拿出一盒从敌人手中缴获的纸烟，说："这是留着演戏用的，我放在鼻子下边闻了多少次，舍不得吸一根，现在奖给你，也算是全部稿费！"

1949年入疆后，他担任新华社新疆分社社长，驻扎在帕米尔高原的喀什。这年年底动笔写《保卫延安》，不到一年完成百万字初稿，基本上是长篇报告文学，从1947年3月我军撤离延安一直写到进军帕米尔。后来又花了四年时间大改了九遍，压缩、提炼、突出人物的塑造，注意艺术手法的多样，改稿足足可以装一马车。其间母亲病逝，他赶回家乡奔丧，也背着这部书的原稿。修改期间，得到人民文学出版社社长、中国作家协会副主席冯雪峰的几次热心约谈，爽直、精辟而恳切地指出作品的长处与不足。作品出版后，在国内外引起极大的反响，印数突破百万册，创了当时的纪录。周恩来读后说："我们部队打仗就是这样，彭总这个人也就是这样。"茅盾在第三次全国文代会报告中有专段评价，指出："他的作品中的人物好像是用巨斧砍削出来的，粗犷而雄壮；他把人物放在矛盾的尖端，构成了紧张热烈的气氛，笔力颇为挺拔。"冯雪峰在反复阅读之后，撰写五万字长文《论〈保卫延安〉》，为我国文学中有这样一部作品，兴奋得夜不能眠。他认为在反映人民战争方面，"真正可称得上英雄史诗的，这还是第一部"，"在我们创作上就有一种新纪录的意义；它的显著的创造性，显然有推进我们现实主义创作运动的作用"。

这么一部里程碑式的巨著，由于写了彭德怀，背上了为"右倾机会主义分子"树碑立传的黑锅，从1959年起，停止印行。1963年、1964年又接连收到通知，"立即停售和停止借阅""就地销毁"，有的地方还派了保卫人员"监烧"。作者在"文革"中为此受尽了折磨，早年戴着"八路"和"解放"臂章的地方，换上了"反革命修正主义分子"的白套。直到粉碎"四人帮"之后他才被平反，恢复了原有的地位，重新校订了此书，出了第四版。

1956年，在《保卫延安》获得成功之后，杜鹏程调西安作家协会任专业作家。这以后的十年里，他在铁路第六工程局兼任过工程处副书记、宣传部副部长、工会主席，先后到过黎湛线、宝成线、三门峡、陇海路、成昆路、西韩路工地，还跑了西北一些农村。1957年出版了反映铁路工地生活的中篇小说《在和平的日子里》，后又出版了短篇小说集《年轻的朋友》和《速写集》，都得到了广泛的好评。他的另一部未完成长篇《太平年月》由于写了贺龙，在"文革"中被装入作家档案，作为专案材料，十三年不见天日！杜鹏程曾是中国作家协会理事，陕西文联、陕西作协副主席，并被选为中共十二大代表。

杜鹏程待人平易、谦和，待事恬淡、超脱，但对自己的创作十分严谨。他的老战友、小说家王汶石曾经告诉别人："老杜的文章是改出来的。他总是不厌其烦地改，改一遍，增加一分光彩，改十遍就有十分光彩。《在和平的日子里》初稿只有三四万字，我看过，也平常。但是他拿去改，一遍、两遍、三遍地改，嗨，越改越生色。到最后，发展为十二万字，简直字字发光，叫人惊讶！……一个作品，形成初稿后，在他手里，非得出几身汗才肯拿出去。"

这种严谨的生活和创作态度，使杜鹏程成为当代文坛上长篇、中篇、短篇都取得突破性成就的作家。1991年，杜鹏程病逝后，追悼会上没有放哀乐，播放的是贝多芬的《英雄交响曲》，悲壮昂奋的旋律，将作家终生讴歌的英雄主义精神浸润进大家心灵深处。

长篇小说《保卫延安》在大陆当代文学军事题材创作上具有里程碑的意义。这部反映人民解放战争的史诗性的作品，集中描写了1947年3月至9月延安保卫战的几次重大战役，展现了陕北战场上我军由战略防御转入战略反攻的历史进程，还穿插了陈赓兵团过黄河、刘邓大军挺进大别山的史实，展开了一幅宏伟的历史画卷。作者从战争的最高指挥者彭德怀写到军、师、团、连、排、班的干部、战士，从部队写到人民群众，从前方写到后方，从我方写到对方，塑造了结构宏大的人物谱系。军事统帅彭德怀的成熟凝重、质朴笃诚，连长周大勇的坚韧勇敢，团政委李诚的思想家的光彩与政治工作者的睿智，以及从阶级感情中汲取勇气和力量的猛士王老虎等形象，都写得厚实生动，可以在文学史的人物长廊中占一席地位。彭德怀形象的成功，是文艺作品塑造老一辈政治家、军事家形象最早结出的硕果。而以如此宏大的规模和气派、以纪实的史笔全景式地来写人民战争，《保卫延安》也是第一部。

中篇小说《在和平的日子里》不但比较早地反映了新中国成立初期开展工业建设的生活，成功地塑造了阎兴、刘子青、张松如、梁建等各类建设者的形象，而且开掘到比较深的层次，展开描写了建设时期的新矛盾，如怎样将革命性、科学性结合起来适应新时期需要，怎样克服农民革命者的心理弱点，怎样正确对待知识分子，等等。小说在反映人民内部矛盾方面所做的有益探索，引起了文艺界的广泛讨论，是一部难得的中篇佳作。杜鹏程的短篇小说和散文速写，数量不多，分量不轻，如作家王愿坚说的，是"结结实实的篇章"。

从《保卫延安》看，杜鹏程作品的主要艺术特色是具有豪壮阳刚之美，比如：浓郁的诗意、扣人心弦的激情和精确度很大的历史纪实性描写完美地融合；沉雄的气势、粗犷的笔调、强烈的色彩和所描写的可歌可泣的业绩和精神，以及西北高原风情的交相辉映；精心布局调度，写好大场面；在不同段落侧重于刻画不同人物和通过同一事件刻画不同性格相结合；等等。他的艺术风格随着内容的变化，也在发展，特别是在短篇中，已于豪迈中见出爽朗。而反映和平建设的作品，在"表现创造性和平劳动之诗意的快乐，尚嫌不够，这是美中不足"（茅盾）。

杜鹏程逝世后，夫人张文彬将他在战争年代的日记整理成册，正式出版，定名为《战争日记》，百余万字。三年前榴花结籽、柿树挂红的季节，我们用《英雄交响曲》送别他，我明白文彬大姐在这大悲时刻不用哀乐而选择《英雄交响曲》的用意。

杜鹏程活得英雄，也活得悲怆。杜鹏程倒在悲怆的泪水中，却又在英雄的旋律里站起。杜说，他最喜欢的比喻是每个中国人都知道的一句朴素的话，"黄河是我们的母亲"。他生长在黄河西岸壶口瀑布旁边，和另一位悲剧性的伟人司马迁都是陕西韩城人。他们之间有那么多全息之处，他们和这一方山川土地存在着撕扯不开的血肉的联系。无数诗词歌赋颂扬了

230

瀑布的壮观，却少有人去关注河谷山壁所承受的压力。司马与杜的血管心壁受到的不折不扣就是这样的挤压。于是我们在崇高的侧影中，看到了两个个体生命在屹立中的扭曲。

历史将首先在文学的坐标上，又远不止在文学的坐标上来描述杜鹏程——一位中国革命文学史上较早在长篇、中篇、短篇创作中卓有建树的小说大师；一位用自己的作品含纳了20世纪中段社会生活宏阔而深刻的内容，并创造性地将其浓缩为典型的生活故事、典型的人物命运、典型的社会冲突、典型的时代情绪的社会书记员；一位对自己的时代有着独到而深邃的思考，并且将这种思考弥散、消融到生活形象中去，使生活哲理得到诗意表达的艺术思想者；一位为中国文学的革命现实主义和革命浪漫主义结合上下求索的、矢志不渝的探求者。

和同时代某些作品急功近利、就事论事、配合中心不一样，杜鹏程能从历史规律和社会全局来选择、把握重大题材，并且在全景式的宏观结构中展开；和同时代某些作品习惯于在具体生活背景中开掘题材不一样，杜鹏程总是在历史进程和时代总氛围中来描写、展示、开掘自己的生活故事和人物命运，他的作品总有一个社会和历史的共鸣箱和回音壁；和同时代某些作品虚假的理想主义不一样，杜鹏程敢于充分展现现实的困难与严峻，在粗粝的生活磨石上打磨自己的人物、事件，使之迸出火花；和同时代某些作品简单化地展现人物精神世界不一样，杜鹏程提示了除英雄形象之外的其他众多艺术形象丰富的审美内涵，浇灌以诗和哲理，使之开出多彩多姿的花朵，这特别体现在他以前还没有人写过的一批新形象身上，如彭德怀，如李诚，如张如松老工程师，如历史转折期的落伍者梁建，如战争中的逃兵，等等。

他在自己的全部作品中追求崇高美。杜鹏程作品给予我们的美的感受总是强烈而又强烈，浓郁而又浓郁。那是大写的山川，大写的人格，它既使我惭疚于自己心中的渺小，又唤醒、激发我心中与审美对象相契合的伟力。在他的作品面前，你感到失去了自己，又重新获得了自己。

他的作品，包括他的创作思想，当然有这样那样的局限。但伟人的价值在于潜入自己所处的时代激流去推动时代的发展，而不是轻巧地把自己拔离出来指点江山。事实上，他在作品和生活笔记中，对历史的局限和历史带给具体人的局限，做了那么深的揭示，表露出那么深的忧虑。这是思想家才有的预见性。

杜鹏程作品中充满了崇高感和悲剧感。可以说，《保卫延安》《历史的脚步声》通篇写的是革命的崇高和胜利的悲壮。在这里，历史前进的脚步声伴随英雄牺牲的呼号响彻云天。

《在和平的日子里》的主旨之一则可以说是写历史对心灵的必然要求和这种要求暂时难于实现的矛盾（请注意梁建形象）。在这里，历史前进的脚步声伴随着旧我死亡和新我诞生的苦痛撼人心魂。

作家在这两种悲剧中，致力于描绘"崇高"的实现，一种高境界的生存价值和精神气质的实现。如果说这里有苦难、有悲怆，那是一种大苦难、大悲怆。不是区区个体生存的苦难与忧患，而是民族、国家生存的苦难与忧患。

应该说杜鹏程所描写的这两种悲剧中，尤其是在后一种悲剧中，有着作者全身心的投入，能找到他个人命运和心态浓重的影子，其意识深处与人物有着同样的震颤。但是，我直观地感受到崇高与悲怆在作家自身的交融，则是在和他交往二十多年后。

一次是80年代去常宁宫给他送一个清样。那时的他，颜面肌肉抽搐，手有些颤。他一面在抽搐中控制不住自己五官怪异的表情，一面打着颤改稿，用劳累过度的脑子捕捉更准确的语句、词汇，用不听话的手费劲地捕捉那些笔画。他执拗而顽强地戳动着笔，一笔一画写着、改着，增删三处百十来个字用了一个多小时。当他终于画完最后那个总也无法封口的句号，我心头突然一阵震颤，不，那是一种绞痛，为着这位精神强者过早地被生命所折倒。又一次是他辞世前两个月，我去省医院病房看望他。他正吃晚饭，家属不在跟前，那双打颤的筷子怎么也把菜夹不到嘴里，执拗而顽强地一下一下戳动着。我又是一阵绞痛，为他顽强的心和那不管用的手。

就是在这种身体状态下，近十年里他写了近百篇短文，整理、修订出版

了十来部旧作，还在思谋修改那部在档案里压了多年的长篇《太平年月》。

实在可以言崇高，也实在可以言悲哀！杜鹏程的生命在各种矛盾和悖论中运行。他生活在一个壮丽而又坎坷、美好却又不成熟的时代。这个时代既以理想的明灯照亮它子民们的生命，又以理想的灼热反复炙烤着他们。他忠于那个理想化的事业，而那个目前并未达到理想境界的事业并不总是理解他。他毕生用笔为那个理想的目标奋斗，而那个理想的目标至少在目前还不能完全解开对这一代人的思想枷锁。在历史的舞台上，他和他的同代人特别是其中的思考者，都无不在这个悖论中经历着类似的困窘和悲哀。

作为一个在组织中生活的共产主义者，出于忠诚，出于纪律，杜鹏程对命运的悖论常常隐忍不发，更多的是理解，有时甚至不惜做精神的自战，不惜将自己变为薪炭投进时代的洪炉燃烧。这种理解，这种隐忍，这种自战，表现出一种历史宽容、博大和成熟，却未必被热望历史加速前进的新一代理解和宽容。常有误会，亦闻訾议，又是一重悲哀。

所有这些潜藏在他命运深处的悲剧，无论是英雄理想无法实现的现实的悲剧，还是不能不就范于时代的悲剧，还是成熟不被人群理解的悲剧，根本上都是崇高的精神个体和他所居住的世界不可避免的失调导致的，都是正在趋于成熟而到底还不成熟的现阶段历史构成的。

要着意指出的是，在作家的三重悲剧中，他的精神都在正面的聚光中，或者在侧光、逆光中，得到了闪现。我们经由他作品的悲怆和他命运的苦痛而进入新境界，有了一种深度的满足和喜悦。这满足和喜悦激发的远不是笑，而是对真善美信心的加固，是崇高。也正是在这个意义上，他和他的作品才构成伟大历史的这一伟大段落的有文可据的人证。他将和这一段伟大的历史存在一道存在下去。

1994年于西安谷斋

选自《云儒文汇·相和有声》，陕西师范大学出版总社，2020年，收入本书时有改动

论路遥的意识世界

这个题目有点过于隆重。谈一位作家的意识世界是件非同小可的事，需要相当地进入所论作家的内心，而我连起码的工作也没有做。和路遥相识，屈指算来十七八年了，虽有这样那样的感觉，却一直没有机会就他的内心世界和创作心理方面的问题做专门的交谈，也没有系统、认真地收集有关的资料。我们各自在自己的领域里忙碌着。只有忙碌的人，那些以秒表掐算自己生命的人才会懂得，相互间无端和有端的打扰，影响正在进行的高强度、超负荷的精神劳动，是多么罪过。

领受这篇文章之后，本应该做一些弥补的工作，我又突发奇想：也许不与作家做直接的、目的性很强的接触，亦不失为一种路子？正面接触，虽然可以得到很多珍贵的第一手材料，这些材料却不可避免会带着相当的目的性的投影——便仍然没有做任何交谈。这当然影响了我投身于他的心海去探渊索珠，却也逼迫着我仔细地品味海滩的贝壳和石子，从波纹的斑斓中领受海的气势和色彩。贝壳和石子的斑斓是海的一种语言，是海不经意留给世界的信息。这种不经意，具有不亚于海本身的真实性。

本来应该从路遥的文化哲学意识开始，沿着历史的、伦理的、人生的、审美的意识往下写，因为上面的缘故，现在是倒过来，从我所感觉到的路遥这个人和他的人生意识起头，朝更宏阔的层次写过去。全文仅是一个论纲，分类不那么严密，段落之间的交叉也是有的。感觉强烈的地方多说几句，感觉浅淡的地方，少说或不说。大约难有惊人之笔。

一

在人生的舞台上，路遥是强者。从七岁生身父亲出于贫穷将他送到邻县的另一个村庄另一个家庭开始，命运就用烙铁在他幼小的心灵中烫下了一句灼热的话：人活着，谁也靠不住，只能靠自己。

在中华文化体系中，走儒、道、法三条路都可以成为强者。儒靠礼，以礼得民心；法靠力，以力取天下；道靠无为，以退为进，以柔克刚。他显然不属于最后者，而近乎儒法相生的一类。"一时强弱在于力，千古胜负在于理"，他似乎鱼和熊掌得而兼之，以智慧参与、创造、拼搏构成他人生的主题词。

他已经经历过的人生实践，他不懈追求的人生境界，以及流贯在他作品的题旨和构思、人物性格和人物关系设置中的感情指向和审美判断，使我感觉到了路遥人生意识的大致内容：

人生应该是繁重的、不息的劳作，特别是精神劳作，又特别是创造性的精神劳作。"只要没有倒下，就应该继续出发"，朝着他的工作间，个体精神劳动的作坊，出发。人有肉体生命循环和精神生命循环两个相交织的生命系统。后者才是人生的真正标志、真正意义。"我思故我在"，物质劳动给精神劳动提供了力源和条件，这条件不仅是物质的，也同时是精神的（如体力劳动所养成的勤奋、刻苦等等品格）；物质劳动除了产生物质成果，也常常通过对这种劳动的感觉、思考开出精神的花朵，激活精神生命的创造力。只是在这个意义上，肉体生命和物质劳动对他才具有真正生命的意义。超负荷的精神劳动常常使他像农夫、像旅人一样疲乏、困苦。也是在这个意义上，苦难才是一种生命的有机构成，才会使他感受到一种生命的充实和欢乐。

人在超强度的劳作中，得到各种超容量的人生感受、人生内容和社会信息，也就得到了超长度的生命。人生因此而充实，精神因此而长寿。

路遥像珍爱生命一样珍爱创造性的精神劳动，像崇拜宗教一样崇拜精神劳动。当他拼命地写着思考着，他是在拼命地生活。

人生是不止息的搏斗，这搏斗是智慧的，有时又是残酷的，像他最喜欢的高水平的足球赛，在搏斗中实现生命，激活生命。

在一切人生搏斗中，最艰苦、最深刻的搏斗，是和自己斗争，最悲壮最瑰丽的搏斗在自己的心灵中展开：人生标杆和弹跳力的搏斗，意志和软弱的搏斗，尊严与屈辱的搏斗，进取的热情与苟活的惰性的搏斗，等等。人格理想和人格缺陷、生活理想与生活缺陷的搏斗，贯穿于精神劳动者路遥整个人生的历程。他作品的许多人物，特别是主要人物的内心冲突是他自己灵魂搏斗在某一方面、某一层次上的延展和对象化。他的人物失败过、怯弱过，他自己在看不见顶的登山途中无望地哭泣过，最后，总是一步一步地战胜自己，超越自己，在搏斗中发掘出、发挥出生命更大的潜能。残酷的拼搏使他"有时对自己变得残酷"，然而他又说，"这个过程本身就是幸福"。

于是，他的人生，他笔下人物的人生，无不在告诉你：苦难构成了精神人的重要的生活内容。或者说，人的精神生活的一个重要内容是苦难。智慧即痛苦，绝思则无忧。生命的价值常常不体现在结果，而体现为过程，体现在不息地搏斗于苦难那晦暗而漫长的甬道，不息地追求那远处的希望。希望是造化故意给精神人安排的一个朝前移动的光束，让它来牵引你，激发你。对生命来说，从生的痛苦到死的寂灭，苦难不可穷尽。但对强大智慧的生命来说，苦难可以战胜、可以转化、可以超越、可以升华。苦难于是成为精神人生活的重要财富。

从小面临人生困苦的路遥，比常人更早地开始感受和理解这个有深度的人生课题。命运迫使这位穷人的孩子更早地进入有深度的人生，进入苦难生涯的精神层面，并逐步发育起他的苦难意识。而哲人的深邃，强者的雄厉又使他总是目不旁骛地去关注人生的大苦大痛、大灾大难，并多少升腾起一些大慈大悲的气度来。

我感到，盘结在路遥心中的大痛苦主要是两点：第一是历史发展铁的规律和个人文化心理、伦理感情之间的距离和矛盾痛苦。历史的前进，生活的变革最终要改变广大农村落后的生产方式和生活方式，改变落后的生活观念和陈规陋习，这是人类的目标，也是他为之奋斗的目标。但因此他将付出巨大的代价，将不得不抛弃家乡和童年给予他心理上、情感上的许许多多温馨的东西，迫使他作"文化断乳"。他说，"这就是我们永恒的痛苦所在"。第二是精神劳动所需要的漫长的孤独和他强烈的参与意识之间产生的矛盾痛苦。职业人（作家）路遥强烈地渴求孤独，以在孤独中张扬主体，展开形象思维和理性思考。社会人路遥则更强烈地渴求参与，渴求投入社会的群体活动，享受常人所需求的各种生活乐趣。一个路遥要求在艺术的模拟中最大限度地完成精神自我，一个路遥则要求在社会实践中最大限度地完成现实的自我。呼唤孤独和怯惧孤独，是以文学创作为终身职业的人内心永恒的矛盾。我们看见，路遥一次又一次压抑着自己参与社会实践的心理需求，痛苦地走进漫无止境的创作孤独中去；我们也看见，路遥一次又一次痛苦地逃离现实活生生的人群，去和他心中那些虚构的男女幽会，独处，乐而忘返。这两种痛苦都具有悲剧永恒的崇高感。而在其深处则可以看到历史和人格胜利的笑靥。

命运的苦难与心灵的苦难，苦难生涯与苦难精神，当然紧相联系，然又有区别。路遥善于从命运的苦难中捕捉、衍化、表现心灵的苦难，善于在苦难生涯中锻造苦难精神。其中既有受苦精神——忍受，也有吃苦精神——刻苦，更有在苦难中升华起来的对人生和世界哲学的或准哲学的认识，即苦难意识、苦难观。于是苦难的每一次袭击都激生出穿越苦难的反作用力。苦难转化为深度独到的人生感悟，转化为积极进取的人格力量。

弥散在路遥自身和他的作品中的，是与苦难共始终的乐观精神。

有人说路遥是一员"福将"，每当苦难的泥沼快要吞没他时，转机便在东天若微曦般升起。他主要作品中几位主人公的命运也莫不如此，深刻的苦难和深刻的乐观像两枝并蒂莲，开放于人生的涟漪中。他让我们感受到：只要精神上有一块沃壤，美丑善恶原来都是可以开花结果的。

苦难营养他，他享受苦难，在苦难中成长。热爱人生的人，是那些敢于将生活苦酒一饮而尽的人。能够最大限度承受痛苦的人，才能最大限度地享受生命，也才有更健全的人格。

人生不可没有至沉至重的责任感和不移不渝的目标感。理想的人生境界和人格境界也许永远遥跼于现实的彼岸，永远高悬于精神的天宇，然而没有它，生活便变得灰暗与猥琐不堪。

对路遥来说，这种人生责任和目标，便是当仁不让、毕其一生地承担起一项宏大的精神工程——在审美境界中用有意味的艺术形式创造性地再现他所生活的这个时代，再现他有幸参与的这段对我们民族我们国家至关重要的历史。这是首要的，但还不是最主要的。

路遥最重要的人生责任和人生目标，恕我妄言，也许是希望直接从事社会历史实践，并通过自己的实践，在某种程度上影响历史进程。毋庸说，这是人的价值一种最大的实现。在《惊心动魄的一幕》《人生》和《平凡的世界》中，路遥常常以政治的、历史的和社会的实践家的视角和眼光正面展开政治生活、社会生活的图景；常常围绕重大社会斗争，特别是特定社区的权力斗争来设置人物关系和矛盾冲突。这主要是作品题材特定生活真实的需要，同时也暗藏着创作主体的某种关注兴趣、记忆热点和心理期待。历史选择个人，个人也选择历史，二者在特定时代的交错，使路遥搞起了文学创作，这种政治的、社会的参与意识便浸漫到他观察生活、组构生活、再现生活的创作全过程中。无妨说，写小说，对作者来说，首先是审美地观照生活，同时也是虚拟地参与生活，在稿纸的棋盘上，捭阖纵横，变幻风云。自然，当他确定以创作为终生的职业后，特别当他的作品在社会上广为传播、产生影响后，他又进一步意识到：艺术审美的精神参与比之政治社会的实践参与，对历史进程的影响可能更深广，生命力更久远。

宽厚结实的肩膀因为挑选到了一副沉重的担子而感到心满意足。他愿意为此克制其他的人生欲望，弃舍其他的目标。紧迫、繁重的艺术劳动使他没有时间参与一般的社会活动，疏于应酬，懒于吃穿，不敢生病，不敢死亡，也不能厮守在心爱的女儿身边。他像一个苦役，在自己筑起的牢笼中苦苦地思念女儿（这里，"女儿"可视为一切生活欲求和乐趣的一个代词），伤心地忏悔，动情地祈求女儿的原宥："你长大后也许会明白爸爸为什么要这样。没有办法，爸爸不得不承担起某种不能逃避的责任，这也的确是为了给你（此处似应读作"人们"）更深沉的爱……"

路遥几乎是决绝地承担起自己对大人生的责任，为了目标而断后路，弃舍一切，直至献身。这是人生的一种辉煌，一种悲壮，一种悲怆。或者，也是一种悲哀？

人生要有高度的自主、自立、自强、自爱、自尊、自信、自如、自为精神。无论作为生活实践主体，还是艺术创作主体，路遥的精神状态，一般都处在自由境界。他当然在许多方面克制着自己，那是为了换取创作劳动中的自由；他也不避讳自己周期性出现的悲观和无助，那又常常是周期性出现的成功和自信的前奏。他有这样那样的短处，但更多的是在扬长避短中自豪。总的来说，艺术家的路遥自感良好，很是放松。他在创作时那种"无榜样意识"，那种挑战者姿态，那种进入无人区的勇气，都通过作品和文学言论给我们以鲜明的印象。

自爱、自尊、自信、自如，才有创造性激情的昂扬，才有创造性思维的延展，也才有好的临场发挥：无论是作为社会人还是作为职业人，潜能才能突破世俗的板结层喷薄而出，活得潇洒，干得潇洒，直至和同情况的人们相比，将自己的人生高度整整提高一个档次。

二

人生的强勇者，在路遥的意识中，并不是一种孤立的人格力量，尤其不是一种孤立的个体人格力量。他反复谈到了土地对自己的养育，甚至有点喋喋不休地、津津乐道地用许多鲜活的回忆来解释他的自强、自信归根结底来源于土地，在作品中则以更丰富的生活形象和更深沉的生活意象来显示土地对他人生观念、强者意识的养育。他为文学舆论有人对他的"恋土情结"不以为然而激愤辩解。

这样，我们就要进入路遥的历史观、社会伦理观。"土地"在路遥的全部作品中，远不是指庄稼的温床，也远不是指农村、农业。在我的感受中，他心中的土地有三种时空范围不同、内涵层次不同的意义。一是指人们通常理解的农村、农业，或者准确一点说，农村社区生活和溢漫于其中的传统农业文明。二是指一个大的形象系列，即与土地、与底层生活实践相关联的父亲、母亲、朋友、家族，甚至基层干部的形象系列，可称为"土地—母亲—人民—实践"形象系列。三是指一个大的意象系列，如给人无限启示又引发无比亲情的家乡山水风情。那像历史老人一样全知全能而又沉默无言的毛乌素沙漠，启动你心中哲人的睿智。那不舍昼夜奔涌的黄河、无定河以及和黄河、无定河一样"浪涛滚滚"的黄土高原，震荡你生命激情的奔涌。那洞穴一样镶嵌在苍老的黄土褶皱中苍老的窑洞，那万年复始的春种秋收，那轭下的牛、觅草的羊，夕阳中的炊烟和在炊烟中展开的乡情土风，诱发你种种感慨、种种眷恋、种种忧患、种种焦灼……这一切，当路遥组合进他小说的生活场景和自然意象总谱之中，都在一定程度上内化为家乡的总体气氛和抽象为哲理意象，蒸馏出这样那样的象征意味，形成这样那样的情绪磁场。

很明显，"土地"在这里泛化为"大地"。他笔下的许多人物和他自己，便是从这块具有多重内涵的大地上走来。用一句大家常说的，然而很贴切的话来说，他们是大地和人民的儿子，是无法甩脱的历史老人的儿子。大地、人民、历史文化，赋予他们许多美好的人格基因，传统也不能不带给他们这样那样的精神痛疾。作者以唯物历史观写出了历史真实。

这只是问题的一半，甚至是开始的一小半。只有这一半，作者小说中那些"乡里伟人"，如高加林、孙少安、孙少平、田晓霞等无法诞生。

我们注意到，这些从乡间平凡人生中走出来的人，几乎不约而同地在这几种情况的同时作用下产生了自己英雄的业绩：第一，他们都从大地中汲取了比别人更多的优秀气质和更强大的人格力量，成为大地精魂优秀的传承者。第二，他们在新社会提供的机遇中，成为有现代文化知识的一代，这使他们有了上一代所没有的新的眼光、襟怀和新的生活能力。这两点使他们具备了从乡间平凡人生脱颖而出的个人能力。这种个人能力是大地和时代给予他们的。第三，最重要的是，他们在走向生活的初始，便有幸面临着一个历史转折时期。在这个时期，我们的国家刚刚渡过危机，整个民族整个社会出现了转机，崭新的历史实践正在他们面前缓慢而庄严地拉开帷幕。这些乡里凡人中的佼佼者，勇敢地投入了最新的历史实践。正是这个新的历史实践，帮助他们洗去农村宗法文化留在心间的脑渍。正是这个历史实践，发育和成熟了他们心中新的文化心理基因和作为新人的方方面面的能力。无须加以说明，这两者都充满了艰难和痛苦。

于是，大地和时代提供的人格力量，历史和现实提供的社会力量，形成巨大的合力。正是这股合力将他们推上了新的生活道路。他们的人生于是在一个宏大的历史背景中展开。个性的命运被充分地历史化了，历史的进程则通过个性化、人生化、命运化得到了充分的艺术的表现。我们在这里看到了什么呢？看到了作者历史感和人生感的汇流，历史意识和人生意识的交融。我们在这里听到了什么呢？听到了作者在反复地告诉读者：不是农村文化造就了"乡里伟人"，正是新的历史实践、新的文化结构、新的人格力量使这些人从乡间走出来，和农业文化拉开了距离，才开始了自己新人的生涯，才开始了中国农村新的道路。

作者对社会生活进程和文化人格进程的历史唯物主义理解，作者的唯物史观，在作品中呈现得何等清晰。

现在让我们回到"恋土情结"这个具体问题上来。如果从上述泛化了的土地含义即"大地""人民"的意义上来说，路遥的"恋土情结"的确是存在的。这是每一个中国人（包括城里人）心中应该有的情结。漫长的农业社会，使现代每个中国人的"老家"都可以追溯到某一条乡间小路尽头的某一座老屋。老屋在我们心里是永远不会倒塌的。另外，从对父老乡亲的伦理感情上来说，作为农民的儿子，路遥当然也是有"恋土情结"的，没有倒不可理解了。他深情地倾吐过自己这种难于割舍的感情："尤其是人类和土地的关系，如同儿女和父母的关系。儿女终有一天可能要离开父母自己去做父母，但相互间在感情联系上却永远不可能完全割舍。"这种感情，渗透进他从唯物史观出发对继承与发展关系的理解，使他对农村、农民在经济、文化、心理上的许多沉重的现实问题能从矛盾的各个侧面去做辩证的分析，比一些人少了一点空洞的激愤，多了一点切实的焦灼和恳挚的关切。

关键问题在于，路遥的这种"恋土情结"是否从根本上模糊了他对中国农村问题的历史判断。恰恰在这一点上，路遥做了明确而又坚定的回答。这个回答不但在于他的有关言论中，更存在于他的作品中。他的大多数作品事实上展现的是"离开土地"的历史进程而不是相反。"离开土地"在这里并不仅仅具体指人物离开农村的社区生活（孙少安就没有完全离开，他是"离土不离乡"），而是包含着多重意义：既指从农村原有的封闭自然经济结构中剥离出来，也指从农村残存的宗法色彩浓厚的社会结构中剥离出来，指从农村传统的文化氛围下剥离出来。我在这里所以一连用了三个"剥离"，是想强调它的艰巨。新生儿从母体中分离出来，那是伴和着连续不断的痉挛性阵痛，伴和着泪水和血水的流淌的。这是多么耐人寻味：新生命以声嘶力竭、惊魂裂魄的哭号作为自己的诞生仪仗，父母则以眼泪表示自己的喜悦。

在路遥通过众多作品、众多人物描绘的这条"离开土地"的黄土路上，熙熙攘攘，烟尘蔽日。尽管有的走得快点，有的走得慢点，有的回头观望，有的甚至走了回去；尽管有的庄严如壮士远行，有的欢快如出笼小鸟，有的悲壮如生离死别；尽管有的是勇猛的突围，有的是机智的潜逃，有的是懵懂的跟随，总体上，都反映了向传统的农村经济、封闭的土地文化告别这一不可阻挡的历史趋势。

自然一切都不像我的概述这样简单。路遥的人物要克服许多现实的、心理的障碍，路遥自己也要克服许多现实的、心理的障碍。但作者在《人生》和《平凡的世界》这两部作品的社区生活、人物关系的总体设置中表现出了对农村现存社会结构和宗法文化深入肌理的剖析——在高家村，代表着权力的强人高明楼和代表着财富的强人刘立本，突然发现一个刚刚崛起的、代表着新文化的强人——高加林开始向他们挑战，从此动摇了自负和自信。在双水村，田福堂这位能人，以宗族关系、乡里利益为武器维系自己的领导地位，在"文革"中甚至敢于抵制极左路线，到了新时期却再也难于主宰局面。再请你想想，为了农村的历史性进步，作者不得不尊重生活的逻辑，让自己心爱的人物高加林付出相当的道德代价，负心地也是违心地告别巧珍。高加林明白，"告别巧珍"实质上意味着"告别土地"。于是这个小子在农业文化的道德地平线上惹人注目地画出一道道德抛物线……想想这些你会明白，具有"恋土情结"的路遥，心里有着更高更重要的追求。

路遥爱自己的土地，爱自己的乡亲父老，路遥更钟情于农村的历史变革，钟情于农民的历史进步。

路遥是农民的儿子，更是时代的代言人，历史的书记员。伦理的感情便这样融入了历史的诗情，"恋土情结"便这样汇入了"恋史情结"。它并没有消融，反倒因历史内容的注入深化了自己。希望家乡在痛苦的嬗变中获得新生，难道不是对故土更深沉博大的爱恋？

三

人生观和历史观是作家哲学观的重要组成部分。我们事实上一开始就进入了关于作家哲学意识的话题。世界文学的哲学化倾向已公认为一种趋势。何止是文学，世界的哲学欲和哲学的世界欲都正在人类的灵魂中升腾。现代人不愿糊涂地活着，"要活就活个明白"。这和中国当代文学长期以肤浅的"哲理化"创作特色代替作家的哲学根底的缺憾形成对照。当代中国文学许多作品不能拔地而起，俯察生活全景，透视生活内里，艺术地表现千头万绪的关系和只能意会的心境，这恐怕是一个重要原因。

文学在反映生活的同时要超越生活，需要有哲学意识的深刻进入。作家的哲学意识，不论是依据的已有的哲学观念，还是自己的思考发现，都必须一开始就和生活形象、人物形象、感情形象有血有肉地胶着在一起，从这个意义上说，作家每一次对生活的哲学思考，都带有独创性质，不可能完全来自书本或别人的头脑，而是来自自己的与生活形象粘连在一起的哲学诗情，这样才能浸润在作品的情节、结构、主题、人物、语言中。在这种情况下，你似乎很难举例印证这部作品的哲学色彩，却无处不感到它富有生命力的存在。

我感到路遥属于此类作家，《人生》和《平凡的世界》属于这样的作品。这两部作品不是只描写孤立存在，而是着力表现关系的存在；不是只描写静止的生活，而是着力表现生活的过程；不是只描写生活表层的瓜葛，而是去揭示生活深处的构架，具有诱人的感受张力和思考魅力。他当然也对生活的某一个局部做自己的哲学解释，但主要是力图对人生与世界做整体的把握。

这一切，都表现出路遥创作的哲学追求，也可以反映出路遥心中的哲学天地。对此，除了上面谈的他对人生、对历史、对苦难、对土地的思考，还想再谈三点。当然不止这三点，其余的将贯穿到下面要谈的文化意识、审美意识中去讲。——事实上，一个人的意识世界，大部分都可以囊括到他的哲学世界中。

第一，探寻生活哲学。"人怎么个活法？""怎样拥有你的一生？"是路遥许多作品中出现的哲学命题。高加林的故事在有的作家手里可能处理为"弃怨模式"的爱情故事或别的什么类型的故事，但路遥却将这个故事作为展示当代农村各种生活观念和生活方式的载体。这么一个情节比较单纯，篇幅不很长的作品，路遥偏偏起了一个宏大而庄严的题目：《人生》，充分体现出作家哲学化的立意。在作者笔下，每一个具体的情节、细节、场景都导向"人怎么个活法"这个生活哲学的大课题。高玉德是一种活法，德顺爷是一种活法，高明楼、刘立本各是一种活法，刘巧珍、黄亚平又各是一种活法。每个人显示出一种生活方式，每个人宣叙着一种人生哲学。这些人物聚合到一起，不是一般地组成一个叫作高家村的农业社区，而是组成一幅当代农村的人生哲学总谱。高加林和上面这些人的活法都不尽相同。人既活着，就要选择，就要奋斗，就要追求自己可心的"活路"。他想离开土地，不是厌恶劳动和艰苦，而是不能忍受闭塞、愚昧和屈辱，不能忍受明知贫困而又安于贫困的一潭死水似的人和观念。他向往城市，也不是向往舒适和奢华，而是向往文明、开放和尊严，向往那种时刻给人提供机遇的动态人生环境和允许选择、竞争、让青春和生命得以释放的积极人生观念。这样，高加林和上面这些人物关系的建立和调整，和他们之间矛盾冲突的起因、性质、形态及发展变化，除了其他各方面的因由，最后实质上都归结为不同人生观念，不同生活哲学之间的矛盾冲突。而作为中心情节的爱情选择，实质上也就不能不是人生道路的选择，不能不是他生活哲学的一次公开的、社会性的告白。流贯在《人生》中的这个生活哲学主题，到了《平凡的世界》则有了更充分、更细腻、更进一步的伸延和展开。如果说高加林们当时面临的还只是人生道路的选择，还只是生活哲学的提出，双水村的青年们面临的已经是人生道路的展开，生活哲学现实的实现和完成了。

第二，思考生命哲学。路遥对生命哲学的思考，大致有两个层次的内容。这一思考，起始于自我意识觉醒的社会思潮和艺术思潮。

在第一个层次的思考中，他不再把人作为消极的被动的生命载体，而把人作为积极的、主动的生命主体，充满活力的个体主体去表现。在路遥笔下，人由早期作品中的自在状态向自为状态突进，人由并不意识或不敢意识到自我的存在，开始向个体化发展，开始关注自身的个体本质。这样，他开始写有个性的人，写维护和张扬个性的人，写生命在精神上的自由和精神自由的生命（物质生活的自由在他所描写的特定题材中，还不可能多加表现）。在第二个层次的思考中，生命的自我保存突进为生命的自我超越。生命固然自由，对个体生命主体来说却被限制在一定的时间长度和空间范围之内。人应该通过努力，借助并创造各种社会的、家庭的、个人的、心理的条件，使自己只能拥有一次的生命在有限的时空中尽可能充实、丰富和完美，甚至突破现有的时空限制，使自己的生命在更大的范围里得到延展。在他精心塑造的一些人物中，有不少具有强烈的自我超越欲望。他也着力去表现这种自我超越。物质的生命是难超越时空的，路遥愈来愈倾注于刻画精神超越型的人物。田晓霞丧生之后，孙少平在生活实践中萌发出对惠英和明明，对艰苦的矿区一种温馨的责任，谢别了向他表白的姑娘和向他招手的城市，“急速地”向大牙湾煤矿走去。田润叶和李向前结婚后坚定地保持自己感情的独立，而在李向前失去双腿之后，又出于一种高尚的精神追求主动付出了自己的感情。尽管不是不可以从生活真实和艺术上去推敲这些情节，却也证明了作者心中对生命的精神超越的偏爱。至于作者自己对精神劳动那种宗教式的虔诚和献身，更宣示出一种积极的生命哲学。

路遥对生活哲学和生命哲学的思考可以归结为对人的关注，对人的解放的关注，特别是对解放精神个体的关注。社会的进步程度和人的解放程度同步，而人的解放最终归结为人心的解放和人格的重铸，这是我们从路遥哲学意识中谛听到的最强音。需要特别补充的是，路遥在作品中描绘了许多陕北高原的大景观。它们作为社会和人生的参照坐标、移情载体和哲理意象，无限地拓展了作品的历史人生意味，使作品升腾起一种恢宏、旷达的哲学思辨色彩。他自己更常常回到大自然中进行精神充钙和心灵输氧。在家乡的土地上，在空寂寥廓的沙漠中，孤独地面对大自然，感应宇宙，收纳天籁，在一种神秘力量的启示和暗喻中，自然与生命、生命与人、人与历史、历史与现实等哲学本体论方面的诸多问题便浮现于脑海。

这时候，现实、历史、人生、生命都悄然地融入浩渺的大宇宙中，哲学的思考常常幻化为神秘的宗教的启示。如此种种，都表明路遥有一种将生活哲学、生命哲学融于大宇宙的趋向，不可不引起注意。

第三，宣示矛盾运动法则。这是路遥哲学意识中很重要的一点。比如，他总是或纵或横选择时间联结点和空间联结点上的生活、人物作为自己的表现对象。他笔下的几位成功的典型人物，莫不是跨时代的人物，莫不在历史转型期、嬗蜕期展开自己的人生。抓住这样的现在，就同时抓住了过去和未来。他提出的在空间上描写城乡交叉地带的生活，也是抓住事物的连接点做文章。时空的联结点最便于表现动态的过程，最便于表现动态的联系，也是矛盾冲突最集中之处，社会历史和心灵信息最集中之处。

又比如，他笃信否定之否定的事物运动规律，并用许多人物的命运来显示这一规律。他认为生活在最底层的人，所受苦难最多，成为强者的可能也最大，他们或迟或早要不可阻挡地冲进上层社会。社会层次的构成就这样在矛盾运动中周而复始。他写正题、反题，也写合题，写否定，也写否定之否定。底层人进入上层，农村人进入城市，几乎都是以否定自己身上的农业文化和缺陷心理为前提的。他们向城市冲击和突围的过程，同时也是用现代城市文化、用更高水平的文明改造、提高自己的过程。他们能否真正成为现代文化的承载者，在新的空间站住脚并发展自己，最后还要看第二个否定即自我否定的情况、通过搏斗实现转化达到同一的情况而定。

路遥深得矛盾运动三昧。矛盾运动学说，通过性格、命运的艺术体现，获得了自己的审美形态。

四

路遥的文化心理表现为一种多维交汇的复杂构成。这一点许多人都做了很精到的分析，我在论《人生》的文章和关于西部文化、西部文学的书里，也有所涉猎。其中李继凯概括得最为系统、明晰。他指出，地域或陕北文化，中国或民族文化，世界或人类文化，先后递进地对路遥的文化心理产生了影响。这些影响化作他的心理因素、智能结构时，则呈现为多元交叉、融合的状态，其中也存在着一定的矛盾和冲突。这主要表现为农村文化与城市文化、传统文化与现代文化、大众文化与先驱文化三种交叉，呈现出一种矛盾形态的文化构成。卑之无甚新论，不多赘言。

路遥这种在矛盾运动中多维交汇的文化心理，是文化土壤的赋予，是自身命运的赋予，是嬗变时代的赋予。

在路遥的家乡陕西北部这块土地上，中华民族的主体文化和次生文化、异质文化形成我们民族文化的混交林带，构成了一种全息性与流失性相结合的特异色彩。简约地说，中华民族主体文化的象征黄帝—黄土地—黄河—长城在陕北带有神秘色彩的汇合；中国古代史上第一个通过农民起义建立的国家政权——李自成的大顺王朝，和中国现代史上第一个由工人阶级政党建立起来的革命的新民主主义制度的试验地——以延安为中心的陕甘宁革命根据地，在这块土地上天造地设的叠印，使他的家乡成为我们民族主体文化，特别是进步的、革命的主体文化的荟萃之地。同时，古长城一线又是土地文化和各少数民族文化，主体文化和次生文化、异质文化的冲突带和交汇区。由鄂尔多斯高原接结起来的陕、甘、宁、内蒙古和晋北地区，是我国文化地图上典型的次生林和混交林板块，既属于民族文化的主流域，又是民族文化的一块边地。全息意味着辐射，混交免不了流失，流失所换取的又正是动态的、鲜活的汇合。路遥这个长着硬茬胡子的陕北汉子，这个幸运儿，就站在这样一块文化沃土上。路遥正在展开的人生，也一直处在多重意义的流动之中。

初知人事，命运就强制地将他从一个熟悉的文化社区移栽到另一个陌生的生存环境。不安宁的、没有神话的童年，使他获得了适应动态生活和复杂现实的能力。接着他以超乎常人的加速度，由蒙昧进入农业文化，由农业文化区进入城市文化区，直至跻身现代世界的文化大潮之中。别人也许一辈子都走不完的文化历程，他一二十年里像三级跳远那样完成了。他有一个远比别人浓缩的人生，因为造化给了他一个远比别人动荡的命运。他在生涯的漂泊中做精神的旅行。每在一个文化社区中经过或滞留，他都像孤旅者那样饥餐渴饮，拼命地汲取。每一种文化当然也给他这样那样的感染，感染又强健了他的防疫能力。这个文化浪子，吃百家饭，穿百衲衣，逐渐成为各种文化信息的密集载体，成为多维文化"结核"。你有什么说的！

路遥生在一个文化发展极不平衡的时代。在这个时代，人类文化发展的历时形态常常共时地出现，交错着并存。当世界上有些地区还处在文化发展形态的第一阶段，即隔离发展阶段时，同一世界的另一些地区已经进入了发展形态的第三阶段，即综合发展阶段。更多的地方处在第二阶段，选择发展阶段。这种不平衡造成了良好的机遇，使这位刚刚从文化隔离阶段走出来的人，得以在文化选择和文化综合两个阶段中同时迈进，"毕其功于一役"。他不但很快体会到了隔离发展的闭锁性，体会到了这种闭锁产生的隔离机制对形成和保存文化个性的必要，也很快体会到了选择、竞争发展所激活的矛盾内部运动的生命力，体会到了剧烈的文化竞争和单面的文化选择可能带来的偏颇和排他性。于是，凭着多维文化交汇的底气，从主体的生活、艺术和哲学出发，路遥选取了对各种文化观念、文化意识进行综合交汇的路子，从而使自己很快进入了世界文化发展进程的最新阶段。他从这个高度，对脚下这片文化土壤重新认识，深入发掘，积极自觉地扬播。

路遥也许会窃喜"天助我也"，人们也许会赞叹"上苍独幸斯人"，却不能不承认，这就是路遥的文化现实。

在多维交汇文化心理的基础上，在路遥的大文化观念中，值得注意的，还有几点：

第一，一切历史进步都从文化的进步中吸取伟力，并且最后归纳为文明的进步。

文化、文明，在路遥的字典里是和力量、崇高排列在一起的。他在作品中描写一个怪圈，这便是"贫困—愚昧—贫困"的恶性循环。每当这时候，他常常给这一对消极转化的范畴中，引进一个第三范畴，击破原有的封闭性怪圈，使事情发生良性转化。这个第三范畴便是文化，便是新的文明观念和新的知识构成。

在他的作品中，文化是冲破"贫困—愚昧"怪圈的新的范畴，它和积极的、强大的、进步的社会力量联系在一起，并且构成这种力量重要的组成部分。

和文化这个新的范畴联系在一起的人物常常是击破这个怪圈的强者、勇者。他的作品很少以直接从事社会经济、政治改革的实践者形象为主人公，很少正面展开这些直接参与主导社会经济、政治活动的人的生活和命运，他总是以孙少安兄弟、田润叶姐妹和高加林这类可以称为农村社区新文化载体的人物为作品的主人公，正面展开他们的命运，把他们作为历史进程中积极活跃的力量来表现。这当然与路遥的个人经历、生活积累有关，却也透露了他对新文化和新文化代表者历史作用的认识，并为这种认识做审美的呼吁。可以说，这两方面都带有自恋和自欺的色彩。因此，虽然路遥在作品中并没有忽视表现文化伟力之深刻根源乃在社会历史实践，特别是经济、政治和科学技术实践活动中，但他特别看重表现的，还是在这个基础上新文化意识和新知识结构对社会发展的先导作用。他毫不含糊地将文化作为社会前进的一个重要动力来描绘。

当然，他也看到了并表现了文化和文化人心灵中的另一个怪圈，即"智慧—痛苦—智慧"的怪圈。在大多数情况下，他是把这个怪圈作为一个良性循环来表述的，作为精神人的财富和现代人的充盈来描绘的。他认为这一循环系统将会不断地把人、把社会牵引到新的境界。

第二，一切生活冲突都包含着文化冲突，并深化为文化冲突。深刻的艺术家就是要将文化冲突从生活冲突中提炼出来，加以典型化，以升华作品并警醒社会。因而，浓郁的文化感和人生感、历史感、哲学感一道，弥散在他的一些作品中。但是他并不认为文化冲突是孤立的，它既渗透到社会经济、政治生活中，又被社会经济、政治生活所渗透，最终融解在鲜活的、动荡的生活河流之中。他重视文化，偏爱文化，却不写孤立的、先验的"文化小说"，始终坚持全景地、综合地反映社会生活的现实主义路子。

第三，新文化意识的产生，有赖于我国当代社会生活中新的经济因素和新历史实践。从更大范围看，有赖于世界历史演进的新成果，有赖于自然科学文化、社会科学文化、哲学文化和审美文化的新成果，有赖于所有这些成果汇合成的人类认识水平、思维水平的提高，而绝不是某些文化人头脑里纯思辨的产物，更不是蛀书虫在前人书本里扒搜、吐纳的结果。作家只能在唯物论和辩证法的指导下，艺术地表现特定社会、特定时期新文化意识产生的生动过程。这一认识，在他的创作谈《早晨从中午开始》中看得非常清楚。

第四，有幸身处于文化综合发展新时代的作家，应该有意识地、自觉地建构多维交汇的文化心理和知识结构，并且在生活实践和创作实践中发挥智慧杂交优势，逐步沉淀为为人为文的大文化气度。这大概是读过他的作品并和他多少有些接触的人都能感到的。

五

审美世界的路遥，可以单独写一本书。限于篇幅，这里只能概约谈谈给我印象特别深的几点。

第一，路遥是一位审美智能发展比较健全、均衡的作家。

路遥在审美观察、审美感情、审美想象、审美思考以及审美的形式感和语言表达各方面，都表现出较高的能力，而且各种能力之间建立了一种比较协调、谐和的动态关系。在这个审美世界的体系中，观察和感知是基础，感情和想象是动力，思考则是先导。

在路遥的审美心理素质中，以个性的独特方式反映客观世界形象性刺激，并使这种刺激的种子在作品主旨、生活故事、人物命运和心理的土壤中大幅度地得到发育的能力，形象记忆、形象延展和形象深度联结的能力，通过外在的感官信息捕捉内在的超感官信息，进而洞察人生历史奥秘和文化哲学意蕴的能力，主体感觉器官（"眼耳鼻舌身"之外，还包括"心官"）全面介入审美感知活动，并以各侧面、各层次总体感知对象的能力，通过感情的浇灌、哺育和理智的选择、规范，疏浚和引导生活河流的能力，等等，都给我以深刻的印象。路遥才刚刚告别青年时代，生活经历比起许多作家来说，也未见得格外地曲折、复杂；他的作品又大都以自己的人生经历和心理经验为基本进行艺术虚构，在这种情况下，他能够在有限的生活经历中发掘出这么多既有广度也有深度的生活、艺术宝藏，原因固然很多，和他审美心理的"佳能"结构绝不会没有关系。由于审美智能的全面、均衡发展，路遥的作品，特别是《平凡的世界》这样全景式的大作品，从内容到形式，从思想到艺术，给人以水乳交融、浑然一体的感觉。他晚近的作品似乎超越了同代作家中常有的在某方面令人拍座而起的效果，也没有一眼就能看到的倾斜。他有的是节制、平静，是形式在内容中的隐藏，艺术在生活中的消解。翻开书，是貌不惊人的"平凡"；读下去却渐次进入宏大而有魅力的"世界"。一切都像生活本身那样慢慢地、淡淡地展开，一切又都像生活本身那样无处不在地浸漫了你、烟笼雾锁地吞没了你。他就以这种似不经意的经意，让读者做了俘虏。那真个是茶泡二次清香出，酒过三巡显微醺。读《平凡的世界》，我们不也是在进入第二部之后，才开始把持不住自己的吗？

这是作者有意为之的一种追求。下笔伊始，他撕掉了不知多少页"张牙舞爪"的、"吼雷打闪"的、"勇猛"的开头，整整三天竟然面对空白。从最初灼热的激动中凉下来后，他想起列夫·托尔斯泰的话，"艺术的打击力量应该放在后面"，并且加了一句有点自嘲的话，"只有平庸之辈才在开头就堆满华丽"。于是，他"平静地坐下来，顺利地开始了"。于是，"不仅开头要平静地进入，就是全书的总布局也应按这个原则来。三部书，应该逐渐起伏，应该一浪高过一浪前进"。于是，第一部出版后

252

没有轰动效应，"在我的意料之中"。

我想，这种像平凡的世界本身一样的不动声色，正是作家审美智能均衡发展到成熟的一种表现。

第二，浓郁的悲剧审美意识，是路遥作为艺术家的一大优长。

除了早年的一些习作性质的短章，路遥的大部分作品都让人感到严峻、宏大、悲怆、悲壮，表现出一种具有崇高感的悲剧美。这种恒定的悲剧美，是作品表现的特定时代生活和作家浓郁的悲剧审美意识两相熔铸的结果。

谈到路遥的悲剧审美意识，我想下面这几点是不应忽视的：

在作品中严峻地暴露人类的文化困境，表现出强烈的挑战者姿态；同时，又通过作品，从形式上和情感上使这种困境在审美过程中弥合起来，达到一种消解。激愤被转化为思索。对自己的挑战变成了应战。这种矛盾状况，表明他能够全面理解悲剧意识的两重含义，并在作品中处理好二者的关系。

精神的孤独傲岸和心灵的渴望慰藉，构成路遥内心悲剧冲突的又一个重要内容。孤独傲岸的强者气质和特定的生活素材熔铸之后，常使他的作品溢散出一种英雄主义的崇高感；但这个硬汉子心灵深处强烈的感情要求和现实的感情亏欠（比如父母之爱、儿女之情以至情爱的亏欠）经常处于尖锐的对立状态，这又使他渴望平民生活的温馨和多方面的感情慰藉。这种渴望常常使他那颗强健的心泛出一缕孩子似的天真和稚弱。这两种精神需求的抵牾，赋予作家一种恒定的悲剧情绪。在他的作品中，平民意识总是和英雄主义相并而行，渴望慰藉总是和孤独傲岸相与补偿，崇高也因此带上了日常生活亲切的笑容。他所以把长达六万多字的创作谈《早晨从中午开始》献给自己的一个弟弟，并在其中描绘了对女儿的苦恋和对弟弟的感谢，那缘故盖在于这两颗心给了他相当的慰藉吧。

如前所述，从小开始的生涯漂泊和精神孤旅给了他极大的人生营养，同时也使他的心无法"安居乐业"、无法从不断的精神离异和不息的文化冲突中解放出来。伤别、乡愁的意绪，亲弃、世弃的怨委，总是隐隐地纠缠着他的灵魂。他属于现代，又不能完全甩脱传统。在传统文化的"和合"和现代文化的"冲突"之间，在平民所追求的"家"（人生温馨）和英雄所追求的"国"（社会责任）之间，他永远居无定所，是个精神游子。因而"游"的悲剧意识必然形成他文化心理结构中的一个固定模式。

智者的双重苦恼，构成路遥的另一种悲怆感。一方面，精神觉醒者对还在精神盲区酣睡的人真生命不能发挥的痛苦，真生命不能发挥而不知其痛苦的痛苦，感到悲哀。另一方面，又对智慧导致的对自然生命的压抑，智慧引发的精神生命永远无法顺利而完全实现的失落，感到更深的悲哀。这两重悲哀，都是完美的人性和完善的人格无法得兼的悲哀。

路遥的悲剧意识在小说审美形式中表现时，不像有些作品那样，追求抽象、孤立的宣叙，而是和日常生活、人物命运的悲剧因素融化在一起，特别是和历史转型期的悲剧美融化在一起。新的经济因素、文化因素，即新历史诞生的阵痛和新人性、新人格诞生的阵痛，一道震颤着作者和读者的心。

因而这种悲剧意识表现在作品中，不仅具有审美深度，而且具有理想色彩。是大悲，也是大真、大善、大美。

路遥在创作中不仅注意通过情节、细节、具体场景传达悲剧美，更注意将悲剧审美散布为艺术氛围，固化为艺术结构和人物关系、人物命运，不计较一城一地的得失，而追求"强大的磁场效应"。这都是难能可贵的。

第三，强烈的创新精神活跃于路遥审美劳动的始终。

这种创新精神最突出的表现，我以为，一是从审美观察、审美感知、审美想象、审美思考一直贯穿到审美形式表现全过程中的那种"无榜样意识"和挑战者姿态。李星曾指出他在新时期文学潮流中几次"不合时宜"的选择：在20世纪70年代末80年代初文学的"伤痕热"中，他却写出了《青松与小红花》《夏》等歌颂基层干部和知识青年优秀品德和动人友谊的短篇和追求昂奋的崇高美的中篇《惊心动魄的一幕》；后来，在文学的"反思热"中，他又独辟蹊径，创作了关注农村青年历史命运的《人生》，关注家庭伦理道德生活的《黄叶在秋风中飘落》等中篇；在前几年西方现代哲学思潮冲击文坛的情况下，他却坚持现实主义创作道路，拿出了长篇小说《平凡的世界》这样的力作。——这几次挑战性或者说迎战性选择，集中表现了他在艺术创新中的独立精神。

二是他的创新精神又立足于"榜样意识"即立足于人类文化成果的辩证继承，立足于对挑战对象的辩证分析。托尔斯泰和柳青是他最尊敬的文学榜样，他以一种几乎是虔诚的态度学习他们，而对这两位大师的一些见解和体会又敢于做出自己富有独立见解的分析。"无榜样意识"既渗透在"榜样意识"里，又从中突围而出。他认为文化只能创造而不能发明。所以，在艺术精神上，他坚持说两句话：现实主义在中国非但没有过时，而且远未成熟；现实主义需要进行现时代的改造、革新、发展，以攀上新的峰峦。他坚定地以此为己任，愿意为现实主义在现代中国的发展成熟贡献力量。就路遥的创作而论，还有许多特色和优长需要分析。当然也有不足，也有一些可争议的地方。只是本文的任务并不在于全面评价他的作品，而是联系着创作来感受这位作家的意识世界。对他的意识境界，当然也可以做这样那样的评断，本文也大都未予置评，只是侧重于描述、勾勒。论者认为，作为活生生的现实存在，每个人都是一个有缺陷的合理存在。智者、哲人、作家概莫能外，路遥也如此。我们尊重有个性的主体精神天地，尊重有限感性个体的意识世界，于是我们一般叙而不论。

我们想要说的是——作家的精神结构，是创作上至为关键的东西。文学的进步固然与文学观念和艺术方法的变易、革新有十分密切的关系，但创造富于生命力的文学的真正基础，主要是创造者的心灵世界。在这一点上，任何作家所提供的任何一点财富，对我都是珍宝。因此，在我们用许多的精力去关心、谈论创作思想艺术的得失时，至少应该用同样的精力来关心、谈论作家的精神结构和意识世界的问题。更加放大来看，每一个人都是一个世界，都是历史和时代的一个信息点。作家社会职责和艺术劳动的特殊性，使他们不能不形象地、情感地、哲理地来把握现实生活，这就无比丰富了他们的心灵，使他们的意识世界在更大程度上成为社会和心理信息的密集载体。因而，中外许多经典的思想家和学人，常常通过分析作家作品来分析一个时代，如马恩之于巴尔扎克，列宁之于托尔斯泰，毛泽东之于鲁迅。在这个意义上，路遥和他的许多同行也不同程度、不同侧面地成为他们时代的精神切片。

路遥不仅相当典型地塑造了一些历史转型期的人物，他自己也是历史转型期的产物。他重大的人生活动始于"文化大革命"，从更大更深的历史的角度看，"文革"是中国对社会主义道路的一种畸形反思，这种反思被林彪、"四人帮"利用，终于造成内乱。年轻的路遥参与了这个时代悲剧。以党的十一届三中全会为路碑的新时期，是我们民族在改革开放实践中探索中国特色社会主义的科学轨道的时期，它是历史转型期第二代喜剧性的发展。路遥也参与了这个时代喜剧。他的代表性作品，可以说集中了自己在历史转型期两个阶段的人生经历和心灵感受。因而路遥本人和他笔下人物的精神世界，将是我们了解这个重要历史阶段的重要的心灵记录和重要的精神史。

这可能是我们涉足这位作家意识世界的真正动机和真正意义。初涉甚浅，来日方长，今后会有工夫把这件事做完做好。我有这个打算，也有这个兴趣。

1991年6月初于西安岚楼

原载《延安文学》1993年第1期，收入《路遥研究资料汇编》，中国文史出版社，2006年

陈忠实，我们时代的一个文化Logo

　　《白鹿原》，我们时代的一个文学标高；陈忠实，我们时代的一个文化Logo！

　　陈忠实原来有过一个计划，自己一定要循序渐进，等到完成十部中篇之后再写长篇。1986年前后，一个重大的命题由开始产生到日趋深入，就是关于我们这个民族命运的思考。这是在他第九部中篇《蓝袍先生》的酝酿和写作过程中触发而来的。以往，某一短篇或中篇完成了，相关的某种思考也就随之终结。《蓝袍先生》的创作却出现了反常现象，小说写完了，思考非但没有终止，反而继续引申。作者一些从未触动过的生活库存点燃了，引发了生命体验和艺术体验连续性的爆炸。他产生了写长篇的强烈的冲动，决心不等到第十部中篇出来，充分利用五十岁以前这五六年生命的黄金区段，将这个重大命题的思考完成，并且在艺术上大跨度地超越自己。自信又一次压倒了自卑，这是创作出现突破的一种心理征兆。一个作家能够想到，"到死时如果连一本可以当枕头的书也没有，将愧对这个称号"，这是多么强大的心理和艺术力量！

　　陈忠实以大半年的时间从三方面开始长篇小说《白鹿原》的创作准备。一是历史资料和生活素材，查阅了西安周围三个县的县志、地方党史和文史资料，查到了中国古代第一个《乡约》，查到了几处关于白鹿原上神奇的白鹿传说。二是温习中国近代史，重新了解小说所选定的这个历史段落的总脉络和总趋势，特别关注关中这块土地的兴衰史。三是艺术准备，选读了一批国内外声誉较高的长篇小说，在分析中得出了"文无定法"的认识，未来长篇最恰当的结构，是能够负载全部思考和所有人物的那个形式，这得自己去设计，去创造。

《白鹿原》1987年完成构思和结构，1988年春天开笔，1989年完成初稿，1992年1月完成复稿，初稿和复稿近百万字都是在他家乡的老宅中完成的。这部长篇通过白鹿原一个村庄在20世纪上半叶的生活变迁，以空前的规模和深度，把握和表现了中国农业社会的基本特点，而且在历史、文化、人性和生命状况的结合中塑造了各种类型的农民形象，其中白嘉轩、鹿子霖、鹿三、田小娥等形象，具有相当的典型意义。长篇着力开掘了民族文化精神和传统农民的灵魂，提供了许多关于我们民族的新的文化素材和人性感情素材，引发了许多关于我们民族的新的认识。《白鹿原》是陈忠实的代表作，也是90年代乃至整个当代文学史具有标志意义的重要作品。

《白鹿原》是一本大书，沉甸甸的书，一部中国现代的社会生活史、道德文化史和心灵史。我在阅读时，很少像这次这样，被激发起宏阔的又是深度的联想，激发起参与创造和参与议论的热情。和作家自己的创作比，陈忠实以全新的艺术面貌出现在《白鹿原》中。和过去写同一地域的生活的作品相比，关中生活以全新的美学形态出现在《白鹿原》中。和过去追求同一创作精神、创作方法的长篇小说相比，现实主义以更新了的实践出现在《白鹿原》中。

从历史观点来看，这部书突破了新中国成立以来长篇小说所反映的现代中国社会似乎只有革命的历史，而革命者又似乎只有政治的斗争生活和与此相关的内心生活，这样一个明显的局限，从道德、文化、人性多处着眼、多处落笔，在我们面前展开了一个宏大而细致的全景史。在历史动因的揭示上，深刻开掘社会运动、政治军事斗争的同时，提出了对民族精神和文化传统的维护和扬弃、固守和更替，往往是历史演化、社会进步更重要、更强大的杠杆，往往有着更久远的生命力。这样我们便看到，作者对中国现代农民运动乃至国共两党的政治活动，既有明朗的倾向，又有不少新的认识和评断，当然这两方面都是熔铸在艺术形象之中的。我们也就看到，作品写了现代农村生活中，精神领袖和政治领袖、世俗领袖的适度分离，写了中国现代政治斗争和村社政治生活的若即若离。在这白鹿原上，不参政的闲云野鹤式的精神领袖（白嘉轩），和在朝却不能左右村社生活的世俗领袖、民间政治领袖，分立并存，而国家政治局势和村社政治生活虽大体同步又常常错位。作者着力要表现的，是源远流长而又根深蒂固的村社儒教文化，在现代社会生活进程中的作用，是它对现代政治、经济生活致命的影响和无法抗拒的改造，并时时用真善美来制衡倾斜的现代生活。

有鉴于此，这部作品对中国农村社会舞台的历史主角做了新的确认。白嘉轩丰满的艺术形象提出一个命题：世俗儒教领袖、村社道德文明成熟的代表人物，是中国历史的重要角色。他们与他们所代表的文明，以极为强大的力量统摄了中国社会各方面的斗争，和谐着各方面的关系，稳定着浮躁的现代社会，力图维持现存社会缓慢而又匀和的演进。说真格的，就个人有限的阅读范围来说，我是首次看到如此成熟的凝结为艺术形象的中国村社文明，首次看到如此成熟的中国传统农民形象系列。只是，无论作者如何陶醉于这些形象，却也无奈地写出了这种文明解体的先兆。小说当然是一曲中国村社文明的赞歌，却也无疑是挽歌。它呈示出的历史趋势，是中国古典农业社会的终结，是中国古典农民的终结。他塑造了最后一个好族长（白嘉轩），最后一个好长工（鹿三），最后一个好先生（朱先生）——这是中国农业文明最后的光环。这光环当然会亮很长很长的时间，甚至会延续到今天、今后，但它不是朝霞而是夕阳，恐怕是肯定的。作者严峻的历史主义和现实主义精神，作者的大气，尽在其中了。

从形象观上看，作品也显示了新追求。比如由展示人的两态两象（形态、心态，形象、心象）到力图展示人的五态五象（形态、心态、性态、灵态和喻态，形象、心象、性象、灵象和喻象）。这里的性态、性象非指性格，乃指性别意识和性生活状态。艺术形象和生活中的人一样，都应该是形、心、性、灵、喻五态合一的载体。五态合一才是完备的生命，写出五态合一的人物形象，把握好五态之间的动态关系，才能全方位地写出活生生的人物，写出人的全部复杂性，生命的全部神秘感。又比如，在《白鹿原》中，人物关系的设置，不再是社会政治、经济关系简单而又必然的缩影或投影，也描绘了由于独特性格和独特命运，甚或"缘分"，所组合的人物关系。人物命运也不再是社会潮流、历史轨迹起伏的直接而又必然的对应性反映，也体现出各种偶然因素的影响和错位、背弃等复杂情况，等等。

这部书也可能引起一些争议，比如，对国共两党意识形态及其政治斗争的某些评析是否看法一致？某种程度的农本主义、原乡意识和道德至上思想是否存在？争议也谈到了我所感到的几点缺憾：对生活演进中的道德、政治、文化因素发掘充分，相形之下经济因素对生活演进的作用展示不足，对大的历史事件的展示，不如对农村世俗生活的展示细腻、丰满、有特色；此外，人的生命价值与人的历史价值如何浑然天成地统一，还可以琢磨得更珠圆玉润；等等。但争议双方都认为，这些看法上的分歧，并不影响《白鹿原》是一部有思想艺术分量的精品。

纵观陈忠实的创作历程，《白鹿原》可以作为一个分水岭，那之前总的可归入"追随柳青"阶段，那之后则大踏步走向"突破柳青"阶段。他对现实主义创作有多方面的深化和发展创新，但在作家的文化底蕴和艺术底蕴中，仍然可以感到民族文化深厚的积淀所形成的三个意识和三种情怀。三种意识是：其一，受到儒学特别是美学影响的载道意识。关学大师张载的"为天地立心，为生民立命，为往圣继绝学，为万世开太平"思想，流贯在他的作品中。几十年中，作者心中的"道"在发展变化，但载道的文学观却贯穿始终。其二，受到司马迁影响的史诗意识。他和司马迁同处关中地域，文史不分、文史合一的传统，经过20世纪中叶柳青、杜鹏程等老一代作家的传递、改造，成为他深层的美学意识之一。其三，受到柳青影响的责任意识。他奉柳青为师，长期的基层工作和对老百姓的感情，使他建立起对社会、民族不可推卸的责任，这种责任在社会实践层面表现为参与世事的热情；在精神审美层面则表现为激励民心的热情。三种情怀，则是上述三种意识在艺术创造过程中的转化，即文学社会传播功能上的代言情怀，（他认为"文学依然神圣"）；文学历史反映功能上的史诗情怀；文学形象激励功能上的理想情怀（这种情怀不一定表现为塑造英雄人物，却一定表现为要写人格力量，要写崇高之美）。

《白鹿原》是当代文坛的标志性作品，而它的作者陈忠实，和他的作品融为一体，成为我们时代的一个文化Logo——这一"陈忠实—白鹿原"现象，堪称现代文学史和社会文化史的奇葩。他的作品写出了民族心灵的秘史，他的人生胜任了历史变幻的书记；他用自己的作品提炼出这块土地骨子里的精魂，他以自己的人格凝聚着这方乡亲骨子里的性情！他这本书是奠基石般的书，他这个人是一个真正的人，一个黑体字的人。

无论从哪方面来说，忠实都是我们时代一个文学的、文化的Logo。以《白鹿原》为代表的作品，是中国当代文学的Logo；他的人格精神，是北方汉子的Logo；他的形象神态，是古城长安的Logo。

一位作家不但以自己的作品，而且以自己和作品里传达的人格精神成为一个民族、一块土地的文化标志，并不多见。更少见的是，还能以自己的个人形象和生活习俗成为民众的谈资，融进城乡生活风情之中。在陕西，陈忠实、路遥、贾平凹都是这样的人、这样的作家。忠实有一张广为流传的照片，就是手拿巴山雪茄烟，侧身回眸思考着的那张，严峻的眼神透过淡淡散开的烟雾，像是在叩问这个世界；而满脸纵横的褶皱，正是哺育我们的黄土地上的沟壑。在陕西，忠实这张脸家喻户晓，堪称三秦文人和血性汉子的Logo，人们甚至给他编了"陈年陈酿陈忠实"之类的广告词和相关的段子。

《白鹿原》的成就已经人所公认、史所公认。《白鹿原》撷取中国历史文化由传统艰难转型于现代的一段历史，撷取中国社会各方面基因最为富集的村社文化和家族文化细胞，从精神地层的深处采矿，冶炼出骨子里的中华文化人格；又如此深刻地写出了中国古典村社文明如何在社会运动和人性奔突的双重冲决下，无可奈何花落去。记得我曾经说，书里写了那么多"最后"人物和"最后"现象：最后一位好族长，最后一位好长工，最后一位好先生。但所有这些"最后"，都有着夕阳的光彩，是那么美善，饱含着作者的依依惜别之情。小说也写了那么多"最先"：最先的叛逆者，最先以人性冲决礼教的殉道者。而所有这些"最先"，更有着朝霞般的绚丽。历史和道德、秩序和人性、行为和感情的一切复杂性、深刻性都在其中了。何等的大手笔、大格局、大思考！由此小说《白鹿原》成了中国近现代历史与文学的Logo。

忠实这个人，胸怀若关中平原，是那种一览无余的阳春烟景，而人格和性情中却有着关中汉子"生冷蹭倔"的劲儿，只是被文化化育为刚强、执着、厚道和率真，晚年更平添了几分慈爱。对自己的见解执守到几近执拗，这我是领教过的。有次电视台邀他、我和建筑大师张锦秋院士，做一期谈长安文化的人文节目，一开始主持人就提出，有人认为西安的城墙象征着封闭，局限了秦人的创造开放精神，话未说完，忠实立即激越反驳，认为西安自古以来就是开放的，你们怎么总拿城墙说事！我说，作为一种比喻，这未尝不可，西安地处内陆，开放创新精神的确需要加强。两人于是唇枪舌剑，双方都动了肝火。节目完后，饭也不吃，各自扬长而去。到了晚上，又互通电话，调侃笑道："老了，老了，还肝火这么旺。"但他依然声明观点不变，要再写文章展开来谈。

还有一次，他赴京领茅盾文学奖回来，省上开了盛大的庆功会，大家争相发言，我发言时除了祝贺之词，鬼使神差地多了一句嘴："当然，像一切优秀作品一样，《白鹿原》也不是完全没有缺陷。"全场愕然，记者们围住问：这"缺陷"指的什么，你能否详说？我生怕引发新闻事件，就连说今天过喜事呢，以后说吧，落荒而走。说者无意，听者有心，过了一个多月，忠实约我在一家小茶馆长谈。他说，知道我不会是无心说那句话的，想认真请教"老师"（他有时称评论家们为"老师"），谈谈《白鹿原》的缺陷。这也太隆重了。我只好直说了个人的一点感觉：长篇的总体构思切入了民族文化主体与文化接受心理的深处，固然是大优长，但也不是不可以更多地从整个人类的审美认知结构方位上，思索自己的人物与故事。黑娃与田小娥形象的文化与人性内涵是否可以更细腻丰腴，更极致？对社会政治风云的描绘是否纠缠得过于繁复？……这一晚，我们聊得很久，很真诚。真诚营养了友谊，分别时他紧紧握着我的手，摇着，要我抽空把这些想法写出来。记得也恰好就是这一年的除夕之夜，春晚结束后很久，我早已入睡了，却收到了他的电话，互相拜年后，又谈到一些文学与文学界的话题，而不知东方之既白。

对有差异的声音，如此加倍地看重，是一种大格局，也是一种对自己创作的大爱。在他的心里，文学真正是"依然神圣"。

几十年过去，神圣的文学终于成就了一个神圣的陈忠实。

2016年4月30日于西安不散居

原载《陕西日报》2016年5月3日，收入本书时有修订

《秦腔》：贾平凹的新变

《秦腔》原稿厚厚两摞，整整八百页，作者让我先睹为快。我读得很慢，费时一个半月，边读边记一些备忘的文字，现在整理出来，便成了这篇文章。

《秦腔》中的贾平凹有了变化

《秦腔》中贾平凹的创作心态有了引人注目的变化。这个变化我想用"由对人自身的倾诉，到为家乡（亦即民众和社会）树碑；由天马行空的性灵，到心存敬畏的苦吟"这样一句话来表述。

贾平凹一直以才气横溢、倚马可待而著称文坛，曾经有过靠住行道树，不到十分钟在纸烟盒上写就一篇美文的传闻。他创作数量之多、速度之快，当下文坛恐怕无出其右者，短篇一日、中篇一周、长篇一月就能出草稿，在他是寻常事。前几年常常保持一年一两部长篇的产量，多次表白过"我写作有快感，并不累""写是倾诉、宣泄，不停地写着才惬意，不写反倒难受"这样的意思。这次写《秦腔》不一样了。这是一部下了大功夫、大力气而又费时很长的作品，在谈这部长篇的文章和言论中，他反复强调的是三点：

一是强调自己一直在惊恐中写作，写得非常慢、非常苦："书稿整整写了一年九个月，这期间，我基本上没有再干别的事，……每日清晨从住所带了一包擀成的面条或包好的素饺，赶到写作的书房，门窗依然是紧闭的，打开着灯光，掐断电话，中午在煤气灶煮了面条和素饺，一直到天黑……古人讲：文章惊恐成，这部书稿真的一直在惊恐中写作，完成了一稿，不满意，再写，还不满意，又写了三稿，仍是不满意，在三稿上又修改了一次。"请注意下面紧接着的一句话："这是我从来没有过的现象。"还可以再加一句：强调并坦陈写作的惊恐和苦涩，也是平凹没有过的现象。我读的是已经定稿寄出的稿子，上面又用钢笔做了多处改动，粗略算算另抄的竟有十九页，有一处更是长达六页之多，可见用心之苦了。由"写作有快感"到"文章惊恐成"，平凹的这个变化实在意味深长。

二是强调在构思、写作中一直心存感激，心存敬畏。心存感激是因为"商州是生我养我的故土，是我写作的根据地"，"我强烈地冲动着要为故乡写些什么，我决心以一本新书为故乡树起一块碑子"。心存敬畏，最担心的是"故乡人如何对待这本书"，"他们认可这块碑子吗？"还担心自己"年龄大了，精力不济，江郎才尽"，树不好这块碑子。当然也担心"脱离作品的批评炮弹"。这也是平凹创作心态的一个变化。敬畏和感激家乡、敬畏和感激土地、敬畏和感激父老乡亲、敬畏文学、敬畏创作和批评，是作家人文关怀和艺术担当的表现，某种程度上也是作家的文学观由个我自足坐标向群体认同、社会认同坐标转移的表现。如果说在平凹的长篇系列中，《秦腔》切入当下农村社会显得比较深厚，这恐怕是一个原因吧。

三是强调他在作品中表达了对当下农村的关切和焦虑。记得平凹早年曾经说过，他的商州系列只是以自己的眼光写家乡的人事、家乡的风情，后来是评论家将其命名为寻根文学的。这回，他坦陈自己有着意识到的寻根意识和介入意识："写《秦腔》是一次寻根的过程，我在书中表达了对当下农村的关切和焦虑。无论怎样写，笔尖是有温暖的。"显然不一样了。

由强调主体的倾诉宣泄到强调为客体（家乡）立传树碑，是一种由内向外的转化。早在《浮躁》，平凹便有着对当下农村社会热切的关切和焦虑；《废都》有了变化，重心挪到解剖心灵和意绪而辐射人生世相；《白夜》可以说是一次大幅度向内转的实践，出现了一次否定。再往后，又出现了一次再否定，重新向客体现实倾斜。这个再否定从《土门》着力描写的乡村城市化进程中显出了端倪，又通过《高老庄》在历史人文背景上的乡村风情展示和《怀念狼》在生态理念烛照下的乡村风情展示实现多方面的尝试，而在《秦腔》中集大成，得到了巩固和深化。

所有这些，都让我们感到贾平凹的人生和创作状态有了变化。这个变化对作家来说至关重要。对这位特定作家来说，我想它意味着在广泛探索之后的一种认定，意味着文学观、社会观的某种深刻调整和调整后的某种加固。

秦腔是《秦腔》的魂脉

秦腔是《秦腔》的魂脉，是它作为小说艺术存在的重要标志。

这部小说题为《秦腔》，作品中关于秦腔的描写总不下百十余处，许多地方味道十足，很是传神。特别是用简谱和锣鼓经将秦腔音乐直接写进小说字里行间，极为鲜见。

秦腔在这部作品里，与碑版文字在作者另一部长篇《高老庄》中有异曲同工之妙，结构上能起到隔断转换、时空挪移的作用，从欣赏心理上看也有变化和顿歇，尤其能调动欣赏者在旋律和文字之间的通感，从一个新的渠道激发读者的艺术联想和欣赏再创造。不同的是，碑版古文字是历史留下来的定型化存在，它不能随小说叙述和人物心理的进程而随意变化，故而一般只能晕染背景、烘托气氛或暗喻意义。而音乐作为一种独立的艺术语言，可以直接在人物性格、心理情绪、环境氛围的表现中发挥作用；以秦腔曲牌之丰富，要选择来表现人物的各类性格、各种心情，简直游刃有余。记得罗曼·罗兰在《约翰·克利斯朵夫》中好像用过五线谱来写景、写心境，也远没有这样大量地、全方位地使乐谱进入小说的描写之中。

在这部小说中，秦腔音乐和锣鼓节奏用来渲染人物的心理活动，用来营造气氛，用来表达线性的文字叙述有时难于表达的团块状或云雾状的情绪、感受和意会。管着广播喇叭的村干部金莲承包上了鱼塘，心里一高兴，便满村放开了悦然轻松的秦腔曲牌"钻烟洞"，气得正在远处吃凉粉的老支书夏天义狠声说："再来一碗！"夏天义为七里沟修地和自己的侄子、新任村长君亭呕了气，四弟夏天智端着收音机走过来，不好正面劝他，老兄弟俩只是躲着这个话题东一句西一句说天气，说护膝，说死去大哥（君亭爸）的坟茔，收音机里却一直在吹打"苦音双锤代板"，那正是哥俩说话的气氛和天义心里的味道啊。引生拾了白雪在河边洗衣的棒槌（对没有"那个"的引生来说，这是阳物的象征），晚上想她睡不着，便抱着棒槌唱《祭灯》，"为江山把亮的心血劳干"，用诸葛亮的忠心表白对她的痴情，又用棒槌在炕沿上击打"慢四捶""垛头子"，由缓慢而急促有力，再回落到"慢一串铃"，用秦腔打击乐宣泄了一场意念中的性交。这些描写在当代小说中都很少见到。而小说描写的县秦腔剧团的炎凉和演员命运的起伏，也成为时代发展和文化变迁的一种症候。白雪刚出生的小女儿听见秦腔便凝下了神，再不哭闹。秦安病得人傻了，不会说话却记得戏词。秦腔声一起，连狗儿来运"也瞅着大喇叭，顺着秦腔的节奏长声吼叫"。在整部作品中，秦声弥散为一种气场，秦韵流贯为一股魂脉而无处不在。它构成小说、小说中的生活、小说中的人物所共有的一种文化的和精神的质地。

更重要的是，秦腔构成夏天智和白雪这两个人物的性格、命运、气质和精神寄托，构成他们生命本体的一部分。秦腔入文使他们有了标志性的旋律和音乐形象。白雪因秦腔而美丽，用秦腔来表爱，在秦腔音乐中结婚、孕育新的生命，因舍不得秦腔而留在县上，以致和省城的文人丈夫少了共同语言，直到在苦音慢板中倔强着黯然离异。小说定稿后，作者又用钢笔在原稿上加了六页，专门设计了戏迷为白雪写长篇赞诗和白雪为秦腔写介绍文字两个情节。在这一大段文字中，白雪化为秦腔的精灵，秦腔又化为白雪的魂魄。

夏天智更是一个几乎完全浸渍在秦腔之中而得到表现的人物。收藏、展示、出版、赠予秦腔脸谱是他终生的兴趣和人生的自豪,在村里安装高音喇叭播放秦腔是他退休后自找的职业。他是性情中人,发乎情而止乎礼,是生命的呐喊者却又对社会人生有较清醒的评断,能如此乃是得益于秦腔。秦腔戏文和戏中人物的许多价值标准成为他人生的精神坐标。他视儿媳白雪如亲生女儿,是因亲情,更是因了秦腔和秦腔戏文的价值标准。白雪要生产了,他无以表达又一代新生命在自己心中引燃的激情,竟用胡琴拉起激越恣肆的旋律迎接孙女的降生。得知儿子和白雪终于要离婚,痛惜至极的他当下收白雪为女儿,喊"把喇叭打开,放《辕门斩子》,放!"以示对儿子的愤恨。他自己也在撼人心魂的秦腔中告别这个世界。"夏天智在咽气前,已经不能说话,他用手指着收音机,四婶赶忙放起了秦腔,(以下为乐谱)……花音二倒板里唱的却是一句:天亮气清精神爽","夏天智手在胸前一抓一抓的,就不动了,脸从额部一点一点往下黑,像是有黑布往下拉,黑到下巴底了,突然笑了一下,把气咽了"。带着眷恋和遗憾,带着爱,最终落下了他人生的帷幕。

贾平凹有意识地将时间艺术、抒情艺术的音乐,融进符号艺术、叙事艺术的小说之中,使之成为小说艺术极有活力的表现手段,为小说艺术在以文字符号传递审美信息的基础上,尝试从更多维度上发现和构建新的信息通道和艺术语汇,做了创造性的探索。

夏天义,社会的担当者

如果说夏天智是生命的呐喊者,夏天义便是社会的担当者。

夏天义身上有着深刻的历史烙印,丰富的时代悲喜剧内涵。从20世纪60年代起,他就是群众运动兴修水利的模范,以后长期担任党支部书记,任劳任怨也有滋有味地为清风街的社会发展和公众事务操劳,一心要领着乡亲们走社会主义共同富裕的路子，几十年不改初衷。他全部的生命价值都印烙在清风街的发展轨迹之中，即便不再担任支部书记了，依然以极强的角色意识将清风街的公众事务当成自己的事来办。夏天义正直公平、执着倔强、大公无私、乐于奉献，能够进退裕如地运用社会主义的和民间的、家族的多重游戏规则，将党的要求和民间智慧结合起来处理农村各种复杂问题。在计划农业时期，我国广大农村实际上靠千千万万夏天义这样的带头人支撑着。

作者以极为节制的笔墨呈现了这个人物身上历史与道德评价、经济与人文评价的错位，但又避免了非是即非的二元对立判断。他从为自己弟弟夏天智办丧事，竟然找不到强壮劳力抬棺椁，敏锐地发现搞活农村经济所掩盖的另一种倾向，即劳力过度外流，轻视农业生产，忽视农田基本建设的倾向。他以为公之德、惜农之心，正大光明地写材料、提建议，切望扭转这种倾向。这时候，在夏天义身上，因人文的道德的坐标和历史的经济的坐标基本统一而闪现出光彩。但他完全不顾地质条件、人力条件和投入产出的经济规律，一意孤行领着哑巴和引生三个老弱病残强行去修七里沟的地，最后被一场大雨摧垮，这种愚公式的行为，由于是一种脱离现实和经济坐标的道德完成和精神实现，在当今时代也就很难显出崇高和悲壮，倒是多少露出了一点在历史新潮面前的孤独、尴尬和无奈。这时历史与道德、经济与人文在他身上是错位的。这种错位虽系时代造成，不能由个人负责任，却构成了夏天义个人性格和命运的一部分。他因此更受人敬重，也因此有了更大的承担。

作者没有简单地从社会坐标上去臧否夏天义，只是隐而不露地展示他的复杂性，从这种复杂性中蒸腾而出的人生况味和历史惆怅，构成了一种悲剧美，构成了这一形象重要的审美元素和艺术魅力。正如平凹自己说的："当下，农民渐渐从土地上剥离和出走，对于年轻一代是有一种解脱的感觉，但总体上来讲却当然是无奈，许多事情从理论上来讲都是明白的，也是轻松的，但现实沉重而苍凉。每一次大的社会转型，都是关乎人类的命运，这就使作家有了可写的东西，我不能无动于衷。"

夏天义形象的再一重意义，是含纳了社会主义初级阶段和中国农业文明社会转型过程中，社会权力体系和族缘血缘体系交叉互动、相叠相犯的复杂关系。他以自己在基层权力体系中大半生的无私奉献，成为清风街的道德楷模和精神领袖，也成为夏家这个大家族的主心骨。这时候，位（权位）、为（作为）、威（威望）三者统一于夏天义一身。后来秦安、君亭成了清风街党政领导，便出现了三者之间逐层滞后现象。由于政绩需要一个过程才能实现，作为的显示总是慢于权位的获得，这构成一层滞后；又由于人格信誉和精神威望总是在政绩和作为有了较长时期积累后才能建立，才能获得公众认同，这又构成一层滞后。在新旧交替过程中，于是常常出现有权者无为无威、无权者反倒有为有威的错位现象。何况夏天义在家族亲缘体系中又位高辈大，更加固了他的威望。他不是"村长"（权力长者），依然还作为"族长"（家族长者）和"道长"（精神长者）在公共生活中起作用。夏天义形象耐人寻味地揭示了东方伦理社会的特点，也揭示了这块土壤容易产生"人治"的深层原因。

在夏天义形象的塑造上，作者总体上采用了历史伦理、人民伦理的大叙事，细部也有极为可贵的个人伦理叙事，让我们看到了一位终生将个人命运和时代发展、社会担当联系在一起的农村基层干部的内心世界。对这个特定形象来说，像现在这样以历史伦理为叙述主线，融入家族文化、个我命运和心态的写法，我以为是恰当而和谐的。

莫不是"灵智现实主义"

在和媒体谈《秦腔》的创作时，平凹说过这样的话："农村的文化形态就表现在日常琐碎生活之中，表现在那些看似鸡零狗碎的泼烦日子里。以往许多写农村的作品，写得太干净，像是把树拔起来，根须上的土都在水里涮净了。"是的，《秦腔》大致承袭了这种贯穿于《浮躁》和《高

270

老庄》中的描述风格，依然是如数家珍地描绘农村日常生活的原生态，发掘其中人生的、社会的、民俗的意蕴和生活的、心理的情趣。这种描绘细腻生动，又节制冷静，也依然显示了平凹那种独特的、俯拾即是、闪念即来的联想比喻天才，以及将人物心理活动转化为可视画面的妙不可言的能力。

比如写农村久旱逢骤雨，一只鸡张着嘴向空中接雨，一口一口把自己喝死了。小炉匠家的墙泡酥了，塌在墙下的母猪身上，母猪当场流产。无数老鼠跑过街面上了戏楼，而戏楼前的柳树上缠着七条蛇。引生穿着雨筒子鞋到处踩水，有意往别人身上溅。这是村里仅有的一双，又是父亲的遗物，从其珍贵可显出高兴之极的心情。作品用密集的奇特的画面、简洁而稍许跳脱的语句，写神了这场雨和雨给农民带来的好心情，不着一字（写雨）而尽得风流。又像已经和白雪结了婚的夏风，晚上和竹青走在村道上，路过少时曾爱恋过的金莲家，见院门楼上有一篷葡萄架，无数的萤火虫自带着灯笼在飞，夏风伸手抓住了一只，立在那里发了呆，竹青说想见金莲啦，夏风笑笑，摘了门楼上的一颗硬葡萄（当然是酸的了）在嘴里嚼，萤火虫便从手中飞到院门里去了。全是画面和动作，内心活动和情绪流向却跃然纸上。在这种心理语言、画面语言向动作语言的翻译转化中，人物性格和作品意蕴的信息便生动地传输到读者心中，审美客体的内蕴也便经由画面转化为审美主体的感同身受。

不同于《浮躁》和《高老庄》的，是在现实主义的创作精神和生活展现中，《秦腔》似乎在形象描绘之中渗进了更多灵悟的元素。作者的"委托叙事人"引生和清风街的一些山民，身上有许多异于常态的怪诞的东西，眼光可以看见人的五脏六腑、可以穿越时空的阻隔，灵慧到能够感应天地万物、能够祈祷树木为人添寿，还有司马迁式的残缺产生的某种神秘。也许是他暗恋白雪感情波的辐射或心理场的效应在起作用，他的残缺又引发了白雪孩子的残缺。这样，透过引生叙述出来的这个小说中的世界，也充满了天人感应，万物有灵。世上所有的生命都处在千丝万缕的联系之中，天文、地文、生文、人文纠缠胶着在一起，被作为一个有机的整体描绘出来。这种纯然中国式的混沌世界观和美学观，极大地拓展了艺术表现天地，充满了陌生感和神秘感造成的欣赏悬念和艺术魅力，也反映出农村人与自然的亲近和沟通。夏天智感觉到儿子夏风和白雪闹崩了，便噤了秦腔，寡了耳朵，只见蚂蚁结队往树洞里爬，天上有一朵云落在院里，正扫地的白雪一拧身，却是一把泪珠子洒在了地上。孤零零的引生一个人过年，端碗便想起了自己最牵挂的人，便想着代爹娘吃一口，再代白雪、哑巴吃一口，后来想到了代院里、大清寺和七里沟的树吃一口，代形影不离的狗来运、染坊里的叫驴、万宝酒楼上的大花猫吃一口，代七里沟的石头、白雪坐过的石头吃一口，"他们都给过我好处，要感谢的东西很多很多，我代他们吃一口饭吧"。引生吃饱了，便把饭倒在院子里，让鸟吃、黄蜂苍蝇吃。结果麻雀、黄蜂、蛾子、蚂蚁都聚过来吃他的饭（原稿上，作者刻意在两处把蜜蜂改成黄蜂、蛾子，表明他不是只从人类好恶的惯常角度，而是从大生态圈来看待所谓害虫益虫的）。"我把最后一颗米粘在了鼻尖，舌头伸出来一舔，吃进了自己肚里。"这幅天人和谐、共享福祉的画面写得何等温馨而耐人寻味。

从艺术精神和方法上看，《秦腔》没有像《浮躁》《怀念狼》那样融时代风云为命运纠葛，走更为传统的现实主义路子；也没有像《白夜》《土门》那样，将时代风云稀释为，甚至异态化为具有神秘色彩的日常生存；而走了一条折中的路子，既将时代风云融入日常生活，又将许多日常生活场景聚集到一起，透过"委托叙述人"不完全写实的灵慧眼光，略显变形地呈现出农业文明在农村现实生活中的衰败、市场经济在农村的萌动，以及这一大背景下的社会风气、干部作风和文化时尚（如村干部在计划生育和收税过程中的非法行为，秦腔敌不过流行歌曲，老支书做的"泰山石敢当"碑没有栽到坚持农田基建的七里坪地畔，却栽到了搞活农村经济的象征万宝酒楼前，等等）。现实主义在这里多少有了一点变化，逼真写实中多了一点乡土的浪漫和理想，形象和理象中又多了一点灵象和喻象。不可能的事变得有点合理，虚幻的事写得很是真切。这一切又和贾平凹原先作品中对生活的细腻描绘圆融无碍地融为一体，聚合为新的艺术感染力量。

《秦腔》是批判的抑或理想的抑或理念的现实主义吗？都有一点，又都不是。我在想，莫不是那种可以叫作"灵智现实主义"的东西啊？

遗憾还是没能避免

但遗憾还是没能避免，我想提出最主要的两点，供大家思考。

第一，我以为作品对生活、人生和社会心理还缺乏重大的创造性的发现。前面谈到了这部长篇不少创新之处，属于表现方式和手段层面的居多，如秦腔曲牌的直接入文，如现实主义描写中的灵智泛漫。读者最为期待的当然还是作品对时代、人生、心灵内涵有更具启示力的发现和开掘，惜乎这方面令人震撼的东西还不够多。这主要又表现在对清风街生活中新的经济、文化因子，对清风街乡亲内心世界中新的折光还缺乏充分深刻有特色的展开，而对多年沉淀下来的那些社会现象和心理感情，展现得相当细腻精到，两相比较显出了不均衡。作者的价值判断和感情倾向本是清晰的，也符合历史发展旨归，但由于这种布局和开掘上的不均衡，在艺术效果上，反倒是夏君亭和他的事业显得模糊灰暗，而夏天义道德力量的光彩却多少遮蔽了他在历史轨迹中的尴尬。

第二，通过引生这个"不可靠叙述者"来展开全书，似可推敲。小说透过引生的眼睛看世界，通过他的所见所闻所想缀连和转叙故事。引生不像作家，可以具有全知视角，是全知者，引生的所见所闻要受到自己人生活动和日常行踪具体时空的左右，他的所知所想又受到特定自我认知系统和感觉系统的局限，这样，作家便往往需要枉费许多笔墨来解释他为什么能知晓那些他不在场的事情，又为什么能感知到那些他无法感知到的东西，多少显得累赘拖沓，不够清晰也不很可信。在叙事学上，引生属于那种"不可靠叙述者",即带有种种个我局限和偏见的叙事者,虽然作者让引生具有超人的灵慧和超时空的感应能力,力图在某种程度上弥补这种叙述的不可靠性,但小说没有设置可靠的叙事者(这常常就是超然的全知的作家自身)来总揽、匡正全书,让读者始终透过不可靠叙事者的眼光来感知书中的世界,极易产生零碎、失真的后果,也极易影响甚至伤害真正的叙事者(即作者)的审美立场。

2005年1月20—26日于西安不散居

原载《当代文坛》2005年第5期,收入《雪山书系·握住从容》,陕西人民出版社,2009年

贾平凹长篇系列中的《高老庄》

读贾平凹的长篇新著《高老庄》，总由不得想起他的《浮躁》《废都》《白夜》《土门》。把《高老庄》放到他的长篇系列中去感受和思考，我感到，这部《高老庄》从很多方面看，都是贾平凹长篇创作的一个合题。我是说，如果《浮躁》是一个正题，《废都》《白夜》是一个反题，那么，由《土门》到《高老庄》便是一个走向合题、完成合题的过程。我的这个感觉，更多的不是想表述一种评价，表述价值判断，主要是想描述一种状态，表述认知判断。

从平凹小说创作内在的文化追寻上看，大体经历了文化和谐—文化错位—文化崩溃—文化建构几个大的段落，这些段落相互交叉、渗透，却又有着相对明晰的区间和界限。

贾平凹早先的小说，总体上展示的是社会和谐、文化和谐、心理和谐的一面。恬适灵动的田园诗、田园梦，融化在商州山川和民情民俗之中，清澈明净的青春气息，弥漫在人物的行态、心态和情态中。当然并非水波不兴，有时也写冲突，那大多是个人的、青春的欢悦和苦闷，很难说是波涛，倒更像是涟漪。当然，在这些不谐和音符的深处，也呈示出了整个文化氛围的沉滞，作者在审美认知中也会升腾起自己明晰的价值倾向，从而使这一时期的作品具有了社会的、文化的批判深度，不过，这种社会的、文化的揭示和批判，大多是在生活湖泊漫长的历史沉淀中来进行的，又常常敷上了一层山光水色和月的朦胧，在一定程度上对文化冲突做了静化和淡化的处理。即便是《五魁》《白夜》《美穴地》这一组绿林系列作品，社会矛盾和文化冲突也常常从具体的时空环境中虚化出来，带上了浪漫色彩，几近一种有文化感的山林童话。

到了《浮躁》，和谐被打破了，它是从社会变革的实践层面被打破的。山乡农村那传统自然经济的平衡和平静，在改革开放中被乡镇企业的兴起、市场经济的萌动冲决了。传统与革新的冲突，首先在经济社会运作层面展开，而新的经济因素，特别是这种新经济因素的载体——最早参与改革的一批人，又将新的文化因素带进了山乡生活，引发了新旧文化心理的冲突，同时也使改革开放初期，改革初涉者精神世界和当时社会心理中稚嫩而不成熟的一面，或者说"浮躁"的一面呈现出来。于是在《浮躁》中我们看到了从社会实践到社会心理，从群体精神世界到个体精神世界，方方面面、里里外外的不协调、不同步。这种不同步源于新旧两种社会实践、两种社会心理的错位——新的社会实践超出了原有社会心理的承受能力，哪怕这种错位随着改革和改革者的成熟，终究要弥合，到时候又会出现新的错位，出现另一个发展螺旋上的同位现象。这样，贾平凹对"浮躁"情绪的捕捉，不但收纳了那个特定时代的信息，而且能够凝聚各个历史转型期共有的精神现象，便有了相当的典型性和信息量。在《浮躁》最后，这种错位并未消失，几位主人公开始由农村向城市运动，这既是他们经济事业发展的需要，是动态的市场经济内在的要求，也是一种对新文化格局、新精神境界的追寻。他们企望着在一个新的、较现代的文化环境中，解决主体与客体的错位，欲与灵的矛盾。

如果我们将《浮躁》视为平凹打破平静、进入动态文化追寻的一个重要起步，并以此作为正题，那么，《废都》和《白夜》则可以作为这种文化追寻的一个反题。前者写社会运动中的文化错位，后者写社会剧变中的文化崩溃。前者的追求充满了希望，是暖调子的，后者的追寻则陷入绝望，冷峻而颓丧。庄之蝶当然不是雷大空，但也系由小县进入古都，由乡村文化进入现代都市文化的人。只是古都这个大都会有它的特殊性，几千年的历史并没有孕育纯粹意义上的现代工业文化和现代都市意识。古都已由历史上的大都、帝都成为故都，进而由文化上的故都成为"废都"。废都的本体文化已经成熟过度而腐烂，与现代异质文化因子发生着剧烈的冲撞。乍一进入古城文化圈的庄之蝶，一下子成了文化名人。缺乏历史积淀的短促成名过程，使他还来不及进入古城精神文化优秀传统的深层，便仓促地以郊县文化和古都"圈外"文化为底蕴，迎接颓废的古都文化和现代经济文化两方面激越的夹击。乡村文化心理使庄之蝶对都市文化、经济文化有一种天生的距离感和戒备心，也使他在接受古都历史文化精粹时具有原发性的心理障碍，而"圈外"文化角色又使他没有能够与现代城市文化相颉颃（也是相交融）的底气。庄之蝶于是身处喧闹而深感寂寥，愈益得意便愈益失望，以致由找不到认同而苦闷，由苦闷而断裂。庄之蝶最后的出走和发病，既是对废都文化的决绝，也是自身心灵的崩溃，又是在新的文化向往和追寻中一次新的漂泊。这可能是作者最后有意不交代清楚他是否活着，他去了哪里的缘故吧。不论庄之蝶的结局如何，都会是文化追寻者的一次涅槃。

到了《土门》，特别是到了《高老庄》，这种执着的追寻，开始露出了希望，而且部分地由心灵追寻进入了具体人生实践，让人感觉到一种文化建构的端倪。端倪当然不是高潮，更不是完成。只是这个端倪显得实在，便使人感到了建构的希望。作者的眼光和笔墨，随着主人公子路，重又回到了农村，回到了他（作者）和他（主人公）开始文化追寻的出发地。从表面看，子路回到高老庄，很快就融入了原有的社会和文化网络，显得那般自如和协调，其实子路这次归家，是一次高层次回归。第一，与早先农村出走时不同，这次归家，子路具有明确的自审意识，他时时自觉到高老庄人的矮小和猥琐。他对乡村依然有着重温旧梦的温馨自造，但经历了城市文化、精英文化的蒸熏，更有了一种批判、审视的目光和思考。你能分明感到作家的情感倾向由原先的戒备城市转而为一定程度上的接纳城市，由原先的依恋乡村转而为一定程度的排拒乡村。

第二，子路已经感觉到了乡村文化、乡村生存环境乃至整个社会现存文化、整个人类生存环境，对生命的退化和弱化。因而，他与西夏的结合，带着明确的改造人的生理素质、心理素质和整体文明素质的目的——由矮小改造为高大，由羸弱改造为强健，由乡村土民改造为城市精英，这种改造自身局限的愿望，甚至沉淀为子路潜意识的审美心态——他喜欢大宛马和大宛马似的女人。带西夏回高老庄，既是带回一位新夫人，又是带回来一个新的文化坐标，带回来异样的文化眼光和异质的文化觅母。作者对西夏这个人的设定，有一种内在的象征感。她具有现代女性的风采和内蕴，又有一个和传统文化、乡土文化粘连在一起的职业——文物考证，这使她成为传统与现代的熔接点，成为提升乡土文化、平衡现代文化的一种力量。从这个意义上来说，西夏寄寓了作者的文化理想。

第三，子路、西夏、菊娃这个三角形的人物关系，是作者文化追寻和文化建构的一个象征。菊娃作为传统而又正在变异的乡村文化的代表，西夏作为城市文化、现代文化的代表，子路作为由乡而城的文化代表，组合在一起，构成了以菊娃为起点，西夏为终端，子路为连接过程的一个图式。这是许多当代农裔城籍知识人的心路历程和文化转型图式。但在《高老庄》中，情况又远不止这么简单。其实，西夏与菊娃既是子路人生道路和文化思想的两个端点，却又不是静止的，自身也同时处在和子路一样的文化转型和建构的动态过程之中。菊娃处在以传统乡村文化为体，以现代市场文化为用的建构过程。她既通过和王文龙、苏红、蔡老黑的人际关系和感情纠葛，与发生在乡村中的新经济、新社会因子相互碰撞、融会，又通过回眸审视与子路的婚姻离异和感情的离而不异，以及和西夏在对照中的趋近，萌发、促动新的眼光和情怀。她的宽容大度，既有农业文明的古典美，其实也是对现代情感操作方式的某种接纳、认同和适应。西夏则处在以城市现代文化为体、以传统乡村文化为用，逐步融会、相互植入这样一个文化建构过程。对当代知识人来说，这是一个逆过程，却显示出文化人格上的渐趋成熟。

三位主人公在三个层面上以三种方式探寻着自身的文化转型、文化建构之路。和前几部长篇一样，这种探寻在小说中依然远未完成。在小说的结尾，我们又读到了和前几部作品类似的镜头：子路又要回城了，要走了，要再度去继续他的精神漂泊和文化追寻。他离目的地还很远，也许永远没有目的地。这使《高老庄》有了文化寓言的意味。

　　小说另外三个人物的设计也饶有深意。一个是王文龙，从城里来到乡下办工厂，经济上的由城而乡和上述西夏文化上的由城而乡形成一种对应。一个是苏红，由农村去城市创业，而后又返回农村办企业，这与子路在文化追寻上的乡—城—乡又形成对应。蔡老黑则是在乡村改革中敢想敢干的人物，常常以粗鄙的形式和革新的内容冲决原有的村社文化秩序。他们都不但给高老庄带来了资金、技术，也带来了新的观念和方法，构成原乡文化重要的变数。

　　《高老庄》正是在这些意义上，成为贾平凹几部长篇小说文化追寻的一个合题，即由商州文化秦头楚尾的静态交汇和远山野情的圈外色彩所形成的文化和谐这样一个正题，到乡村生态、农业文明和城市现代文明的冲突，自然经济和市场经济的碰撞所形成的不协调、颓丧，甚至断裂这样一个反题，再到尝试着将现代城市文明和传统村社文明相互渗透植入，企望着产生新的平衡这样一个合题。作家放弃了早先的田园梦，放弃了叙事者的抒情角色，也放弃了中期的人文知识分子的叙事立场，在文化的失落和衰微中做执着而又无奈的追寻。小说最后，城里来的西夏倒想再留在高老庄，乡里走出去的子路却急着要回城里，这种逆向的动态欲求，大约透露出作家的一个文化设想：子路需要进一步走出乡村文化去吸取异质文化觅母，而西夏则需要将自己的异质文化觅母更深地植入乡村文明之中。贾平凹超越了二元对立判断，进入了一个丰富复杂的动态建构境界。

　　和这些相联系的是，从《浮躁》到《高老庄》，几部长篇对社会典型情绪的概括，也随着现实情绪的变化逐层深入。大家都谈到，贾平凹的长篇小说几乎能够以与社会发展同步的速度，再现百姓日常生活。当下的、即时的生活信息、文化信息、心理信息、情绪信息，密集地出现在他的作品之中。这是他长篇的一个特点，还有另一个特点，就是在写当下性、即时性日常生活的同时，又常常能够穿透琐屑的日常生活或社会事件进程，迅捷地捕捉到弥漫于百姓心态中带有普遍性的社会情绪。改革开放之初，他捕捉的普遍社会情绪是各阶层心中的"浮躁"。在改革触及文化变迁和灵魂震荡时，他捕捉到的是知识分子心中普遍的颓丧感（《废都》），并用"白夜"这个异常的辞象来表示他们心中无法和谐的对立和对立中的无奈。而后，当社会在改革中逐步成熟，作者对改革现实的把握也逐步成熟时，他便用"土门""高老庄"这样万象汇于一的词来表示。"土门""高老庄"者，一个正在阵痛中走向现代的复杂的世界，一个最无特指意义、最普通、最熟悉，又能唤起读者的传统记忆和宽泛联想的"共名"。

如果说"浮躁"表达了社会对改革急切的心情，又含纳着社会改革初期的缺陷，它便有了褒贬参半的双重意思。无论褒贬，"浮躁"都是从社会文化观的视角着眼的。而弥漫在《废都》中的彷徨、无奈和颓丧，则是从人文文化观视角切入，又从文人的内心生活来展开的。《高老庄》又有些不同，它既有社会文化观和人文文化观视角，更有生命文化观视角。这使它具有了某种程度的全景色彩。

小说有一个大的生命意象。一个民族、一种文化也是一个鲜活的生命体。沉滞漫长的岁月会使它衰老，需要不断引进新的因子，并在交汇融通中激活。《高老庄》写的就是这种古老民族和古老文化的生命体，在曾经有过的几度繁荣发展之后，开始衰微，现在又开始了新的多维交汇，出现了对振兴的探索，呈示了生命被再度激活的征候。

小说有一个大的生命系统。宇宙、地球、社会和人，各种生命神秘现象，通过"飞碟"的闪现和消失，"白云漱"的生命陷阱，石头娃画画和说话的预言性和寓言性，还有迷糊叔在历世弥深之后以真朴的民谣对社会人生循环圈的哲理暗示，等等，共处于这个大的生命系统之中，天人相应，生命社会相贯通。

小说有一个空间阔大的现实社会背景。王文龙、苏红办木器厂和狭隘的乡村社区意识之间，和不患寡而患不均的小农意识之间的矛盾，文明科学的生活方式、开放现代的生活习风和封闭落后的生活积弊之间的反差，等等，展示出了这个社会背景。

小说有一个纵深感很强的历史文化背景。它以西夏的文物专业爱好和职业责任为自然连接线，在她发掘高老庄的文化宝藏，寻访、记录、收集民间碑版的过程中，将被岁月淹没的民间历史、风俗文化和正在进行的现实生活做动态的穿插和深层的对照。由于寻访民间碑版是女主人公的专业爱好，符合人物身份，也构成了表现她性格的一个因素。由于许多次的寻访被编织到小说的情节之中，而且总是起到了揭示高老庄历史文化内涵的作用，又由于整个长篇采用了不分章节、浑然一体的写法，碑版文字的插入实际上起到了一种分离、隔离的作用，产生了阅读中的间离效果。作品在熟悉的现实生活演进中，通过历史的（也是古汉语的）陌生化，使读者跳出情节的发展和形象、感情氛围的浸淫，做静态的历史哲理的观照。这样，碑文的搜集、摘录，便不但构成了小说的意旨展示、人物描写、情节推进、结构铺排的一个因素，也构成了艺术欣赏、符号接收的一个因素。只是有些地方，碑文的插入还显得生硬，也极有可能影响一部分读者的阅读兴趣。

《高老庄》从历史人生空间、文化心理空间、大生命空间的多维结合中综合展开笔墨，而这一切又是融入最底层、最日常，有的甚至是粗鄙的生活流程之中来表现的。贾平凹有相当深的理性思考，但他总是从感觉层面来把握生活。不着意去概括生活，而是在生活体验过程中用感觉来提升生活，加上民间视角和全知视角的结合，作品便形成了一个很大的生命场、文化场。我觉得《高老庄》还原生活的层次是比较深的——在文化姿态和艺术视野上，这又构成一个合题。

以上是对贾平凹从《浮躁》经《废都》《白夜》《土门》到《高老

庄》的艺术与文化轨迹的一个简约描述。这个描述虽没有着重于评价，但有明确的肯定倾向，也写出了对这一轨迹在艺术实践中的不足的认真剖析。不管怎样说，在贾平凹的长篇创作中，《高老庄》是一部有分量的、具有阶段性标志的作品，是一部给当前长篇创作提供了新话题的作品。

1999年1月20日于西安谷斋

原载《当代作家评论》1999年第2期，收入《〈高老庄〉评点本》，长江文艺出版社，1999年

秦川牛与昭陵骏（访谈）

——与贾平凹在中央电视台《大家》栏目对话之后接受采访

记者：肖老师，您跟贾老师相识三十多年，肯定有过很多次交流、对话，那么这次在《大家》中的对话，跟以往有什么不同？

肖云儒：我跟平凹相识三十多年，上世纪70年代我们就相识了。那时平凹大学刚毕业，分配到陕西人民出版社工作，我就去过他那六平方米的小房子，一床一桌，摆不下椅子，来人就坐在床上。但这次电视对话跟以往的完全不一样，过去我们除了私人友谊，主要就是交流创作，谈创作，谈作品，这次我们主要谈他的人生，而且集中在他人生的几道坎上，集中在他受过的几次批评上，与以前谈的很不一样。

平凹在给我的文章里写过，说我们两个人都个子矮，是"长安城里两个不能站起来照相的人"，所以今天就从矮个子说起，说到他的"弱水为强"的精神。平凹看上去很低调很弱势，平素话也不多，但是心性和心劲却很大。

记者：肖老师，您能不能谈谈对贾老师创作的三次批评，这在以前，好像没有集中在媒体上谈过。

肖云儒：第一次对平凹的批评，是针对他上世纪80年代初的中篇《二月杏》。这是一部描写商洛山区地质队员生活的作品。地质部门当时有文章批判他，说《二月杏》因为描写了地质队员跟当地的姑娘谈恋爱，违反了他们的纪律，丑化了地质工作者形象。后来自上而下又组织研讨会批评他。我当时是《陕西日报》的记者，参与了会议并写了很长的报道材料。当时是改革开放之初，思想解放才开始，平凹是比较紧张的。我觉得这是两种文学观的错位，平凹是从纯文学的人性人情的角度来构思、写作这个小说的，但地质部门是把文学当作宣传，从维护行业形象这个角度来关注的。这次在《大家》对话前，我很坦率地跟平凹讲，我知道你很委屈，文学界也有看法。我还记得，正开会，诗人雷抒雁正好从北京来西安，说"你们把平凹推上手术台会诊呀"。当时"文革"刚过，要开会批评一个人、一部作品，大家都会很紧张，但其实现在看，那时是把这种紧张放大了。这次批评是过头的，其实对平凹也有好处，它使一个才写出《满月儿》的青年作家，清纯入世的作家，突然了解到文学不完全是个人的事，它的社会辐射面是很宽的。社会对一部作品、对一个作家会有各种反应，一个作家要学会接纳各种声音。

第二次批评就是《废都》。对《废都》，我比较清醒，比较看好。记得这部作品刚刚出版还没有受到批评的时候，我和平凹去电视台做一次节目，开播前还约定，两个问题先不谈。一个是性描写，就是那些框框，此处省略多少多少字，是出版行政主管部门的事，文艺评论可以不谈；一个是中国知识分子在那个特殊年代整体的颓废情绪，也就是"废都之废"，古城文人的精神之"废"，这个问题太敏感不好谈。但开播以后我们两人都没忍住，都谈了。

我给《废都》写过一篇评论，叫《非史之史，无律之律》，在南方一家报纸发表了，一整版。这部小说里平凹细致描写文化人泼烦的琐碎的日常生活，好像构不成我们通常理解的大历史、大事件，但是作者敏锐地抓住了流贯在那一阶段生活背后的历史情绪，就是颓废、颓丧的情绪，而这种颓丧情绪又被放置到一个古老苍凉的颓废之都的背景和氛围之中，我们便能清晰地感受到字里行间的历史脉搏，这不是"无史之史"吗？"无律之律"是说，《废都》里写的生活都是随意的、日常的，看似没有规律或常常逸出规律。庄之蝶是个文人，怎么在两性关系上那么滥呢？我在一个大学报告会上为庄之蝶性泛滥说过一句话：如果最富有感情的文人，也把做爱当成味同嚼蜡，那生活还有什么意义？其实这说明，那时候的文人对人生、时代的失望，对什么都失望，包括爱情。遭到听众的嘘声。

第三次就是"博士直谏"事件，李建军跟平凹的论争。公正地说，不能说建军的意见一点没有道理，他还是从学理出发的。但他的态度、语气过于凌厉，超出了文艺评论的范围，成了意气之争。他过分自负，障碍地看到问题深处的复杂性。生活本身的走向是不明确的，不能要求作家抛弃生活多面的真切，一定要条分缕析地把握生活。把生活提炼为戏剧，主题倒很明晰，但对于小说来讲未必好。小说就是要像《红楼梦》一样，把泼烦的琐碎的复杂的生活，通过细节呈现出来，让读的人去感受、梳理，这才是中国民族小说的传统。与俄苏文学那种经过提炼的写法比，这是两种不同的写法。我个人认为，平凹的写法对后人研究这一段历史，文献价值更大，因为它原生态。

平凹这个人向来不肯服软，但是在《废都》受到批评后，1996年底他在给我的一封信中说："我感谢您，感谢您的肯定，也感谢您的否定，连同所有读了我的作品后仁者见仁、智者见智的读者，我都要感谢，因为正反意见对我的写作都有益，昨日看不到效果，今日看到，今日看不到，明日看到，我的河要流，我得纳一切溪水。"你可以感觉到，这个说话不多的人，其实内心很强大、很包容，什么意见都能容纳。

记者：能够说一下贾老师在您心中的印象吗？

肖云儒：在央视这次对话中，我说，平凹，你的性格可以用两个陕西符号来寓意。一个是秦川牛，很勤奋、很踏实，不停地写，像牛一样耕耘。一个是昭陵骏，奔跑的、飞腾的、强悍的，像天马一样志存高远。平凹的特点是弱水为强。是商洛山水和汉唐气象的结合，是"猛志固常在"和"悠然见南山"的结合，是秦川牛和昭陵骏的结合，这就是贾平凹。我还记得一个细节，在他最早住的六平方米小屋里，有一张奥林匹克广告画，平凹在上面画了一只眼睛。我问这是啥意思，他说："我眼红奥林匹克呀。"文学的"奥林匹克"就是诺贝尔文学奖。其实那时他已经收到了一百二十多次退稿，写作形势非常艰难，但依然"眼红奥林匹克"，内心多么强大。

记者：大多数作家的人生，都跟他的作品紧密相连，甚至就是以他的作品来划分的，您认为贾老师的人生该用哪几部作品来概括呢？

肖云儒：如果从平凹的人生和时代轨迹来梳理他的作品，我想这样排列：首先是《古炉》，这是他艰难成长的岁月，他的少年时代在"文革"中度过，有一个多难的少年时代；然后是《满月儿》及那时的系列小说，一个清纯少年进入了社会，内心充溢着满月儿咯咯的笑声，这笑声是一种寓意，寓意政治狂飙之后人的天性得以恢复，山乡的声音得以清灵灵地传出来。这是平凹天籁无识、清纯入世的阶段。

然后是《浮躁》和《废都》，这是他复杂处世、痛楚有识的阶段。《浮躁》时，他对改革开放初期社会浮躁情绪已经有所警醒，到了《废都》他就非常痛苦了，然后经由《高老庄》《秦腔》，最后到《带灯》，平凹进入了超然出世、禅意超识的阶段。

我们现在谈论平凹，大多是说他作品多，质量也很好。除此之外，平凹还有一点更可贵，就是他用自己大量的作品，反映了现代中国一个关键的历史阶段。他还会继续写下去，他的作品将会记录中国近一个甲子的社会史、心理史、情绪史、城乡变迁史。他不是光写自己的人生，还写了中国的发展变化。从他笔下的复杂生活现象中可以把握到整个社会的脉搏，真正是"非史之史，无律之律"。一位作家个人的心迹和社会历史足迹如此重叠，多么可贵。

记者：贾老师是陕西文坛甚至中国文坛旗帜性的人物，您觉得他对陕西文学、中国文学的"风向"有什么样的影响？

肖云儒：我前几天正好看到《南方文坛》程光炜的一篇文章，说中国当代文学像现代文学一样，需要且也已经有了自己的"鲁、郭、茅、巴、老、曹"。因为当代文学的发展年限已经比现代文学还长，所以应该有自己的代表人物。文章里举出了四位代表这一时期最高水平的作家，第一位就是贾平凹，第二是莫言，第三是王安忆，第四是余华。这篇文章我觉得很有道理，这说明平凹不仅是陕西文学的旗帜，而且已经被默认为中国文学的第一梯队。

平凹引领了什么风气？第一，他首先冲出了陕西文学"正面强攻"的思维，引领了"巧取豪夺"的风气。几十年前，柳青、杜鹏程是陕西长篇小说的领军人物，大家也都学他们以正面强攻的视角和方式写史诗、写战争、写社会改革。是平凹最早走了孙犁、沈从文、汪曾祺的路子，写灵山秀水，写满儿月儿。"巧取"就是侧面迂回，"豪夺"就是获得了全国优秀短篇小说奖。《满月儿》反映的是一个新时期的到来，就是青春的到来，这使得陕西文学格局多元化了。

第二，他开创了陕西文学描绘历史事件和生活现实的新层面，由表现事件和人物，突破到了捕捉时代情绪的层面。《浮躁》抓住了改革开放初期最典型的社会情绪；《废都》抓住了那个特定历史时期中国人文知识分子的普遍情绪；《高兴》也是情绪，讲的是农民工进城后的情绪，最初是高兴，但高兴中又有心酸苦涩，不过所有心酸苦涩又都是历史进程中的喜剧：城镇化改造终于来到了。平凹善于捕捉时代情绪，在时代情绪的变迁中显现历史轨迹。他善于将史诗融入心迹，从心路辐射史路。这也引领了风气。

第三，平凹是在陕西开创"灵智现实主义"的第一人。《秦腔》里的水生，半人半神，有超能力。《废都》中的牛会向人类社会说话。很多作品中都有这样的灵人灵物。平凹不仅写出人物外在的形象和内在的心象，还写出了超验的人物灵象。不仅写出人物的肉身、人物的真身，而且写出了人物的灵身。

第四，平凹善于用符号象征来凝聚长篇小说的结构，这是他的独创。他的大部分长篇小说都有一个意象符号，比如《古炉》，用古老的炉子和炉中之火来象征中国。《秦腔》，用古老剧种的衰败比喻这块土地进入现代社会后的悲凉。写秦腔的衰落，其实是寓意农耕文明的衰落。《废都》，颓废的古城，颓废的文人，古城上悲凉的埙音，相互构成寓体。《带灯》，寓意每个人都像萤火虫一样，虽不能给黑夜带来很多光明，但如果人人都能照亮自己身边的一点，这个社会就光明了。特别是《高老庄》，里面用陕南地区古代碑版象征历史与农业文明，坚固而沉厚。平凹的写作常常有一个潜在的情绪主体和意蕴主体，善于抓住一个符号寓象，寄托一种情绪一种意蕴。

第五，平凹是在中国现当代文学里，较早越过五四现代小说传统，直达民族小说传统的作家。现当代小说是五四以后才有的，而且多沿袭西方小说的路子，但平凹沿袭了中国民族小说的传统，比如《聊斋志异》中的神怪奇异，《红楼梦》中琐碎泼烦的日常生活，等等。而且，他的语言和文字是多么民族化、乡土化啊。

我认为这几点是贾平凹的几个独创，在中国文学史上都站得住。

2014年3月20日《西安日报》记者肖雪根据录音整理

选自《肖云儒自选集·守昧》，陕西人民出版社，2015年

第三辑

形散神不散

师陀同志说"散文忌'散'"很精辟。但另一方面，"散文贵散"。说得确切些，就是"形散神不散"。

神不"散"，中心明确，紧凑集中，不赘述。形"散"是什么意思呢？我以为是指散文的运笔如风、不拘成法，尤贵清淡自然、平易近人而言。"煞有介事"的散文不是好散文。会写散文的人总是在平素的生活和日常的见闻中有所触动，于是信手拈来，生发开去，把深刻的道理寓于信笔所至的叙述上，笔尖饱蘸感情，时而勾勒描绘，时而倒叙联想，时而感情激发，时而侃侃议论。鲁迅先生的散文是这方面最好的典范。他的散文，有的"大题小做"，如《关于女人》《家庭为中国之基本》《战略关系》等等；有的"小题大做"，如《论雷峰塔的倒掉》《论"他妈的！"》《从胡须说到牙齿》等等；有的"借题发挥"，如《谈皇帝》《论照相之类》以及大部分的序跋；有的"无题有感"，如《随感录》《忽然想到》《马上日记》《无花的蔷薇》等等。看起来，没有一篇紧扣题目，就题论题，"散"得很；实际上，是用自己精深的思想红线把生活海洋中的贝壳珠粒，穿缀成闪光的项链。虽然色彩斑驳，但却粒粒如数；虽然运思落笔似不经心，但却字字珠玑，环扣主题；形似"散"，而神实不散。

我觉得这种"散"与不散相统一、相映成趣的散文，方是形神兼备的佳作。

原载《人民日报》1961年5月12日，后被收入《文学理论学习参考资料》（高等教育出版社1981年版）等近二十种图书。

形可散，神不可散

——关于《形散神不散》的一些话

二十六年前，1961年5月12日，我在《人民日报》副刊《笔谈散文》专栏内写了一篇五百字短文《形散神不散》，文中提出的散文要形神兼备、形散神不散的观点，在散文舆论中流布开来，一些大中学教材或参考资料多有采纳者。有的还加了各种解释和阐发，也引起了各种各样的讨论。

最近，林非同志对这篇短文提出了批评①。他在文中结合对五六十年代散文创作的看法，提出"形散神不散"是散文创作中的框子和格套。作为一直没有发过言的"当事者"，读了林文，我觉得有提供一些情况，也顺便谈一点看法的必要。

一

我的观点是怎么提出来，又是怎么阐述的？当然还是要从那篇短文谈起。好在那篇短文只有五百字，不妨全引在下面：

> 师陀同志说"散文忌'散'"很精辟。但另一方面，"散文贵散"。说得确切些，就是"形散神不散"。

---

① 林非：《散文创作的昨日和明日》，载《文学评论》1987年第3期。

神不"散"，中心明确，紧凑集中，不赘述。形"散"是什么意思呢？我以为是指散文的运笔如风、不拘成法，尤贵清淡自然、平易近人而言。"煞有介事"的散文不是好散文。会写散文的人总是在平素的生活和日常的见闻中有所触动，于是信手拈来，生发开去，把深刻的道理寓于信笔所至的叙述上，笔尖饱蘸感情，时而勾勒描绘，时而倒叙联想，时而感情激发，时而侃侃议论。鲁迅先生的散文是这方面最好的典范。他的散文，有的"大题小做"，如《关于女人》《家庭为中国之基本》《战略关系》等等；有的"小题大做"，如《论雷峰塔的倒掉》《论"他妈的！"》《从胡须说到牙齿》等等；有的"借题发挥"，如《谈皇帝》《论照相之类》以及大部分的序跋；有的"无题有感"，如《随感录》《忽然想到》《马上日记》《无花的蔷薇》等等。看起来，没有一篇紧扣题目，就题论题，"散"得很；实际上，是用自己精深的思想红线把生活海洋中的贝壳珠粒，穿缀成闪光的项链。虽然色彩斑驳，但却粒粒如数；虽然运思落笔似不经心，但却字字珠玑，环扣主题；形似"散"，而神实不散。

我觉得这种"散"与不散相统一、相映成趣的散文，方是形神兼备的佳作。

二十多年后重读这段旧文，虽感论述稍嫌简单，但这样两点意思还是清楚的：

第一，这篇短文并不想全面地来谈作者对散文创作的全部看法，当然更谈不上要给散文的特点做总的概括。它只是从一个角度为当时报纸的《笔谈散文》专栏提供一点小小的意见。短文是接着讨论中有人认为"散文忌散"的意见来谈的，通篇只是在散与不散这一点上，摆了一些看法，丝毫没有要给散文创作定规矩方圆的意思。20世纪60年代初一度是"双百方针"贯彻得较好、文化界争鸣蔚成风气的时候，1961年又曾被称为"散文年"。作者完全是以一家之言来参与散文创作的争鸣的。1982年6月，四川大学中文系老师曾绍义来信问及我当时是将"形散神不散"当作写散文的一种要求，还是当作散文的基本特征，说他同意前一种理解，并具体谈了自己的想法。我复信做了答复，现原文引在下面，作为一种见证吧。

曾绍义老师：

好！大札敬悉之日，正是我起程去南方开会之时，复信拖到今日，想能见谅。

您对我二十年前的一点小感想，做如此周密的思考，许多老师和文艺评论界的同志至今在关注着"形散神不散"这个观点，都是我担待不起的。当时那篇几百字的小文，并没有想到要给散文的特点或要求定什么框框，只是从《人民日报·笔谈散文》专栏的具体情况出发来落笔的。此文之前，在笔谈中有人说散文忌散，有人说散文贵散，都有一定的道理。我感到，要确当地表述"散文"与"散"的关系，似乎将形与神分开为好，便想到了"形散神不散"。

现在想来，当时我只是想以此说明对某一类散文的要求，即那类"形散"的散文，那类用各方面生活和感情的素材，用写人写事写画面来表现一个意向、一个哲理、一个思想的散文。这类散文，素材之间因为似乎缺乏"形"的紧密联系，就必须格外重视它们之间"神"的联系，内在的联系。没有"神"的凝聚，"形"之散漫无边际，构不成感情或意向上的一个总的趋势，一堆散材料，能表达什么内容，打动什么人呢？有了"神"的凝聚，"形"之散围绕着一个哲理或感情的内核散开，有散有聚，形散实聚，散为了聚，这个"散"，便构成文章从多方面、多角度以丰富的材料表现主题的优点了。对这类散文来说，"形散"可以成为优点也可以成为缺点，全以有没有神之不散为转移。在这类散文的写作中，"形散神不散"可以如你所说的，"是着眼于散文的结构笔法的灵活自由"，似乎也可以解释为某些同志说

294

的"材料与主题的关系"。这是对此类散文写作的一个要求，如果达到了这个要求，不也就构成它在写作上的一个特点吗？

不过，不好对所有的散文作品都做这样的要求。散文本身是一个宽泛的概念，以记事为主，或以写人、状物、抒情、议论为主，都可以构成散文的一个品类。其中记一人一事、写一景一物的散文，一般恐不宜以"形散神不散"来要求。对这类散文，用集中的材料，紧凑的结构，凝练的笔墨，未始写不出好文章来。从这个意义上，是不是也可以说，"形散神不散"或者形神均不散，都可以构成散文佳作。形和神的关系，在文章中表现为反向（散和不散）还是相向（都不散），取决于题材本身的特点和作家处理题材的特点。散文是个宽泛的概念，散文的手法自然不会是狭窄的。

因工作关系，对散文疏远多年。以上即兴的感想，恐怕要贻笑大方了。切望指教。即问教安。

肖云儒

1982年7月2日，西安

自然，以我现在的认识，这样的答复似乎也不是无懈可击，但至少证明我自己并不主张将这样一点意见绝对化，或"上纲上线"为整个散文创作的特征。

第二，这篇短文要侧重说的并不是散文要不散，恰恰想着重强调散文要散，要不拘成法。它是从师陀同志说"散文忌'散'"的"另一方面"落笔，开宗明义提出"散文贵散"，然后综合两方面意见，提出"形散神不散"的。在短文的主体段，一笔撇过"神不散"不谈（"不赘述"），而去说形如何散——不要"煞有介事"，而要"不拘成法""清淡自然""平易近人"。要在日常生活中有所触动，"随手拈来，生发开去"。叙述要"信笔所至"。所举鲁迅先生一些篇目的例子，虽有不准，也都是要说明散文写作贵在以形之散来表达神之不散，以"没有一篇紧扣题目，就题论题"，以"运思落笔似不经心"，来表现神之不散。认真回忆起来，当时我是喜欢读那种自如松动、活泛随意的散文的，也希望散文写得散一点。因此，在别的文章中，从散的角度强调得比较多。比如我在1962年1月12日以"学步"的笔名为《陕西日报》文艺副刊的散文专页所写的一篇编辑手记，题为《忍不住拿起笔》，又一次谈到散文要散的意思（这篇东西也被几个省的中学语文参考资料选入，离上文才半年）。现摘几句，以为证明：

> 顾名思义，散文者"散"，是最没有成规拘束的一种文学样式，所以很多人只好通过种种比喻来说明它。比如，它可以是白刃战中的匕首和投枪，也可以是发着乡土气息的风俗画或风景画，还可以是恬静轻妙的小夜曲……其实，说穿了只一句话：把你的所见、所闻、所感写出来！在生活中，你听到一点，看到一点，或者听到许多，看到许多，你有了感受，心里有话要告诉别人，你就大胆写吧！不管是写一个人，记一件事，还是论一点理，抒一曲情，描一幅画，也不管是欢呼、歌颂、论辩，还是漫谈、絮语、忆念，只要你的见闻反映了我们对时代的吉光片羽，只要你产生了由衷的激情，你就能写出散文来。

透过这些，大概可以看出我在当时实际上是偏重于散文要散的吧。如果将我的这些看法和林文中的一段话对照着读——"千万不要给散文这种文学样式设置任何框子和格套，让它在生活的长河里，用广阔的触角去自由地探索，让它用各种各样的艺术手法，表露出整个的宇宙客体和内心中的主观世界。哪一种写法能够更好地感动和启迪读者，能够给予读者更具魅力的审美感受，就去寻觅和保持它旺盛的生命力吧。"[①]——可以说，在散文要散这一点上，我的看法一开始就和林非同志的看法没有多大的分歧。如果说有什么差异，主要是60年代和80年代认识水平和表述语言在深

---

① 林非：《散文创作的昨日和明日》，载《文学评论》1987年第3期。

度和准确度上的差异。以此故，林文说短论《形散神不散》主要是具体地发挥了"神不散"的主张，表达了当时相当盛行的文艺思想——作品的主题必须集中和明确，而这又是一种"古典主义式"的艺术趣味，恐怕和实际不甚相符，是笔者不敢苟同的。

<h1 align="center">二</h1>

那么，有没有分歧，分歧又在哪里呢？我以为，真正的分歧在于如何看待散文写作的"神不散"。

林非同志在文中设问："为什么'神'只能'不散'呢？事实上一篇散文之中的'神'，既可以明确地表现出来，也可以意在不言之中，这有时甚至比直白地说出来，还要能强烈地震荡读者的心弦。为什么'形'只能'散'呢？形式上十分整齐的近似诗的散文，为什么就不能写呢？事实上这种佳篇是很多的。"①后一问，如前述，没有多大分歧（见所引给曾绍义信倒数第二段）。至于前一问，窃以为实在可讨论一番。我认为凡写文章，扩而大之，凡搞创造性的艺术劳动，那神都是不能散的。散文自不例外。人之为文，总是有感而发。这个"感"，就是人对散在的生活的一种提炼，通过思考或通过感受的提炼。生活中的"感"就是后来文章中的神。写文章、搞创作既是有感而发，这"发"，不论采用什么方式——形可散也，必然会不自己地围绕着"感"来展开——神不可散也。而当将自己心中之感以语言文字的符号"发"出来，也就是将感受纳入既定符号系统的过程，不也是一种逻辑化和准逻辑化的过程么？这种逻辑化，当然不只是指单层的线性逻辑，而包括人类心理、情绪、感情等各种丰富的逻辑形态。有的作者在表达时有意打乱事件或心理的原有逻辑，或有意保留事件或心理逻辑的模糊性，甚至有意去表现事件或心理的非逻辑性。这种

---

① 林非：《散文创作的昨日和明日》，载《文学评论》1987年第3期。

"打乱"，这种"模糊"，这种"非逻辑性"，这种"有意"，不正体现出作者在写作中的一种新的逻辑设想，表现出事物与心态的一种新的逻辑关系么？只要写作是有目的的（这目的自然不光是政治的思想的，也包括情绪心理的），只要写作不是呓语，不是扶乩，文章内在的神就存在着，就会对全文起着一种或隐或现的吸聚作用。

应该特意说明的是，语言并不总是和思考联系在一起，语言除了表达思维成果，还表达包括感情、思绪在内的人类各种精神成果。我想，我们说的文章的神，自然包括思想主题，但并不就是简单指思想主题，它至少包括情、理、意、绪，即作者在生活中产生的感情、理念、意会、心绪。我们说的"神不散"，恐怕也不是简单指写作时要"集中""明确"地表达某种理念，它也应该包括许多层次。譬如，从散文的内容看，文章的意神和文章的素材，一般意神更要求不散，而素材更允许散；从散文的内容与形式看，一般内容更要求不散，而形式更允许散；在内形式（如构思）和外形式（如语言）中，一般内形式更要求不散，外形式更允许散。这当然都是相比较而言。但不论对神、对不散的理解多么丰富多样，那种"形散神也散"的作品却很难设想。就是那些现代主义的带有荒诞色彩的作品，即便不是人人都能读懂，即便作者强调写作中的下意识，也总能在文字的迷魂阵中感觉到某种特定的心态和意绪。在此类作品中，荒诞手法不是散化、淡化了这种意绪，恰恰是以荒诞的形态强化、集聚了作者心中的感受。这种强化、集聚甚至到了需要离开常态生活，只有以异态和变态生活的画面才能表达的程度（如卡夫卡的《变形记》、宗璞的《我是谁》）。正因为荒诞、象征本身是一种集中、凝聚，才使这类作品有时产生比其他作品更大的艺术冲击力和思想启动力。

如果散文的神也可以散，文章没有了主旨，不围绕一定的感情、道理、意蕴、心绪来传达，那样的散文将是怎么个样子？以笔者有限的阅读范围，似乎还找不到具体的创作和理论的例证。

已有的散文和文章写作理论都说的是文章要有主旨。"主旨是构成文章必不可少的因素。古今中外的文章，不管是鸿篇巨制，还是数言小品，都要有主旨。没有主旨就是一堆杂乱的材料，就达不到写作的目的。"①

古代的刘勰说赋（可算作散文之一种）时，有"情以物兴，故义必明雅"的句子。现代的秦牧谈散文，也很明白："哪怕是短短的一篇文章吧，一定得灌注崇高而健康的思想感情，才能够使它真正具有生命力。"②并且将文章的思想（可宽泛地理解为神）比成线，生活比成珍珠，"没有这根线，珍珠只能够弃散在地"③。假若嫌这些论述和体会都还陈旧，还只是"一面之词"，那么，不妨看看当代青年散文家贾平凹的作品。他和林非同志一样，是不同意"形散神不散"的说法的。虽然他没有具体涉及神是否可以散的问题，但在前几年《文学报》的一篇文章中提出过这种说法太陈旧，无须再拿出来了这样的意思（一时找不到原文，恕不能引原话、注出处）。平凹是当代成绩卓然的青年散文家，我是他散文的热心读者。从我读过的他的大量（不是全部）散文中，有的形神都集中，大量的是形散神不散，却没有遇到那种形散神也散的篇章。我倒是很同意一位论者对贾文这样的评价："你跟随作者的眼光，平常、散乱、粗笨、浑浊的山，就会像一本禅机深藏的大书，让你读得出神入化：它有贯通流动的气势，只是内敛了；它有节奏，只是骤然凝固了；它无序，其实有团聚的精神，原来，浑沌是表现大智的，骚动寓于静寂，散乱正是天然自在，无规律正是规律。"④很清楚，这里说的是贾文在天然自在、散乱无序中，凝聚着一种内敛的深藏的精神、意蕴、气势，即不散之神。贾文的特点之一，不正是以散之形布达不散之神么？

还可以从林非自己的解释和他用以说明论点的那些名家之言来看。林

① 张寿康：《文章学概论》，山东教育出版社，1983年，第74页。

② 秦牧：《花城》，花城出版社，1982年，第188页。

③ 同上，第187页。

④ 李振声：《贾平凹的散文世界：情致与启悟》，载《读书》1986年第4期。

文在问"为什么'神'只能'不散'呢"之后，紧接着说："事实上一篇散文之中的'神'，既可以明确地表现出来，也可以意在不言之中，这有时甚至比直白地说出来，还要能强烈地震荡读者的心弦。"这段话并没有回答上面的问题。散文之神，可以直白地传达，也可以隐蔽地暗示，"事实上"说的是如何表现神的问题，仍属于形之散的范围，而不是说神（意蕴、主旨）是否可以散或如何散法的问题。论题被转移了。

下面，林文便顺着这个已经转移了的论题，用苏轼和鲁迅的话来论证散文要自由自在地抒写，从而似乎也就当然证明了散文不但可以散形，也可以散神。苏轼在《答谢民师书》中所说的，作文"如行云流水，初无定质，但常行于所当行，常止于所不可不止"。照我的理解，恰恰说的是散与不散的辩证统一。"初无定质"，"行于所当行"，如林文所说，是指行文要自由自在和无拘无束，即形散。而"常止于所不可不止"，则是指对这种自由自在、无拘无束的一种控制。这控制来自多方面，或是理的论述，或是情的流泻，或是意的营造，或是绪的氤氲，或是理、情、意、绪综合的需要，而使文不可不止。这种"不可不止"中透露出来的对散文写作自由度的控制，不就是神对形的控制吗？当然，在具体创作过程中情况很复杂。有时，对这种控制的长期适应所产生的自为和自觉，常使这种控制在一些作者身上以不觉其控制的自由状态体现出来。这时的"不可不止"，虽然表现为"顺其自然而止"，骨子里仍是散之形对不散之神的适应。这种情况主要表现在那些对散文艺术驾轻就熟的作者身上。大概也就是我们常说的，作者对内容和形式及其关系吃得越透，在创作中的自由度就越大吧！自由是对必然的认识，而不是对必然的蔑视。

至于鲁迅在《怎么写》一文中"更为斩钉截铁"（林语）地说"散文的体裁，其实是大可以随便的，有破绽也不妨"，也主要是从散文不要做作的角度提出来的。鲁迅的下文是："做作的写信和日记，恐怕也还不免有破绽，而一有破绽，便破灭到不可收拾了。与其防破绽，不如忘破绽。"①联系《怎么写》全文，我理解鲁迅的意思，既含有对胡适等人做日记给人传阅，板桥写家书却又刻出来给许多人看，因而不免有些装腔的讽刺，也含有提倡散文保持其"随便"之美、"毛边"之美，写散文时不妨"忘破绽"、放松自己，而不要因求精致、高超而拘谨做作，失去了天真。实在说明不了鲁迅也主张散文之神也是可以散的。

形散神不散，可以；形神俱不散，也可以；形神俱散，已不成其为文，散神如散架，何谈艺术？是不是可以，是不是值得提倡，恐怕应该认真讨论。也许确有此类散文，如果能拿出例子做切实的分析，未始不是对散文创作的一个贡献。

三

在《散文创作的昨日和明日》中，林非同志提出了不少经过研究的看法，大都极有见地，给我以教益。我对散文的昨天和今天缺乏系统的了解研究，对散文的明天也就没有，也不应有太多的发言权。只是有一点想法，既已信笔至此，不想欲说还休。

散文的解放，散文的出新，关键不在哪种提法，而在散文家自身的解放和更新，特别是他们内心世界的解放和更新。这又依赖于作家所处的时代的变化，以及作家吸取新时代生活信息和心灵信息的能力。散文在新时期十年中，如果说主要完成了从五六十年代的固有观念和习惯写法中走出来这样一个突破，而初步呈现了繁花似锦的景观，那么，我们要看到的是，这种突破大体上还是走出旧圈子，而不是全面走向新境界，这种繁花似锦也大多是旧品种的恢复，而不是新品种的培养。二三十年代的散文精华，古代和外国的散文传统，对多年闭锁的散文园地和它如饥似渴的观赏者来说，是新风，是美食；但做历史的纵观，这还不是真正的创新。其中

---

① 鲁迅：《鲁迅全集》第4卷，人民文学出版社，1973年，第38页。

的上品，可能做到了推陈出新，而平庸者，只是借助审美欣赏的中断所造成的陌生感、新奇感而风行一时罢了，精神气质并没有大变。从一个较封闭单调的散文时代，向全新的散文境界过渡，出现这么一个借助他力的阶段，符合事物发展的规律。但在这个阶段过长地滞留，则容易销蚀掉新时期到来之初那种创新的锐气，而满足于在过去的散文峰峦之下，支起自己小小的帐篷。如果我们不迅即开始第二次突破，即总体上从前人的散文精神中走出来，从书斋中走出来，从盆景中走出来，从小家子气中走出来，从一己悲欢的吟唱中走出来，散文创作很难打开新的局面，甚至可能引起新的窒息。因此我以为，目前至关重要的问题是散文要接受时代的输氧。这当然不是指又要提倡写中心或急功近利地反映现实生活。尽管对目前的散文创作来说，有从题材上加强对时代新生活的反映这样一个问题，但我的着眼点，却主要是指通过这种反映，通过散文家投身于时代大潮，通过更多的生活实践者进入散文创作领域，使散文的气质在整体上能有所变化。

比方说，能不能在散文园地被文人气质长期鳌头独占的局面中，出现更粗犷、更雄浑、更世俗、更奇诡、更幽默、更忧患、更野趣、更哲学化、更情绪化、更历史宏观、更有人生感命运感文化感、更有密度和节奏、更能充分传达当代生活内在活力的各种各样的散文风度？时代生活的活力是散文艺术不断向新境界突进的不竭的、最强大的原动力。这种活力要变成散文创新的动力，归根到底在于作者自身的时代气质、时代感悟、时代情绪，和时代的心理结构、心理节奏。我们的散文，在描绘自然美、哲理美、生活风情美方面有了很高的造诣；相比之下，在捕捉、提炼和表达现代工业、现代城市美方面，就有了高下轩轾。我们的散文更多地表现了和自然经济联系在一起的生活形象、文化心态、观念意识和感情意绪，在这方面显得得心应手；而表现和商品经济联系在一起的各种生活形象、文化心态、观念意识和感情意绪的散文，却比较少，艺术上也还远不能说纯熟。我最近读了台湾作家余光中的几篇写现代城市生活的散文《登楼赋》《高速的联想》《尺素寸心》《记忆和铁轨一样长》《咦呵西部》，那恢宏的全球视角，崭新的城市意识，对工业社会景观之美的感受和提炼，对现代生活音响、节奏、力度和速度的捕捉和再现，中西文化心态的强烈对峙和衔接，中西艺术手法、艺术语言的交融和反差等，使人鲜明地感觉到中国散文在气质上的变化。这是和30年代的朱自清、60年代的杨朔完全不同的气质和风度。这种气质和风度，不是作家在题材上简单地转变所能构成的，而是当代生活在作家文化心理、思想感情、审美和审美表达方式、艺术思维和语言等各方面长期积淀、结晶的结果。

这位台湾作者是不是给我们以这样的启发：散文不反映新时代是不行的，散文简单地反映新时代也是不行的。当代散文的突破性变化，最根本的，还是要从散文家内心世界的当代化中去寻求。

不妥处，切望方家有以教我。

1987年10月于西安岚楼

原载《河北学刊》1988年第2期，收入《不散居文存》，西北大学出版社，2019年

关于散文散在的话

想起了《跳蚤之歌》

记得俄国经典作曲家莫索尔斯基，曾经给德国大诗人歌德的一首叫《跳蚤之歌》的诗谱过曲，后来成为流传各国的世界名曲。四十年前，20世纪60年代初，我曾在北京音乐厅每周一次的星期音乐会上听过上海音乐学院温可铮教授演唱这首名曲。温可铮是我国首屈一指的男低音歌唱家，直至今天，他那低沉的带着嘲弄的声音和浑厚的闪着调笑的目光，仍然烙在我心里。《跳蚤之歌》意思和《皇帝的新衣》有些相近，说的是国王宠养了一只跳蚤，让裁缝给它做了一件大龙袍，封了宰相，挂了勋章，很得意了一阵子，最后被人捏死了。

《美文》杂志从梳理散文写作历史的角度出发，约我就"形散神不散"写点文字，顺便也对当前散文创作谈点看法，却之既然不恭，不如应命。正琢磨着如何开头，不知怎的就想起了这首《跳蚤之歌》。

真相及本意

四十四年前的5月，我是大三的学生，斗胆投稿《人民日报》副刊《笔谈散文》专栏，写了那篇五百字短文《形散神不散》，接着别人的意思说了几句即兴的话。在名家林立、百鸟啁啾的散文界，这几句话是连"灰姑娘"和"丑小鸭"也够不上的，不过就是一只跳蚤吧，不想渐渐在文坛、课堂和社会上流布开来。

20世纪60年代后期和整个70年代，处在"文革"运动中的我下放在农村、工厂，辗转于县以下的基层单位，离文坛何止十万八千里，对这句话广为流传，并作为散文的"特征"，上了各种教材，还被选为1982年高考试题，浑然不知。后虽有所耳闻，也只是微风过耳，并不在意。直至1982年6月四川大学中文系曾绍义老师从《文艺报》上逮住了我的地址，专门就这件事给我来信，我才知道了较为确切的情况。接着便开始有了争议，陆续读到了一些文章和报道，也应邀浅尝辄止地参与了一点讨论，在1982年7月给曾绍义老师的回信和1987年10月发在《河北学刊》的文章中，大致可以看出我当时的态度，归纳起来主要是这么几点：

第一，说明自己对这点小感想能引起如此长久的反响和不大不小的风波，实在始料未及，而且"担待不起"。也就是文章开头说的"跳蚤"心情吧。

第二，说明那篇小文并无给散文写作提要求、定规矩之意，只是在参与《人民日报·笔谈散文》讨论时，从一个侧面提供一点感想而已。在中国，散文的水太深了，各种类别、写法太丰富多彩了，谁吃了豹子胆，敢用三五百字来给它总结特征？比如那种记叙一人一事的散文，就可以采用形神都不散、都聚焦的写法，用"形散神不散"怎么能概括散文的百态千姿呢？我的本意，主要是针对"形散"一类的散文来说的，提醒一下作者，形散可以，但神不能散。

第三，澄清那篇小文的重点并不是后来有人说的，是主张散文不能写散，要写得集中。恰恰相反，我是接着老作家师陀说散文"忌散"，开宗明义提出散文"贵散"，主要谈散文"贵"散的。文章开始，关于神不散，只用"不赘述"一笔带过，后面便以鲁迅的文章为例，谈形要散，又如何散法。

第四，我仍然坚守"形可散，神不可散"。如何对待"神不散"，这是我在《河北学刊》文中与林非先生讨论的焦点。我们的分歧，主要为：一是如何理解神。林非先生是立足于20世纪60年代对散文之神的狭隘理解（即主题和中心思想，这也是我当时的理解），来批评"神不散"的；我则觉得随着时代的变化，应对散文之神做更宽泛的解释（如意蕴、情绪，甚至是一种心理场），从这个意义上说，神是不能散的。二是如何理解散。林非先生说，"为什么'神'只能'不散'呢？事实上一篇散文之中的'神'，既可以明确地表现出来，也可以意在不言之中"[①]，也就是说他认为神散属于表述范畴，即可以用多种不同的方式来表现神，因而神散可以成立；而我则认为，神散是散文精神层面的问题，是文章的神韵已经消散，实质是有神还是无神的问题，而不是如何表现神的问题。消解神是不可以的。恕我在这里不再详说。

争议是必然的

"形散神不散"在20世纪80年代引发争议是必然的。

首先是80年代初社会思想解放和文艺思想解放的必然，是散文观和散文写作实践在新的春天萌动、苏醒、要求自由空间的必然。任何一种解放，都有一个前提要求，便是明确要挣脱的束缚是什么，"形散神不散"便历史地成为那个时代散文写作要挣脱的一个词语。为什么它会成为60年代束缚散文写作的标志词语呢？

一是因为它的确没有跳出特定时代"左"的和形而上学文艺思想的阴影。比如，开始我把"神不散"，形而上学地理解为"中心明确，紧凑集中"，从举的几个鲁迅的例子也能看出我对散文形、神理解的肤浅和简单。这都有着那个时代的烙印。

二是因为它表述得明快和传播得广泛，使它事实上成为那个时代关于

[①] 林非：《散文创作的昨日和明日》，见曾绍义：《散文论谭》，四川大学出版社，1989年，第368页。

散文写作极具代表性、因而可以作为靶子的一句话。当然又正因为它只是一句话、一篇几百字短文，作为科学论断远不充分，先天地为批判留下了空间，留下了便捷。

三是因为那个很强调社会功利、政治功利的时代给它增加了一些负面的附加值，赋予它一些原文没有的内涵，而这些内涵正是改革开放后散文写作要冲破的一些东西。比如原文主张"散文贵散"误传为主张散文不能散，又将"神就是主题"强加于那篇短文。而原文强调"神不能散"又误传为要为政治服务，要直奔主题、图解政治、配合中心等等。这还不应该批判吗？

四是还因为这个说法在当时已经客观地和一些成为样板的散文作家群体，如杨朔、刘白羽们连在了一起，成为一种理论和创作互相印证的散文现象。

跳蚤一旦被人强制穿上龙袍、戴上勋章，"形散神不散"的命运开始发生变化，被人认为是散文写作旧秩序的反映，被人认为是束缚新时期散文写作的框框，也就十分必然而且合理了。

那以后，西方种种新的文化哲学、美学、文学、散文的思潮和创作长驱直入，极大地改变了我们的散文观和散文写作面貌。前卫思维和新锐写作，更是以它私人话语的情致、特立独行的反思和放任不羁的写法，大幅度突破了原有的精神秩序和散文方式。市场经济时代物质主义、消费主义对群体人文素质和个体精神追求的冲击，散文的消闲化、娱乐化和某些领域的功能化、趋利化（如广告散文）都导致了单一的"形散神不散"时代的终结。到了网络散文，写作的那种私密性、互动性、随机性和青春感，那种和最新的日常口语丝毫不隔的"说话文体"，不但早已冲决了"形散神不散"，也几乎冲决了所有的传统散文章法和写法。

所有这些来自新的生活和创作实践的冲击，无疑都是散文顺应时代的新尝试、新探求，都给中华散文增添了新的营养，是一种时代进步。但也要看到，所有这些新的实践，又无疑都只是散文写作多元格局中新的一种，它们不可能取消、取代中华散文文化丰厚的传统和多彩的积累。散文告别了一统江山，进入了多元共存的时代。在这个时代，每一种散文方式都会有自己的市场，因而都会有作者去耕耘，也都会有各自感到满意的收获。

恐怕正因为如此，近二十年来虽然不断质疑、排拒"形散神不散"这个说法，直至今日，采用"形散神不散"老写法的散文（当然只是指写法，而不包括"左"的时代加于它的那些内容）仍然不衰，相当一批"形散神不散"年代的作家作品至今也还有读者，一版再版，在散文发展史上依然有着应有的地位。各种写作方式都拥有自己的读者，散文也才会拥有最大多数的民众，才会满足广大民众对散文之美多方面的需求。其实，这也是"大散文"的一个含义，在这个全局性的、接受学的维度上，散文也的确有大、小之别。

因而，我总觉得问题主要不在写法上，而在思想意蕴方面；不在神要不要散上，而在你那文章里泛漫的是什么样的神，这神又是怎么个表达法。

有意义，也有坚守

上面谈了一些关于《形散神不散》的背景和研讨情况，也谈了它受到质疑的必然性，要特别指出的是，我虽然澄清了一些具体情况，但从宏观上看，新时期的这场讨论无疑具有积极的意义。它的意义主要表现在——

通过研讨，廓清了附着在这个论断身上的20世纪60年代文艺思潮对散文写作的影响，颠覆了用政治矫情替代生命实感，用人物、事件、场景、抒情来图解主题的写作路子，整体上把散文写作从千人一面、定于一尊、为政治服务的阴盖下拉了出来，中国的散文进入一个开阔而自由的天地，艺术家的创造生命得到了极大的解放。

有人说，这场关于《形散神不散》的讨论，是"文革"后散文创作拨乱反正、更新观念的重要事件之一，是中国当代散文创作由传统向现代转型的重要标志之一，的确有一定道理。

在散文写作蓬勃发展的今天，这一切都过去了，"形散神不散"说完成了它的历史任务，应该让它进入历史了，还是让它沉淀到历史的烟尘之中去吧。

但就这五个字本身论，我还有一些东西要坚守。

当洗尽涂在它身上的"60年代色彩"，一切时过境迁之后，其实，散文的神能不能散的问题，正像一位散文家说的，"是一句废话"，是说了差不多等于没有说的话。王祥夫是这样说的："形散神不散是句废话，小说难道能令其神散？什么文章能令其神散？""神非主题也——起码对散文而言，神不单指主题。"①说得真好！

在当下的散文家中，有多少人都表述了散文得有神，神不能散的意思，这里我随手从河北大学出版社2001年出版的《散文研究》中摘出几段：

贾平凹："智慧是人生阅历多了，能从生活里的一些小事上觉悟出一些道理来。这些体会虽小，慢慢积累，就能透彻人生，贯通时事。而将这些觉悟大量地用到作品中去，作品的质感就有了。""这种散文看似胡乱说来，但骨子里尽有道数。我觉得这才算好散文。"

南帆表示同意贾平凹这种看法。他还说："大散文似乎又要回到文史哲浑然一体的时代。""罗兰·巴特的卓越之处在于，深刻的理性与日常景象天衣无缝交汇在他的笔下。中国当代散文思想含量的增加与这些大师的作品有关。"

林贤治："散文是人类精神生命的最直接的语言文字形式。……失却精神，所谓散文，不过是一堆文字基础，或者一个收拾干净的空房子而已。"

———————————

① 王祥夫：《与文体一起漫步》，载《美文》1994年第3期。

他还谈到了形与神的关系："形式的革新，原本便是精神鼓动下的文字哗变。"不但形式会积淀为精神，而且首先是精神引发形式与文字的革新。

高建群："散文家从这一堆素材中，寻找的是立意，是命意，是新鲜的意境和道理。"

杨文丰："欲写散文，必先学会思索。散文之境界，全赖深刻的思考出之。"

刘谦："散文在很大程度上就是这样，发乎心止乎神。"

当然，今天这些认为散文得有神、不能散神的看法，是建立在对散文之神更宽泛、更深湛的理解基础上的。神不完全是主题，是文章的意、蕴、情、气、韵、场，也包括哲理和潜感觉。时代的进步开拓了我们对散文之神的理解，这种认识的提升，反映了中国人精神生活日渐开阔和丰富的历史进程。

如若以对神这样的理解，我们来说散文不能散神，可不真是一句众所公认、无须说的话，一句寡话！

一句寡话，一个不成问题的问题，竟然引发了整整四十年的议论！原因在我们前面说的，争论这个议题，其实争论的不是议题本身，而是附着在这个议题中的时代思潮、时代散文风尚和散文观念、欣赏观念。从这个角度来说，讨论它、反思它、抛弃它都是应当的，有意义的。一切为了散文的前行，为了散文的自由和提升。

散文的发展繁盛使它苍白

看看新时期以来的散文发展的步伐吧：从政治思想上的拨乱反正，到人文人道人性的宣泄；从人人都用那种本质化的群体人称来写作，到具有生命真实的个体人称的写作，即由"我们"到"我"的转变；从精致华丽的唯美唯情的小资写作，到简洁明快即时随心的网络写作、短讯写作；从玄示思考、卖弄文化、狂欢语言的写作到说话散文、对话散文、视听散文的流行……

看看今天的散文创作实践吧，语言——在校园散文和网络散文中，新语汇、新句式是那样层出不穷，像"风俗得一塌糊涂""沉思的气味有一点淡淡的苦"这样的句子，对语言的意蕴、张力、弹性、通感和文化心理内涵的发掘和发现是那样深广。

写法——吴亮那篇几乎在每句话后都用括号添加内容的《咖啡馆》，如洁尘和穆涛们那种以一支极为散漫的笔去写散漫的城市生活，只是不经意地置放到一定的关系中，平淡中就有了一点寻味，有了一点心不在焉的经心，有了一点捉摸不定的感觉的妙文。

还有贾平凹那永无穷尽的、饶有深意的比喻。还有前卫散文中那些把事物推向极致、推向异态、推向负数、推向不可能，然后烙在你心里的各种恶喻，像"女人的鞋跟在安静的小巷里踩出勃朗宁手枪的射击声"之类。

还有，你觉得那些和散文根本无缘的东西，现在都成了绝好的原材料，写出了绝好的文章。"炒股智慧""符号逻辑"等等题材且不去说它，连《入厕阅读》（方方）和《美臀》（方希）都写得叫你拍案叫绝。除了题材还有情趣——煞有介事、正襟危坐的文章愈来愈少了，现在的人活得有滋味，文章也便有了滋味。特别有几种情趣，像幽默和狡黠，像玩世不恭，像傲骨嶙峋，还有另类玩的各种酷。创造的闸门一旦打开，那真是汪洋恣肆！

各种新的散文类型和样式也都涌现出来：社会批判散文表现出来的叛逆勇气和否定精神；文化散文由社会批判转向沉静的民族文化追寻和本土文化反思；生命状态散文将人回归到生存坐标上来审视，同时将环境由客体转化为主体，在宇宙生命体系中展示人生。

潜意识、潜情绪散文在不屈不挠、不依不饶地捕捉自己的影子，将无形却有影的精神世界用文字符号精细地、艺术地表述出来，将以前文字符号没有表述和无法表述的许多生命状态，甚至一些目前还处在生命晦暗地带的精神状态和感情状态，艺术地记载下来，给人类提供了认识生命的新

311

的素材，空前地激活了散文艺术潜在的创造力、拓展了散文话语全新的可能性。

在大众散文、市民散文和小资散文中，平民精神、精英情结、后现代情结通过不同渠道得到展示，酷与俗在发展中合流。而消闲娱乐散文，又使散文由不可承受之轻变成无孔不入之轻。

这一切，绝不只是形式，所有的语言方式和写作方式背后，是价值标准，是人生和艺术的追求，是精神状态，是神！

二十来年的散文写作，随时代生活的变迁，随一代一代作者观念的变化，早已超出了"形散神不散"那个时代的话语场和欣赏场。在鲜活的、日新又新得叫人讶异的散文写作实践面前，关于这个问题的争论显得那么苍白。

没有一种以不变可以涵盖万变的说法或主张，而总是在蓬蓬勃勃万千变化的创作实践中不断产生新的说法或主张。

大散文和大众散文

大散文把"大"和"散"两个字组合到一起，很有意思。大即有散，散亦有大。回归社会，回归大众，不是清理门户，而是开门揖友；不是孤芳自赏，而是平民情怀，尤其是重视行动着的生活、底层的生活、弱势群体的生活，像《美文》这几年致力的那样。在这个层面，大散文和大众散文有交叉之处。但大散文绝不只指题材之广，不只指视角、写法之大，更是指思想之博大精深，这思想之博大精深又不是说一味去宏观思考，而是说要提升思考的质地和质量，是说思考所依托的理念坐标的广大，精神格局的宏大。这其实也就把社会的、精神的大承当作自己的题中之义了。这当然是一种宏观要求。

从这个意义上说，大散文和大众散文，虽一字之差，所指，特别是能指，其实完全不同，有时甚至抵牾。

前者提倡、重视散文之神，后者不自觉地消解散文之神。前者提倡关注最大多数平民日常的生存状态，关注社会最广大的底层生活疾苦，在神的层面，流贯着一种平民精神、平等精神、人道精神和社会实践精神。也可以说，它所提倡的是世俗化与人文化在散文中的两极活跃，并构成了生气勃勃的两极震荡效应。后者则往往流于只关注平民生活的浅薄情趣和物质表象。

近年脱颖而出一批平民散文家，他们将平民身份、平民心态、平民口气、平民话语提炼、强化，发展为一种新的散文艺术风格。这种风格捅破了多少年来隔离百姓和文人、隔离说话和文章的那层窗户纸，使长期属文化人专利的散文有了新意，有了生气。但他们的内心，他们的旨归，我以为仍是人文化的。关注、促动平民生活的人文提升，是他们基本的精神朝向。

常常可以看到这样的写法：用理性辐射生活，让文章以一种精神境界在文化层广有知音；又用生活熔冶理性，让文章以可读性在现代大众中拥有读者。沉潜着理性的生活流追求并没有耗散了个性，在这里，个性常常不表现为生活细节或语言特征，而是表现为大而化之的眼界、身份、口气、致思方式和感情熔冶方式。

五四散文的"高门槛"和今天的缺失

有人感到，五四散文是我们今天仍然没有迈过的高门槛。这种感觉我也有（要作为一种论断当然有待论证和完善）。起码从散文和当时时代的关系看不无道理——五四散文对那个时代社会精神和文化精神的凝聚和激扬，至今令人怦然心动。

叫我们怦然心动的东西，最为强烈的恐怕是字里行间表现出来的那种自由精神的喷薄和作者自由的精神状态。忽中，忽西，忽史，忽今，忽民众，忽神贤，忽社会，忽人文，忽"德先生"，忽"赛先生"，窒息千年的民族精神借着他们的笔端大解放、大奔涌、大驰骋。那种气吞万里的气派、博古通今的知识、通达睿智的心态、幽默犀利的笔触，写尽了历史转轨时期中华民族的情怀、中国文人的情怀，是何等酣畅淋漓。直至今天，还对当前散文构成一种俯瞰之势。

再有便是五四散文中的人文精神。对人的关注、对人的个性的关怀总体上进入现代层次。有对人生遭遇和命运纠葛层面的关注，不但关注民族的、大众的共同命运，也关注个人的，甚至是异态命运、异态人性。既关注"大写的人"，关注那个神圣者、崇高者、先进者、成功者系列，也在那个时代允许的范围内，尽可能关注"小写的人"，关注平民百姓。有时更超出了状写人性美和人性恶的层面，即观察和展示的层面，而着重以一种深虑思维洞烛幽微、深入腠理地对民族文化人格进行反思和建构。这些散文在人性的美丑面前褒贬鲜明，充满扬善抑恶的激情，又有着文化积淀带来的宽容。宽容背后是冷静到冷峻的思索和剖析，节制出于素养而入于境界。

在激扬自由精神和对人性、对生命的体察和思考上，五四散文可以说是和五四时代交相辉映，同步辉煌。

这是五四散文门槛高的原因，从中我们多少可以看到当下散文的缺失。缺失提示着希望。

要警惕"伪我"，要"我"中有"们"

原生态散文近年有发展，伪经验、伪情感、伪想象的问题比小说要好，生态散文、行走散文、底层状态散文以及一些私人话语的散文，都是散文界追求文学真态的表现。但也要警惕集体经验对个我精神的挪移和置换。时兴的小资散文、娱乐休闲散文、身体写作散文、私密散文常常出现这样那样的雷同，其中便埋藏着集体经验在个人心理中复制的倾向。当下中国的许多时尚，不仅有这块土地上的集体经验，还大量隐藏着西方的集体经验。西方的集体经验通过"文化普遍主义"开路，蚕食我们的民族精神，甚至取代部分人的内心世界。本来是"我们"的、"他们"的，有人却误信为自己的、"我"的。这个"我"其实是"伪我"。创作出现伪经验、伪感情、伪想象，其因概源于此。

这个问题至关重要。散文家一定要积累亲身体悟过的、原生的文化心态、感情意绪、理性意识，用来作为自己文章的神。这种神是只属于"我"的，但"我"中又必然融解着"们"：或是优秀民族传统文化的结晶，或是时代发展和世界进步最优秀的精神成果，通过"我"的有个性的生命体验和艺术体验表现出来，使我们的散文具有精神的和文化的质地。我想，再怎么说这也比挪移和置换他国、他地、他人的理性和感性经验，以"伪神"为神、以"伪我"为我要有价值得多吧。

选自《云儒文汇·青灯说词》，陕西师范大学出版总社，2020年

评论是有生命的学问（代后记）

——《文艺报》访谈

　　《生命审美》是我从六七百万文艺评论文字中选出来的，意在使读者透过论者稍显个人化的视觉与思觉，对中国当代文学有所印象。

　　书稿按内容分为三类，第一类是改革开放后中国和西部文学创作的思考；第二类是陕西文学综述及重要作家评论；第三类是关于散文的几篇文章。每个类别中，也大体按文章内容排列。

　　一个论者精神劳动的步履，与其由自己来说，不如由文学舆论评说，来得更为客观，所以最后选了《文艺报》记者在该报一版头条发表的对我的访谈，作为"代后记"。

——肖云儒

　　记者按："真理越辩越明"本应是文学创作和文学评论之间良性循环的应有形态，但不可否认，近年来，文学评论界有时也会呈现"一团和气"的状态。文艺评论工作者不仅要发现"好苹果"，更要做"剜烂苹果"的工作，"把烂的剜掉，把好的留下来吃"，这引起了文艺工作者的共鸣。

　　1940年出生的肖云儒从事文艺评论五十余年，他用自己的经历告诉我们，"评论是有生命的学问"，"评论家人格的提升是最关键的"。

行超： 在去年10月的文艺工作座谈会上，习近平总书记提出了当前文艺创作中的一些问题，对我们的文艺批评也有很好的启示意义。最近，中央提出要加强文艺批评的针对性和有效性，不要光说好话，要有好说好、有坏说坏，鼓励文学批评要敢于批评，等等，这些对我们的文学批评都起到了指导作用。您是有几十年经验的文学批评工作者，您觉得现在我们的文学批评出现了什么问题？

肖云儒： 当下的文学批评当然有很好的一面，但它的主要问题我想用八个字来概括："外围沦陷，主体内闭"。所谓"外围沦陷"，是因为我们的文艺批评话语在最近十多年到二十多年的时间里是被市场的需求、读者的需求所包围的，这就使得主体话语难免会被碎片化、边缘化，那样，文艺批评就失去民众对它的信任。这其中有很复杂的原因，文艺批评家如果跟当下鲜活的文学现象无法交流，就会形成"主体内闭"的局面。现在的青年人、网络作家以及广大读者的趣味、心理，很多批评家是不清楚的，所以跟他们无法交流。这样就使得文学批评成了自言自语、自说自话，不可能对当下生活有针对性。

作为一个老评论工作者，我觉得文学界现在要认真思考当下的文艺评论体系，要思考构建文艺评论的中国体系。我们古代文艺评论是东方审美体系的，五四以后，特别是改革开放以来，中国文学界开始大量借鉴西方思潮，这让我们的批评反而没有体系了，把传统东西丢了，又没有很好地糅合西方的体系。现在要认真构建文艺评论的当代中国的体系，这就需要我们在现代语境下恢复东方审美传统，打通传统跟现代的关系。同时还要处理好主旋律和多样化的关系。所谓主旋律不是指社会主旋律，而是文学主旋律。文学主旋律是真善美，而真善美的表现方式是多样化的。

所以这两者是不矛盾的，要在不同中找到和谐的部分。另外还要处理好精英批评和公众批评的关系。评论必须是面向大众、面向读者的，是要跟民间话语能够接通的。还有就是要跟作家、读者有心灵的交流，发掘作者的内心世界、读者的内心世界，评论文章才能有生命的温度。

行超：那么您认为，文学批评到底应该怎样引领创作，引领阅读？

肖云儒：我们当下的评论对公众的引领是不够的。我认为这其中的原因并不是文学评论家的理论素养不够，而是他们的思考能力有待提高。评论家人格的提升是最关键的，评论家必须有非常成熟的人格，有充盈的生命激情、丰富的人生经验。从这个角度来看，评论家跟作家是一样的，只是表述方式不一样，作家是用形象去表达，评论家是用理性话语来表达。

理论是可以学科化的，而评论不能学科化，评论从来都是生命化的，评论是有生命的学问。要解决这个问题最根本的是要重新建构评论家的主体性，这里面除了理论建构、价值建构、文体建构等，最重要的就是内心的建构、人格的建构、人生体验的提炼和升华。只有这样，评论家才能以一种充满激情的审美姿态投入欣赏和解读过程中去，才可能感动作者、感动读者。

目前的文艺评论需要一批懂得生活的人，要一代一代地培养懂得时代变迁、生活变化的作家，评论家也一样。一代人有一代人的经验，一代人有一代人的审美，年龄差距过大的评论家和作家之间一定是有隔膜的，这个不能苛求。所以我们目前需要培养年轻的评论家，他们更了解最新的生活，了解民众情绪、时代情绪，更能与读者和作者产生经验的共鸣、生命的感应。

行超：您提到了要加强青年评论家的队伍建设，这个问题现在很重要。事实上，现在的年轻人与您和其他老一辈评论家相比，享受的是好得多的条件，平台也更大了，应该说，他们具有很好的理论修养和学术背景，但似乎与老一辈评论家相比，他们真正的"批判"精神变得微弱了，让人觉得刚出生就已经老了。您对这个问题有什么看法？

肖云儒：现在很多青年评论家都是从高校走出来的，生活经历比较简单，这是一个原因。第二个原因，其实跟评论家的人格建构有关。评论家首先要防止各种社会无良精神的腐蚀，不能只是为市场服务、为大众传媒服务、为某个小圈子服务，评论家的人格力量应该足以震慑住各种各样不良社会思潮的影响。

对于文学评论来说，发现缺点跟发现优点一样困难，甚至更困难。我认为，评论家要想做到"有好说好，有坏说坏"，就必须尊重自己的第一感觉。对我来说，一部作品如果感动了我，影响了我对生活、对人生、对生命的看法，或者引发了我思考的动力，这就是好作品，其他艺术手法上的问题是另外的事，起码总体上是好的。文艺批评要敢于批评，要真正发现、扶持一两篇非常有质量的批评文章，这样才能整体提高批评的风气。同时更要借助媒体的力量养成这种风气，维护这种风气。

行超：您在20世纪60年代初最早提出了散文"形散神不散"这一说法，至今对我们的散文研究和创作都具有非常重要的意义。我认为，批评家要想写出锐利的、敏锐的作品，要想在文学评论上有所建树，需要敢于打破一些旧的东西。但是同时，批评家在另外一个层面上，是否还要具备一定的包容性？

肖云儒：批评是对事不对人的，批评要有容乃大、与人为善，这是很重要的。"老三届"的评论家，你看他们的文章，真的能够看到他们的人生积累和生命体验，那就是因为他们经历过基层生活，经历过社会的风浪。他们的评论不是从书本里走出来的，而是从生活和生命中走出来的。我跟雷锋同年出生，头脑中始终有一种"螺丝钉精神"，这也许恰恰是我们这代人幸福的地方。我是人大毕业的，毕业后把我分配到陕西，于是我的一辈子都扎根了这里，我对这块土地的了解比较深，有很多切身的体验。我当过农业部的记者，"文革"时被下放修铁路，现在回过头来看，这些都是财富。但是现在很多年轻人可能没有这个经历。文学是审美记忆，人生的最初记忆是最珍贵的，年轻时的经历和记忆，会影响你的一生。

原载《文艺报》2015年8月7日